Margherita Giovanni

Adria mortale – Tödliches Tonikum

Weitere Titel der Autorin:

Adria mortale – Bittersüßer Tod

Adria mortale – Tod im Ginster

Margherita Giovanni

Adria Mortale

Tödliches Tonikum

Kriminalroman

lübbe

Dieser Titel ist auch als E-Book erschienen.

Die Bastei Lübbe AG verfolgt eine nachhaltige Buchproduktion. Wir verwenden Papiere aus nachhaltiger Forstwirtschaft und verzichten darauf, Bücher einzeln in Folie zu verpacken. Wir stellen unsere Bücher in Deutschland und Europa (EU) her und arbeiten mit den Druckereien kontinuierlich an einer positiven Ökobilanz.

FSC
www.fsc.org
MIX
Papier | Fördert gute Waldnutzung
FSC® C014496

Originalausgabe

Dieses Werk wurde vermittelt durch die Agentur Editio Dialog, Dr. Michael Wenzel (www.editio-dialog.com)

Textredaktion: lüra – Klemt & Mues GbR, Wuppertal
Umschlaggestaltung: © U1berlin / Patrizia Di Stefano
Umschlagmotiv: © tomograf / Getty Images / getty-images;
© Richard Jenkins Photography;
© Anastasy Yarmolovich / Alamy Stock Photo
Satz: GGP Media GmbH, Pößneck
Gesetzt aus der Adobe Caslon Pro
Druck und Einband: GGP Media GmbH, Pößneck

Printed in Germany
ISBN 978-3-7857-2840-6

4 2 1 3 5

Sie finden uns im Internet unter luebbe.de
Bitte beachten Sie auch: lesejury.de

Personenübersicht

Federica Pellegrini – Betreiberin der Pension Vento del Mare in Pesaro del Monte piccolo Cattolica (Pe-Mo-Ca)

Lorenzo Garibaldi – Commissario der Questura in Pesaro
Giovanni Spadafero – Ispettore und Mitarbeiter Garibaldis
Vigliani – Assistent im rechtsmedizinischen Institut Pesaro

Aniello Capizzi – *ragazzo pazzo* – lebenslustiger Tüftler und tot
Mauro Capizzi – Aniellos älterer Bruder
Luisa, Mariella und Damiano – jüngere Geschwister
Gemma und Signor Capizzi – die Eltern

Befana – Kräuterkundige Heilerin
Don Pietro – Dorfpfarrer der Kirche San Francesco
Aldo Baresi – Bürgermeister
Maria Baresi – Frau des Bürgermeisters
Eliza Marinelli – Inhaberin eines Frisiersalons
Ruggero Marinelli – Landarbeiter; Elizas Ehemann
Salvatore und Viola Farina – Wirtsleute der Trattoria
Davide Tardelli – Betreiber von Autowerkstatt und Rollertaxi
Angelo und Cristina Iannazzo – Ladenbesitzer am Dorfplatz
Luigi und Giuseppe – Angelos Kinder
Lucio Monza – Fischer
Umberto Saletta – Nachbar
Ciro Pavone – Postbote aus Santo Stefano
Daniella – Studentin
Dottoressa Alfano – Apothekerin

Prolog

Durch das leere Fenster der Klosterruine blitzte das Blau des Himmels und – je nach Blickwinkel des Betrachters – das tief unter der Klippe liegende und in dunkleren Tönen schimmernde Mittelmeer. Ein Ziegenbock meckerte und fraß ein zähes Grasbüschel, das sich in den Fugen festklammerte. Vom Gebäude selbst waren nur die Reste einer Wand geblieben, daneben eine Handvoll verwitterter Steine, unter denen die Gebeine der letzten Mönche ruhten, sowie ein verwildertes Kräuterbeet.

Vor sich hin murmelnd schnitt eine alte Frau hier und da einige Stängel und kraulte dem Bock bedächtig den zottigen Schopf, dann richtete sie sich schwerfällig auf. Ein Raubvogel schrie. Dem Schrei folgend wandte sie den Blick nach oben, doch entdeckte sie weder eine Bewegung noch den Schatten einer Schwinge. Missmutig wischte die Alte über ihre Augen. Der Jäger versteckte sich, narrte sie.

Vor ihr auf dem Plateau zwischen dem Meer und den landeinwärts sanfteren Hügeln der Region Marken erstreckte sich eine offene Wiesenfläche mit wenigen Büschen und Sträuchern bis zur Pension Vento del mare, dahinter ein Streifen Feld, dann das Dorf Pesaro del Monte piccolo Cattolica, von einer alten Mauer umgrenzt.

Die Alte zerstreute eine Prise Kräuter, tätschelte die Grabsteine wie die Schultern alter Freunde. Wieder ertönte weit oben der Schrei und fuhr ihr in die Glieder. Die Sonne stand tief. Sie stampfte mit dem Stock auf, und der Bock drängte an ihre Seite.

»Schnell«, sagte sie, sammelte ihr Werkzeug ein und legte eine Hand auf seinen Kopf. »Nach Hause. Nach Hause!«

Früher als üblich brach sie auf, folgte dem schmalen Pfad, der sie an einem Felsband etwas unterhalb der Ansiedlung vorbeiführte.

Gelächter wehte über die Dächer und durch die Gassen. In der Luft überlagerten sich würzige Düfte von scharf gebratenem Fleisch, Thymian und Salbei, von Soßen aus frischen Tomaten, die eben noch am Strauch gehangen hatten und bald schon zur Pasta serviert werden würden. Gläser wurden poliert, Stühle aufgestellt und Tischdecken von rechts auf links gedreht. Alles für die Touristen, mit deren Geld der ersehnte Wohlstand kommen sollte.

Die alte Frau hielt das Gesicht in den Wind, der über die Klippe heraufstrich. »Noch ist die Zeit nicht reif«, murmelte sie. »Aber bald schon, bald. Auch die meine.«

Kapitel 1

Die Wände mit den verblassten Heiligenbildern warfen seine Stimme zurück, vervielfachten sie zu einem Kanon. Don Pietro liebte die Einsamkeit des frühen Morgens, die Klarheit seiner Gedanken, die ihn, erfrischt von der Nachtruhe, durchströmten. Vor Sonnenaufgang störte niemand seine Zwiesprache mit dem Herrn. Wobei es zugegebenermaßen unter der Woche auch sonst kein allzu großes Gedränge in den Kirchenbänken gab. Das Leben ließ den Menschen wenig Zeit für Besinnung und innere Einkehr.

Schwerfällig erhob er sich von den Knien und pustete die Kerze neben dem Altar aus. Eine einzelne, deren dünner Rauchfaden sich kräuselte, im Luftzug verwehte und dabei spielerisch durch das spärliche, in der Raummitte einfallende Dämmerlicht flirrte. Seufzend schaute Don Pietro nach oben. Durch die *Fenster* sollte es scheinen und nicht durch das Dach! Er würde seiner Gemeinde ein wenig mehr Dampf machen müssen und sie daran erinnern, dass es durch das Loch zuerst auf *ihre* Köpfe und nicht auf seinen regnen würde. Es war Anfang August, und dieser Monat neigte zu hitzigen Gewittern. Wenn es nach ihm ging, lieber heute als morgen.

»Preist den Allmächt'gen und lasset die Lire fein klingen«, improvisierte Don Pietro zur Melodie eines eingängigen Lobgesangs. Seine Schritte hallten durch das leere Kirchenschiff. »Sonst soll ein Blitzschlag den passenden Lohn euch einbringen!«

Es war eine Schande, dass San Francesco vor aller Augen bröckelte, die Liste der notwendigen Reparaturen für das kleine

Gotteshaus war lang. Aber in Pesaro del Monte piccolo Cattolica räumte man derzeit anderen Dingen einen höheren Stellenwert ein. Tourismus war die Religion der Fünfzigerjahre, der jedermann huldigte. In wenigen Monaten brach ein neues Jahrzehnt an. Die Menschheit strebte nach Fortschritt, Wohlstand und zu den Sternen – auch seine Schäfchen.

Durch den Seitenausgang der Sakristei verließ Don Pietro die Kirche und versenkte den Schlüssel in der tiefen Tasche seiner Soutane.

Während die Dunkelheit sich gemächlich hob und die Sonne über die Horizontlinie kletterte, stieg vom Kopfsteinpflaster der Gasse noch ein Rest nächtlicher Kühle auf, mit der es bald vorbei sein würde. Seit mehr als einer Woche hatte sich keine Wolke blicken lassen, und der blanke schwarzblaue Himmel kündigte einen weiteren heißen Tag an.

Das frisch gedichtete Lied kreiste durch Don Pietros Gedanken, mischte sich mit der Vorfreude auf das Frühstück, das seiner einsamen Morgenandacht bald folgen sollte. Er bildete sich ein, bereits den Duft frischer Hörnchen aus der nahe gelegenen Bäckerei zu riechen, was ihn versöhnlich stimmte. Süßes war keine Sünde, sondern ein Gottesgeschenk, davon war er überzeugt.

Aus der Gasse trat er auf den stillen Dorfplatz vor der Kirche, wo tagsüber das Leben toste. Jetzt, kurz vor fünf, war nur das Plätschern des Brunnens zu hören und die ersten Singvögel. Don Pietros Blick glitt kritisch über die Fassade des Gotteshauses, suchte nach weiteren schadhaften Stellen, nach den ungeliebten Tauben, die ihm mit ihren Hinterlassenschaften ein ständiges Ärgernis waren, und blieb dann an der Stufe vor dem Portal hängen. Da lag etwas, das größer war als der übliche, achtlos weggeworfene Müll, der dort hingeweht wurde.

Er kniff die Augen zusammen, und allmählich schälte sich das unförmige Objekt vor ihm aus dem Schatten des Steinbogens, gewann an Kontur und Masse.

Ein angewinkeltes Bein, ein Arm, unter der herabhängenden Hand eine Flasche. Das ging nun wirklich zu weit! Schlief der etwa seinen Rausch vor der Kirchentür aus?

»Sie da, wachen Sie auf! Signore? *Buon giorno!*«

Der Pfarrer beugte sich vor, um den vor ihm Liegenden zu schütteln. Den Burschen kannte er doch! Der Kopf des jungen Mannes war leicht zur Seite gedreht, sein Kinn auf die Brust gesunken, auf der auch die andere Hand ruhte, die nun herunterrutschte. Bleiern verharrte ein zweites, nicht eben freundlich gemeintes *»Buon giorno«* auf Don Pietros Zunge, und er bekreuzigte sich.

Dort, wo zuvor die Hand gelegen hatte, steckte etwas in der Brust – etwa auf Herzhöhe und somit mit dem Leben unvereinbar.

Nein, dieser Tag war kein guter.

Der Pfarrer sprach ein rasches Gebet, dann sah er sich um. Sämtliche Häuser am Dorfplatz lagen noch hinter halb geschlossenen Fensterläden im Schlaf. Zu so früher Stunde waren beim Barbier zu seiner Rechten das Gitter heruntergelassen, die Amtsstube des Bürgermeisters gegenüber verwaist und vor der Trattoria die Stühle zusammengeklappt. Auch bei Angelo Iannazzo, der genau dazwischen seinen Kramladen führte, rührte sich nichts.

Don Pietro beschloss, trotzdem bei ihm zu klingen. Die Familie wohnte über dem Geschäft, und somit war Iannazzo, allein wegen der Nähe, die beste Option. Er ließ den jungen Mann am Kirchenportal nicht aus den Augen, während er langsam hinüberging.

Drinnen rumorte es, zwei Stimmen debattierten, dann erschien Angelos zerzauster Kopf am Fenster im ersten Stock. »Was in drei Teufels Namen ist da unten los?«

»Leise, mein Sohn, leise«, mahnte der Pfarrer. »Wir wollen nicht die ganze Nachbarschaft aus den Betten reißen. Und mäßige dich.«

»Don Pietro?« Neben Angelo neigte sich dessen Frau Cristina übers Fensterbrett.

»*Sì.* Ich bin's. Und du spute dich, Angelo. Ich brauche deine Hilfe. Sofort. Drüben an der Kirche.«

Cristina reckte seinem Fingerzeig folgend den Hals.

»*Dio mio*«, murmelte sie, dann stieß sie ihren Mann an. »Da liegt jemand. Los, du Schlafmütze!«

Keine drei Minuten später stopfte Angelo Iannazzo wenige Schritte von der Eingangsstufe von San Francesco entfernt den letzten Zipfel seines Hemdes in den Hosenbund. Notdürftig strich er sich die Haare glatt. In kurzem Abstand folgten seine Söhne.

»Deine Kinder sollten besser nicht näher kommen.« Mit seinem weiten Gewand verdeckte der Pfarrer die Gestalt auf dem Boden größtenteils.

»Wegen einer Schnapsleiche, die die Kirchentür blockiert? Schadet nicht, wenn meine Buben das sehen. Das soll ihnen eine Warnung sein. Keine Sorge, die Kanaille schaffe ich Ihnen ganz schnell aus dem Weg.«

»Nicht ganz, nicht ganz.« Don Pietro knetete seine Hände und gewährte Iannazzo einen kurzen Blick.

»Ach, du liebes bisschen!«, entfuhr es diesem. »Ist das etwa – das ist doch Aniello? Und ist er …«

»Tot. Bedauerlicherweise, ja.«

»Madonna, wie schrecklich! Und was soll ich jetzt tun?« Angelo rieb sich aufgeregt den Nacken, während der Pfarrer Giuseppe und Luigi mit erhobenem Finger Einhalt gebot.

»Das hier ist nichts für euch. Geht zurück ins Haus zu eurer Mutter.« Dann wandte er sich wieder Angelo zu. »Nun, du siehst, was los ist. Wir können den armen Jungen schlecht allein lassen, und ich fürchte, wegbringen dürfen wir ihn auch nicht. Jemand muss die Polizei in Pesaro informieren. Du hast ein Telefon im Laden.«

Der Fernsprecher war nagelneu, und obwohl es kein öffentlicher Apparat war, wurde er doch gern als solcher genutzt. Gegen eine kleine Gebühr, direkt in Angelos Kasse. In die unter dem Tisch.

Er nickte, dann wurde ihm klar, worauf der Pfarrer hinauswollte. Einer musste telefonieren, der andere würde allein bei der Leiche bleiben. Wieder rieb Angelo sich den Nacken. Er verspürte nicht die geringste Lust, eine der beiden Aufgaben zu übernehmen. Der Apparat, auf den er so stolz war, machte ihm auch ein bisschen Angst.

»Wir sollten besser den Bürgermeister holen. Damit er entscheidet, was zu tun ist.« Er sah seine Frau Cristina in der Haustür, ihre kleine Tochter auf der Hüfte, die der Lärm aufgeweckt hatte. »Das kann ich machen.«

Ärgerlich schüttelte Don Pietro den Kopf. Mit dieser Diskussion verloren sie wichtige Zeit, nur weil Iannazzo ein Drückeberger war. Er brauchte jemanden, der mehr Mumm in den Knochen hatte, der sich auf den Umgang mit Leichen verstand und bei dem Wort Polizei nicht in Schockstarre verfiel. Bürgermeister Baresi drängte sich ihm dabei nicht als erste Wahl auf, ihn in Kenntnis zu setzen war dennoch sinnvoll.

Giuseppe und Luigi standen immer noch bei ihnen, traten von einem nackten Fuß auf den anderen und bemühten sich mit großen Augen und Ohren herauszufinden, was an diesem frühen Morgen Seltsames vor sich ging.

»*Va bene.*« So leicht würde Don Pietro Iannazzo nicht aus der Verantwortung entlassen. Wenn der sich dumm stellte, dann mussten eben seine Kinder mithelfen, obwohl sie gerade mal acht und zehn Jahre alt waren. Viel zu jung eigentlich, um sie in diese Sache einzubeziehen.

»Luigi, du läufst rasch zum Bürgermeister. Dort klingelst du, bis er aufmacht, auch wenn er mit dir schimpft. Sag ihm, Don Pietro schickt dich: Es gab einen ... Vorfall ... an der Kirche und dass ... Signor Garibaldi deswegen herkommen wird. Kannst du dir das merken? Signor Garibaldi wird kommen.«

Luigi nickte und wiederholte seinen Auftrag präzise und starrte dabei am Pfarrer vorbei auf den Fuß, der sich kein bisschen bewegt hatte, seit sie angekommen waren.

»Wieso darf *er* das machen?« Giuseppe knuffte seinen kleinen Bruder und schnaubte empört. »Ich kann viel schneller laufen!«

»Nun, weil du Fahrrad fahren kannst, mein Sohn. Für dich habe ich einen anderen Auftrag.« Viel zu jung, dachte Don Pietro wieder, um ihnen die Wahrheit zu sagen und das Wort auszusprechen, das zu denken er selbst sich bisher weigerte. Doch dadurch änderten sich die Tatsachen nicht, und was außer einem Verbrechen sollte dahinterstecken, wenn dem Toten ein Messergriff aus der Brust ragte? Wie er es auch drehte, es ließ sich nicht umgehen. Die Sache war heikel, und die Signora, zu der er Giuseppe schicken wollte, besaß ein gewisses Geschick im Umgang mit heiklen Situationen, hatte Nerven aus Stahl und einen starken Willen, mit dem er schon das ein oder andere Mal zusammengeprallt war, sowie einen direkten Draht zur Kriminalpolizei in Pesaro. Sie war die einzig Richtige, auch wenn er noch sosehr mit ihr haderte.

»Gott steh uns bei«, brummte Don Pietro, als die Kinder sich auf den Weg machten, und ergänzte stumm eine ganz persönliche Bitte um Langmut.

*

Auf dem viel zu großen Fahrrad trat Giuseppe stehend in die Pedale. Vor Aufregung stand ihm der Mund offen, der Fahrtwind pfiff durch seine Zahnlücke und kühlte sein glühendes Gesicht. Was für ein Glück, dass er und Luigi es an ihrer Mama vorbei aus dem Haus geschafft hatten, als die zu ihrem kreischenden Schwesterchen gelaufen war! Signor Garibaldi wird kommen, hatte Don Pietro gesagt und seinen Vater dabei ganz seltsam angeguckt. Und der Bürgermeister würde auch gleich da sein – und er, Giuseppe, war mittendrin! Wobei er sich im Moment natürlich immer weiter vom Ort des Geschehens entfernte.

Von der Hauptstraße bog er zum Ortsausgang ab und wurde auf dem schlechter werdenden Fahrweg jenseits der Dorfmauer heftig durchgerüttelt. Er strampelte schneller. Links von ihm, hinter einem Wiesenstreifen, lag die Kante des Plateaus und tiefer, am Fuß des steilen Abhangs, das Mittelmeer, aus dem sich jetzt die Sonne erhob. Für die Schönheit des glitzernden Wassers war er wenig empfänglich, und diese Beleuchtung störte gerade nur seine Konzentration auf die Schlaglöcher. Vor ihm tauchte in einiger Entfernung die einsam liegende Pension Vento del mare auf, das letzte Haus auf dieser Seite des Hügels, der jäh bei den Resten eines zerfallenen Klosters endete. Das Rad schlingerte, dann endlich beruhigten sich die Reifen und er erreichte die Steinplatten der Terrasse.

Giuseppe sprang ab, ließ das Rad an die Wand neben der Haustür fallen. Er drehte den Klingelschalter, und drinnen schepperte eine Glocke in die Stille des Morgens. Giuseppe war es egal. Sein Herzschlag und sein Atem klangen in seinem Kopf ohnehin viel lauter. Außerdem hatte er einen Auftrag. Wenn er das später seinen Freunden erzählte, würden die so was von neidisch sein! Auch wenn er nicht verstand, was daran so toll sein sollte, wusste er doch, dass es einige gab, die ganz scharf darauf gewesen wären, die Signora aus der Pension einmal im Nachthemd zu sehen.

Hoffentlich beeilte die sich, er wollte auf keinen Fall irgendwas verpassen. Mit dem nackten Unterarm wischte er sich einen Spucketropfen vom Kinn, japste nach Atem und drehte den Klingelknopf weiter: zwei, drei, vier Mal.

*

Das infernalische Schellen ging in Klopfen über. Fäuste auf Holz, dazu rief jemand ihren Namen. Widerwillig schlug Federica Pellegrini die Augen auf, in der Hoffnung, die Geräusche könnten Teil eines Traumes gewesen sein. Vor dem geöffneten Fenster bewegten sich die Vorhänge leicht im leisen Wind, der hier draußen nie ganz verebbte, nach Salzwasser, Sonne und Kräutern duftete und dem die Pension ihren Namen verdankte: Vento del mare – Seewind. Der Helligkeit im Zimmer nach zu urteilen war es definitiv zu früh zum Aufstehen. Zu früh für die Lieferung von Brötchen und überhaupt alles, was sich außerhalb ihres Bettes abspielte. Die Sonne konnte gerade erst aufgegangen sein.

»Signora Pellegrini! Signora Pellegrini?«

Wenn sie nicht doch noch träumte, gehörte die Stimme einem Kind. Federica befreite ihr eingeklemmtes Bein, schüttelte das dünne Laken ab und ergriff das erstbeste Kleidungsstück, um es überzustreifen. An der Schlafzimmertür schlüpfte sie in die Holzpantoletten, krempelte im Flur die zu langen Ärmel einmal um und sog den Duft des Kragens ein. Wer auch immer da draußen störte, er musste sich kurz fassen und hatte hoffentlich einen triftigen Grund. Dieser Morgen gehörte noch für mindestens eine Stunde ihr allein. Nun – *fast* allein, korrigierte sie sich mit einem leisen Lächeln. Sie schloss den untersten Knopf des Hemdes, um wenigstens einen Teil ihrer Oberschenkel zu bedecken, und öffnete die Tür.

»Hoppla!« Von der Schwelle fiel ihr Giuseppe Iannazzo entgegen, den sie gerade noch auffangen konnte. »Was willst du denn hier um diese Zeit?«

Sein Kinn klappte herunter, seine sommersprossige Nase zuckte, und für einen Moment verschlug es ihm die Sprache, dann schien er alle verlorenen Sekunden in einem Atemzug aufholen zu wollen.

»Sie müssen sofort kommen, weil Don Pietro und mein Papa … und weil was passiert ist, und der Bürgermeister auch, und Signore – also der Signore – der muss, der wird – aus Pesaro – das ist wichtig – weil …«

Federica legte eine Hand auf seinen Mund und gleichzeitig einen Finger auf die eigenen Lippen. »Langsam, Giuseppino, und das Luftholen nicht vergessen.«

Sein Gesicht fühlte sich klebrig an. Die Brise, die vom Meer einen letzten Nachthauch heraufTrug, jagte einen zitternden Gänsehautschauer über seinen verschwitzten Körper. In dem Unterhemd und der kurzen Hose, die er trug, hatte der Knirps garantiert bis vor kurzem auch noch geschlummert. Sie ließ die Hand sinken. »Willst du nicht erst mal reinkommen?«

Giuseppe schüttelte den Kopf, in dem es sichtlich arbeitete, sein Mund verzog sich zu einer schiefen Schnute. »Wir haben keine Zeit!«

»*Va bene.*« Federica versuchte es noch mal. »Dein Papa und Don Pietro haben dich geschickt, mich zu holen, weil etwas passiert ist. Wo denn genau?«

»An der Kirche.«

»Und was?«

Giuseppe hob die Achseln. »Don Pietro hat gesagt, er braucht Sie. Und den Signore. Ganz schnell.«

In Federicas Bauch begann es sachte zu kribbeln. Der Pfarrer brauchte sie? Das musste ein Irrtum sein. Entweder erlaubte sich jemand einen Scherz, oder der Junge hatte etwas falsch verstanden.

»Der Signore muss kommen!«, rief Giuseppe wieder, und in seinen weit aufgerissenen Augen spiegelte sich der Moment der Erkenntnis, um wen es sich dabei handelte. Signor Garibaldi, der im letzten Sommer in Pesaro del Monte piccolo Cattolica gewesen war, wegen des toten Dorfschullehrers, der bei Signora Pellegrini gewohnt hatte. »Der Commissario aus Pesaro.«

»*Maledetto*«, fluchte Federica leise. »Komm, Giuseppino, in die Küche mit dir.« Sie schob den erschrockenen Jungen über den Flur und durch die erste Tür. »Warte hier. Nimm dir ein Glas Limonade und ein Biscotto.« Beides stand auf der Anrichte, fliegensicher mit umgedrehten Tellern abgedeckt. »Ich zieh mir rasch etwas über, bin gleich zurück.«

Der Traum vom wohligen Erwachen zerplatzte, verabschiedete sich mit einem sehnsüchtigen Ziehen in ihrer Magengrube, als sie im Schlafzimmer über die haarige Wade strich, die unter ihrer Zudecke hervorlugte. Weiter oben brummte es genießerisch.

»Schluss mit Schlafen«, sagte Federica und war schon halb in ihrer Hose. So hatte sie sich das Ende ihrer zweiten gemeinsamen Nacht nicht vorgestellt. »Du musst aufwachen.«

»Komm wieder ins Bett.« Eine Hand streckte sich nach ihr aus. »Was war das für ein Lärm?«

»Tut mir leid. Wir holen das nach. Ja? Don Pietro lässt bitten: Er braucht mich.«

Das Grummeln unter der Decke verstummte, dann schälten sich Kopf und Schultern hervor. »Wie war das?«

Sie zog sich sein Hemd über den Kopf und warf es ihm zu.

»Ja, so habe ich auch reagiert. Eins der Iannazzo-Kinder sitzt nebenan. Du weißt schon, aus dem Dorfladen.« Ihr Büstenhalter legte sich trotz seiner weichen Spitzen wie ein unnachgiebiger

Panzer um ihre Brüste. Sie schloss die Haken und stülpte eine karierte Bluse über. »Ich fürchte, es gibt einen Toten an der Kirche. Mehr Informationen habe ich nicht. Bis auf eine: Don Pietro lässt ausrichten, dass der Commissario auch kommen soll.«

»Aber woher …?« Lorenzo richtete sich auf. »Das kann er unmöglich wissen!«

»*Alora,* wer kennt die Wege des Herrn?« Sie kroch über die Matratze, küsste ihn sanft und strich über sein Brustbein. Er war erst im Dunkeln angekommen, und sein Wagen stand gut versteckt im Schuppen. Ihre Annäherung aneinander war zu frisch, als dass andere schon davon wissen sollten. Seiner Meinung nach.

»Gib mir eine Viertelstunde Vorsprung – nein, besser etwas mehr, damit sie keinen Verdacht schöpfen. Von Pesaro bis ins Dorf zu kommen dauert deutlich länger, auch wenn sie schon in der Questura angerufen haben werden. Wir sehen uns vor der Kirche, Garibaldi.«

Bevor er richtig zur Besinnung kam, huschte Federica nach draußen. Keine Minute später saß sie auf dem Fahrradsattel, Giuseppe hinter sich auf dem Gepäckträger. Er hielt ihre Tasche mit den Schuhen auf dem Schoß, schlang die dünnen Arme um ihren Bauch und kaute noch am letzten Biscotto.

*

Im magischen Licht der aufgehenden Sonne traten auf einer Seite des Dorfplatzes die Farben klar hervor, wie bei einem frisch auf die Leinwand getupften Gemälde, während gegenüber noch alles im Dunkel verharrte. Ein weicher Pinsel verwischte das Dazwischen. Vor der Trattoria tummelten sich tiefe Schatten, zeichneten auf dem Boden schemenhaft die alten Platanen nach, während am Brunnen die Blumen in ihren Kübeln bereits kräftig rot und grün aufleuchteten. San Francescos Glockenturm stach ins

Blau des Morgenhimmels, karamellbraun und grau gescheckt von den Ausbesserungen vergangener Jahrhunderte. Und zu seinen Füßen, vor dem Bogenportal, hüpfte der Pfarrer herum wie eine aufgescheuchte Krähe mit ausgebreiteten schwarzen Schwingen. Angelo Iannazzo stand ratlos daneben.

Auf Höhe des Brunnens hielt Federica das Fahrrad an.

»Absteigen«, kommandierte sie, übergab Giuseppe den Lenker, als er heruntergerutscht war, und zog die mitgebrachten Sandalen an. »Danke fürs Abholen, Signor Iannazzo«, flüsterte sie in sein Ohr und gab dem Jungen ein Küsschen auf die Wange. »Und nun ab nach Hause.«

Seine Mutter stand mit Luigi in einigem Abstand zur Kirche und nahm ihn in Empfang.

Kurz nach halb sechs. Bald schon würden sich die meisten Dorfbewohner für ihren Arbeitstag bereit machen. Auf den Feldern gab es viel zu tun, was man besser vor der Mittagshitze erledigte. In den umliegenden Häusern wurden vereinzelt Fenster geöffnet, Nachbarn zeigten sich, hupend sauste ein Roller vorbei. Zeit war im Fall eines Verbrechens ein kostbares Gut, und jede verstreichende Minute bedeutete mehr Menschen auf der Straße. Die Unruhe der tanzenden Krähe griff auf Federica über. Sie rannte die letzten Meter.

»Ich habe mich beeilt«, schleuderte sie den Männern statt einer Begrüßung entgegen. »Was ist passiert?«

»Wir haben nichts angefasst«, beteuerte Don Pietro sofort. »Leider gab es nichts mehr, was wir für ihn tun konnten.«

Iannazzo machte einen Schritt zur Seite, und Federicas Herz setzte einen Schlag aus. Der Tod verlor nichts von seinem Schrecken, egal wie oft sie ihm bereits begegnet war.

Windzerzaust fiel dem Toten an der Kirchentür das dichte dunkle Haar ins fein geschnittene Gesicht, das im Kontrast sehr blass wirkte. Ebenmäßig wie Porzellan, zerbrechlich und entsetzlich jung. Sein Name lag ihr auf der Zunge. Sicher hatten sie irgendwann miteinander geredet. Beiläufige Worte, wie man sie eben wechselte, in einem Dorf, wo jeder jeden grüßt. Ein »Guten Tag« im Vorbeigehen, ein Dank für eine aufgehaltene Tür, eine Entschuldigung für einen Fußball, der ihr Fahrrad ins Schlingern brachte.

Nach einem tiefen Atemzug setzte mit dem Herzschlag auch Federicas Denken wieder ein.

Sie ging in die Hocke, um zu betrachten, womit sie es zu tun hatten, und die Stimmen hinter ihr verschmolzen zu einem vagen Geräuschteppich. Der Pfarrer und Iannazzo würden ihr kurzfristig den Rücken frei halten.

Auf dem offen stehenden Hemd des Toten bemerkte sie etwas Schmutz, eine eingetrocknete Speichelspur am Kinn, eine Stichverletzung inklusive Waffe. Vorsichtig berührte sie die Haut des jungen Mannes und versuchte sich zu erinnern, was sie über die nach dem Ableben eintretende Starre wusste. Muskeln und Gelenke waren noch beweglich, demnach war er also nicht allzu lange tot.

Ein Artikel kam ihr in den Sinn, den sie vor einer Weile gelesen hatte, über eine neue Technik der Mund-zu-Mund-Beatmung, die angeblich jeder durchführen konnte, um ein Leben zu retten. Vorausgesetzt, man traute sich, mit einer vermeintlich verstorbenen Person in so unmittelbaren Körperkontakt zu treten – was sie bei Iannazzo getrost ausschließen durfte. Überdies hielt sie es für unwahrscheinlich, dass er oder Don Pietro je von dem Verfahren gehört hatten. Ob es dem Jungen wohl noch geholfen hätte? Wie viel Zeit blieb nach dem Herzstillstand? Und schloss der Stich nicht ohnehin jede Hoffnung aus?

Sie betrachtete die Unterseite seiner Hand, der die Flasche entglitten war, und zog ein Hosenbein über die Wade hoch. Seufzend sank sie auf ihre Fersen. Die Flecken machten jeglichen

Zweifel zunichte: Der Tod war unumkehrbar eingetreten. Niemand konnte diesen blutleeren Lippen das Leben wieder einhauchen, das ihnen unzweifelhaft gewaltsam genommen worden war.

Federica sehnte sich nach einem starken kleinen *caffè* in der Küche des Vento del mare, mit dem sie üblicherweise in den Tag startete, oder wenigstens einer Zigarette. Etwas zum Festhalten, das ihr half, sich zu konzentrieren.

»Giuseppe hat den Namen Garibaldi erwähnt«, sagte sie an Don Pietro gewandt, der ihr Tun genau beobachtete. »Demnach haben Sie die Kriminalpolizei schon informiert?«

»Signor Iannazzo dachte, es sei besser, wenn Sie das machen, nach Rücksprache mit dem Bürgermeister. Weil Sie wissen, worauf es ankommt bei der Schilderung und wie man mit diesen Leuten richtig redet.«

Federica hob die Augenbrauen. Bürgermeister Baresi war garantiert der Letzte, den sie jetzt brauchen konnten, und der Vorletzte war in Person des unschlüssigen Iannazzo bereits anwesend. Sie spürte, dass der Pfarrer ihre Auffassung teilte, obwohl er tunlichst vermied, ihr ins Gesicht zu sehen. Er räusperte sich.

»Was sollen wir mit dem Unglücklichen machen, bis der Commissario eintrifft, Signora?« Bekümmert knetete der Pfarrer sich die Hände. »Wenn wir Aniello wenigstens in die Kirche legen könnten!«

Natürlich, Aniello, so hieß der arme Kerl. Federica schob sich eine Locke aus der Stirn. Wären die Umstände anders gewesen, hätte es sie amüsiert, dass ausgerechnet sie von Don Pietro zu Rate gezogen wurde. In der Vergangenheit waren sie mehr als einmal kollidiert. Ihr Lebenswandel, der ihm einer Witwe unangemessen erschien, ihr Mangel an Demut und Zurückhaltung, ihre Weigerung, die Beichte abzulegen … Nicht zu vergessen die Sache mit dem nackten Leichnam, bei dessen Untersuchung er sie überrascht hatte. Ein Jahr war das her. Nicht auszudenken, wenn sie es heute mit einer Beatmung versucht hätte. Ein Scheiterhaufen wäre wohl das mindeste gewesen.

»Sie bleiben, wo Sie sind, Don Pietro, und passen auf, dass niemand sich dem Toten nähert.« Ihr Arm beschrieb einen weiten Kreis, schloss den Brunnen ein, an dem jetzt einige Nachbarn mit Cristina standen. Giuseppe hing bäuchlings über dem Rand und schlürfte Wasser aus der hohlen Hand. »Je größer der Abstand, desto besser. Das Telefonat mit der Questura übernehme ich. Dafür müsste ich den Apparat in Ihrem Laden benutzen, Signor Iannazzo, und wir brauchen Sonnenschirme. Haben Sie welche? Wunderbar. Die platzieren Sie bitte so, dass der Tote verdeckt wird. Und das möglichst flott.« Eine simple, aber effektive Maßnahme.

»Da kommt der Bürgermeister!« Iannazzo deutete zum anderen Ende des Platzes und seufzte hörbar erleichtert. In Baresis Windschatten segelte dessen Frau.

Federica stöhnte auf.

»Niemand, Don Pietro«, wiederholte sie. »Das schließt diese beiden ein.«

Der Pfarrer nickte abwesend und sah sich suchend um.

»Was ist los?«

»Nichts. Gehen Sie nur, gehen Sie, Signora.« Er winkte Luigi zu sich, der angestrengt auf der Innenseite seiner Wange kaute, während seine Mutter den Baresis entgegenlief. Zögernd kam Luigi näher, schaute zu seinem Vater, der stehen geblieben war, dann zu Don Pietro.

»Willst du noch etwas für mich erledigen und die Befana herholen?« Die alte Benedetta erschien sonst ganz von selbst, wenn jemand starb, ohne dass man sie rufen musste. Daran waren alle im Dorf gewöhnt, auch er. Es machte ihn seltsam unruhig, sie jetzt nicht zu sehen.

Luigi guckte den Pfarrer mit großen Augen an, schüttelte den Kopf und rannte davon. Er schlug einen Haken um seinen Bruder, dann knallte er hinter sich die Haustür zu.

»Können wir endlich, Signor Iannazzo?« Federica fehlte die Ruhe, um der Frage nachzugehen, weshalb Don Pietro nach der Befana schicken wollte.

Angelo rieb sich den Nacken. »Nehmen Sie es ihm nicht krumm, er ist noch klein. Giuseppe wird das machen.«

Ehe Federica Einspruch erheben konnte, kam der Junge angeflitzt. Brunnenwasser tropfte von seinem Kinn, während er aufmerksam zuhörte, und natürlich war er sofort bereit zum nächsten Einsatz.

»Du bist uns eine große Hilfe.« Don Pietro legte ihm eine Hand auf die Schulter und lächelte freundlich. Zwei Jahre Altersunterschied merkte man in solchen Momenten eben doch.

»Bitte, Signor Iannazzo. Beeilen wir uns.«

»Und was ist mit dem Bürgermeister?«

»Signor Baresi wird entweder Ihre Weitsicht loben oder Signora Maria Ihre Begriffsstutzigkeit herumtratschen«, zischte Federica ungehalten. Ihr Urteil über den Ladenbesitzer stand fest. »Wollen Sie wetten, was schneller die Runde macht?« Sie packte seinen Arm und zerrte den verdutzten Iannazzo am Rathaus vorbei über den Platz. Als sie sich noch mal zur Kirche umdrehte, sah sie den Pfarrer die Krähenflügel seiner Soutane schützend vor Aniello ausbreiten und hätte dem Gewand mehr Stoff gewünscht.

Iannazzo fummelte umständlich mit dem Schlüsselbund herum. Durch das Glas der Schaufensterscheibe blitzten bunte Verpackungen und handgemalte Preisschilder. Federica zählte die Sekunden, bis der Schlüssel sich endlich im Schloss drehte und die Ladentür aufsprang.

»Nichts für ungut, Signora Pellegrini«, brummte Iannazzo verlegen und ließ ihr den Vortritt. »Aber die Polizei … Wer hat mit denen denn gern zu tun? Wie die schon reden! So amtlich, dass es keiner versteht, und was man selber sagt, klingt immer falsch. Außerdem …«

»Ja, ja, schon in Ordnung.« Für derlei Befindlichkeiten war nun wirklich der falsche Moment.

Vollgepackte Regale standen dicht an dicht, und in den Lücken Gestelle voller Souvenirs, die mit den Obst- und Gemüsekisten tagsüber nach draußen geräumt wurden. Federica schlängelte sich durch, setzte sich auf die Theke und schwang ihre Beine auf die andere Seite, wo der Telefonapparat auf einem Extratisch hinter der Registrierkasse stand. In der Auslage verströmte das Käsesortiment aromatische Gerüche. In der Ecke surrte das Kühlaggregat der Eistruhe, an der die Werbetafel lehnte.

»Die Schirme. Bitte, Signore«, erinnerte sie ihn. »Der Junge da draußen hat ein bisschen Privatsphäre verdient, meinen Sie nicht? Wäre er mein Sohn, würde ich jedenfalls nicht wollen, dass alle ihn so sehen.«

Federica griff zum Hörer, um jede weitere Verzögerung zu unterbinden. Ihr blieb nur eine kurze Galgenfrist, bis das Gespräch vermittelt und sie in die Questura durchgestellt sein würde. Dann musste sie die richtigen Worte parat haben und durfte erst gar keinen Zweifel oder unliebsame Rückfragen aufkommen lassen. Später würde niemand mehr darüber nachdenken, wer welche Maßnahmen angeordnet hatte und wie alles zeitlich zusammenpasste, dann zählten nur noch Ergebnisse. Jedenfalls hoffte sie das.

»Commissario Garibaldi ist bereits informiert«, erklärte sie kurz darauf einem verdutzten Beamten und war froh, dass Iannazzo inzwischen mit zwei Schirmen unterm Arm abgezogen war und nicht mehr mithörte. »Er will Ispettore Spadafero hierhaben, so schnell wie möglich. Seinen besten Mann, sagt er, und der soll alles Nötige in die Wege leiten. Was das ist, weiß

Spadafero selbst. Der Commissario verlässt sich auf ihn – und auf Sie. Dorfplatz vor der Kirche in Pesaro del Monte piccolo Cattolica – haben Sie das?«

»*Si,* Signora. Aber wo –«

»Der Ispettore kennt den Weg. Und der Commissario wird sehr zufrieden mit Ihnen sein, wenn es jetzt zügig geht. Sehr zügig. Schließlich handelt es sich um einen Mord, da zählt jede Minute. *Grazie mille,* Signore, *grazie!*«

Von einem Werbeschild lächelte glückselig eine Dame im weißen Kleid mit einer Packung Waschpulver in Händen auf sie herunter. Die hatte gut lächeln. In Gedanken schon wieder draußen hängte Federica ein und wappnete sich für die nächste Aufgabe: Signora Baresi freundlich Paroli zu bieten. Instinktiv strich Federica Bluse und Frisur glatt, aus der sich eine Strähne um ihr Ohr ringelte. Das Waschmittel-Werbelächeln verfolgte sie, doch ihr war nicht danach. Maria Baresi mochte ein wenig oberflächlich sein, aber sie war alles andere als dumm. Auch wenn niemand es zugegeben hätte, war jedem klar, dass es Maria war, die in der Amtsstube des Bürgermeisters das Sagen hatte. Erst recht, seit sie in seinem Vorzimmer die Sekretärin ersetzte.

*

Während sich Angelo Iannazzo vor der Kirche noch mit dem richtigen Arrangement der Sonnenschirme abmühte, lauschte der Diensthabende am Empfang der Questura in Pesaro auf die Stille im Hörer. Diese Signora hatte ihn schwindelig geredet und dann einfach aufgelegt. Er schaute zur Uhr an der Wand und seufzte. Jede Minute zählte, da war was Wahres dran, gerade jetzt, unmittelbar vor Ende seiner Schicht. Die ganze Nacht hatte keiner etwas von ihm gewollt. Aber nun musste er noch eine Aktennotiz schreiben, aus der seine Ablösung schlau wurde, und einen Laufburschen schicken, der den Ispettore aus dem Bett zerrte. Zügig, wie vom Kommissar gewünscht, und vor allem im Eigeninteresse. Wenn Spadafero ankam, wollte er längst weg sein.

Er rieb sich die Augen und knurrte eine Verwünschung, die Commissario Garibaldi gänzlich unschuldig traf.

Kapitel 2

Die Giulietta wirbelte Staub auf. Mehr im übertragenen als im wörtlichen Sinn. Ein Raunen ging von Mund zu Mund, als der schnittige Alfa Romeo vor der Amtsstube einschwenkte und der Commissario aus Pesaro ausstieg. Dabei waren großspurige Auftritte überhaupt nicht sein Ding.

Lorenzo Garibaldi hängte die Ledertasche um, deren Riemen er über den Kopf zog, sodass sie an seiner Seite baumelte, dann rückte er den Krawattenknoten unterm Hemdkragen gerade. Er war unrasiert, was ihm missfiel, der Schatten auf Kinn und Wangen entsprach nicht seiner Vorstellung eines angemessenen Erscheinungsbildes im Dienst. Die zerknautschten Hemdsärmel verbarg er unter seinem Jackett. Lorenzo schob den Unterkiefer vor, setzte eine undurchdringliche, leicht blasierte Miene auf und schritt erhobenen Hauptes auf die Kirche zu. Zwei bunt gestreifte Sonnenschirme mit Werbeaufdruck lagen aufgespannt zwischen dem Eingang und einer kleinen Menschenansammlung davor, was seltsam anmutete.

»Signor Commissario!« Pfarrer Don Pietro eilte ihm entgegen und streckte die Arme aus. »Dem Herrn sei es gedankt – Sie müssen geflogen sein! Seit dem Anruf in der Questura kann kaum eine Viertelstunde vergangen sein. Wie haben Sie das nur gemacht?«

Lorenzo rieb sich die Nase. Entweder gestattete Don Pietro ihm gerade, den Schein zu wahren – was er für eher unwahrscheinlich hielt –, oder der Pfarrer wusste tatsächlich nicht, dass er zuvor im Vento del mare gewesen war. Im Bett von Signora Federica Pellegrini, deren Parfumduft hauchfein an seinem Hemd haftete. Wobei Letzteres auch pure Einbildung sein konnte. Seine Sinne waren von der vergangenen Nacht noch immer ein wenig vernebelt. Hätte er mit seinem Erscheinen doch bloß noch etwas länger gewartet! Wenn er nicht wollte, dass Don Pietro anfing, über die zeitliche Diskrepanz nachzudenken, musste Lorenzo improvisieren.

»Offen gestanden bin ich eher zufällig ...« Er unterbrach den lächerlichen Satz. Niemand kam zufällig auf diesen Hügel. Erst recht nicht um diese Zeit. Davon abgesehen hasste er es zu lügen, und dies vor einem Gottesmann zu tun wog doppelt schwer. »Wegen der Amaretti mit Aprikosen«, schob er halbherzig nach. Immerhin war diese Erklärung glaubhaft, und sie löste ein sofortiges Verlangen in ihm aus, denn den kleinen Köstlichkeiten aus der hiesigen Bäckerei war er tatsächlich verfallen. Doch der Pfarrer war nicht im Geringsten an seiner Ausrede interessiert.

»Ach? Na, so was. Glück im Unglück, wie man so sagt. Wobei das Unglück wahrhaft groß ist. Ein junger Mann aus dem Dorf ist tot, im Grunde noch ein Kind, erst achtzehn Jahre alt. Wir haben uns bemüht, nichts anzurühren und zu schweigen, um kein Aufsehen zu erregen. Aber Sie wissen, wie das ist ... Jetzt gehen viele zur Arbeit, und der Dorfplatz liegt auf ihrem Weg. Kommen Sie, dort entlang. Lasst uns durch, liebe Leute. Der Commissario wird sich jetzt kümmern.« Don Pietro hob die Hände über den Kopf, und Lorenzo folgte dicht hinter ihm.

»Sind die Eltern schon informiert?«

»Dazu war bisher keine Gelegenheit.«

»Verstehe. Das ist in Ordnung.« Je mehr Informationen und Originalspuren er vor dem Eintreffen der Familie sammelte, desto besser. Es würde das Gespräch mit den Angehörigen erleichtern, einen Wissensvorsprung zu haben. »Warten Sie noch einen Moment damit. Und bleiben Sie beim Schweigen, auch was die Identität des Toten betrifft.«

»Nun, ich fürchte, das dürfte zu spät sein.« Besorgt wiegte der Pfarrer den Kopf hin und her.

»Dann halten Sie mir wenigstens für ein paar Minuten den Rücken frei, bis ich mir ein Bild gemacht habe. Und schicken Sie die Leute weg. Oder sind Zeugen darunter?«

»Nein, Signor Commissario. Ich war es, der Aniello fand, weit und breit war keine Menschenseele außer mir.«

Die Lage schien tatsächlich ernst, und Lorenzo hielt nach Federica Ausschau. Es würde schwierig sein, an diesem öffentlichen Platz einigermaßen in Ruhe zu arbeiten, den Zustand des Tatorts aufzunehmen und sicherzustellen, dass niemand etwas veränderte, sobald er sich umdrehte. Seine Voreingenommenheit roch nach Arroganz, basierte jedoch – ganz besonders in Pesaro del Monte piccolo Cattolica – auf Erfahrung. Er durfte sich keine Sekunde der Unaufmerksamkeit leisten. Einmal mehr wünschte er sich telepathische Fähigkeiten und eine Direktverbindung zu Spadafero. »Ich muss unbedingt Verstärkung anfordern.«

»Oh, da können Sie beruhigt sein: Das ist schon geschehen. Signora Pellegrini hat bereits mit Ihrer Dienststelle telefoniert. Darum nahm ich ja auch an, Sie seien im Bilde.«

»Signora Pellegrini? Wer hätte das gedacht.« Lorenzo behielt seine vorgetäuschte Überraschung bei.

»Sie wird Ihnen alles Weitere erklären, und ich halte Ihnen wie gewünscht den Rücken frei.«

»*Grazie mille,* Padre.« Das sichtlich schlechte Gewissen Don Pietros kam Lorenzo entgegen. Im Vorbeigehen erkannte er einige Gesichter von früheren Besuchen und wurde selbst argwöhnisch gemustert. Daran war er gewöhnt. Seine Anwesenheit in offizieller Funktion bedeutete selten etwas Gutes. Gemessen und distanziert grüßte er in die Runde.

»*Buon giorno,* Commissario Garibaldi!«

Der Bürgermeister stand im Anzug bereit und schwitzte jetzt

schon. Seine Frau stieß ihm auffordernd einen Ellbogen in die Seite, und Aldo Baresi schöpfte Atem, bereit, seinen einstudierten Text zum Besten zu geben. Doch auch er musste sich gedulden. Lorenzo ignorierte den Versuch absichtlich und ging weiter. Endlich entdeckte er Federica, die ein wenig abseits neben den Schirmen an der Kirchenwand lehnte und den Rauch ihrer unvermeidlichen *Nazionali* in Kringeln ausstieß.

»Signora Pellegrini«, sagte Lorenzo etwas zu laut, eilte auf sie zu und reichte ihr förmlich die Hand. »Don Pietro schickt mich zu Ihnen. Sie haben in der Questura angerufen?«

Der Pfarrer war bei Maria Baresi hängen geblieben, wo er die Unhöflichkeit des Kommissars ausbügeln musste.

»*Si.* In seinem Auftrag«, antwortete Federica ebenso laut. Ein Verbrechen im Dorf war eine Sache, die Polizei einzuschalten eine andere. Ihr lag daran, von Beginn an vor allen Anwesenden klarzustellen, dass es diesmal nicht ihre Idee gewesen war. Obwohl sie den Anruf natürlich auch aus eigenem Antrieb getätigt hätte, weil er richtig und notwendig war. Für die Stimmung in der Dorfgemeinschaft war das jedoch nebensächlich, und ihrem Ansehen kam die kleine Politur zupass.

»Klären Sie mich auf, Signora«, bat Lorenzo und senkte dann die Stimme. »Ein Mord?«

»Oder ein Totschlag im Affekt. Wobei das Opfer nicht erschlagen wurde. Es könnte Alkohol im Spiel gewesen sein.« Sie hob die Schultern. »Es ist nicht an mir, Schlüsse zu ziehen, hat mir mal jemand beigebracht.« Genau genommen war es bei einem Versuch, sie in ihre Schranken zu weisen, geblieben. Denn auch jetzt tat sie es natürlich, wollte Lorenzos Urteil aber nicht beeinflussen. Darum behielt sie ihre Meinung und die kleinen Irritationen zunächst für sich.

»Die Schirme waren Ihre Idee? Sehr umsichtig. Sehr diskret, bis auf die Farbe.«

»Danke, Commissario.« Sie unterdrückte ein Lächeln, das der Gesamtsituation unangemessen gewesen wäre. »Wir sollten uns besser beeilen. Die Meute wird nicht lange Ruhe geben.«

»Ich habe dem Pfarrer gesagt, er soll sie wegschicken.«

»Und Sie denken, das funktioniert?«

Lorenzo packte sein Notizbuch aus, schlug eine leere Seite auf, wo er Datum und Uhrzeit in der oberen Zeile vermerkte.

Nachdenklich betrachtete Federica seine Umhängetasche. Darin steckte seine komplette kriminalistische Notfallausrüstung. Vom Schreibzeug über den Fotoapparat bis zum Chemieset für einen einfachen Blutnachweis, den sie schon mal gemeinsam mit ihm durchgeführt hatte.

»Du solltest mal deine Prioritäten überdenken«, flüsterte sie und wechselte zur vertrauten Anrede. »Sogar zu einem Rendezvous nimmst du die Tasche mit?«

»Nein, sie lag im Wagen.« Sein Gesichtsausdruck blieb ernst. »Ich bin nur immer gern vorbereitet. Zu Recht, ganz offenbar. Also: Was genau stört dich?«

»Schau es dir an.« Federica nahm einen letzten Zug, ließ die Zigarette fallen und zerdrückte sie mit der Schuhspitze. Es gefiel ihr, dass Lorenzo ihre Zweifel zwischen den Zeilen herausgehört hatte, und sie führte ihn um die improvisierte Absperrung herum. Ein weißes Leinentuch, von Cristina Iannazzo vorbeigebracht, lag gefaltet auf der Stufe. Bei aller nötigen Diskretion hatte Federica darauf bestanden, dass der Tote erst nach einer polizeilichen Begutachtung zugedeckt werden durfte. Wegen der Spuren, die unverfälscht bleiben mussten.

Von nun an gab es keine Ablenkung mehr. Garibaldi war ganz Kommissar. Federica blieb dicht an seiner Seite, beobachtete jede Bewegung, folgte seinen Augen.

An Handgelenk und Hals tastete er nach Aniellos Puls, hielt ihm dann einen Taschenspiegel unter die Nase. Eine gängige, obgleich nicht allzu aussagekräftige Methode. Der Spiegel blieb klar, wie erwartet schlug sich kein Atem mehr nieder.

»Nur der Vollständigkeit halber«, erklärte er. »Nicht jeder Stich ist gleich tödlich.« Sein Bleistift huschte über das Papier.

»Ich weiß. Darum hatte ich zuerst an Mund-zu-Mund-Beatmung gedacht, aber es gibt schon Leichenflecken.« Federica zeigte ihm eine der Stellen. »Was fällt dir sonst noch auf?«

»Abgesehen vom Messer in der Brust?«

»Falls es eins ist.« Vorsichtig schob sie den Stoff des karierten Hemdes beiseite. »Mir scheint das keine normale Klinge zu sein.«

Lorenzo neigte sich vor und pfiff leise durch die Zähne. Der Griff umschloss ein kurzes, gerades Stück Metall, das sich unmittelbar außerhalb des Brustkorbs krümmte. »Hat das außer dir noch jemand bemerkt?«

»Keine Ahnung. Ich war ja nicht als Erste hier und zwischendurch weg zum Telefonieren.« Eindringlich schaute Federica ihn an. »Was meinst du, ist das eine Sichel? Dann wäre es eine eher ungewöhnliche Mordwaffe. Oder ist dir so was schon mal untergekommen?«

»Nein. Und ich hätte nicht erwartet, dass eine Sichel als Stichwerkzeug verwendet wird. Meistens schneidet man damit. Ähnlich wie mit einer Sense.«

»Genau. Und noch etwas anderes ist seltsam. Was ich vorhin meinte, ist, dass etwas fehlt. Wenn er erstochen wurde … wenn er *hier* erstochen wurde …«

Lorenzo nickte langsam und vollendete ihren Satz: »Wo ist dann das Blut?«

*

Niemand bedeutete *niemand*. Don Pietro hatte seine liebe Not, dieses Ansinnen durchzusetzen, und verbiss es sich, diese Worte offiziell Signora Pellegrini zuzuschreiben, mit der er in dieser Hinsicht absolut übereinstimmte. Ganz besonders das würde er tunlichst für sich behalten. Schon allein wegen ihrer auch heute wieder herausfordernd rot lackierten Zehennägel. Ein unerhörter Aufzug, der weder ihrem Alter von Ende dreißig noch ihrem Witwenstand entsprach.

»Haben Sie das gesehen?« Maria Baresi fauchte. »Dieser Garibaldi lässt meinen Mann stehen und rennt stattdessen der Pellegrini hinterher. Ist doch nicht zu fassen!«

Der Pfarrer machte keine Anstalten, ihrer Empörung beizupflichten oder weitere Auskünfte zu geben, betete nur die ewige Leier von Geduld herunter.

Maria tobte innerlich. Im Vergleich zu Don Pietro war der an ihrer Haustür sturmklingelnde kleine Luigi direkt gesprächig gewesen. Von dem war allerdings keine Spur mehr zu sehen. Diese ganze Geheimniskrämerei erschien ihr albern, zumal der Pfarrer sie – nun gut, ihren Mann – hatte rufen lassen. Ein Verbrechen war geschehen, womöglich ein Mord, und anstelle des Bürgermeisters traf eine Pensionswirtin die nötigen Entscheidungen. Das war nicht weniger als ein Affront! Es ärgerte Maria, dass die Signora sich eine Sonderstellung herausnahm, und noch mehr, wie leicht diese Frau sie immer wieder zur Weißglut brachte. Die Lässigkeit, der Schneid, das unverschämt gute Aussehen, das den Männern den Kopf verdrehte! Sicher, die Pellegrini hatte auch ihre guten Seiten, doch diese wogen die anderen bei Weitem nicht auf. Anscheinend tanzte inzwischen sogar der Pfarrer nach ihrer Pfeife! Maria hakte ihren Aldo fester unter. Der konnte ihr noch so oft schwören, dass ihn Signora Pellegrinis Kurven nicht interessierten, er diese überhaupt nicht bemerkte. Sie wusste es besser. Mit der Lollobrigida hatte er sie verglichen und mit der Loren! Und zu allem Überfluss war diese grässliche Person genauso nett, wie sie klug war. Hilfsbereit in verzwickten Situationen, sogar zu ihr.

Maria seufzte, dann reckte sie den Hals. »Was treibt sie denn dort mit dem Kommissar?«

Blitzlichter zuckten hinter dem Schirm über die Kirchenwand. Maria konnte sich natürlich denken, was dort vor sich ging. Sie hätte wahrlich nicht tauschen wollen. Nur Bescheid wissen.

Maria grübelte. Wenn man es recht betrachtete, waren sie und Federica Pellegrini beinah so etwas wie Freundinnen. Zumindest waren sie enge Verbündete bei einer heiklen Angelegenheit gewesen, in deren Verlauf Maria ein Schreiben inklusive amtlichem Stempel und Unterschrift gefälscht hatte. Am Bürgermeister und am Kommissar vorbei. Derlei gemeinsame Erlebnisse schweißten zusammen, was mehr Wert sein konnte als bloße Zuneigung. Eine Hand wäscht die andere. Das ließ sich doch wiederholen.

Sie drückte Aldo ihre Handtasche gegen die Brust, schob Don Pietro beiseite und stöckelte los.

»Halt, Signora Baresi!«

Über ihre Schulter bedeutete sie ihm, zu schweigen. Wofür hielt der Pfarrer sich eigentlich? Sollte der mal beim Beten bleiben, davon verstand er sicher mehr als von irdischen Notwendigkeiten. In ihrer Stellung war sie geradezu prädestiniert und verpflichtet zu helfen. Ein Angebot, das der Kommissar kaum ausschlagen konnte.

»Commissario! Commissario? Hallöchen!« Sie machte sich lieber frühzeitig bemerkbar. In Anbetracht der Umstände fürchtete sie, andernfalls mit Abstoßendem konfrontiert zu werden. Rasch drückte sie einen Kuss auf das Kreuz an ihrer Kette. Sie kannte ihre Grenzen, und Leichen befanden sich definitiv weit dahinter.

Die Augen halb zusammengekniffen schickte sie sich an, hinter den Sonnenschirm zu treten. »Lieber Commissario, ich mische mich ungern ein«, flötete sie. »Aber es wäre wirklich geboten, sich ein wenig gesprächiger zu zeigen.«

Lorenzo stöhnte unterdrückt. »Alles zu seiner Zeit, Signora Baresi, ich hatte um Geduld gebeten.«

Federica schnitt eine spöttische Grimasse und machte sich daran, die Ausrüstung zusammenzupacken. Diesen Dressurakt überließ sie ihm gern allein.

»Papperlapapp. Das Ganze ist eine Frage des öffentlichen Interesses und der Sicherheit.« Maria stemmte die Hände in die Hüften und rückte dabei ihr üppiges Dekolleté in Position. Der erhöhte Standort des Kommissars gewährte ihm besten Einblick. Ob er wollte oder nicht.

»Hat Ihr Mann Sie vorgeschickt?« Lorenzo fixierte den seitenverkehrten Schriftzug auf der Innenseite des Sonnenschirms. »Sagen Sie ihm, ich komme zu ihm, sobald es meine Arbeit erlaubt.«

»Seien Sie nicht so störrisch! Ich biete Ihnen nur meine Hilfe an.«

In der Deckung hinter Garibaldis Rücken pustete Federica auf das heiße Blitzlichtbirnchen. Für eine bessere Ausleuchtung hatte Lorenzo einen Aufsatz an seine Kamera geschraubt. »Das Angebot ist mit Vorsicht zu genießen«, raunte sie ihm zu. Sie schob die kleinen Elemente des Metallfächers zusammen, der, wie ein Hohlspiegel gebogen, den Blitz in die richtige Richtung verstärkte. Zum Glück waren sie mit den Bildern bereits fertig, die genaue Anordnung sämtlicher Fundstücke lückenlos dokumentiert und die Glasflasche in der Tasche verstaut. Für Maria gab es nichts zu sehen, was sie nicht schon kannte.

»Wo ist er? Ist das wahr?«

Die Frauenstimme überschlug sich, hallte von den Mauern wieder, und Maria zog ihren Fuß von der Stufe zurück.

»Das haben Sie jetzt davon, Commissario!«, sagte sie pikiert. Er genau wie der Pfarrer und ihr Mann und alle, die geglaubt hatten, herumstehen und abwarten zu müssen, statt die Eltern offiziell zu informieren. »Das ist Aniellos Mutter.« Theatralisch fasste Maria sich ans Herz und wandte sich um. »Wenn Sie erlauben: Ich weiß, wo mein Platz ist.«

An die Kirchenwand gelehnt schaute Federica ihr nach. Die heilige Maria von Pesaro del Monte piccolo Cattolica sah sich gern in der Rolle einer Wohltäterin und neigte bei aller guten Absicht zur Übertreibung und dazu, ihr auf die Nerven zu gehen. Dabei war das Drama dieses Mordes groß genug und bedurfte keiner weiteren Verschärfung.

Signora Capizzis hastig übergeworfenes Kittelkleid flatterte, von den Knöpfen war nur die Hälfte geschlossen, darunter schaute ihr Nachthemd hervor. Die langen dunklen Haare fielen unfrisiert über ihre Schultern.

»Welcher Hornochse musste es ihr unbedingt schon sagen?« Um Lorenzos Mund zeichnete sich eine harte Linie ab. Ein unbestätigtes Gerücht – auf diese Weise sollte niemand vom Tod eines geliebten Menschen erfahren.

»Geh, Lorenzo! Jede Sekunde macht es schlimmer für sie.« Federica deutete auf seine Tasche. »Ich passe auf.«

»Grazie«, brummte er und reckte das Kinn.

»Mein Junge! Ist das wahr – mein Aniello?« Mit einer Hand raffte Gemma Capizzi den Stoff vor ihrer Brust zusammen, die andere fuhr unkontrolliert durch die Luft. »Wo ist er?«

»Nicht, Gemma.« Halbherzig machte Angelo Iannazzo den Versuch, sie aufzuhalten, wagte jedoch nicht, sie zu berühren.

»Nicht? Was nicht?«

Ihre Blicke flogen zwischen den Umstehenden hin und her, die jäh verstummten und betreten zu Boden schauten. Nur Maria wich nicht aus, trat ihr entschlossen entgegen. Sie legte bittend die Hände ineinander, bemüht um ein sowohl gütiges als auch selbstbewusstes Auftreten.

»Geh nicht hin. Von einer Mutter zur andern: Das ist nicht gut für dich.«

»Aber du, du warst bei Aniello? Wer gibt dir das Recht?«

Die Ohrfeige traf Maria mit voller Wucht.

»Lasst mich zu ihm!« Gemma schlug um sich, nach allem und jedem, das zwischen ihr und der Gewissheit lag, gefangen in ihrer Angst, die sich weigerte, das Begreifen zuzulassen. Sie trat, stieß mit dem Kopf, Wildheit im Blick. »Er ist mein Kind!«

»*Aspetta*, Signora Capizzi. Warten Sie.« Lorenzo hinderte sie, einen der Schirme wegzuzerren, und fing sie ein. »Oder wollen Sie, dass jeder Ihren Sohn sehen kann?« Er hielt sie von hinten fest, die überkreuzten Arme vor ihrem Bauch. »Ich bin Commissario Garibaldi aus Pesaro und bringe Sie zu ihm«, sagte er leise an ihrem Ohr. »Wenn Sie aufhören, mich zu attackieren. Können wir uns darauf einigen?«

Ihr Körper bäumte sich auf, zitterte. Ihre Zustimmung war kaum zu hören, eher im Erlahmen ihres Widerstands unter den angespannten Muskeln zu spüren. Lorenzo lockerte seinen Griff, ohne ganz loszulassen, führte sie auf die andere Seite der Schirme. Ihre Hand krallte sich bei jedem Schritt fester in seinen Arm.

Auf sein Nicken lüftete Federica das weiße Laken von Aniellos Gesicht.

Gemma schrie.

Eine Schar Spatzen stob vom Sims des Glockenturms auf, zerstreute sich und sammelte sich wieder zu einer unordentlichen Runde über die verschachtelten Dächer; Ziegel in Rostrot, Ockergelb und Lehmbraun lagen unter ihnen, unterbrochen von kleinen Innenhöfen und Gärten. Die Vögel schraubten sich höher und höher, setzten erst wieder zur Landung an, als der Schrei verebbte.

»Es tut mir leid.« Lorenzo hielt Gemma Capizzi aufrecht, deren Knie nachgaben.

Aus der Stille erhob sich Geflüster wie Meeresbrandung. Federica verhüllte Aniello und spähte über den Platz, auf dem es immer unruhiger wurde. Eine vertrackte Situation, in der vielleicht tatsächlich der Pfarrer oder der Bürgermeister ihren Einfluss geltend machen mussten, damit die Leute endlich nach Hause gingen. Ihr wäre keine freundliche Ansprache gelungen. *Schämt euch für eure Neugier!*

Doch sie hatte leicht reden, schließlich gehörte sie zu den Privilegierten mit Informationen aus allererster Hand. Allein deshalb war es in diesem Moment wohl wirklich besser, wenn so schnell niemand von ihrer Liaison mit dem Kommissar Wind bekam. Denn das hatte einen Beigeschmack, der ihr ganz und gar nicht gefiel. Zumal das eine, Private, mit dem anderen, der Arbeit, wenig zu tun hatte. Nichts eigentlich, denn sie war ja auf Don Pietros Wunsch hergekommen.

Begleitet von einem Rest Selbstzweifel und nutzloser Scham gab sie Lorenzo stumm ein Zeichen und huschte die Stufe hinunter, um mit Bürgermeister Baresi zu sprechen.

Im selben Moment riss Gemma Capizzi sich los und stieß dabei Federica von hinten so ungestüm in den Rücken, dass sie auf Händen und Knien aufschlug. Steinchen ritzten ihre Haut, sie spürte das jähe Brennen der Schürfwunde und biss die Zähne zusammen. Ohne die Kratzer zu beachten, kam sie wieder auf die Füße.

»Geht es dir gut?« Lorenzos Finger berührten unauffällig ihren Arm, und sie nickte. Ein bedeutungsloses Nichts angesichts des Schmerzes, der Gemma antrieb. Sie schaute Aniellos Mutter nach. »Geh, Garibaldi!«

»Wieso sitzt mein Junge tot vor deiner Kirche?«, brüllte Gemma. Ihre Fäuste hämmerten jetzt auf Don Pietros Brust. »Was hat das zu bedeuten? Du hättest ihm helfen müssen, ihn retten! Wo bist du gewesen? Und wo war Gott? Wo war seine schützende Hand, von der du uns immerzu predigst?«

Aschfahl und fassungslos steckte der Pfarrer die Schläge ein. »Signora Capizzi, ich bitte Sie!«

»Madonna im Himmel, was hat Aniello ihm denn getan? Mein Baby, mein Baby …« Gemma schwankte, rang die Hände, die dann wieder Don Pietro trafen. »Hat er nie genug? Er hat seinen Sohn gegeben – wieso nimmt er sich jetzt auch noch meinen? Warum holt er nicht mich? Er hat kein Herz, kein Mitleid, dieser *gute* Gott!«

Kollektives Raunen erfasste die Umstehenden, vermischt mit eilig aufgesagten frommen Sprüchen, als könne die Blasphemie sie mit ins Verderben reißen.

»Meine Güte, Gemma, komm zu dir!« Beherzt packte Maria Baresi sie bei den Schultern, ungeachtet ihrer glühenden Wange, auf der sich ein roter Handabdruck abzeichnete. »Sieh mich an! Du wirst dich morgen in Grund und Boden schämen für diesen Auftritt. Das ganze Dorf kann dich hören. Denk an deine Familie!«

»Meine Familie geht dich einen Dreck an. Euch alle, euch alle! Er ist tot. Mein Sohn ist tot!« Mit unverminderter Lautstärke fuhr Gemma in ihrer Anklage fort. »Was glotzt ihr mich so an? Verschwindet!«

Federica zollte Maria Respekt für die Hartnäckigkeit, mit der sie dabei blieb, mäßigend auf Signora Capizzi einzuwirken. Das war mehr als reines Heischen nach Aufmerksamkeit, auch wenn es ihr im Nachhinein sicher einiges an Beifall einbrachte. Maria machte sich zum Blitzableiter im Zentrum des Gewitters.

Bei Gemmas nächstem Aufschrei hielt jenseits des Brunnens ein Mann in seinen schweren Schritten inne, presste sich beide Hände auf die Ohren. Sein Schnurrbart bebte.

Zugleich nahm Federica aus dem Augenwinkel eine Bewegung wahr. Schnell und lautlos, wie ein vorüberziehender Wolkenschatten. Hatte jemand den andauernden Tumult genutzt, um sich hinter die Schirme zu schleichen? Unschlüssig saugte sie an ihrer blutenden Handfläche. Außer ihr schien keiner etwas bemerkt zu haben. Sowohl Lorenzo als auch der Bürgermeister steckten in dem Bemühen fest, den Pfarrer vor weiteren Attacken zu schützen. Blieb wohl nur sie, um einzugreifen. Wer das auch war – wenn er diskret wieder verschwinden wollte, führte der Weg an ihr vorbei, denn nur auf dieser Seite gab es ein Schlupfloch. Andernfalls musste er mitten durch die Schirme brechen, deren fröhliches Streifenmuster ihr mit jeder Minute unpassender vorkam. Federica lehnte sich an die Kirchenwand, setzte einen Fuß auf die Stufe und spähte um die Ecke. Vor dem Portal kniete ein Kerl, einen Zipfel des Lakens in der einen Hand, die andere einen Zentimeter von Aniellos Gesicht entfernt.

»Finger weg!«, rief sie. »Sie haben hier nichts –«

Bevor sie den Satz zu Ende bringen konnte, war es bereits zu spät. Im Aufspringen riss er das Tuch hoch, eine flatternde weiße Stoffkaskade nahm ihr für eine Sekunde die Sicht. Begleitet von einem seltsam keuchenden Laut traf sie zum zweiten Mal ein Stoß, der sie diesmal nicht zu Boden, sondern mit dem Rücken gegen die Mauer der Kirche schleuderte.

»Maledetto«, stöhnte sie. Das würde ihr ein paar ordentliche Blutergüsse einbringen.

Der Kerl stolperte, rot geäderte Augen schauten sie an, streiften über den Platz, dann bog er seitlich um die Ecke des Gotteshauses und verschwand. Gemma Capizzi brüllte noch immer aus Leibeskräften ihre zornige Verzweiflung heraus, und der Mann jenseits des Brunnens schlurfte davon. Noch langsamer, als er gekommen war. Vorbei an leuchtenden Geranien und der Platanenreihe, hinter denen die Hausschatten ihn verschluckten.

Federica massierte sich das Schulterblatt. Mit einem mulmigen Gefühl breitete sie ein weiteres Mal das Laken über den Toten. Alles sah aus wie zuvor. Das war gut, und doch beruhigte es sie nicht.

Kapitel 3

Lorenzo Garibaldi bewahrte eisern Haltung. Der unterdrückte Ärger brachte die Ader an seiner Schläfe so stark zum Pochen, dass er glaubte, es hören zu können. Ihr dumpfer Trommelschlag füllte seinen Kopf mit der Gewissheit, rein gar nichts unter Kontrolle zu haben. Ihm gegenüber standen der Bürgermeister und Federica, beide einsatzbereit, doch mit deutlich unterschiedlicher Begeisterung.

»Ich will, dass bis zum Eintreffen meiner Kollegen rund um den Fundort keinerlei Veränderungen vorgenommen werden. Das heißt, niemand nimmt einen Besen in die Hand, hebt etwas auf oder fügt etwas hinzu. Stellen Sie einen zuverlässigen Mann als Posten auf, Signor Baresi. Allzu lange wird er die Stellung nicht mehr halten müssen.« Er warf einen Blick auf seine Armbanduhr. Ein optimistischer Ansatz, der auf Federicas Anruf in der Questura und Ispettore Spadaferos Reaktionsschnelligkeit baute. »Später brauche ich wieder einen Raum, von dem aus ich die Ermittlungen leiten werde, und jetzt gleich genauere Informationen über die Familie des Opfers.« Die Mutter machte ordentlich Wind. Gleichwohl fand er ihre Wut auf die ganze Welt und den Drang, sich persönlich vom Tod ihres Sohnes zu überzeugen, absolut nachvollziehbar.

Statt Baresi zu Wort kommen zu lassen, machte Lorenzo einen Schritt zur Seite und klatschte laut in die Hände.

»Alle mal herhören! Denjenigen, der etwas zur Aufklärung beitragen kann, etwas beobachtet hat und eine Aussage machen will, bitte ich zu bleiben. Alle anderen sind aufgefordert weiterzugehen. Haben Sie mich verstanden? Gehen Sie nach Hause oder zur Arbeit – und machen Sie den Platz frei. Danke, meine Herrschaften.«

Zögernd setzten die Ersten sich in Bewegung.

»Na also.« Zufrieden wandte Lorenzo sich wieder um. »Abgesehen von der räumlichen Absicherung werden wir auch eine klare Linie einhalten, welche Details kommuniziert oder aber zurückgehalten werden müssen. Wie wichtig das ist, dürfte klar sein? Es gibt Dinge, die nur der Täter wissen kann – oder eine der ersten Personen vor Ort.«

Federica lachte trocken auf. »Entschuldigen Sie meine Zweifel, aber ich kam erst etwas später dazu, genau wie der Bürgermeister. Wissen Sie, ich lag noch im Bett, als Giuseppe mich herausgeklingelt hat.« Sie bedachte Lorenzo mit einem langsamen Augenaufschlag. »Signor Baresi, was meinen Sie, wie viele Leute den Toten gesehen haben, bevor Iannazzo die kleine Barriere errichtet hat? Fünf würde ich schätzen – oder vielleicht zehn. Wenn Sie die alle zum Schweigen verpflichten wollen, wünsche ich Ihnen viel Glück, Commissario Garibaldi, und noch besser eine Zeitmaschine. Sehen Sie sich um – glauben Sie wirklich, dass es noch etwas aufzuhalten gibt?«

Was er für einen Rückzug der Schaulustigen gehalten hatte, war bereits nach wenigen Metern ins Stocken geraten.

»Offen gestanden fürchte ich, die Signora hat recht.« Baresi knetete seine fleischigen Hände, und Lorenzo zog ein säuerliches Gesicht.

»Mit den Namen der betreffenden Personen wäre mir schon geholfen. Auch ohne Zeitmaschine.«

»Das ist eine Frage für Don Pietro, er hat den Toten nur allein gelassen, um bei den Iannazzos zu klingeln.« Federica deutete zum Laden. »Wenn ich einen Vorschlag machen dürfte, würde ich empfehlen, dass Signor Baresi unterdessen die Wache übernimmt. Er ist perfekt, denn wer würde sich schon über seine

Kompetenz hinwegsetzen?« In Wahrheit vertraute sie eher auf die Autorität seines Amtes, aber das war unerheblich.

Der Bürgermeister warf sich in die Brust, tupfte sich mit seinem Taschentuch die Stirn und nickte eifrig. »Signora Pellegrini, Sie sind eine kluge Frau.«

»Ich weiß.« Sie zwinkerte ihm zu, und Baresi marschierte auf seinen Posten. Ein Bollwerk der Macht, im Zweireiher mit Weste. Ganz im Sinn seiner Maria. Die Arme vor dem voluminösen Bauch verschränkt machte er ein wichtiges Gesicht.

»Na, wie habe ich das gedeichselt?« Federica grinste.

»Beeindruckend, Signora.« Lorenzo behielt seine distanzierte Miene bei. Unter andauernder Beobachtung zu stehen erschwerte jede Geste und jedes Wort. »Können Sie mir auch etwas zur Familie Capizzi erzählen?«

»Du vergisst: Ich bin die Neue im Dorf.« Seit fast sechs Jahren kämpfte sie darum, sich ihren Platz zu erobern. Keine Kleinigkeit unter den *Marchigiani*, die in ihrer Sturköpfigkeit kein bisschen besser waren als die Bewohner ihrer sizilianischen Heimat. Eine Gemeinsamkeit, die beide Seiten vehement geleugnet hätten. Es gab in Pesaro del Monte piccolo Cattolica immer noch eine ganze Anzahl Leute, mit denen Federica nie zu tun gehabt hatte. Die Capizzis kannte sie nur flüchtig. Der Vater war bei einer Gemeindeversammlung als Befürworter des Tourismusausbaus in Erscheinung getreten. Sein buschiger Schnauzbart war ihr im Gedächtnis geblieben. Genau der, den sie vorhin jenseits des Brunnens gesehen hatte. Eine Gänsehaut kroch über ihre Arme, als in ihrer Erinnerung Aniellos lachendes Gesicht inmitten einer Gruppe spielender Kinder vor ihr aufblitzte. Wie lange mochte es her sein, dass er noch mit den anderen in den Gassen gekickt hatte? Ganz unbeschwert. Ein hübscher Junge auf dem Weg zum Mann, mit dem Potenzial zum Herzensbrecher …

»Also haben wir noch eine Frage für den Pfarrer.« Lorenzo winkte Don Pietro zu sich, der sicher seine gesamte Herde und sämtliche Abtrünnigen kannte. Er spürte den Hauch von Melancholie, der Federica gestreift hatte, und nahm sich fest vor, dem später nachzugehen.

»Signor Commissario, wie kann ich helfen?« Der unermüdliche Hirte ließ seine Schafe stehen und schob die Hände in die Ärmel seines Gewandes. »Bitte sehen Sie es ihnen nach, wenn sie ihren Aufbruch hinauszögern. In dunklen Stunden ist niemand gern allein. Und jeder sucht nach einer Erklärung für das Unbegreifliche.«

»Ihre Gemeinde kann sich glücklich schätzen«, bemerkte Lorenzo diplomatisch. »Ihr Beistand ist ein Segen. Für die rein irdische Erklärung bin allerdings ich zuständig. Sagen Sie mir bitte, wer dem Toten näher gekommen ist und somit etwas über die Beschaffenheit der Tatwaffe verbreiten könnte. Haben Sie diese genauer angesehen?«

Don Pietro spitzte die Lippen, dann nickte er bedächtig. »Bei aller Wissbegier unserer Mitbürger – es gibt Grenzen, die nur wenige überschreiten. Zwischen ›alles erfahren wollen‹ und ›alles sehen wollen‹ besteht ein großer Unterschied, Commissario Garibaldi. Das gilt selbst für den Bürgermeister und seine Gattin. Wir Menschen tun gut daran, unseren Instinkten zu vertrauen, die uns stillstehen oder weglaufen lassen. Ich nehme an, Sie wollen darauf hinaus, dass es kein Messer ist. Um das zu erkennen, war außer Ihnen und mir nur Signora Pellegrini nah genug.«

»*Va bene*. Das ist doch ein Anfang.« Lorenzo zögerte. Jedes Wort konnte weitere Spekulationen auslösen. »Und Sie haben mit niemandem darüber gesprochen, worum es sich handelt?«

»Selbstverständlich nicht. Aber … warten Sie.« Don Pietro wiegte den Kopf. »Eventuell könnte Signor Iannazzo etwas bemerkt haben. Obwohl er nichts dergleichen erwähnt hat. Wir stehen alle unter Schock, da fangen die einen an zu plappern, und die anderen schweigen plötzlich.«

Ausgerechnet der Ladenbesitzer. Wenn der etwas wusste, war das keine gute Nachricht, denn sein Geschäft – das einzige vor Ort mit gemischtem Sortiment – war zweifellos das zentrale Drehkreuz der Dorfgemeinschaft. Es gab immer etwas einzukaufen und bei der Gelegenheit ein Schwätzchen zu halten.

»Danke, Padre.« Lorenzo machte sich nichts vor – es gab keine Rechtfertigung dafür, den Laden heute geschlossen zu halten. Ohnehin hätte er damit lediglich eine kleine Verzögerung im allgemeinen Meinungsaustausch bewirkt. Wo ein Wille war, fand sich eine Gelegenheit.

Federica wippte auf den Fußspitzen und hob die Hand.

»Schon wieder ein Vorschlag, Signora?«

»Zwei, Commissario Garibaldi. Entscheiden Sie, was Vorrang hat. Ich würde sagen: Greifen Sie sich den guten Angelo, bevor er seine Obstkisten übers Pflaster zieht und mögliche Spuren verwischt.«

Der Kopf des Kommissars schnellte herum.

»Und Arbeitsteilung. Bis Sie zurück sind, hat Don Pietro mir alles erzählt, was es über die Familie Capizzi zu wissen gibt.« Federica zupfte eine flaumige Spatzenfeder von dessen Schulter, daneben klebte ein kleines Häufchen. »Nicht wahr?«

»Machen wir es so.« Lorenzo nickte und schaute immer noch zur Ladentür. »Sie entschuldigen mich.«

Als der Kommissar außer Hörweite war, seufzte der Pfarrer. »Nichts verbreitet sich schneller als ein Geheimnis, Signora Pellegrini. Das ist ihm hoffentlich klar.«

»Oh, ich denke, er weiß, was er tut. Und wie klein die Chance auch sein mag, er muss es versuchen. Außerdem könnte es sein, dass Sie sich irren: Denn schneller als jedes Geheimnis ist –«

»Die Lüge?«

»Das Gerücht.« War es einmal in der Welt, ließ es sich nie mehr restlos zerstreuen.

Der Pfarrer seufzte ein zweites Mal.

*

»Das ist doch Ehrensache, darum müssen Sie mich gar nicht extra bitten.« Angelo Iannazzo platzte beinah vor Wichtigkeit und pflichtbewusstem Schweigen. »Von mir, Signor Commissario, erfährt niemand nichts!« Zur Bekräftigung des Schwurs küsste er Zeigefinger und Mittelfinger im schnellen Wechsel auf Vorder- und Rückseite.

Lorenzo biss sich auf die Zunge. Genau das war es, was er befürchtete: niemand nichts. Also erfuhr jeder ein bisschen.

»Großartig. Es ist wirklich von entscheidender Bedeutung, dass keine Einzelheiten zur Waffe oder zur Auffindesituation nach außen dringen, bis wir die Information freigeben.« War das zu kompliziert? Er hielt kurz inne, dann formulierte er um. Das Wort Sichel vermied er bewusst. Nur keine schlafenden Hunde wecken, denn Iannazzo schien ahnungslos. »Es geht keinen was an, wie der Junge da auf der Stufe liegt, wie er aussieht, was er bei sich hat und so weiter. Mit Spekulationen und vorschnellen Verdächtigungen ist keinem gedient, die helfen weder unserer Arbeit noch dem Toten. Da dürfen Sie mich gern zitieren. Für echte Hinweise sind wir dagegen sehr dankbar. Wenn Ihnen also noch etwas einfällt, melden Sie sich. Jederzeit. Und was es auch sein mag, erzählen Sie es mir zuerst.«

*

Das viel zu große Fahrrad ruckelte über den wurzeldurchzogenen Pfad. Zweimal war Giuseppe am Haus der Befana gewesen, hatte gerufen, sogar geklopft und war von einer ihrer Ziegen verjagt worden. Sollte er zu Don Pietro zurückfahren, ohne seine Nachricht abgeliefert zu haben? Eine dornige Ranke klatschte gegen sein Bein, er schlingerte und kippte mit einem Aufschrei. Erde klebte auf seiner schwitzigen Haut. Der Schreck trieb ihm Tränen in die Augen, und er blinzelte, rieb den Schmutz aus seinem Gesicht. Im Baumschatten bewegte sich etwas, fast, als sei es der Baum selbst, beugte sich dann über ihn.

»Steh auf. Dir fehlt nichts.« Die Befana stieß ihren Stock gegen sein Bein. »Deinetwegen sind wir spät dran.«

*

Die Menschenansammlung hatte sich nach und nach vom Kirchenvorplatz zum Brunnen verlagert, weg von Signora Capizzi, auf die Maria Baresi noch immer einredete. Niemand wollte etwas verpassen, andererseits galt es einen gewissen Abstand zu wahren, pietätvoll – und vorsorglich, um nicht ins Visier des Kommissars zu geraten. Der war ein steifer Knochen, gründlich und hartnäckig, da waren sich alle einig. Wer konnte, zögerte den Arbeitsbeginn hinaus, obwohl von ihm vorläufig keine Einzelheiten zu erwarten waren – und so drehten sich die Gespräche im Kreis. Die der Männer auf einer Seite, die der Frauen auf der anderen.

Postbote Ciro Pavone klopfte sich etwas Staub von der Jacke, dann nahm er eine Handvoll Briefe aus der Tasche mit der Umschlagklappe, die er seitlich vor der Brust trug. Seine dreirädrige Ape – vorn gebaut wie ein Roller, hintendran eine Ladefläche – leistete ihm bei seiner Runde über die abgelegenen Hügeldörfer gute Dienste. So viele Menschen in aller Frühe auf dem Dorfplatz anzutreffen war mehr als ungewöhnlich und kam eigentlich höchstens an hohen Feiertagen vor, wenn alle zur Messe in die

Kirche strömten. Doch dann war er außer Dienst. Er schob seine Kappe in den Nacken und gesellte sich dazu.

Sein üblicher flotter Morgengruß wollte ihm nicht über die Lippen. Entsetzen stand in allen Gesichtern, lag im Füßescharren und in den klappernden Rosenkränzen, die manche der Älteren durch die Finger laufen ließen. Vor allem aber war es Gemma Capizzis Weinen, dem er nichts entgegenzusetzen hatte. Ciro nahm seine Mütze ab und schlug ein Kreuz.

»Der Albtraum aller Eltern.« Angelo Iannazzo steckte die Hände in die Hosentaschen. »Ein Kind zu verlieren.«

»Gab es einen Unfall?« Ciro schaute nach oben zum Glockenturm von San Francesco. »Das Kirchendach ist in schlechtem Zustand. Es ist doch hoffentlich keiner dort in der Nacht herumgeklettert und abgestürzt?«

»Zuzutrauen wäre es ihm gewesen.« Iannazzo lachte kurz auf, verstummte, hustete die kratzige Kehle frei. »Haben Sie Post für mich?«

Ciro blätterte die Umschläge durch. »Nein. Heute nicht. Wissen Sie denn mehr über das Unglück? Ich habe ja auch Kinder. Man muss so vorsichtig sein. Nur kann man trotzdem nicht immer die Hand drüberhalten.«

»Wahre Worte, Signor Pavone. Aber ein Unfall war das nicht. Der Ärmste wurde erstochen. Der Commissario sagt zwar, wir dürfen über das Drumherum nicht reden, aber das weiß sowieso schon jeder.«

»Erstochen? Madonna, wie schrecklich. Was ist mit dem Messer? Ich meine – *alora* –, wenn das gefunden ist, wird man auch den Täter schnell kriegen. Haben sie es schon?«

»Aber ja. Genau da.« Iannazzo tippte sich vielsagend auf die Brust, dorthin, wo das Herz saß und ein Stich den größten Schaden anrichtete. »Und jetzt bin ich still, auch wenn ich das Getue nicht verstehe.«

Ciro pflichtete ihm bei – eine Albernheit – und hörte weiter zu.

Natürlich, jeder im Dorf hatte ein Interesse daran, Einzelheiten zu erfahren, vielleicht sogar das Recht dazu. War es nicht besser, wenn alle Bescheid wussten? Zur Sicherheit, um sich selbst und die eigenen Angehörigen zu schützen, solange der Mörder frei herumlief. Es kam ja bloß ein Verrückter in Frage, denn wer sollte ein Motiv gehabt haben? Iannazzos Redefluss brach ab. Er rieb sich den Nacken, der sich vor Verlegenheit rötete, und deutete zum Laden.

»Wollen wir hoffen, dass das Schwein wirklich schnell geschnappt wird. Machen Sie's gut, Signor Pavone: Die Arbeit ruft, egal, ob uns danach ist.«

Ciro nickte verständnisvoll. Wenigstens hatte Iannazzo sich von der Seele geredet, was ihn bedrückte. Und ein Staatsgeheimnis war nun wirklich nicht dabei gewesen. Entschlossen setzte Ciro seine Mütze mit dem Emblem der *Poste Italiane* wieder auf. Es schien, als würde er eine ganze Reihe Leute nicht zu Hause antreffen. Redebedarf gab es augenscheinlich reichlich. Am besten begann er gleich hier damit, Briefe zu verteilen.

Er steuerte auf Eliza Marinelli zu. In ihrem Frisiersalon, gleich um die Ecke, kehrte er bei seiner Runde häufig auf einen *caffè* ein. Heute würde der wohl ausfallen.

»*Buon giorno*«, grüßte er die Frauengruppe und legte seine Stirn in Falten. »Auch wenn er bis zu diesem Moment für uns alle ein scheußlicher war. Kann ich etwas für Sie tun, meine Damen?« Mit dem Briefstapel fächelte er sich Luft zu. Zumindest das, was er für Iannazzo getan hatte, konnte er auch ihnen anbieten: ein offenes Ohr für ihre Kümmernisse. »Stimmt es, dass der arme Kerl erstochen wurde?«

»*Sì*, Signor Pavone. Dass man die Mutter das ansehen lässt, ist eine bodenlose Dummheit. Man hätte sie aufhalten müssen, aber pfff …« Eliza wischte verächtlich durch die Luft. »Keiner hat durchgegriffen.«

»Kein Wunder, dass sie hysterisch wird. Da würde ich mir auch die Seele aus dem Leib schreien.«

»Und unseren Herrn verantwortlich machen würdest du auch?«

»Herr im Himmel, nein! Das geht zu weit.«

»Gemma gibt Gott die Schuld, müssen Sie wissen, Signor Pavone. Dabei sollten ihr andere einfallen.«

»Pschscht!«

Ciro legte die Hand aufs Herz. »Muss ein grässlicher Anblick sein. All das Blut.«

»Da haben Sie recht. Wissen Sie, letzte Woche …«

Eliza Marinelli hörte nur am Rande zu. Sie sah Giuseppe vor dem Laden seiner Eltern vom Fahrrad springen, gestikulierend, die Wangen hochrot. »Komisch«, murmelte sie. »Wo kommt der denn her?«

»… da habe ich mir nur in den Finger geschnitten, war das eine Schweinerei!«

In den sich überschlagenden Sätzen über blutende Wunden mischte sich unter das Mitgefühl eine große Lust am Schaudern.

»Und ausgerechnet vor der Kirchentür! Wer wird das bloß wegmachen?«

Ciros Blick folgte dem von Eliza, der vom Laden zum Rathaus und zu den davorstehenden Personen glitt, dann weiter zur Einmündung der Gasse, aus der Giuseppe gekommen war, und schließlich an einer alten Frau hängen blieb. Diese stand nur wenige Schritte hinter dem Pfarrer, und Eliza hätte schwören können, dass sie eine Minute zuvor noch nicht da gewesen war.

»Vielleicht macht *sie* das.« Eliza schnippte mit den Fingern. »Einfach so. Und dann ist alles fort.«

»Wie meinen Sie das, Signora?«

Eliza stieß Ciro verstohlen mit dem Ellbogen an und zwinkerte vielsagend. »Das wissen Sie ganz genau. Und vielleicht kann sie dabei sogar sehen, wer es getan hat.«

»Lassen Sie das nicht Don Pietro hören«, ermahnte Ciro sie und bewegte dabei auf Hüfthöhe die gehörnte Hand auf und ab. Ein kleiner Abwehrzauber gegen böse Blicke und ähnliches Ungemach konnte nie schaden. »Ich würde eher auf die Klugheit der Polizei setzen. Sollen die mal ihre Arbeit tun.« Er klopfte auf seine Tasche. »Und ich tu meine. So traurig es ist, wo kommen wir hin, wenn ich darüber meine Pflichten vernachlässige?« Er legte einen Brief in Elizas Hand und verabschiedete sich mit einer kleinen Verbeugung.

»*Grazie*, Ciro.« Eliza lächelte entzückt. Was für ein Mann! Bewundernswert, dass er es schaffte, sich loszureißen, gerade jetzt, wo es wieder spannend wurde. Wenn ihr Ruggero doch nur ein bisschen wie Signor Pavone gewesen wäre!

Seufzend steckte sie den Umschlag in die Tasche ihres Frisierkittels. Die Kirchenuhr drängte zum Aufbruch. Eigentlich hatte sie vor der Arbeit noch das Mittagessen vorbereiten wollen, wofür es inzwischen aber längst zu spät war. Sie konnte also getrost noch ein paar Minuten auf dem Platz herausschlagen und zwei, drei Sätze aufschnappen. Nur um der Wahrheit willen. Ihre Kundinnen würden es ihr danken. Wie stand sie sonst da in ihrem Salon, wenn sie nicht auf dem Laufenden war?

Entschlossen trat sie näher an die Gruppe um den Pfarrer heran, bis sie sicher war, alles hören zu können.

Ein im Nacken geknotetes Wolltuch bedeckte das Haar der Befana, von dem nur wenige weiße Flusen herauslugten.

»Warum hast du mich holen lassen, Pfaffe?«

Don Pietro fuhr herum. Auf ihren Stock gestützt starrte die Alte ihn ärgerlich an. Über ihrem dunklen Kleid trug sie eine schmutzige Schürze, in deren Taschen allerlei Pflanzenstängel steckten, sowie einen breiten Gürtel mit zusätzlichen Ledersäckchen, Haken und Schlingen. »Die Polizei wird mir kaum erlauben, ihn zu waschen und für die Beerdigung vorzubereiten. Sie werden ihn mitnehmen.« Sie hieb den Stock auf den Boden. »Was, glaubst du, kann ich bewirken? Wunder passieren hinter deiner Tür, nicht hinter meiner. Müde bin ich. Die Nächte kurz. Dunkelmond. So viel Arbeit. Richtige Arbeit, hörst du! Kein frommes Sprüche-Aufsagen und Auf-Knien-Rutschen. Und du lässt mich herzerren für nichts und wieder nichts. Schickst mir ein Kind.« Anklagend wies ihre Hand auf Giuseppe. Sie humpelte auf den Schirm zu und schimpfte. »Heut bin ich gut, morgen bin ich schlecht. Grad wie es euch beliebt. Lacht mich aus oder bettelt mich an. Wollt meinen Honig, aber ärgert mein Vieh. Ja, ja. So macht ihr das. Und versteht kein Nein.«

»Signora Benedetta.« Lorenzo trat auf die alte Frau zu. »Es tut mir leid, dass Sie umsonst gekommen sind. Es ist genau, wie Sie sagen. Wir werden Aniello Capizzi zur Untersuchung nach Pesaro bringen lassen.«

Ein raues Seufzen entwich ihrem Mund, sie schüttelte den Kopf und packte Lorenzos Hand. »*Aye*, der Commissario mit den vielen Fragen ist wieder da. Dein Schicksal ist es, immer zu spät zu sein. Nicht wahr? Sie sterben um dich herum, und du kannst es nicht verhindern.« Ihr Zeigefinger berührte die Lebenslinie in seiner Handfläche. »Da steht es geschrieben. Unabänderlich. Auch wenn du nicht willst, dass ich es lese.«

Lorenzos Kiefergelenk knirschte. »Das Sterben ist Teil meines Berufs. Mit Schicksal hat das nichts zu tun.«

»Wenn du meinst.« Die Alte gluckste, aber ihr faltiger Mund zeigte kein Lächeln. »Wenn du meinst. Und jetzt geh mir aus dem Weg. Ich muss zu Gemma.« Ihr Stock hämmerte auf den Boden. »Wo ist Gemma?«

»Hier drüben!« Maria Baresi drückte Gemmas Schulter. »Lass dir helfen«, flüsterte sie ihr zu, dann ließ sie ihren Arm heruntergleiten und wich einen Schritt zurück.

Die alte Frau gab einen murmelnden Singsang von sich. Ihr Kopf schwang leicht hin und her. Niemand außer Gemma konnte erkennen, was sie aus ihrer Rocktasche zu Tage förderte. Niemand sonst verstand, was sie sagte, auch Eliza Marinelli nicht. Stocksteif hörte Gemma zu, dann spuckte sie vor der Befana aus, versetzte ihr einen harten Stoß, drehte sich um und rannte fort.

Die Alte verlor ihren Stock und geriet ins Straucheln.

Federica, die den eigenen Sturz noch schmerzhaft vor Augen hatte, machte einen Satz nach vorn. »Alles in Ordnung?«

»Dummes Ding«, fauchte die Befana. Ihr Atem roch nach Minze, Lorbeer und Vergänglichkeit. »Weißt wohl, was geschehen ist, und fragst mich das?«

»Entschuldigung …«, stammelte Federica und bemerkte irritiert, dass keiner außer ihr auch nur daran gedacht hatte, der alten Frau beizuspringen. Dabei hätte die sich gewiss etwas gebrochen, wäre sie wie Federica zuvor auf den Boden gestürzt. »Ich – ich wollte nur helfen.«

»Gib mir meinen Stock und lass mich in Frieden!«

Trotz ihrer Unfreundlichkeit tat Federica wie geheißen.

»Verdient war es. Verdient.«

»Was sagst du da?«

Ohne aufzusehen, schüttelte die Alte den Kopf, und Federica glaubte, sich verhört zu haben. Eine Frau, die alle Befana nannten, wie die gute Hexe, die den Kindern zu Epifania Süßigkeiten brachte, die der Heilkunst verschrieben war, wünschte doch niemandem den Tod! Ganz sicher war das ein Irrtum, der überreizten Stimmung geschuldet und dem fehlenden *caffè* an diesem hässlichen Morgen, den sie sich so ganz anders vorgestellt hatte.

Ihr Blick suchte Lorenzo, der sich gedankenverloren mit dem Daumen die Handfläche massierte.

Niemand hielt die Befana auf, und sie verschwand so plötzlich, wie sie gekommen war.

*

Die schreckliche Neuigkeit verbreitete sich wie ein Brand, dessen Flammen sich gierig voranfraßen, sprang von Dach zu Dach, bis ganz Pesaro del Monte piccolo Cattolica loderte.

Kapitel 4

Von dem Moment an, als sich die schlaksige Gestalt seines jungen Mitarbeiters Giovanni Spadafero aus einem Streifenwagen faltete, begleitet von der ersehnten Verstärkung und dem Assistenten des Pesareser Rechtsmediziners sowie eines Bestatters, schöpfte Lorenzo Garibaldi neue Hoffnung, doch noch Herr der Lage zu werden. Dass keins der Fahrzeuge mit einem platten Reifen am Ortseingang liegen geblieben war, verbuchte er zusätzlich als gutes Zeichen. In der Vergangenheit hatte es eine seltsame Häufung derartiger Schäden bei der Anfahrt ins Dorf gegeben. Es erwischte Urlauber, Streifenwagen und auch seine Giulietta. Zuletzt jedoch war die Serie gerissen. Lorenzo war sich weitgehend sicher, dass Federica dieses mysteriöse Phänomen samt seines Verschwindens hätte erklären können. Vorausgesetzt, sie wollte.

Es machte ihn nervöser, als es sollte, sie beim Eintreffen der Kollegen an seiner Seite zu haben. Durch ihre frühere Zusammenarbeit bei zwei Mordfällen und die Tatsache, dass sie in Pesaro del Monte piccolo Cattolica lebte, war es jedoch naheliegend, auf ihre Hilfe zurückzugreifen. Albernerweise ließ er sich dazu hinreißen, es trotzdem zu erklären. Die Initiative des Dorfpfarrers, ihr gescheites Abschotten des Fundorts und so fort. Auf diese Weise sein eigenes frühes Erscheinen überspielen zu können stellte sich jedoch als Irrtum heraus. Es hing in der Luft wie der Hauch von Parfum an seinem Hemdkragen.

»*Occhi di Angeli*«, fügte er an und wand sich vor Verlegenheit im Bestreben, bei der Wiederholung seiner Lüge nicht in Federicas *Engelsaugen* zu sehen. Er wusste auch so um das spöttische Blitzen darin. »Diese Biscotti sind die lange Fahrt am Morgen wert.«

»Soll ich später welche für Sie besorgen, Signor Commissario? Sie sind bestimmt noch nicht dazu gekommen.« Ispettore Spadafero ließ sich nicht anmerken, ob er ihm die Erklärung abkaufte.

»Für mich auch, bitte«, meldete sich Vigliani, der rechtsmedizinische Assistent, zu Wort. Der Kommissar schien regelrecht süchtig nach den Wunderplätzchen zu sein, von denen ihm schon einiges zu Ohren gekommen war. Was lag für einen Mann der Wissenschaft da näher als ein Selbsttest? »Im Übrigen wird es diesmal länger dauern, bis die Leiche obduziert ist. Der Dottore ist abwesend, und allein darf ich leider keine Sektion durchführen. Was ich ohne zu schneiden sagen kann, erfahren Sie auf dem schnellsten Weg.«

»Danke.« Lorenzo brummte missmutig. Auch das noch. Ob es sich bei dem Sektionsverbot um eine offizielle Anweisung oder nur um eine Marotte des Dottore handelte, änderte nichts. Eine Vorschrift war eine Vorschrift, und der Assistent – mit dem er sehr viel lieber arbeitete – riskierte seine Stelle, wenn er sich darüber hinwegsetzte. Dass es an Viglianis Fähigkeiten ebenso wenig mangelte wie an seinem Willen, stand außer Frage. »Ihre erste Einschätzung brauche ich sofort. Dem Anschein nach wurde unser Opfer erstochen. Doch ich habe Zweifel, ob der Fundort auch der Tatort ist.« Er richtete sich an die Kollegen der Spurensicherung. »In diesem Sinne, meine Herren: Ziehen Sie Ihre Kreise vom Portal aus weiter, suchen Sie die gesamte Umgebung der Kirche ab und finden Sie das Blut.«

Vigliani ergriff sein Ausrüstungsköfferchen. »Ein Erstochener, aber kein Blut? Sehr interessant. Wobei … Mit Schlussfolgerungen bin ich vorsichtig. Ich sehe es mir an.«

»Tun Sie das. Augenmerk auch auf die Waffe. Die ist eine kleine Überraschung, wenn Sie unseren Verdacht bestätigen, von dem vorläufig niemand Wind bekommen soll. Wir schlagen unser Quartier in der Bürgermeisterei auf. Das hiesige Tor zur Welt mit Telefonanschluss, den wir benutzen dürfen.« Lorenzo zeigte zum Eingang, dann in Richtung Brunnen. »Spadafero, Sie beginnen mit der Befragungen der Unbelehrbaren, die immer noch herumstehen. Ich stoße dann dazu.« Nur weil sie ihm auf die Nerven gingen, hieß das nicht, dass keiner der Dorfbewohner etwas beizutragen hatte. Leider fanden sich allmählich auch die ersten Touristen mit Badetaschen und Fotoapparaten ein, die es fernzuhalten galt.

»*Si*, Signor Commissario.« Giovanni Spadafero zückte seine Kladde und prüfte die nadelspitze Mine des Bleistifts. Er war bestens vorbereitet und – im Gegensatz zu Garibaldi – perfekt rasiert, obwohl er einen außerplanmäßigen Schnellstart in den Tag hingelegt hatte. Eine der kleinen Ungereimtheiten, die Spadafero sehr wohl aufgefallen waren. Fast eine Umkehrung ihrer Rollen, denn eigentlich sollte er dem Kommissar die Basisinformationen liefern und nicht andersherum. »Was wissen wir denn über das Opfer?«

»Sein Name ist Aniello Capizzi, er war achtzehn Jahre alt, stammt aus einer Kleinbauernfamilie; der Vater ist Saisonarbeiter mit eigenem Acker. Drei jüngere Geschwister, ein älterer Bruder namens Mauro, der seit kurzem ein Lokal betreibt und sich vorhin höchstwahrscheinlich kurz Zugang zum Leichnam verschafft hat.« Lorenzo fasste zusammen, was Federica von Don Pietro in Erfahrung gebracht hatte. »Einer geregelten Arbeit ging er nicht nach, hat mal hier, mal dort ausgeholfen, zuletzt natürlich bei seinem Bruder. Gemma Capizzi, die Mutter, hatte beinah einen Nervenkollaps, bei dem sie aggressiv wurde. Inzwischen ist sie gegangen. Sie hat Vorwürfe gegen den Pfarrer erhoben. Das mag rein dem Fundort vorm Kirchenportal geschuldet sein, wir müssen aber ebenso in Betracht ziehen, dass etwas anderes dahintersteckt.«

»Don Pietro – ein Mörder?«

»So weit würde ich nicht gehen, Signora. Nur hielte ich es für falsch, diesen Auftritt als reine Hysterie abzutun. Es könnte in der Vergangenheit zu Streitigkeiten gekommen sein. Die kirchlichen Vorstellungen von Sitte und Moral sind nicht jedem ein Leitbild. Junge Menschen neigen zu Rebellion. Interessanterweise hat der Vater sich nicht blicken lassen.«

»Einspruch.« Zum wiederholten Mal an diesem Tag reckte Federica den Zeigefinger. »Es kann sein, dass ich Signor Capizzi kurz gesehen habe. Das habe ich glatt vergessen in dem ganzen Durcheinander. Er stand abseits, ganz allein. Unter Gemmas Geschrei ist er beinah zusammengebrochen und dann gegangen.«

»Er hat es nicht für angebracht gehalten, sich um seine Frau zu kümmern? Eigenartig, finde ich. Behalten Sie das im Hinterkopf, Spadafero. Wie dem auch sei, mit der Familie werde ich persönlich sprechen, sobald sie den ersten Schock verdaut haben.«

Spadafero fügte seinem Nicken ein zweites in Federicas Richtung hinzu. »Schön, Sie wiederzusehen, Signora.«

»Ebenso, Ispettore.« Trotz der Umstände meinte sie es ernst. Sie mochte seine ruhige Art, seine Zurückhaltung, seinen Verstand. Eigenschaften, die sie auch an Lorenzo schätzte. »Und was mache ich?«

»Ich denke, Sie haben bereits genug getan, Signora Pellegrini. Jetzt, da ausreichend Kollegen vor Ort sind, ist es nicht nötig, dass Sie sich weiter mit der Angelegenheit belasten. Danke für Ihre Mithilfe.«

»Gern geschehen.«

Beide schauten Spadafero nach, der mit langen Schritten auf die Nachbarinnen Cristina Iannazzo und Viola Farina zusteuerte, die mit Signora Tozzi aus der Bäckerei und der Bürgermeistergattin diskutierten. In diskretem Abstand zum Rechtsmediziner hinter der improvisierten Absperrung wartete der Bestatter auf seinen Einsatz, um die Leiche abzutransportieren.

»Du wirst es nicht wirklich wagen, mich wegzuschicken, Garibaldi«, sagte Federica gefährlich freundlich.

Sein Mundwinkel zuckte. »Ich kenne meine Grenzen.«

»Fein. Dann gehe ich jetzt freiwillig und versorge meine Gäste. So lange musst du ohne mich auskommen.«

Schwungvoll wandte sie sich ab, mit der Gewissheit, dass hinter ihrem Rücken getuschelt werden würde. Wie immer. Wegen ihrer Nähe zum Kommissar, der eng sitzenden Caprihose und ihrer möglichen Verwicklung in den Fall. Denn schließlich war allgemein bekannt, dass die Witwe Pellegrini jedem Kerl den Kopf verdrehte – und der Tote war ein Mann, wenn auch ein sehr junger. Wen kümmerte schon die Wahrheit, wenn es eine bessere Geschichte zu erzählen gab? Federica drückte die Schultern durch. Sie war es schon lange leid, sich deswegen zu grämen. Und ein schlechter Ruf hatte durchaus auch seine Vorteile.

An der Einmündung kurz vor dem Laden des Barbiers blitzte die Felge eines Rollers auf, und sie beschloss spontan, einen kleinen Umweg an diesem vorbei zu nehmen.

*

Sonnenfinger stachen zwischen den Häusern hindurch auf den Dorfplatz. Was für ein Gewimmel. Wie Ameisen, wenn man einen Stock in ihren Haufen bohrte. Davide Tardelli blieb im Schatten auf der Vespa sitzen, stellte einen Fuß auf den Boden und nestelte ein Päckchen Zigaretten aus der Hemdtasche. Er riss ein Streichholz über den Zündstreifen – dreimal, bis es brach –, fluchte.

»Darf ich?«

Erschrocken zuckte er zusammen. Federica Pellegrini nahm ihm das Briefchen ab. Sie schützte die aufflackernde Flamme mit der Hand, gab ihm Feuer und beim Anrauchen die Gelegenheit, sich zu sammeln.

»Können Sie mich nach Hause fahren?« Sie schüttelte das schwarze, gekrümmte Hölzchen, das zwischen ihren Fingern erloschen war.

»Was ist mit Ihrem Cabrio?«

»Steht vor meiner Pension. Ich wurde in aller Früh mit dem Fahrrad abgeholt.« Eine kaum merkliche Kopfbewegung genügte, und Davide reichte die Zigarette an sie weiter. »Wie laufen die Geschäfte?«

»Gut, Signora. Und ganz legal, wie versprochen.«

Seit kurzem ergänzte eine Zapfsäule das Angebot der Autowerkstatt seines Vaters, dem er in der Vergangenheit gelegentlich mit ausgelegten Nagelketten zu neuer Kundschaft verholfen hatte. Ohne dessen Wissen. Die Signora war zwar bereit gewesen, ein Auge zuzudrücken und ihn nicht zu verpfeifen, als sie dahintergekommen war, doch sie hatte darauf bestanden, dass er diesen Geschäftszweig endgültig aufgab. Er hatte großen Respekt vor ihr.

»Ist es wahr?« Davide schluckte. »Jemand hat Aniello Capizzi erstochen?«

»Danach sieht es aus.« Rauch entwich durch ihre Nase. »Haben Sie ihn gut gekannt?«

Davide zuckte die Schultern. »Er ist – war – fast acht Jahre jünger. Da hat man von manchen Dingen eine unterschiedliche Auffassung. Ich bin erwachsen, habe Verantwortung, ein Kind. Bald zwei.« Er wischte sich mit dem Handgelenk über die Stirn. »Aniello war lustig. Immer gut gelaunt. Und er … er hat in den letzten Wochen eins meiner Rollertaxis zum Strand gefahren. Ich fasse es nicht, dass er tot sein soll.«

»Commissario Garibaldi wird mit Ihnen reden wollen.«

»Äh …« Davide drehte die Zigarette zwischen den Fingern,

schnippte Asche ab. »Das bringt nichts. Und Zeit habe ich auch keine.«

»Verstehe.« Sie schaute zum Himmel. Der Tag schritt unbarmherzig voran. »Dann lauf ich besser mal los.«

»Nein, nein, so habe ich das nicht gemeint. Für *Sie* habe ich natürlich Zeit. Steigen Sie auf.«

»Wenn das so ist.« Federica schwang sich hinter ihm auf den Sitz, klemmte die Tasche vor ihren Bauch und legte die Hände auf seine Hüften. Vorläufig würde sie es dabei belassen. Davide hatte Aniello gemocht. Das musste aber nicht für jeden gelten. »*Avanti*, Signor Tardelli!«

Der frisierte Roller brauchte nur wenige Minuten bis zum Vento del mare, und Davide zeigte sich äußerst geschickt beim Umfahren von Löchern und Bodenwellen.

Während sie abstieg, sah Federica auf der Türschwelle den Beutel der Bäckerei liegen, die jeden Morgen lieferte, doch im Haus herrschte noch schläfrige Ruhe. Aus dem offenen Fenster unterm Dach wehte der Vorhang ins Freie.

»Danke, Davide.« Sie reichte ihm die Hand und schaute direkt in seine Augen. Ihn beim Vornamen zu nennen schaffte Nähe und hoffentlich Vertrauen. Ein wohl durchdachter Schachzug. »Sie wissen, dass sich das Gespräch nicht vermeiden lassen wird. Es ist ja schließlich kein Geheimnis, dass Aniello für Sie gefahren ist. Oder? Der Commissario wird es herausfinden. Sie kennen ihn doch.«

Überzeugt wirkte Davide nicht, aber er nickte. Und sie war ziemlich sicher, dass er auch das Ungesagte verstanden hatte: Es machte einen wesentlich besseren Eindruck, wenn er selbst die Initiative ergriff.

Für etwas mehr als eine Stunde wirbelte Federica im Anschluss durch die Pension, erledigte die wichtigsten Arbeiten und bereitete für ihre Gäste das *prima colazione* vor. Das im Vento del mare normalerweise üppige Frühstück fiel heute etwas sparsamer aus: süß gefüllte Hörnchen, ein Stapel eilig belegte Panini und eine Schale Obst. Die Caffettiera würde den Kaffee warm halten, wenn sie wieder weg war. Ein Umstand, der ihre italienische Seele schmerzte, musste ein ordentlicher *caffè* doch stets frisch aufgebrüht sein. Jede einzelne Tasse *espresso*. Da allerdings die deutschen Urlauber ihren wunderbar starken Aufguss sowieso mit Wasser verdünnten, das französische Ehepaar Milch zufügte, bis er kalt war, und die Belgier mehrere Löffel Zucker einrührten, hielt Federica die Maßnahme für vertretbar. In Anbetracht der Situation deckte sie im Esszimmer ein, wo die Reste einfach stehen bleiben konnten, statt auf der Terrasse mit Meerblick. Wer wollte, konnte seinen Teller ja trotzdem nach draußen tragen.

Sie goss sich eine Portion dampfenden Kaffee ein und dachte an Matteo, dem es ein Bedürfnis gewesen war, aus allen Mahlzeiten etwas Besonderes zu machen, etwas, woran sich ihre Gäste gern erinnerten.

»Wenn sie wieder zu Hause sind, dann sollen sie bei jedem Schluck *caffè* lächeln, bei jedem Rotwein und bei jeder Pasta, weil sie das Vento del mare im Herzen tragen. Sie sollen es schmecken und riechen«, hatte er immer gesagt.

Ihre eigenen Ansprüche waren kleiner. Erst recht seit Matteos Tod, über den sie ungern sprach. Ein ausgebranntes Autowrack, verkohlte Überreste, die niemand mehr identifizieren konnte. Was genau geschehen war, sodass er in einer engen Kurve die Kontrolle verloren hatte, war nie ganz geklärt worden. Für ein paar Tage hatte sie Schwarz getragen, für ein paar Wochen nicht gelacht, keine Gäste aufgenommen und war nicht ausgegangen. Doch nach wenigen Monaten tat sie all das wieder. Rechnungen mussten bezahlt werden, das Leben wartete nicht. Und sie war nicht bereit, sich auf Mühsal und Freudlosigkeit zu beschränken und alle anderen Facetten auszublenden. Sie war zu jung, um mit

Matteo zu sterben, den sie zwar sehr gemocht, aber nicht geliebt hatte. Durch ihre arrangierte Ehe waren sie beide dem Zugriff ihrer Familien entkommen – weit weg von Sizilien. Matteos Gelassenheit fehlte ihr wie auch die Freundschaft, die sie eng verbunden hatte. Und nun also Garibaldi ... Der *caffè* verbrannte ihre Zunge, spülte die seltsame Vorstellung fort, dass sie diesen heute um ein Haar gemeinsam getrunken hätten.

Gnädigerweise nahm der *caffè* auch gleich die Frage mit, wie es wohl um ihre Beziehung zum Kommissar bestellt gewesen wäre, hätte es Matteos tödlichen Unfall nicht gegeben.

*

Als Vigliani sich ein erstes Bild gemacht und der Bestatter den Leichnam Aniello Capizzis in einen Sarg gelegt hatte, war auf dem Dorfplatz eine deutliche Veränderung vor sich gegangen. Sobald nämlich Ispettore Spadafero begann, mit seiner aufgeschlagenen Kladde von einem Grüppchen zum anderen zu gehen, um Fragen zu stellen, hatte es ein Großteil der mitfühlenden Nachbarn mit einem Mal erstaunlich eilig. Von den anderen hatte niemand in der Nacht oder am frühen Morgen etwas gesehen oder gehört.

Vigliani lächelte still in sich hinein. Um nichts in der Welt hätte er mit Spadafero tauschen wollen. All diese Menschen, die sich wahlweise drückten oder aufdrängten, bei denen man nie wusste, ob sie logen oder die Wahrheit sagten ... Er bevorzugte die Klarheit der Wissenschaft und das zuverlässige Schweigen seiner Kunden, die ihn zum richtigen Ergebnis führten.

Obwohl der Ispettore erwiesenermaßen den angenehmeren Vorgesetzten hatte. Der Dottore vertrat die Auffassung, dass ein Toter auf dem Seziertisch ihnen nichts vorenthalten konnte, ergo gab es im Umkehrschluss auch nichts, was jemals einen Schritt ins Gelände notwendig machte. Auf Knien durch den Dreck zu kriechen war alleinige Sache der Polizei. Vigliani dagegen hatte es kaum erwarten können und sofort die Chance ergriffen, eine Leiche vor Ort begutachten zu dürfen. Eine Gelegenheit wie diese bot sich ihm vielleicht nie wieder! Darum hatte er sich Spadafero spontan angeschlossen, der ihm das potenzielle Mordopfer eigentlich nur hatte avisieren wollen.

Vigliani spähte über den Platz. Oder hatte der stille Ispettore mit seiner Information vielleicht genau das bezweckt? Ein Arzt vor Ort, der sich nicht lange bitten ließ und den Toten am Ende gleich unter seine Fittiche nahm. Zwei Fliegen mit einer Klappe. Gut möglich, dass Spadafero von der Urlaubsreise des Dottore gewusst hatte.

»So ein gerissener Hund«, sagte er anerkennend und winkte dem Kommissar. »Garibaldi?«

Der Bestatter schloss die Heckklappe über dem Sarg. Vigliani signalisierte ihm, dass er gleich bereit war, die Mitfahrgelegenheit zu nutzen. Der Leichenwagen war die schnellste Möglichkeit, zurück nach Pesaro zu kommen, und hier konnte er sowieso nichts weiter tun. Im rechtsmedizinischen Institut würde er dem Toten mit allen vom Dottore erlaubten Mitteln zu Leibe rücken und sich der Waffe annähern, die ihm einige Rätsel aufgab. Kein Messer, die angekündigte Überraschung war dem Kommissar geglückt.

»Sie sind fertig, Vigliani? Was haben Sie für mich?«

Garibaldis erwartungsvoller Blick machte ihn verlegen.

»Wenig«, gab er zu. »Ein Stich direkt ins Herz muss kein großes Blutvergießen nach sich ziehen. Es spritzt möglicherweise nicht einmal. Die Hauptschlagadern liegen tief, dadurch kann es sein, dass das Blut im Körper bleibt und sich im Bauchraum verteilt.«

»Dann ist die Kirchenstufe der Tatort?«

»Unter Vorbehalt: Es könnte sein. Mir fehlt ein klarer Beleg, sowohl dafür als auch dagegen. Jeder weitere Kommentar wäre reines Bauchgefühl.«

»Raus damit. Der Doktor wird es nie erfahren.«

Vigliani atmete langsam ein und wieder aus. »Nein, ich glaube nicht, dass der Mann vor der Kirche gestorben ist.«

Kapitel 5

Vor dem Haus der Familie Capizzi rückte Lorenzo Garibaldi seinen Krawattenknoten gerade und dehnte den Nacken, als stünde ihm ein sportlicher Wettkampf bevor. Die Tür stand offen, aus einem der hinteren Zimmer drangen undeutliche Geräusche.

»Wir sind uns einig, dass du dich um die Mutter kümmerst und dich ansonsten zurückhältst?«

Die Nachfrage versetzte Federicas Triumph, ihn begleiten zu dürfen, einen Dämpfer. Darauf zu antworten fiel ihr im Traum nicht ein. Sie hob die Augenbrauen, schenkte Lorenzo einen abschätzigen Blick und klopfte beim Eintreten an.

»Hallo, Signor Capizzi – Signora –, ist jemand zu Hause?«

Im Gegenlicht der offenen Hintertür erschien die schmale Gestalt eines Mädchens. Es stand auf einem Bein, das andere angewinkelt, um seine nackten Zehen an der Wade zu reiben. Wie bei einem Hundewelpen wirkten Hände und Füße zu groß, Knie und Knöchel eckig.

»Mama ist oben«, sagte das Mädchen tonlos. »Sie weint.«

»Und dein Vater?«

»Auf dem Feld wahrscheinlich.«

Ein zweites Mädchen stellte sich dazu, nahm die gleiche Haltung ein. An ihm war alles rundlich, nur ein wenig kleiner. Beide trugen kurze Kleider und struppige geflochtene Zöpfe.

»Mein Name ist Garibaldi. Ich bin von der Polizei.« Instinktiv beugte Lorenzo sich vor, kam den beiden auf Augenhöhe entgegen. »Es ist niemand bei euch?«

»Doch. Damiano ist da.« Die Kleinere stemmte die Hände in die Hüften.

»Du bist voll dumm, Mariella«, zischte die Große. »Damiano ist ein Baby. Nein, es ist kein Erwachsener da. Aber wir kommen allein zurecht, Sie können wieder gehen. Wir brauchen niemanden. Ich bin zwölf, ich schaff das allein.«

»Gut. Trotzdem muss ich mit euren Eltern sprechen. Eure Mutter ist also oben?«, hakte Lorenzo nach. Als die Mädchen nickten, wandte er sich an Federica. »Ich hätte angenommen, dass längst irgendwer aus der Nachbarschaft hier ist, die sind doch sonst immer präsent«, raunte er ihr zu. »Na gut, kleine Planänderung, dann nimmst du dich eben jetzt ihrer an, während ich versuche, mit der Signora zu reden, und mich ein bisschen umsehe.«

»Ich?« Federica täuschte ein Lächeln vor, denn die Mädchen hielten sie fest im Blick. »Ich kann nicht mit Kindern, Garibaldi.«

»Nur bis sich etwas anderes ergibt. Du bist eine Frau, es liegt dir im Blut. Außerdem muss eine gute Ermittlerin alles können.« Er klopfte ihr auf die Schulter und nickte den Mädchen zu. »Signora Pellegrini wird bei euch bleiben, solange ich mit eurer Mutter rede.«

»Sie hat sich eingeschlossen und will niemanden sehen.«

»Das verstehe ich, aber leider geht es nicht anders. Ist Aniellos Zimmer auch oben?«

»Ja.« Die Augen der Großen füllten sich mit Tränen. »Der ist aber auch nicht da. Und er kommt nicht mehr. Aniello ist tot.«

»Tot«, echote die Kleine, schluchzte auf und warf sich in die Arme ihrer Schwester.

Das Mädchen schwankte, ohne das Gleichgewicht zu verlieren – fest entschlossen, jedem Sturm zu trotzen, gleich einem jungen Baum an der steilen, adriatischen Küstenklippe, der sich Salz, Hitze und Trockenheit entgegenstemmt und sich im Wind biegt, statt zu brechen.

Federica sah sich selbst in ihr und zugleich eine jüngere Version von Gemma. Es war nicht fair, die Kinder in ihrem Unglück allein zu lassen. Lorenzo hatte gewonnen. Sie gab ihm ein Zeichen und schob die Mädchen in die Küche. Ab sofort schuldete er ihr etwas.

*

In Davide Tardellis Kopf ging es drunter und drüber. Er trug Verantwortung für seine Familie und für ein kleines Unternehmen, genau wie er es Signora Pellegrini gesagt hatte. Das Letzte, was er brauchen konnte, war Ärger mit der Polizei oder mit einer Behörde, die sich vielleicht irgendwann genötigt sah, seine Bücher zu prüfen. In denen fehlte bisher ein Hinweis auf sein neuestes Geschäftsmodell. Nur eine kleine Schlamperei, kein absichtlicher Betrug. Völlig irrelevant, hatte er gedacht, bei den kleinen Summen, die in bar von einer Hand zur anderen wechselten. Auch Aniellos Name tauchte natürlich nirgendwo auf, obwohl der für ihn gearbeitet hatte. Und nun war er tot.

Davides Finger spielten mit dem Gashebel, der Motor drehte höher, verbrannte sinnlos Benzin, was ihm in diesem Moment vollkommen schnuppe war. Der Kommissar aus Pesaro war kein schlechter Kerl, nichtsdestotrotz ein Bulle, und ein kluger noch dazu. Wie die Signora treffend festgestellt hatte, kannten sie einander bereits. Doch im Gegensatz zu ihr fand er das überhaupt nicht beruhigend.

Wenn wenigstens einer seiner beiden besten Freunde da gewesen wäre! Aber die hatten sich nach Deutschland davongemacht, wollten ein Lokal eröffnen oder Eis verkaufen. Mit wem sollte er jetzt seine Probleme bereden?

Er kurvte in Schlangenlinien am Ristorante Zaccardo vorbei, zum Durchgang in der alten Dorfmauer, hinter dem sich der Blick zum Meer öffnete. Hier entlang mussten alle, die über den Hauptweg zum Strand hinunterwollten. Ein Haufen Serpentinen und gut hundert Höhenmeter, die jetzt im August die meiste Zeit des Tages in praller Sonne lagen, waren bis dorthin zu überwinden. Eine mühsame Angelegenheit, vor allem am Ende des Badetages, wenn es die ganze Strecke bergauf ging.

Jetzt war weit und breit niemand in Sicht, der seine Dienste benötigte. Die Sonne stand hoch, das Wasser schillerte azurblau und türkis wie Libellenflügel. Ob die Ersten wohl schon wieder abgeholt werden wollten?

Davide schob den Roller zur äußersten Kante, obwohl er wusste, dass er den Strand nicht sehen konnte. Dazu war das Gelände zu steil und von allerlei Gestrüpp überwuchert. Im hohen Bogen spuckte er seinen ausgelutschten Kaugummi ins Gebüsch, dann wendete er, fuhr langsam an und beendete die nutzlose Zeitschinderei. Was blieb ihm übrig, als freiwillig zur Polizei zu gehen? Wobei dieses Wort ebenso lächerlich war wie sein Zögern.

Der wilde Oleander vor der Mauer kassierte einen zornigen Hieb, und Insekten stoben in einer Wolke aus den rosaroten Blüten auf. Davide schlurfte mit den Schuhen durch den Staub, zog erst den einen, dann den anderen Fuß aufs Trittbrett. Vielleicht konnte er es wenigstens so drehen, dass er den Ispettore allein erwischte. Vor dem fürchtete er sich deutlich weniger als vor Garibaldi.

*

Am Ende der schmalen Treppe lauschte Lorenzo auf Gemma Capizzis Wimmern. Er beließ es bei einmaligem Klopfen und einer Erklärung vom Flur aus, was er zu tun gedachte, auf die sie nicht antwortete. Lieber wäre ihm eine klare Reaktion gewesen, und einen Zeugen hätte er auch gern bei sich gehabt, während er sich umsah.

An das Elternschlafzimmer, in dem Gemma sich verschanzte, grenzten zwei Räume, von denen sich die Mädchen offenbar einen teilten. Ein kurzer Blick hinein genügte um das zu erkennen. Auch bei dem anderen, der kaum größer war als Damianos Bett. Aniellos Zimmer lag diesem gegenüber zur Rückseite des Hauses hin. Lorenzo stellte sich in die Mitte und drehte sich langsam und zentimeterweise um die eigene Achse. Es war der richtige Zeitpunkt, um sich einen Eindruck zu verschaffen. Noch war ihm nicht allzu viel über das Opfer bekannt, was ihn hätte voreingenommen sein lassen können. Achtzehn Jahre alt, männlich. Genau das spiegelte sich in der jugendlichen Unordnung, die er vor sich hatte. Verstreute Kleidung, abgegessene Teller, leere Flaschen auf einem Regalbrett. Trotz, Trophäen – oder beides. Im Schrank lag die Wäsche ordentlich gestapelt, was nach der Handschrift seiner Mutter aussah. Die Möblierung war einseitig verteilt, die eine Wand ungleichmäßig nachgedunkelt. Das sprach dafür, dass dieses Zimmer bis vor nicht allzu langer Zeit von zwei Personen bewohnt gewesen war. Mauro Capizzi, der älteste der Geschwister, rückte noch weiter nach oben auf seiner Gesprächswunschliste.

Beide Fensterflügel waren weit geöffnet, was bei der herrschenden Hitze wenig verwunderte. Lorenzo schaute nach draußen. An einem Spalier rankte ein alter Weinstock, beides reichte fast bis zum Fensterbrett. Skeptisch rüttelte er an dem wackeligen Holzgitter. Wäre das sein Zimmer gewesen, hätte er als Jugendlicher unter Garantie die Stabilität getestet. Ein heimlicher Abgang mitten in der Nacht war eine Kleinigkeit.

Neben Aniellos Kopfkissen lag ein Wecker, mit dem Zifferblatt nach unten. Das Bett war zerdrückt. Hatte er darin geschlafen oder nur auf der Decke gelegen? Und wann war er gegangen? Lorenzo setzte sich und drehte den Wecker um. Der kleine Hebel hinter den Glocken war zur Seite geschoben, der Alarm deaktiviert, der Zeiger für die Weckzeit auf halb acht eingestellt. Doch da war der Junge schon lange tot gewesen.

*

Ratlos saß Federica in der Küche. So leicht es am Morgen mit Giuseppe gewesen war, dessen Auftauchen eine eindeutige Aktion verlangt hatte, so schwierig empfand sie die Situation jetzt. Die beiden Mädchen standen immer noch herum, die eine verheult, die andere abweisend. Je länger das Schweigen andauerte, desto unangenehmer wurde es. Damiano hatte ein Spielzeug im Arm, einen Finger im Mund und guckte vom Boden aus in die Runde. Federica schätzte ihn auf ungefähr zwei. Lange würde es nicht dauern, bis auch er weinte. Etwas lag in der Luft, das seinen Horizont weit überstieg und ihn ängstigte. Vielleicht ahnte er, dass es allen anderen genauso erging, was die Sache verschlimmerte. Sollte sie die Mädchen auffordern, sich zu ihr zu setzen? Aber was dann? Es war zu früh, um ernsthafte Fragen zu stellen. Federica hasste das ohnmächtige Gefühl, dem Elend der Kinder nichts entgegensetzen zu können. Wie viel lieber wäre sie mit Lupe und Pinzette an Lorenzos Seite unterwegs gewesen! Auf diesem Stuhl war sie fehl am Platz und gänzlich nutzlos. Ob sie erst mal eine rauchen konnte? Unauffällig hielt sie Ausschau nach einem Aschenbecher. Ein vertrautes Ritual, das ihre Hände beschäftigte, ein tröstlicher Geschmack – beides hätte ihr gutgetan.

Federica stand auf, nahm ein Geschirrtuch von der Spüle und steckte es wie eine Schürze in ihren Hosenbund. Den Tabak würde sie sich verkneifen, trotzdem war der Ansatz gut.

»Habt ihr heute schon was gegessen?« Sie selbst war bisher nicht dazu gekommen. In einer breiten Keramikschale klebte angetrocknete Polenta. Am Vorabend gekocht, wurde sie zum Abkühlen ausgestrichen, als Frühstück in kleine Stücke geschnitten und mit warmer Milch übergossen. Karg, aber nahrhaft. Heute hatte niemand etwas davon angerührt.

Federica öffnete die Speisekammer, inspizierte Vorräte, schnupperte daran, kam mit einigen Kleinigkeiten und einem gefüllten Steinguttopf zurück. Die Kinder durchlebten eine extreme seelische Belastung und brauchten jetzt etwas anderes als ein normales Frühstück.

Sie tauchte einen Kochlöffel in den Mascarpone, der schwach nach Zitrone roch. Auf dem Herd heizte sie eine Pfanne vor, verknetete den kalten Maisbrei mit einem aufgeschlagenen Ei und formte daraus flache Taler. Obwohl die Mädchen nach wie vor jeden ihrer Handgriffe beobachteten, entspannte Federica sich langsam. Die sinnvolle Beschäftigung brachte sie ins Gleichgewicht.

»Habe ich mich euch überhaupt vorgestellt? Ich bin Federica Pellegrini«, sagte sie. »Mein Haus liegt außerhalb der Dorfmauer, weit draußen an der Klippe, wenn man Richtung Ruine geht. Ihr könnte mich gern mal besuchen.« Ihr Angebot entlockte der Kleineren ein Lächeln.

»Mariella, nicht wahr?«, fragte Federica und wandte sich dann an die Ältere, die immer noch skeptische Abneigung zur Schau trug. »Und wie heißt du?«

»Luisa.«

Während die Maisplätzchen goldgelb brutzelten, rührte Federica Zucker unter den fetten Frischkäse und gab einen Spritzer Zitronensaft dazu. Die Creme strich sie auf die ausgebackenen Maisplätzchen und streute einen Extralöffel Zucker darüber. Erst wenn es beim Kauen knirschte, war es richtiges Seelenfutter, bei dem man für einen kleinen Augenblick alles andere vergessen konnte.

Sie stellte die Leckerei auf den Tisch, verteilte Teller und setzte sich. Damiano reckte die Nase über die Kante. Der süße

Duft wirkte unwiderstehlich. Etwas zögerlicher gesellten sich die Mädchen dazu, und Luisa nahm den Kleinen auf den Schoß. Heißhungrig fielen die Kinder über die Süßigkeit her. Damianos Hand klatschte in die Creme, und Mariella kicherte.

Federica schaute aus dem Fenster. Schon vor einer Weile waren die Schritte über ihnen verstummt, und sie vermutete den Kommissar irgendwo draußen auf dem Grundstück.

»Lass eins für Aniello übrig«, nuschelte Luisa und registrierte den Denkfehler noch im gleichen Atemzug. Polternd stieß sie den Stuhl zurück, starrte Federica an, die mit ihr aufgesprungen war, und drückte dieser den zappelnden Damiano in die Arme.

»Warte, Luisa!«

Das Mädchen stürzte hinaus in den Hof. Der Kleine schrie empört, und Mariella riss die Augen auf.

Fahrig strich Federica ihr über den Kopf und setzte sich wieder. »Iss nur. Ich kann noch mehr machen.« Für so was war sie nicht geeignet! Hatte sie das Garibaldi nicht klar und deutlich gesagt? Und jetzt drei Kinder auf einmal, ein jedes mit anderen Bedürfnissen … Sie musste bei den Kleinen bleiben, dabei hätte Luisa sie wohl am dringendsten gebraucht.

Federica stellte den quengelnden Knirps auf den Boden und redete drauflos, um die Stille zu überbrücken. »Dein Bruder mag also auch gern Süßes, ja? Weißt du, als ich noch klein war, hat sich mein großer Bruder manchmal nachts, wenn unsere Nonna gebacken hatte, in die Speisekammer geschlichen. Dann war am Morgen kein Krümel mehr zu finden, und er hat so getan, als wären es Mäuse gewesen. Die Nonna hat geschimpft und ihn mit dem *mattarello* durchs Haus gescheucht.« Federica rang sich ein Lächeln ab. »Aber Tino war viel schneller.« Meistens jedenfalls, was gesünder für ihn war, denn das Nudelholz ihrer Großmutter saß locker. Mehr als einmal hatte er sich unter Federicas Bett verkrochen, und nicht selten hatte sie ihm kühlende Umschläge für die blauen Flecken machen müssen. Die Erinnerung überrollte sie. Ihre Nonna war eine hartherzige Frau gewesen. »Jeder mag Süßes, nicht wahr, Mariella?«

Die Kleine nickte, rutschte von ihrem Stuhl und stellte sich direkt vor sie. In ihrem Blick lagen tiefer Ernst und Mitgefühl. »Ist dein Bruder auch tot?«

Federica presste die Lippen aufeinander und blinzelte gegen den Druck in ihren Augen an. Dann zog sie Mariella in ihre Arme, die sich fest an sie schmiegte.

»Aniello macht das auch«, wisperte die Kleine. »Nachts herumschleichen. Und manchmal, da haut er sogar ab. Ich verrat ihn aber nie. Weil es sonst Geschrei gibt.« Ein borstiger Zopf kratzte Federicas Wange. Schnaufender Atem streifte ihr Schlüsselbein.

»Ich will, dass er wiederkommt.« Mariella schluchzte.

»Ich weiß.« Federica schloss die Augen, wiegte sie hin und her. Der Wunsch würde nie ganz verschwinden. Warm und ein bisschen klebrig drückte sich die Kindernase auf ihre Haut. Etwas knackte, veränderte die Beleuchtung im Raum, und sie hob den Blick.

Lorenzo Garibaldi stand in der Hintertür, im Arm ein undefinierbares Leinenbündel, in dem es klapperte. »Wo ist das andere Mädchen?«

Von der Straße drang höllisch lautes Knattern, das vor dem Haus verstummte.

»Luisa ist vor ein paar Minuten rausgelaufen. Sie müsste dir – Ihnen – eigentlich begegnet sein.« Ein leichter Luftzug strich um Federicas Knöchel. »Haben Sie denn mit Gemma reden können?«

»Nein.«

»Was ist das da?« Mit dem Kinn deutete sie auf sein Mitbringsel.

»Dinge«, sagte er vage. »Zur Untersuchung in Pesaro.«

Etwas regte sich im Flur, und gleich darauf trat ein Mann auf die Küchenschwelle. Seine Ähnlichkeit mit Aniello sprang Federica diesmal überdeutlich an. Das gleiche nachtschwarze Haar, das unordentlich in die Stirn und über die Ohren fiel, die gleichen Wangenknochen. Kaum zu glauben, dass es ihr nicht aufgefallen war, als er sich auf der Kirchenstufe über seinen Bruder gebeugt hatte.

»Dürfen Sie das einfach: Sachen mitnehmen?«

»Mauro!« Mariella riss sich los, warf sich ihm entgegen und presste ihr Gesicht auf Nabelhöhe an ihn. Dicht hinter ihm stand Luisa, eine Hand an seinem Hosenbund eingehakt. Aufheulend drängte Damiano sich dazwischen und ergatterte ein Bein.

Lorenzo verharrte an der Hintertür.

»Mein aufrichtiges Beileid, Signor Capizzi. Ich denke, Sie wissen, wer ich bin? Commissario Garibaldi. Wir benötigen Vergleichsmaterial für unsere Arbeit. Es dient der Aufklärung dessen, was geschehen ist.« In Gegenwart der Kinder zögerte er, das Wort Mord zu benutzen. »Sobald die kriminaltechnische Untersuchung abgeschlossen ist, werde ich alles zurückbringen. Es hat sich noch keine Gelegenheit ergeben, Ihre Eltern um Erlaubnis zu bitten. Das hole ich gern nach. Ich muss den beiden einige Fragen stellen und Ihnen auch. Unter vier Augen.«

»Nicht jetzt.« Mauro legte die Arme um seine Geschwister und schüttelte den Kopf, seine Stimme trocken wie ein verdorrter Halm, den schon der Flügelschlag eines Insekts zu brechen vermochte. »Ich lass sie nicht noch mal allein.« Er drückte Luisa einen Kuss ins Haar. »Entschuldige, dass ich nicht sofort hergekommen bin.«

»Es ist sehr vernünftig, wenn Sie nun hierbleiben.« Federica erhob sich, strich die Bluse glatt, an der Damiano seine Mascarpone-Finger abgewischt hatte. Ein kurzer, stechender Schmerz durchzuckte die Prellung an ihrem Rücken, die sie Mauro verdankte. Dem fürsorglichen Bruder, der sie grob gegen die Kirchenmauer gestoßen hatte. Sie würde später darüber nachdenken, ob sie es ihm übel nahm.

»Richten Sie Ihren Eltern aus, dass sie Commissario Garibaldi vertrauen sollen«, sagte sie. »Was er tut, ist in ihrem und in Aniellos Interesse. Melden Sie sich, wenn sie so weit sind. Wir sind jederzeit da. Wir beide. Luisa, Mariella: Ihr wisst Bescheid?«

Die Jüngere nickte, und Federica lächelte aufmunternd. Die Trauer würde in den nächsten Tagen wachsen und sich lange halten, da tat jeder noch so kleine Funken Zuversicht gut. Sie ging auf Lorenzo zu, sah das Zucken seiner Nase, die mühsame Beherrschung in seinen Augen, bei denen sie etwas länger verweilte, und stellte sich neben ihn.

»Wir finden für euch heraus, was passiert ist«, behauptete sie kühn.

Lorenzo schaute abwartend an ihr vorbei zu Mauro Capizzi. Ihr Vorpreschen garantierte Federica ein Donnerwetter, aber das war es ihr wert.

»Morgen, Signor Commissario«, sagte Mauro leise. »Bitte. Geben Sie uns Zeit bis morgen, dann reden wir. Das verspreche ich.«

Lorenzo nickte und verließ wortlos das Haus. Vor dem Tor stand eine zweisitzige Lambretta. Sie mochte aus den frühen Vierzigerjahren stammen, tröpfelte, und vom Auspuff fehlte ein Stück.

»Warte!«, rief Federica halblaut. Sie konnte mit Lorenzos Tempo kaum Schritt halten. »Nun sei doch nicht so!«

»*So?*« Abrupt blieb er stehen, um sie auflaufen zu lassen, doch sie wich seiner Schulter aus. »Wie bin ich denn?«

»Kindisch!« Sie hielt ihn am Ärmel fest. »Worüber regst du dich auf? Ich weiß, du magst es nicht, wenn ich das letzte Wort habe. *Va bene*: Tut mir leid. Aber es war die beste Lösung. Was hätte es gebracht, weiter herumzudiskutieren? Die Kinder sind verstört genug, und Mauro hätte nicht nachgegeben. Jetzt stehst du als verständnisvoller Mann in gutem Licht da, und er steht bei dir im Wort. Außerdem habe ich dir eine Nachfrage erspart, was genau du mitgenommen hast.« Sie zupfte an dem Leinentuch. »Werkzeug?«

»Du kannst von Glück sagen, dass ich ein Gentleman bin. Ein zweites Mal werde ich nicht durchgehen lassen, dass du an meiner Stelle Entscheidungen verkündest. Wenn es sein muss, werde ich dich vor Zeugen zur Ordnung rufen. *Wir* finden heraus? *Wir* stehen zur Verfügung? Du bist keine Polizistin.«

»Pah! Und wenn schon. Aber *wir* sind ein gutes Team. Gib es zu. In jeder Hinsicht.«

»Ein Team spricht sich ab, und zwar vorher. Und bei der Polizei gibt es auch in einem Team eine klare Hierarchie – aus gutem Grund. Weisungsbefugnisse von oben nach unten.« Demonstrativ schaute er auf sie hinunter. »Akzeptieren Sie das, Signora Pellegrini?«

»Sonst wirfst du mich aus der Mannschaft.«

»Ja. Das tue ich.«

Kapitel 6

Ungerührt plätscherte das Wasser vor sich hin. Jedes Mal, wenn der Strahl auf den Rand des Brunnens traf, spritzte eine hauchfeine Fontäne auf den Boden und sammelte sich in einer kleinen Kuhle. Spatzen nahmen ein Bad, putzten ausgiebig ihr Gefieder. Die Polizei war abgezogen, sämtliche Schnüre und Markierungen verschwunden und das Portal von San Francesco wieder frei zugänglich. Niemand außer dem Pfarrer hatte die Kirche seither betreten.

Im grünlich gefärbten Licht unter der Markise polierte Angelo Iannazzo Gemüse. Stück für Stück rieb er mit einem weichen Tuch, bis es glänzte. Auf das Rausstellen der Ständer mit Souvenirs und Strandartikeln vor den Laden hatte er heute verzichtet und die Sonnenschirme weggepackt, nachdem Aniello abtransportiert worden war.

Keine Einzelheiten verbreiten, hatte der Kommissar gefordert. Das hätte er gern befolgt, aber dazu hätte er ja erstmal welche kennen müssen. Im Laden hatten sie sich die Klinke in die Hand gegeben – nur im übertragenen Sinn, denn die Tür stand den ganzen Tag offen, weil es sonst viel zu heiß wurde. Er musste dringend einen Ventilator anschaffen. War es nicht ein Witz, dass ausgerechnet die Eistruhe das Hitzeproblem verstärkte? Über die warme Abluft aus der Kühlung hatte er heute andauernd geredet. Dabei ließ es ihm einfach keine Ruhe, dass der Kommissar so erpicht auf sein Schweigen gewesen war. Wie behielt man für sich, wovon man keine Ahnung hatte, was es war? Die Aufgabe fand er wirklich schwierig. Seiner Frau Cristina konnte er nichts vormachen. Natürlich hatte sie den Inhalt des vertraulichen

Gesprächs aus ihm herausgeholt. Und klug, wie sie war, den Schluss gezogen, worauf der Kommissar mit seinem umständlichen und geheimnisvollen Gerede hinausgewollt hatte: dass Angelo eben doch etwas Wichtiges gesehen haben musste. Seither zermarterte er sich noch mehr das Gehirn. Sein einziger Anhaltspunkt war das Messer in Aniellos Brust. Was sonst sollte er gemeint haben? Angelo versuchte, sich das Teil noch einmal vorzustellen, und ging durch, wer im Dorf ein besonderes Exemplar besaß. Farben, Muster, Scharten. Seins hatte er von seinem Vater bekommen, und er hing daran.

Von der Ladentür aus sah Cristina ihrem Mann zu. Bald würde die Haut der Aubergine durchgerubbelt sein, die er bereits zum dritten Mal bearbeitete.

»Wenn du so weitermachst, hast du gleich Mus in der Hand. Du grübelst seit Stunden.« Sie nahm Angelo die Frucht ab und strich fürsorglich die Schürze vor seiner Brust glatt.

Die Familie und der Laden gingen ihm über alles. Und dafür liebte sie ihn. Er war freundlich, als Kaufmann clever, was kleinere Gaunereien einschloss – aber für Rätsel oder Spitzfindigkeiten war ihr Angelo nicht gemacht. Nicht wie der Kommissar, vor dem man sich besser in Acht nahm. »Dieser Garibaldi ist ein Fuchs, der plappert nicht drauflos wie unsereins.« Cristina legte die Hände in Angelos Nacken. »Da ist jedes Wort wichtig, und sogar die Worte, die er weglässt. Es wird dir schon noch einfallen, was du so Besonderes gesehen hast, mein Lieber.«

Angelo nickte. Leider hatte er am Morgen einfach gar nicht richtig hingeguckt, weil er sich sonst wohl auf Don Pietros Füße übergeben hätte. Oder noch schlimmer, auf den armen toten Aniello. Das konnte er seiner Frau jedoch unmöglich sagen, denn es gefiel ihm, wenn Cristina ihn so erwartungsvoll anschaute, und er wollte sie ungern enttäuschen. Außerdem ärgerte es ihn, dass sie den schnöseligen Kommissar für schlauer hielt als ihn. Vielleicht fand er doch etwas in seinem Schädel, wenn er sich nur genug anstrengte. Ein Bild, eingeprägt im Bruchteil einer Sekunde. Von so etwas hörte man immer wieder. Auf dem Jahrmarkt in Cattolica hatte er selbst die Fähigkeiten eines Hypnotiseurs miterlebt, der ganz erstaunliche Dinge vollbrachte, und einen Magier, der in fremde Köpfe sehen konnte, als seien sie durchsichtig.

»Es wird ein auffälliges Messer gewesen sein«, erklärte er mit Nachdruck. »Von uns Männern im Dorf hat fast jeder eins einstecken, die Buben auch. Und jeder schwört dir, dass sein Messer das beste ist! Sieh dir nur meins an.« Er pulte es aus der Hosentasche und streifte das Lederfutteral ab. Fast feierlich, als hätte seine Frau es nie zuvor gesehen. »Es ist alt und abgegriffen, aber scharf und zuverlässig, ohne einen Hauch von Rost. Kein Klappmesser mit Schnickschnack wie einem Korkenzieher oder einem Griff aus Horn. Ein schlichtes Werkzeug und im Notfall eine –«

»Ein Griff aus Horn! Wie kommst du darauf? Ist es das, was du gesehen hast? Wer hat so ein Messer?«

»Eine gute Waffe«, vervollständigte Angelo seinen Satz und schüttelte den Kopf. »Das waren nur Beispiele, Cristina.«

»Ach ja?« Sie tippte ihren Zeigefinger an seine Stirn. »Oder es war deine verlorene Erinnerung. Sag schon: Wem gehört das Messer mit dem Horngriff und wem eins mit Korkenzieher?«

Ihr unnachgiebiger Blick verhieß Ärger, keine Antworten zu geben war nicht drin. »Ruggero und Salvatore«, sagte er schnell und ergänzte nach kurzem Überlegen weitere Namen. Irgendwo in der Menge steckte die Wahrheit. Ein schlauer Schachzug, wie er fand, um niemanden vor ihr reinzureißen. »Der junge Tardelli, Lucio, dein Onkel Alfredo. Na, ich sag dir, da gibt es so einige.« Cristina konnte unmöglich einen Täter aus den eigenen Reihen in Betracht ziehen.

»*Alora*, das ist gar nicht gut, Angelo. Pass ab sofort auf, was du sagst und zu wem. Und merk dir genau, was andere sagen. Verstehst du mich?« Ihre flachen Hände legten sich auf seine Wangen, und sie küsste ihn mitten auf den Mund. »Wer einmal tötet, tut es vielleicht ein zweites Mal. Wenn also jemand, der etwas zu verheimlichen hat, glaubt, dass du etwas weißt, was du nicht wissen sollst, könnte das gefährlich sein.«

»Was du dir immer einbildest! Eine Waffe hat der Mistkerl ja nun nicht mehr.«

Er steckte sein Messer weg. Richtig, der Kommissar hatte Waffe gesagt. *Erzählen Sie nichts über die Waffe.* Angelo öffnete den Mund, schüttelte den Kopf und schwieg. Was machte das schon für einen Unterschied? Ein Messer war nun mal eine Waffe.

»Sobald wir heute Abend den Laden geschlossen haben, werde ich in die Kirche gehen.« Cristina küsste ihn nochmal. »Ich werde beten, eine Kerze für Aniello anzünden und eine zum Schutz unserer Familie. Denn weißt du, ich habe mir ein Kleid mit Blumendruck genäht für diesen Sommer, und das will ich weiter tragen. Schwarz steht mir nicht. Darum wirst du vorsichtig sein, Angelo Iannazzo. Und du gehst nachher in die Trattoria.«

»Wie bitte?« Er schnaubte. »Obwohl du meinst, dass es gefährlich ist? Wie stellst du dir das vor? Und hör auf mit der Küsserei, wo uns hier jeder sehen kann und der Junge da drüben gestorben ist!«

»Alle werden da sein«, behauptete Cristina. »Alle, die da abends immer sitzen, auf einen *caffè*. Willst du, dass sie sich fragen, warum du nicht gekommen bist – als Einziger? Und morgen denkt das ganze Dorf, dass Iannazzo etwas zu verbergen hat, dass es vielleicht besser ist, ihn zu meiden. Dann überlegen sie, woanders zu kaufen.« Sie tippte einen Finger unter ihr Auge, dann an sein Ohr. »Beobachten und gut zuhören, das kannst du doch. Wie im Laden, da weißt du auch ohne Worte, was die Leute wollen. Auch was sie lieber nicht laut sagen. Zum Beispiel, wenn sie mal wieder knapp bei Kasse sind. Oder *Hygieneartikel* brauchen, von denen Don Pietro nichts wissen darf.«

Angelo rieb sich das Kinn, und ein wohliges Gefühl breitete sich in ihm aus. Seine Frau hatte recht. Darin war er gut. Gerade bei den Kondomen, die sie offiziell nicht führten, war Fantasie gefordert – und blickdichtes Papier zum Einwickeln. Für den Pfarrer mochte das reichen, doch der Herr, der alles sah, ließ sich damit wohl kaum täuschen. Sünde blieb Sünde, ob man ein Kind in der Ehe verhinderte oder diese ohne kirchlichen Segen vollzog. Aber das war weder seine Sache noch seine Schuld. Er sorgte nur für die Zufriedenheit seiner Kundschaft und für Diskretion. Mit seinem Spürsinn, der vielleicht auch so eine besondere Gabe war, wie Leute hypnotisieren zu können. Oder sogar besser.

»Für Aniello«, sagte er entschlossen und warf sich in die Brust. Sollte irgendwer in der Trattoria etwas zu verbergen haben, dann würde er ihn enttarnen.

*

Aldo Baresi schwitzte. Sein Taschentuch, sein Hemd, selbst die Anzugjacke war unter den Armen durchgeweicht. Den richtigen Moment, diese abzulegen, hatte er verpasst. Ein verflixter Schlamassel war das. Der tragische Tod des jungen Burschen zog eine Reihe von Unannehmlichkeiten nach sich, und er rang damit, den passenden Ton zu treffen. Gefühllosigkeit wollte er sich ungern nachsagen lassen. Er kannte Aniello Capizzi, die ganze Familie, vor allem den Vater. Trotzdem musste er als Bürgermeister auch das große Ganze im Auge behalten und im Interesse aller den Schaden für die Gemeinde begrenzen.

»Haben Sie doch ein Einsehen, Commissario Garibaldi. Worum ich Sie bitte, ist ein bisschen Fingerspitzengefühl. Sowohl für die Angehörigen als auch für unsere Feriengäste – die ja nun wahrlich nichts mit dem Unglück zu tun haben – wäre es wünschenswert, wenn Ihre Uniformierten im Dorf, sagen wir, nicht ganz so präsent wären. Und wenn sie, nun ja, die Angelegenheit zügig abwickeln könnten.«

Der Kommissar saß an Aldos Schreibtisch in der Amtsstube des Rathauses – auf dem Platz des Bürgermeisters, den er ihm überlassen hatte. Eine großzügige Geste, wie er fand, und zum Dank lief er selbst nun wie ein Bittsteller auf und ab.

»Es dauert, so lange es dauert.« Lorenzo Garibaldi zuckte mit den Schultern. »Das liegt nicht allein in meiner Hand. Verraten Sie mir das Motiv, wer einen Grund hatte, Aniello zu töten, dann geht es schneller. Mit der Familie kam noch kein echtes Gespräch zustande, die schottet sich ab. Der Schmerz ist frisch. Dafür habe ich Verständnis, wir werden das morgen nachholen.« Er hätte bevorzugt, bis dahin ein Ergebnis vorweisen zu können, etwas Handfestes zur verwendeten Waffe wie beispielsweise Fingerabdrücke. Im Idealfall wies sie ein markantes Merkmal auf, das sie zu ihrem Besitzer führte. Doch dazu mussten erst die Fotografien entwickelt sein.

»Vorläufig spricht wenig dafür, dass einer Ihrer Touristen als Mörder in Frage kommt.« Bei einem Zelthering in der Brust des Toten hätte das anders ausgesehen. Rund um Pesaro wurden Camper inzwischen zu einer regelrechten Plage.

Ein gurgelnder Laut entwich Baresis Kehle. »Wenig?«

»Wir können trotzdem niemanden von vornherein ausschließen.« Obwohl eine Sichel nicht zu den üblichen Werkzeugen im Reisegepäck gehörte.

»Aniello hat für Davide Tardelli gearbeitet«, warf Ispettore Spadafero ein. »Der testet einen Fahrdienst zum Strand, den ausschließlich Touristen nutzen.«

»Ja. Weiß ich, weiß ich.« Baresi rieb sich das Doppelkinn. »Ein findiger Bursche. Aber was heißt das schon?«

»Dass es Kontakt zwischen dem Opfer und Urlaubsgästen gegeben haben muss«, erwiderte Lorenzo geduldig. »Und dem gehen wir auch nach. Bei den Befragungen werden wir so behutsam wie möglich sein.«

Federica lehnte am Fensterbrett. Sie hatte zuvor kein Wort über den Taxidienst verloren, und Davide hatte offenbar elegant das Gespräch mit dem Kommissar umgangen. Ganz zufällig war er Spadafero im toten Winkel einer Gasse beinah über die Füße gefahren, hatte der kurz vor Baresis Auftritt berichtet. Angeblich war Davide gerade auf dem Weg zu Garibaldi gewesen, um eine Aussage zu machen, was er dann an Ort und Stelle bei Spadafero erledigte.

»Ich könnte dolmetschen«, schlug sie vor. »Sogar in mehreren Sprachen.«

Besonders ihr Deutsch machte große Fortschritte, und sie arbeitete ständig daran, ihre Kenntnisse auszubauen, was nicht zuletzt an Friedhelm Meyer lag. Vor drei Monaten hatte sich der Reisebürobetreiber aus Viersen in ihre Pension und das Dorf verliebt und die glorreiche Idee ausgebrütet, Pesaro del Monte piccolo Cattolica zum Geheimtipp für seine Kunden zu machen. Ganze Busladungen an Rheinländern hatte er dem Gemeinderat versprochen und das bereits zweimal wahr gemacht. Seitdem legten sich auch andere mächtig ins Zeug, lernten Vokabeln und übten sich darin, ihre Ressentiments gegen die Deutschen abzulegen. Unterkünfte drängten ans Licht wie das erste Frühlingsgrün im März. Wer eine freie Kammer im Haus zur Verfügung hatte, hängte ein Schild vor die Tür. Ein jeder witterte Morgenluft.

»Wenn die Polizei eine Frau dabeihat, wirkt das viel weniger bedrohlich. Das müssen Sie zugeben. Und in Sachen Diplomatie bin ich auch ganz gut.«

»Ich denk drüber nach.« Lorenzo Garibaldi nickte vage. Es gab wenig, was er lieber getan hätte, als den ganzen Tag mit

Federica zu verbringen. Aber unter den gegebenen Umständen war es unmöglich. Der Fall hatte ihn überrumpelt, und er war bereits zu weit gegangen. Ermittlungen und Privates zu vermischen bedeutete ein unkontrollierbares Risiko; das eine schloss für ihn das andere aus. Es würde schwierig werden, ihr das klarzumachen und ab sofort konsequent zu bleiben.

»Es ist sinnvoll, dass ich vorerst durchgängig vor Ort und erreichbar bleibe. Vorausgesetzt, ich finde ein zentrales Quartier für die Nacht, bei dem das gewährleistet ist.« Er tippte auf das Gehäuse des Telefonapparats. »Gibt es eine Pension mit Fernsprecher?«

Federica lachte auf, und er ahnte ihren herausfordernden Gesichtsausdruck im Gegenlicht mehr, als er ihn sah.

»Klar. Hier hat jeder seinen eigenen Anschluss. Und in jedem Haus gibt es ein Fernsehgerät. Ach, was sag ich! In jedem Fremdenzimmer steht ein eigenes!« Ein solcher Unsinn würde sich niemals durchsetzen. Schließlich kam es nur alle Jubeljahre vor, dass ein normaler Bürger telefonieren musste, und allein fernsehen wollte auch keiner. Noch verfügte längst nicht einmal jedes Haus über ein Badezimmer, und viele mussten zur Toilette über den Hof.

»Haben Sie vergessen, wo Sie sind?«, fragte sie spöttisch. »Das Hotel Antognioni hat ein Telefon, aber das ist alles andere als zentral gelegen. Schlafen Sie doch bei Iannazzo – der rutscht auf der Matratze bestimmt für Sie ein Stück zur Seite. Oder gleich hier nebenan.« Federica deutete zur Tür. Im angrenzenden Büro verbarg sich die Schaltzentrale der Sekretärin und Baresis heimlicher Rückzugsort für ein gelegentliches Nickerchen. »Soweit ich mich erinnere, stehen da zwei Sessel. Wenn Sie die zusammenschieben, haben Sie es ganz bequem.«

Wie auf ein Stichwort schwebte genau aus jenem Zimmer Maria Baresi herein, in den Händen ein Tablett, beladen mit Kaffee, Wasser und einer Schale Gebäck.

»Eine kleine Stärkung gefällig? Verzeihen Sie, wenn ich mich einmische, Signor Commissario. Ich war schon beinah im Raum, musste aber noch mal umkehren, weil ich den Zucker vergessen hatte, sonst hätte ich es natürlich nicht gehört, aber – sagten Sie gerade, Sie suchen eine Übernachtungsmöglichkeit, bei der auch ein Telefonapparat vorhanden ist?« Flüchtig streifte ihr Blick Federica. »Keine Sorge, ich denke nicht daran, Ihnen unsere Bürosessel anzubieten. Es wäre mir eine große Freude – Aldo, das siehst du genauso, nicht wahr? –, wenn ich Sie in unser Heim einladen dürfte. Die Kinder sind ausgeflogen, wir haben reichlich Platz und – wie es der Zufall will – seit wenigen Wochen einen privaten Anschluss.« Geschäftig hantierte Maria mit dem Kaffee, gab Zucker dazu und rührte um. Eine Tasse reichte sie Lorenzo, eine zweite dem Ispettore, die letzte ihrem Mann. »Sie wären rund um die Uhr bestens erreichbar und sind ganz herzlich willkommen.«

»Wenn es keine Umstände macht, sehr gern, Signora Baresi.«

»Nicht im Geringsten! Ich werde Ihnen gleich ein Zimmer herrichten, es wird Ihnen an nichts fehlen. Mögen Sie Tintenfisch? Den gibt es heute Abend.«

»Das kann ich wirklich nicht annehmen, Signora. Ein Bett reicht völlig aus.«

»Natürlich können Sie! Mein Tintenfisch ist ein Gedicht, nicht wahr, Aldo? Wenn Sie die Soße erst riechen, ist es um Sie geschehen!« Kokett richtete Maria ihre Locken, dann wandte sie sich an Federica. »So was, ich habe mich mit den Tassen glatt vertan. Möchten Sie auch einen *caffè?*«

»Nein danke, gehen Sie nur. Sie haben ja viel zu tun – das Bett für den Kommissar, der Tintenfisch und die Soße …« Konzentriert betrachtete Federica ihre Fingernägel. »Falls noch mehr *caffè* gebraucht wird, kann ich den aufsetzen. Ist ja nicht so schwierig, das schaffe ich schon.«

Obwohl ihre Prioritäten anders lagen als auf einem perfekten Hausfrauendasein, was allgemein bekannt war und gern diskutiert wurde. Wie auch die Farbe ihres Lippenstifts und ihre Unterwäsche auf der Leine. Sie las lieber im Liegestuhl einen Hemingway, als Staub zu wischen. Na und? Einen anständigen Kaffee bekam sie aber trotzdem hin. Und Maria Baresi, deren vernichtender Blick an ihr abperlte wie Wasser von Nagellack, war durchaus in der Lage, bis vier zu zählen.

Lorenzo überging die Spannung zwischen den Frauen geflissentlich, und er vermied es, sie anzusehen. »*Va bene.* Da die Unterkunftsfrage geklärt ist, können wir weitermachen.« Er kramte übertrieben in den wenigen Papieren auf dem Tisch herum. »Mein Ohr ist immer offen, für jedermann. Mir ist sehr wichtig, dass überall bekannt wird, wo ich zu finden bin. Sorgen Sie dafür, Herr Bürgermeister. Danke für Ihre Gastfreundschaft und Ihre Kooperation.«

Ein charmant verpackter Rauswurf. Federica schaute zur Seite aus dem Fenster, zu den Spatzen am Brunnen, und biss sich auf die Lippen.

Einige umständliche Floskeln später schlug endlich die Tür der Amtsstube hinter Baresi und seiner Gattin zu. Die Botschaft des Kommissars würde sich verbreiten, noch bevor es dem Tintenfisch an den Kragen ging, so viel war gewiss.

Lorenzo Garibaldi lehnte sich zurück, goss langsam Wasser in ein Glas. »War das eben eine Kostprobe dessen, was Sie unter Diplomatie verstehen, Signora Pellegrini? Für Ihre Sticheleien und Scherze fehlt mir momentan das Verständnis, genau wie für Ihren persönlichen Kleinkrieg. Signora Baresi ist ausgesprochen freundlich und hilfreich.«

»Kann sein«, sagte Federica achselzuckend und keineswegs zerknirscht. »Mit Maria und mir ist es – kompliziert.«

»*Sie* sind kompliziert! Und unbelehrbar. Ihnen fehlt das

Gespür für Grenzen und für den richtigen Moment zu schweigen.«

Spadafero räusperte sich. »Signor Commissario? Der Bürgermeister hat seinen Hut an der Garderobe vergessen. Vielleicht sollte ich ihm den schnell bringen?« Er stand auf und legte seine Notizkladde ab. »Sonst wird Signora Baresi sicher noch mal umkehren.«

Federica hielt sich demonstrativ den Mund zu. »Dazu sage ich nichts«, nuschelte sie. »Gar nichts.«

Auf Lorenzos Zeichen sprintete Spadafero los, ein kleines Zucken in seinen Augenwinkeln, leichte Röte im Gesicht.

»Du hast den guten Ispettore erschreckt, Garibaldi. Ich glaube, er mag es nicht, wenn du so streng zu mir bist.«

»Dann gib mir keinen Grund. Es war ein rein rationaler Entschluss, das Angebot von Signora Baresi anzunehmen. Keine Entscheidung gegen dich.«

»Das weiß ich doch. Die Lage, das Telefon. Das sind gute Argumente.«

Und durchsichtige Ausreden. Sie schätzte die Wahrscheinlichkeit eines nächtlichen Anrufs, auf den er sofort reagieren musste, als äußerst gering ein. Die Wahrscheinlichkeit für schlüpfrigen Tratsch, wenn er bei ihr übernachtete, lag dagegen bei einhundert Prozent. *Das* war sein wahrer Grund.

Federica gab ihren Platz am Fenster auf und setzte sich vor ihm auf die Schreibtischplatte. Ihre Beziehung, wenn man es uberhaupt schon so nennen durfte, war ein zartes Pflänzchen, und er scheute den rauen Wind der Klippe. »Wirst du heute noch anfangen, die Touristen zu befragen?«

»Mal sehen. Es wird keine groß angelegte Aktion. Mehr punktuell als flächendeckend. Spadafero hat das im Griff.«

Federica verdrehte die Augen. Wenn er sich da mal nicht täuschte. »Demnach werde ich nicht assistieren.«

»Es ist besser, wenn du nicht zu sehr involviert bist.«

»Aber mit meinen eigenen Pensionsgästen zu reden überlässt du mir doch wohl? *Va bene.* Dann gehe ich jetzt – schon wieder – brav nach Hause. Obwohl du einen Fehler machst.« Er hatte keine Ahnung, wie sich das Dorf in den letzten Wochen verändert hatte und wo überall Urlauber zu finden waren. Der arme Spadafero würde sich ordentlich die Hacken ablaufen und wenig zu Tage fördern.

Sie beugte sich vor, spürte, wie Lorenzo den Atem anhielt, als sie ihn küsste. »Immerhin bist du bei Signora Baresi in den allerbesten Händen«, flüsterte sie. »Da brauche ich mir keine Sorgen zu machen.« Ein Schatten lag auf seinen Wangen und dem Kinn. Ihre Fingerspitzen sträubten die unrasierten Barthaare, und ihr zweiter Kuss traf im Aufstehen seine Nase. »Viel Vergnügen in Marias hingebungsvoller Obhut, mein lieber Garibaldi.«

»Du sollst mich –«

»– nicht so nennen. Weiß ich doch.« Sie schnappte ihre Tasche, ging rückwärts und stieß in der Tür mit Spadafero zusammen. »Hoppla, Ispettore, Sie sind ja stürmisch!« Eine Hand auf seinem Revers suchte sie mit der anderen nach ihrem Wagenschlüssel. »Fahren Sie eigentlich heute Abend zurück nach Pesaro, oder hat man Sie auch noch zum Tintenfischessen eingeladen? Bei mir im Vento del mare sind Sie jedenfalls immer willkommen. *Arrivederci!*«

Der klimpernd gezückte Schlüssel ersetzte seine Antwort und sorgte dafür, dass sie das letzte Wort behielt.

»Die Frau ist eine Plage«, murmelte Lorenzo und fühlte sich schäbig dabei. Denn es war genau dieses Temperament, dem er nicht widerstehen konnte.

Kapitel 7

Der Schriftzug Tardelli & Sohn prangte über dem Tor der Werkstatt, auf Davides Overall, seiner Kappe und einem halben Dutzend nagelneuer Hinweisschilder mit zusätzlichem Tankstellensymbol. Ob vom Ortseingang oder der Dorfmitte – alle Wege führten hierher.

Schwungvoll lenkte Federica ihr Cabrio auf den Hof. Niemand war zu sehen, und sie drückte auf die Hupe.

»Signor Tardelli?«

»Sekunde!«

Sie stieg aus, ließ die Wagentür offen und folgte der Stimme in die Halle. Gino Tardelli machte sich im Motorraum eines Fahrzeugs zu schaffen. Die Karosserie bestand aus einer beachtlichen Anzahl unterschiedlicher Blechflicken, Nieten und Rost. Davide reichte ihm ein Werkzeug an, wischte seine Hände ab und kam auf sie zu.

»Was kann ich für Sie tun, Signora? Tanken, waschen, Lackschaden ausbessern? Oder wollten Sie zu meinem Vater?«

»Zu Ihnen.« Sie dirigierte ihn nach draußen zum Cabrio. »Offen gestanden hat es nichts mit meinem Auto zu tun.«

»Also geht es um Aniello?«, fragte er und senkte automatisch die Stimme. »Hören Sie, ich bin bei diesem Ispettore gewesen und habe ihm das Gleiche gesagt wie Ihnen. Er war mein Fahrer, und mehr weiß ich nicht.«

»Keine Sorge, ich glaube Ihnen. Und vielleicht kann sogar ich etwas für *Sie* tun. Der Kommissar will natürlich wieder alles ganz genau wissen – und da ich sowieso mit drinhänge, dachte ich, wenn ich ihm Auskunft geben kann, muss er nicht zu Ihnen kommen.«

Davide rieb an einem Ölfleck auf seinem Handrücken. »Und?«

»Das Rollertaxi und die Leute, die mitfahren … Wie funktioniert das? Gibt es einen festen Treffpunkt, einen Fahrplan, oder werden die Gäste zufällig aufgegabelt?«

»Beides.« Davide seufzte. »Das eine ist die Theorie, das andere gängige Praxis. Wir haben es auch mit Reservierungen probiert, weil wir ja nur zu zweit sind. Waren. Hat auch nicht funktioniert. Was soll ich sagen, Signora? Auf die Touristen ist kein Verlass! Mal kommen sie, mal kommen sie nicht. Soll ich einen Gast, der vor mir steht, wegschicken, weil ein anderer gesagt hat, er will kommen? Am Ende hat er es sich anders überlegt, dann stehe ich allein da, ohne eine Lira zu verdienen.«

»Lohnt es sich überhaupt?«

Davide drehte abwägend die Hand hin und her. »Mal so, mal so, aber das Taxi ist erst der Anfang. Ich plane, noch mehr Roller anzuschaffen und für Ausflüge zu verleihen. Signor Meyer meinte, das ist eine gute Idee. Und eine Giardinetta, Sie wissen schon, eine Vespa mit offenem Wagen hintendran, in dem zwei nebeneinandersitzen können. Ganz bequem und elegant, wie die feinen Herrschaften an der Riviera. Solche Spazierfahrten sind beliebt, und wenn ich ein altes Modell kaufe, wird es nicht so teuer.«

Jede Lira zählte, wie bei ihr. Genau das hatte sie erwartet. »Haben Sie schon einen Ersatz für Aniello?«

»Papa hat gesagt, er springt ein, aber … einer muss ja die Werkstatt offen halten und die Zapfsäule bedienen.«

Federica nickte. Seinen Vater für unabkömmlich zu erklären war sehr viel netter als die Wahrheit und machte ihr Davide sympathisch. Denn Gino war schlicht zu dick und hinter ihm auf dem Sozius zu wenig Platz.

»Wenn Sie wollen, übernehme ich für ein oder zwei Tage. Das Rollertaxi – nicht die Zapfpistole. So lange, bis Sie eine bessere Lösung gefunden haben.«

»Sie?« Davide verzog verlegen den Mund. »Ich weiß nicht, Signora. Ob das eine gute Idee ist?«

Federica klappte ihre Sonnenbrille zusammen und hängte sie an einem Bügel in ihren Ausschnitt. Davides Gedanken ließen sich wie eine Leuchtreklame auf seiner Stirn ablesen.

»Verstehe. Sie fürchten um Ihren Ruf, wenn ich für Sie fahre. Weil ich eine Frau bin. Und weil ich *ich* bin?«

»So meine ich das nicht, Signora Pellegrini. Es ist nur, weil …« Hilflos hob er die Schultern und sah zum Haus.

Federica verstand ihn auch ohne Worte. An der Tür stand seine Frau mit seinem Sohn an der Hand, im prall gewölbten Bauch das zweite Kind. Der perfekte Zeitpunkt für Misstrauen und Eifersucht. Aber da musste er wohl durch.

»Sie wissen, dass Sie mich brauchen, Davide. Es ist Hochsaison. Jeder, der arbeiten kann, hat längst eine Stelle angenommen. Wenn Ihr Taxi jetzt nicht einschlägt, wird es das womöglich nie tun. Seien Sie mutig! Ihre Frau wird das verstehen. Und wenn nicht …« Federica legte eine wohl dosierte Pause ein. »Schieben Sie es auf den Commissario. Inoffizielle Anordnung, dagegen sind Sie machtlos.« Die Lüge fühlte sich gut an. Eine kleine Strafe dafür, dass Lorenzo versuchte, sie auszubremsen. »Geben Sie mir eine Chance. Ich halte Ihnen Garibaldi vom Hals, so gut ich kann, und werde keinen Ärger machen. Ich kann jederzeit anfangen. Morgen, nachdem meine Gäste gefrühstückt haben. Und jetzt. Sofort.« Kurzfristig würde sich die Arbeit mit Roller *und* Pension schon irgendwie stemmen lassen.

Davide faltete die Hände wie zum Gebet, schloss die Augen und öffnete sie wieder. »In einer Stunde?«

»Dann ist es also abgemacht.« Federica streckte ihm die Hand hin, und er schlug ein.

»Abgemacht.«

*

Die Augustsonne kroch in Zeitlupe über den Himmel, den der Kommissar durch das offene Fenster beobachtete. Auch am späten Nachmittag stand unbarmherzige Hitze auf dem Dorfplatz, kein Lüftchen rührte sich, nur der Brunnen erzählte plätschernd von Abkühlung, während Lorenzo im Amtszimmer des Bürgermeisters festsaß. Bisher zahlte sich seine Strategie, als Ansprechpartner vor Ort zu bleiben, noch nicht aus. Niemand hatte die Gelegenheit ergriffen und freiwillig ein Gespräch gesucht. Lorenzo atmete ein und aus, um seine Ungeduld zu zügeln. Es war noch immer Dienstag, und es gab keinen Anlass, das Wunder einer schnellen Aufklärung zu erwarten.

Wenigstens hatte er jetzt endlich Vigliani an der Strippe.

»Haben Sie die Waffe entfernt?«

»Um als Nächster von unserem geschätzten Dottore auf dem Seziertisch auseinandergenommen zu werden? Nein. Anhand des außerhalb der Brust sichtbaren Teils der Klinge habe ich allerdings versucht, die Form zu berechnen, und kam, wie wir vermutet haben, auf eine gewöhnliche Sichel. Die Krümmung am Ansatz spricht gegen ein längliches Sensenblatt, eher für ein Rebmesser oder eine Handhippe mit kleinerem Radius.«

»Und der Stich damit war tödlich?«

»Ich würde gern einfach Ja sagen. Aber das wäre unseriös, und mein Bauchgefühl schweigt. Offen gestanden ist mir bei der Lage der Einstichstelle nicht klar, wie der Stich ausgeführt wurde, um so weit einzudringen. Dabei ist die Krümmung nämlich hinderlich. Endgültig Aufschluss gibt leider erst die Obduktion.«

»*Maledetto!*« Lorenzo knurrte unterdrückt. Seine Hoffnung auf unzweifelhafte Antworten schrumpfte. »Sonst noch was?«

»Keine weiteren Stiche oder andere Wunden. Weder an Händen noch Armen des Opfers sind Abwehrverletzungen erkennbar.«

Bei einem Überraschungsangriff von vorn musste der Täter blitzschnell gewesen sein. Und ganz nah dran.

»Spadafero kam mit den Werkzeugen vorbei, die Sie sichergestellt haben, nachdem die Spurensicherung damit fertig war. Wir haben uns die Griffe ganz genau angesehen und verglichen. Es gibt keine Übereinstimmung mit der Hippe – oder untereinander. Alle einigermaßen gepflegt und einsatzbereit, aber ohne Wiedererkennungswert.«

»Dachte ich mir.« Lorenzo hatte sich von vornherein wenig davon versprochen. Wer verwendete schon einen ganzen Satz zueinanderpassender Arbeitsgeräte? In der Regel sammelten die sich über Jahre Stück für Stück an. Doch außer der Waffe hatte er praktisch nichts in der Hand. Es fehlte ein konkreter Verdacht, in welche Richtung er ermitteln sollte. Also stocherte er dort, wo er in der Vergangenheit häufig den Täter gefunden hatte: im allerengsten Umfeld. Was wiederum im günstigsten Fall auch einen schnellen Ausschluss der Familie mit sich brachte. Sobald er morgen endlich mit Aniellos Eltern und Mauro sprechen konnte, würden sich hoffentlich andere Ansätze ergeben. Freunde, Feinde und endlich ein Motiv. Irgendeines.

Eingeschränkt durch die Reichweite der gekräuselten Telefonschnur ging Lorenzo auf und ab und dachte dabei laut. »Eine Hippe im Herz. Und kein Blut. Nirgendwo auch nur ein Tropfen!«

»Was erwarten Sie? Ist ja nicht so, als hätte man ihn irgendwo ausbluten lassen.«

»Ausbluten lassen? Davon habe ich –«

»Entschuldigen Sie, wenn ich korrigiere«, ging Vigliani dazwischen. »Es war kein Herztreffer. Ich weiß, es ist schwer vorstellbar, dass nichts austritt, aber der Tote bildet ganz normale Leichenflecken aus, insofern muss der größte Teil des Blutes noch in seinem Körper sein.«

»Sie haben ja recht. Andernfalls wäre auch Blut an seiner Kleidung gewesen. Aber die war genauso sauber wie die Kirchenstufe.« Lorenzo rieb sich die Stirn. »Danke trotzdem, Vigliani.«

»Nicht der Rede wert. Ich hätte Ihnen gern schon mehr Antworten geliefert, doch Wissenschaft braucht Zeit. Was wir machen, ist ja schließlich keine Hexerei.«

Lorenzo grinste, doch seine Stimme blieb ernst. »Das sehe ich anders. Aber das bleibt bitte unter uns.« Nicht auszudenken, wenn dem Dottore zu Ohren käme, was er von ihrer Arbeit dachte. »Für mich handelt es sich ganz eindeutig um Magie – schwarze Magie.«

Ein Lufthauch streifte durchs Zimmer, trug die aufgestaute Hitze des späten Nachmittags herein, die in diesem Moment auch Federica umwehte. Unter den Rädern der Vespa verwirbelte der Staub des Serpentinenwegs, der Fahrtwind streichelte ihre Haut, und vor dem Fenster der Amtsstube begann ein aufgeregtes Flüstern seinen Weg durchs Dorf.

*

Stunden später schob Lorenzo Garibaldi vor dem Haus des Bürgermeisters in der Via Carretta die Hände in die Hosentasche. Maria Baresis Gastfreundschaft kannte keine Grenzen. Es war zum diplomatischen Kraftakt geworden, die Einladung an ihren Esstisch auszuschlagen. Schließlich hatte er sich zu einem Spaziergang verabschiedet, um sich im Dorf zu zeigen – präsent und ansprechbar zu sein, wie angekündigt, und in der lauen Abendluft seine Gedanken zu klären. Dagegen konnte Maria nichts einwenden. Allein die Vorstellung, den restlichen Abend mit ihr und

Aldo Konversation betreiben zu müssen, hätte Lorenzo auch im strömenden Regen nach draußen getrieben. Dabei mochte er Tintenfisch.

Eine Ahnung des Todes kroch durch die Gassen, je näher er der Kirche kam, und doch war das Leben nicht aufzuhalten, lag im Wind über den Dächern, der verführerisch duftete. Ein Ball knallte gegen eine Hauswand. Kinder rannten johlend hinterher, ihre hellen Stimmen überschlugen sich. Musik flirrte aus unterschiedlichen Richtungen durch die Luft, und Lorenzo spürte den Drang, eins der Lieder mitzupfeifen, was nicht in Frage kam. Solange die Ermittlungen andauerten, war er im Dienst, bewahrte Disziplin. Tonlos spitzte er die Lippen.

Der Dorfplatz um den Brunnen war befremdend still, fast leergefegt, bis auf einige Urlauberpaare. Iannazzo hatte den Laden früher geschlossen. Aus Rücksicht auf die Familie Capizzi spielte niemand unter den Platanen Boccia, und die Tische vor der Trattoria blieben unbesetzt. Von drinnen waren jedoch Geräusche zu hören. Lorenzo gab sich nicht der Illusion hin, etwas zu erfahren, wenn er sich unters Volk mischte. Nicht unmittelbar, eher im Nachgang. Außerdem war es wichtig, sich sehen zu lassen, bevor er sich später zum Vento del mare aufmachte. Dorthin würde er einen Umweg über die Klippen nehmen, sich hinschleichen wie ein Dieb. Was Federica dazu zu sagen hatte, konnte er sich lebhaft ausmalen. In Gedanken ganz bei ihr stand er still, lauschte auf die Stimmen in der Trattoria, ohne etwas zu verstehen.

Drinnen schlug Salvatore Farina die Faust auf die Theke.

»Noch ein Wort, und ich schmeiß euch alle raus!«

»Willst du behaupten, wir hätten unrecht?« Umberto Saletta stieß seinen Sitznachbarn an. »Er übertreibt, oder? Aber vielleicht hat er es ja nicht nötig, uns zu bewirten.«

»Komm schon, beruhige dich, Salvatore«, beschwichtigte

Lucio Monza, statt auf Umberto einzugehen. »Nur weil einer verrückt ist, heißt das ja nicht, dass wir ihn nicht mögen.«

Salvatore fing den Blick seiner Ehefrau ein.

»Was?«, schnauzte er, und Viola zuckte mit den Achseln.

Erst als er sich wegdrehte, legte sie nach. Leise und nur für ihn hörbar: »Ich hatte es dir vorher gesagt. Denk an das Ferkel.«

Salvatore reagierte nicht, biss die Zähne aufeinander und nahm die Tür ins Visier, die sich gerade öffnete.

Tabakwolken hingen unter der Decke, zwiebelscharfer Dunst, der Lorenzo in der stickigen Hitze fast den Atem nahm. Instinktiv zählte er Köpfe, ordnete Namen und Informationen zu. Kein einziger Tourist hatte sich hierher verirrt, was angesichts des herrschenden Raumklimas wenig wunderte. In einer Ecke hockte Ladeninhaber Iannazzo.

»*Buona sera.*«

Eilig verschwand etwas unter der Tischplatte, ein Häufchen Lire in einem Ärmel. Spielkarten wurden zusammengeschoben, Gespräche verstummten.

»Lassen Sie sich nicht stören.« Lorenzo knöpfte sein Jackett auf und ging auf den Mann am Tresen zu. Signor Farina, erinnerte er sich, Wirt und Besitzer, der gemäß Spadafero im selben Gebäude wohnte und in der vergangenen Nacht tief geschlafen hatte.

»Ich hätte gern etwas zu trinken. Ganz privat.« In der Mehrzahl sah er vor den Männern die obligatorischen Kaffeetässchen stehen, vereinzelt Rotweingläser und einige kleinere für Hochprozentiges. »*Caffè espresso*, bitte, und ...« Mit Daumen und Zeigefinger deutete er die Größe eines Schnapsglases an. »Ich denke, so einen könnte ich jetzt gut vertragen. Was ist das, was Sie da ausschenken: *Mistrà?*«

»Magenbitter!«, rief jemand hinter ihm, bevor der Wirt antworten konnte. Ein kurzes Raunen ging durch den Raum, und Lorenzo drehte sich um.

»Also kein Anis.« Er nickte bedächtig. Zwischen den verschlossenen Gesichtern war der Rufer nicht auszumachen, und niemand widersprach seiner Lüge. In keinem der benutzten Gläser gab es Rückstände einer dunklen Flüssigkeit, und einen farblosen Magenbitter hatte Lorenzo noch nie gesehen. Entweder hatten sie vorher einen Schwarzgebrannten getrunken, oder man wollte ihm etwas Teureres aufschwatzen. Darüber zu diskutieren lohnte sich nicht, er spielte besser mit und zeigte sich von seiner kumpelhaften Seite. »Gut, dann nehme ich auch einen. Und einen für alle. War kein leichter Tag.«

Salvatore Farina holte eine frische Flasche aus dem Unterschrank, auf deren Etikett ein Adler mit geöffnetem Schnabel die Flügel ausbreitete. Der Kaffeeautomat füllte die unangenehme Stille mit seinem Zischen, und Farinas Frau belud ein Tablett. Während sie die Gläser verteilte, schüttete Lorenzo die doppelte Menge Zucker in seinen *caffè* und trank schnell einen Schluck Wasser. Dann wandte er sich den Männern zu und hob das Schnapsglas.

»Auf Aniello«, sagte einer laut und erhob sich. Die anderen taten es ihm nach, bis alle standen und jeder – Lorenzo als Letzter – den Namen des Toten einmal ausgesprochen hatte.

Er hasste Magenbitter. Das Getränk blockierte seinen Schluckreflex, und er brauchte drei Versuche, ihn runterzubekommen. Wenigstens war er nicht der Einzige, der sich anschließend angeekelt schüttelte. Schnell kippte Lorenzo den *caffè* nach. Zuckerkristalle knirschten, vertrieben den galligen Geschmack, und wohltuende Süße breitete sich aus.

»Der Täter kommt nicht davon.« Dumpf rutschte der Satz heraus, der eigentlich nur für ihn selbst gedacht gewesen war und in seinem Kopf hatte bleiben sollen. Ein Versprechen, wie Federica es den Kindern gegeben hatte, und zugleich eine Drohung. Derlei widersprach seiner Gewohnheit und seinem Selbstverständnis. Niemand war gegen Misserfolge gefeit. Auch er nicht.

Salvatore Farina nickte, ohne erkennen zu lassen, wie er das Gehörte auffasste.

Lorenzo stellte die Tasse ab und zückte seine Geldbörse.

*

Die Zigarettenspitze tanzte wie ein Glühwürmchen durch die hereinbrechende Dunkelheit. Ein winziges Leuchtfeuer, das dem Kommissar aus der Entfernung den Weg wies. Federica erkannte seinen Gang, entschlossen und geschmeidig, und die unwillkürliche Handbewegung, mit der er nach jedem Windstoß durch sein Haar strich. Sie füllte ein bereit stehendes zweites Glas, blieb sitzen und reckte sich ihm entgegen, als er den Terrassentisch erreichte. Ihre Füße lagen auf der Balustrade.

»Du bist spät dran, Garibaldi.«

Seine Lippen streiften sanft über ihre Wange.

»Und Sie sind bezaubernd schön, Signora Pellegrini.«

Federica hielt ihn am Kragen fest. »Sag mir etwas, das ich noch nicht weiß.«

»Dass du eine Landplage bist?«

»Alter Hut.« Sie grinste und drückte ihm das Glas in die Hand. »Setz dich. Sämtliche Urlauber sind ausgeflogen. Ein paar sind zum Essen nach Cattolica gefahren, die anderen wollten ins Ristorante Zaccardo. Wir sind ganz allein.«

Er küsste sie, zog einen Stuhl an ihre Seite, und sie stießen miteinander an. Der Rotwein schwappte gemächlich, bildete weiche, fast ölige Schlieren.

»Deine Gäste wissen Bescheid?«

»Über den Mord schon. Ich habe ihnen erzählt, was nötig ist, um Verständnis für den Polizeieinsatz und Kooperation gebeten.

Leider ohne besondere Erkenntnisse zu gewinnen. Zum Strand runter gehen sie meistens über den Klippenpfad, gleich hier am Haus, den ich ihnen gezeigt habe. Nur Frau Peeters ist mal mit Davide gefahren. Sie schienen mir alle ziemlich erleichtert, dass es nicht Aniello gewesen ist. Ein toter Italiener, mit dem man nie gesprochen hat, drückt weniger auf die Stimmung.« Federica gestand sich eine gewisse Enttäuschung ein, dass sich diesmal keine Zeugin, Krimileserin oder begeisterte Spürnase zu erkennen gegeben hatte, die etwas beitragen konnte. Irgendwie hatte sie das eigentlich erwartet. Mit einem Lächeln erinnerte sie sich an frühere Gäste, bei denen der Funke sofort übergesprungen war, sobald sich ein Geheimnis andeutete und an aufregende Ermittlungen hinter dem Rücken der Polizei.

Lorenzo trank einen großen Schluck und schloss die Augen.

»Spadafero bringt morgen die entwickelten Fotografien mit. Er hat Vergrößerungen und Ausschnitte anfertigen lassen, sodass möglichst viel von der Waffe und wenig von der Wunde zu sehen ist. Er musste sich deswegen im Labor allerhand anhören. Sonderwünsche, Verschwendung von kostbarem Material und dergleichen, aber er hat es durchgesetzt und in der Dunkelkammer mit Hand angelegt, um die Sache zu beschleunigen. Keine Ahnung, woher er weiß, wie man mit Fotopapier und diesen Chemikalien umgeht. Ein Prachtbursche, ich werde ihn nicht mehr lange halten können.«

»Das musst du! Er würde mir furchtbar fehlen und dir noch mehr. Was haben denn eure Befragungen ergeben?«

»Das Übliche. Alle sind restlos bestürzt und wissen nichts. Unser Opfer war beliebt und hatte keine Feinde. Spadafero hat ein paar Namen von Gleichaltrigen aufgetan, die mit ihm zur Schule gegangen sind, die nehmen wir uns morgen vor. Vielleicht sind wir danach schlauer. Tardelli schwört Stein und Bein, dass ihm kein Streit mit einem Touristen bekannt ist oder wen Aniello auf dem Sozius hatte. Im Hotel Antognoni wurde uns an der Rezeption versichert, dass keiner ihrer Gäste verrückt genug wäre, eine Rollerfahrt zum Strand mitzumachen. Der Serpentinenweg sei dafür zu gefährlich, und wenn ich mich richtig erinnere, kann ich das nachempfinden.«

»War ich dir etwa zu schnell?« Federica lachte in ihr Glas. »Nach meiner Erinnerung ging es damals um Leben und Tod.«

Lorenzo überging ihren Einwurf und legte den Kopf in den Nacken. Der Himmel war klar. Bald würden sich erste Sterne zeigen. »Wir haben keinen gesicherten Tatort und nur eine ungefähre Vorstellung von der Tatwaffe, weil Vigliani sich weigert, sie zu entfernen. Ich hätte nie gedacht, dass ich mir jemals den Dottore herbeiwünschen würde.«

Federica schwang ihre Beine vom Geländer. »Du guckst in die falsche Richtung, wenn du nur siehst, was fehlt. Wir haben eine Leiche vor der Kirchentür, eine Sichel in der Brust und eine leere Flasche.«

»Ohne Etikett und hilfreiche Fingerabdrücke.«

»Dennoch war sie da. Verstehst du nicht? Wir sehen zwar noch nicht, was wirklich passiert ist, sondern nur das, was uns jemand sehen lassen will, und darin steckt vermutlich eine wichtige Information. Es gibt einen Grund für das, was wir vorgefunden haben. Egal, ob absichtlich arrangiert oder zufällig zurückgelassen, sagt es etwas über den Täter – und vielleicht über sein Motiv.«

»Du weißt nicht *zufällig* auch was?« Lorenzo rieb sich die zusammengekniffenen Augen. Ihr Gedankengang klang plausibel, doch momentan zu kompliziert, als dass er Schlüsse daraus ziehen konnte. Er gähnte.

»Nein, keine Ahnung, mein liebster Garibaldi. Aber falls mein Mitdenken jetzt wieder gefragt ist, bin ich zuversichtlich, dass uns bald etwas einfällt.« Sie schwenkte ihr Rotweinglas. »Vorausgesetzt, du schläfst nicht vorher ein. Vielleicht solltest du besser Wasser trinken?«

Lorenzo fing ihre Hand ein. »Weil du glaubst, dass Alkohol müde und langsam macht.«

»Das hast du gesagt.« Sie grinste, dann schnippte sie mit den Fingern. »Natürlich! Wenn Aniello betrunken war, vielleicht sogar im Vollrausch vor der Kirche saß –«

»– hätte ihn das zu einem leichten Opfer gemacht. Aber wieso überhaupt? Und wir wissen nicht mal, ob er dort getötet wurde. Da fällt mir ein, es waren auch leere Flaschen in seinem Zimmer.« Lorenzos Magen rumorte. »Vielleicht hatte er ein größeres Alkoholproblem? Der Punkt kommt ganz oben auf meine Liste für die Gespräche mit der Familie.«

»Ein hervorragender Weg, sich unbeliebt zu machen. Du greifst damit nicht nur Aniello an.«

»Darauf kann ich keine Rücksicht nehmen.«

»Madonna! Er war minderjährig – und du willst ihn einen Trinker nennen? Es geht um das Ansehen der ganzen Familie! Weißt du, dass Mauro in ihrem Namen ein Lokal betreibt? Deine Frage werden sie als Schuldzuweisung verstehen.«

»Ein bisschen mehr Vertrauen in meine Fähigkeiten, bitte. Es gibt mehr als eine Möglichkeit, an Alkohol zu kommen. Wobei das mit dem Lokal schon interessant ist.« Lorenzo nippte an seinem Wein. »Hast *du* mal über ein eigenes Restaurant nachgedacht?«

Federica rümpfte die Nase. »Nein. Ich finde es wunderbar, nicht mehr täglich kochen zu müssen. Mehr Zeit für mich zu haben.« Und für ihn. Was leider bisher selten gelungen war. »Willst du mich etwa anbinden, wo ich gerade meine Freiheit genieße? Das Letzte, was ich sein will, ist ein Hausfrauchen, das ganztags am Herd steht – das sollte dir bewusst sein. Oder hast du mich deshalb heute bei den Capizzi-Kindern abgestellt? Damit ich meine mütterliche Seite entdecke?«

»Unsinn. Davon abgesehen hast du dich gut geschlagen. Ich habe an deine Finanzen gedacht. Und – ich gestehe – an mein leibliches Wohl. Du unterschätzt deine Kochkünste.«

Es ließ sich schwer übersehen, dass er hoffte, sie würde ihm endlich eine Mahlzeit anbieten. Trotzdem war sein Lob aufrichtig gemeint.

»Die Lage des Vento del mare, ganz allein auf dieser Hügelseite, ist perfekt«, fuhr er fort. »Es gibt wenige Häuser mit einem vergleichbaren Ausblick. Es könnte sich lohnen, Federica.«

»Ja, das Geld wäre schon fein.« Ihre Unabhängigkeit stellte sie vor immer neue Herausforderungen und war hart erstritten.

Sie schaute in den Himmel, dann in Lorenzos Augen. Auch für ihn würde sie keinen Schritt rückwärts gehen.

»Mir wird etwas Besseres einfallen.« Ihr erster Rollereinsatz für Davide hatte jedenfalls Spaß gemacht, wenn auch ohne bahnbrechende Erkenntnisse.

»Ich mag dieses verschmitzte Lächeln«, sagte Lorenzo leise und zeichnete mit dem Daumen die Linie ihrer Lippen nach. »Du wirst mir nicht sagen, was dich zum Schmunzeln bringt?«

»Dein knurrender Magen«, schwindelte sie ungerührt. »Es hat Maria sicher hart getroffen, dass du ihren Tintenfisch verweigert hast. Und ich wette, sie wartet hinter dem Fenster, um zu sehen, wann du zurückkommst. Wie wäre es als Belohnung für deinen Heldenmut mit einem Teller Pasta, frischen Kräutern und *pecorino marchigiano*, mein lieber Garibaldi?«

*

Stille lag über dem Haus der Familie Capizzi. So dumpf und schwer, dass Luisa fast glaubte, die Stille selbst zu hören, wie sie in die Ritzen zwischen den Bodenbrettern kroch.

»Ich kann nicht schlafen.« Mariellas Stimme schwebte dünn und fremd durch den Raum. »Erzählst du mir eine Geschichte?«

Ein staubgrauer Streifen am Fenster bot gerade genug Helligkeit, um den Bettpfosten auf der anderen Seite der Kammer zu erkennen. Luisa wusste, dass ihre Schwester keine Ruhe geben würde. Sie tappte hinüber, setzt sich auf die Kante, wie Aniello es manchmal gemacht hatte, und hob die Schultern. »Mir fällt nichts ein.« Für Aniello war es leicht gewesen, sich etwas auszudenken. Abenteuer von Räubern und Edelmännern, säbelschwingenden Piraten, wilden Kämpfen auf der Klippe von Pesaro del Monte piccolo Cattolica und stolzen Frauen, die sie mutig in die Flucht schlugen. Luisa seufzte. Und natürlich wurde am Ende geheiratet.

Mariella zupfte an ihrem Nachthemd. »Meinst du, dass Daniella auch traurig ist?«

»Wie kommst du auf ...« Luisa unterbrach sich. »Pscht!«

»Ist sie Aniellos Verliebte?«

»Du sollst still sein! Wie soll ich mir was überlegen, wenn du dauernd redest?«

»Ich will doch nur wissen, ob sie –« Luisa hielt der Kleinen den Mund zu, die nuschelnd weiterplapperte. »Er hat dir was über sie ins Ohr geflüstert, weil er gedacht hat, ich schlafe, dabei waren nur meine Augen zu.«

»Na schön. Rutsch rüber.« Luisa wischte ihre feuchten Finger am Nachthemd ab, während Mariella Platz machte, und kroch dann mit unter die Decke, obwohl es viel zu warm war. »Daniella ist nur eine Traumprinzessin aus einem seiner Märchen. Klug und schön, aber sie verschmäht den Prinzen.«

»Ist sie denn trotzdem eine gute Prinzessin?« Mariellas Gesicht kam ganz nah, ihre Stirn lag in nachdenklichen Falten. Das Wort verschmäht war ihr neu. »Weil wenn, dann ist sie bestimmt traurig. So wie ich.«

Luisa nahm ihre Schwester in den Arm, drückte die Nase in ihre ungekämmten Locken, die nach Sand und Zucker rochen.

»Keine Ahnung«, murmelte sie. »Keine Ahnung.« Und das war keine Lüge.

Kapitel 8

Der Roller schnurrte unter ihrem Hintern, und Federica fühlte sich frei. Wie vereinbart hatte sie sich nach dem Frühstück an der Werkstatt der Tardellis eingefunden und sich ihre Instruktionen für den Vormittag abgeholt. Vor zehn Uhr wollte niemand runter zum Strand, der bereit war, für eine Fahrt zu zahlen. Sie hatte also keine Eile. Das improvisierte Taxischild klemmte auf dem Gepäckträger, und Davide würde sie erst später wieder treffen. Gut möglich, dass sein Mut weniger ausgeprägt war als seine Notlage und er vermeiden wollte, allzu oft mit ihr gesehen zu werden.

Bereits jetzt am Vormittag konnte Federica ihre Sonnenbrille gut gebrauchen. Das schwarzbraune Horngestell und die zur Seite tropfenförmig hochgezogenen Gläser hatten genau den Hauch von Glamour, der ihr gefiel. Ein buntes Tuch hielt ihr die Haare aus dem Gesicht, und zur kragenlosen gelben Bluse trug sie eine Hose, die sie nach der neuesten Mode gekürzt hatte. Wieso nicht das Gute mit dem Nützlichen verbinden und während des Fahrdienstes wie eine Touristin die Beine bräunen?

Auf dem Dorfplatz parkten die Giulietta des Kommissars und ein Streifenwagen. Signora Iannazzo und Eliza Marinelli standen neben der Ladentür, während Postbote Ciro Pavone mit ihnen plauderte. Der öffentliche Briefkasten hing an der Wand zum Rathaus. Offiziell wurden die gesammelten Briefe nur zweimal in der Woche zur nächsten Poststelle transportiert, aber Ciro kam es nicht so drauf an. Er hatte den Schlüssel immer dabei, und eilige Schreiben nahm er zur Not direkt an der Haustür entgegen. Ohne das Gespräch zu unterbrechen oder auch nur hinzusehen, rüttelte er an der roten Klappe und fing geschickt die ganze Ladung im Postsack auf, der sich sichtbar ausdehnte.

Federica kaute an ihrer Unterlippe. Wie schrecklich normal die Szene wirkte, und wie absurd, dass sie an Sonnenbräune dachte und gleich Badewütige ans Ufer bringen wollte. Ein Mord war geschehen. Ein junges Leben gewaltsam beendet. Doch die Welt stand einfach nie still. Nicht für eine Sekunde.

Eliza schlug jetzt die Hände zusammen und fischte kopfschüttelnd einen Brief aus ihrer Kitteltasche, den sie wohl dort vergessen hatte. Ein Lachen rutschte aus ihrem Mund, das sie sofort wieder beendete. Ihr Blick huschte verschämt zur Stufe vor dem Kirchenportal, traf dann auf Federica. Die Normalität hatte Risse. Aniellos Tod war allgegenwärtig. Sie winkten einander kurz zu, dann gab Federica Gas.

*

Unter Mauro Capizzis Augen lagen bläuliche Schatten. Innerhalb eines Tages schien er gealtert, gebeugt unter einer Last, die ihn zu erdrücken drohte.

Lorenzo, der überraschend gut geschlafen hatte, fand ihn in seinem Lokal. Niemand hätte diesen Standort in einer verwinkelten Gasse freiwillig gewählt, aber das schmale Haus war Mauro, dem erstgeborenen Capizzi-Enkel, von seinen Großeltern hinterlassen worden. Und bei einem geschenkten Gaul musste man bekanntermaßen auch mal ein Auge zudrücken, wie Maria Baresi meinte. Unaufgefordert war Lorenzo von ihr bei *caffè* und *cornetto* mit der Familiengeschichte versorgt worden. Daher wusste er auch, dass Mauro seit Beginn des Umbaus unter dem Dach wohnte.

An der Tür hing ein Geschlossen-Schild, und bis nach der Beisetzung würde kein Gast mehr hereinkommen.

»Es fühlt sich alles falsch an, was ich anpacke. Aber ich kann doch nicht gar nichts tun.«

Seiner Verwirrung geschuldet blieben sie mitten in der Gaststube stehen, Mauro mit einem Lappen in der einen und einem Eimer in der anderen Hand. Die Einrichtung war schlicht und traditionell gehalten, nur die Jukebox am Durchgang zur Küche sprengte den Rahmen. Lorenzo brannte darauf, sich die Titel anzusehen, doch erst musste er Mauro zum Reden bringen. Behutsam, wie er dem Bürgermeister versprochen hatte.

»Aniello war kein Heiliger und ist keinem Ärger aus dem Weg gegangen. Aber echte Feinde hatte er nicht. Dazu war er viel zu positiv. Er hatte so viel vor, immerzu neue Ideen.«

»Erzählen Sie mir davon. Womit hat er sich gerade am meisten beschäftigt?«

»Nein.« Mauro schüttelte den Kopf. »Ich will das nicht. Dauernd denke ich, gleich muss die Tür aufgehen, und er kommt herein. Aber das wird nicht passieren. Also was nützt das Gerede noch? Er macht jetzt keine Pläne mehr.«

»Vertrauen Sie mir. Es kann wichtig sein. Gab es Streit?«

»Ja, wir haben ständig gestritten. Wir sind Brüder! Ich habe ihn geliebt, den kleinen Mistkerl. Er hat mich immer zum Lachen gebracht. Selbst wenn ich wütend auf ihn war.«

Lorenzo legte seine Umhängetasche auf einem Stuhl ab, umfasste die Lehne. »Warum waren Sie denn wütend? Zuletzt, meine ich. Gab es einen besonderen Anlass?«

»Sehen Sie sich um. Wir haben geackert für dieses Lokal. Die ganze Familie. Schulden gemacht. Und plötzlich meint Aniello, er will nicht mehr, und lässt mich mitten in der ersten Saison im Stich.« Mauro klatschte den nassen Lappen auf einen Tisch, der Eimer schwappte über, und er stellte ihn ruppig ab. Schniefend wischte er sich die Augen und hob die Achseln, während er den Vorwurf abmilderte. »Jedenfalls hat er das angedroht. Gebraucht habe ich ihn sowieso nicht oft. Es läuft noch nicht so, wie es soll.«

»Ging es um Geld?« Im Familienbetrieb wurde Mitarbeit häufig als selbstverständlich angesehen und wenn, dann maximal ein Hungerlohn gewährt.

»Ich sollte seine Pläne unterstützen, damit unser Vater ihm seine Experimente erlaubt.« Mauro atmete langsam durch, ehe er fortfuhr. »Alles wegen der Touristen. Unser Dorf hat wenig zu bieten, gerade für junge Leute. Anderswo gibt es Attraktionen, Live-Musik, Tanz, Nachtclubs und an jeder Ecke Bars mit bunten Cocktails und so. Aniello meinte, so was bräuchten wir auch. Als ob ein Jazzmusiker aus Amerika auf unserem Hügel Station machen würde! Wer sollte den engagieren und bezahlen? Bei Zaccardos haben sie einmal die Woche einen Mandolinenspieler, der nimmt nur, was die Gäste an Trinkgeld geben. Frag dort, ob deswegen mehr Leute kommen, habe ich gesagt.«

»Eine Jukebox war ihm nicht genug?«

»Hab ich auch gedacht, aber es ging Aniello nicht nur um die Musik. Ein Aperitivo sollte es sein, der uns von allen anderen abhebt und den man als Andenken in einer hübschen Flasche mit nach Hause nehmen kann. Ein phänomenales Wunderzeug, das gute Laune macht, lecker schmeckt und noch dazu wie eine Medizin gesundheitsfördernd wirkt.«

»Ehrgeizig.« Dieser Werbestrategie hatten sich schon einige bedient, sowohl für Limonade als auch für Beruhigungstropfen. »Wenn auch keine ganz neue Idee.«

»*Si,* Signore. Doch das Argument hat er nicht gelten lassen. Weil die anderen lügen, und bei ihm wäre alles wahr gewesen.« Mauro lachte bitter. »Ausgerechnet bei ihm.«

»Was wurde daraus?«

»Keine Ahnung. Auf Eis gelegt oder aufgegeben. Das ist schon Monate her. Nachdem ich ihm gesagt habe, dass er nicht auf mich zählen kann, hat er es mir gegenüber nie wieder erwähnt.« Die Erinnerung an seine Absage machte Mauro sichtlich zu schaffen. Er drehte den Kopf zur Seite. »Vater hat ihm Dresche angedroht, wenn er mit dem Unfug nicht aufhört. Er wollte das Zeug nicht unter seinem Dach haben.«

»Aniello hatte schon begonnen, an einem eigenen Getränk zu arbeiten?« Lorenzo stutzte. »Dann war es mehr als reine Spinnerei, und es gab einen konkreten Plan, wie er das umsetzen wollte?«

»Hat er behauptet.« Mauro zuckte die Achseln. »Und ein großes Geheimnis draus gemacht.«

»Wieso war Ihr Vater so strikt dagegen? Das klingt doch nach einer lukrativen Angelegenheit, wenn es funktioniert.«

»*Wenn*. Ganz genau.« Mauro zögerte. »Fragen Sie Vater selbst. Damit nicht eines Tages alles in die Luft fliegt? Was weiß ich. Es tat mir leid, aber ich konnte es verstehen. Bei Aniello musste man mit allem rechnen.«

Lorenzo zog den Stuhl zurück, setzte sich und bedeutete Mauro, ebenfalls Platz zu nehmen. Es war besser, die Fotografien mit sicherem Boden unter den Füßen zu betrachten. Ersparen konnte er es ihm nicht. Bewusst umständlich öffnete er die Tasche, gab Mauro Gelegenheit, sich auf das einzustellen, was kommen würde, dann legte er die beiden Bilder nebeneinander.

Mauro stöhnte leise auf und schloss die Augen.

»Haben Sie das schon mal gesehen?«

»Gestern«, krächzte er. »In Aniellos Brust. Sagen Sie Signora Pellegrini, ich wollte ihr nicht wehtun, als ich sie weggeschubst habe.«

»Sehen Sie genauer hin. Ist das ein Werkzeug Ihres Bruders oder aus dem Besitz Ihrer Familie, sodass er es von zu Hause mitgenommen haben kann?« Keine Verzierung oder Brandmarke. Drei Kerben im Griff aus Eschenholz und die Fingerabdrücke einer Hand. Unter höchster Vorsicht, um die Wunde nicht zu verunreinigen, direkt am Leichnam abgenommen und als Aniellos eigene identifiziert. Dennoch würde er gleich jetzt die von Mauro sichern.

»Das – nein – kann ich nicht sagen. Bitte, Signor Commissario, bitte zeigen Sie das nicht meiner Mutter. Sie würde das nicht überstehen.«

Lorenzo packte das Stempelkissen aus. Sein Instinkt warnte ihn, irgendetwas auszuschließen. Bei ihrer Attacke gegen Don Pietro war Gemma Capizzi nicht zimperlich gewesen. Er war ziemlich sicher, dass sie die Aufnahmen zu gegebener Zeit würde sehen wollen. Vielleicht gab es einen ganz anderen Grund, weshalb Mauro ihn und die Fotos von seiner Mutter fernhalten wollte.

*

Das Pärchen stritt. Federica setzte einen verständnislosen Gesichtsausdruck auf und lächelte. Manchmal war es besser, bei den eigenen Sprachkenntnissen tiefzustapeln. Ihr vorheriger Fahrgast, eine junge Frau, die noch mit ihren Eltern reiste, hatte nach Aniello gefragt und sehr enttäuscht reagiert, dass dieser *fort* war. Beinah schien sie ein wenig verliebt, und Federica konnte sich ausmalen, wie Aniello ihre Hände um seinen Bauch gelegt und ihr im Rückspiegel zugezwinkert hatte. Federica brachte es nicht fertig, ihr zu sagen, dass er der Tote vom Dorfplatz war. Sie beschloss, vorläufig bei der Version *fort* zu bleiben.

Den beiden, die nun vor ihr zankten, hatte sie sich als Ersatzfahrerin vorgestellt und direkt darauf hingewiesen, dass Aniello nicht mehr für Tardellis Taxi arbeitete.

»Vielleicht sind Sie mal mit ihm gefahren?«, fragte sie und tätschelte die Vespa. »Das war seine.«

Das Echo auf ihre Bemerkung fiel zwiegespalten aus.

»Sieh an, er ist weg!« Der Mann lachte. »War mir klar, dass sie den bald rauswerfen müssen. Diesen Grabscher.«

»Hast du ihn etwa angeschwärzt?«, zischte seine Freundin. »Ich habe dir tausendmal gesagt, er hat nichts gemacht! Er war einfach nur nett und aufmerksam.« Sie schaute zu Federica, die achselzuckend vorgab, nichts zu verstehen.

»Er hat an deine Brust gepackt.«

»Aus Versehen! Mir war schwindelig nach dem Absteigen, und hätte er mich nicht aufgefangen, wäre ich gestürzt.«

»Und das hat er ausgenutzt. Ach, komm, ich sag's dir: Italiener! Typisch. Auch dass sie sich gegenseitig abstechen. Den Urlaub werden wir uns jedenfalls nicht verderben lassen. Vergessen wir es.« Er winkte ab und zeigte Federica ein falsches Lächeln, während er sie von oben bis unten ausgiebig musterte. »Die da wird kein Problem. Sofern sie tatsächlich fahren kann. Eine Frau am Steuer, na ja … Aber wenn man sie dafür bezahlt, wird es wohl gehen. Steig du ruhig zuerst auf und nimm schon mal das Gepäck mit, Schätzchen. Ich warte hier.«

Gut versteckt hinter ihrer Sonnenbrille schwieg Federica dazu. Was für ein eifersüchtiger, selbstgefälliger Esel. Er würde lange warten. Sehr lange. Vielleicht sammelte Davide ihn auf. Sie jedenfalls würde ihn stehen lassen und ihm für später ein Rendezvous mit dem Ispettore arrangieren.

Seinem *Schätzchen* auf dem Weg zum Strand zu entlocken, wo die beiden im Dorf Quartier bezogen hatten, stellte sich als Kleinigkeit heraus. Und wenig schwieriger war es auch, in der Gegenrichtung einen Schlenker einzulegen, der nicht an dem arroganten Esel vorbeiführte.

Erneut auf Kundensuche durchforstete Federica bald darauf die kleinen Gassen abseits der Hauptstraße, zeigte das Taxi-Schild und ein strahlendes Lächeln, sobald irgendwo ein Urlaubsgast in Sicht kam, plauderte über das Wetter und die Gefahr, sich in der Sonnenhitze zu überanstrengen. Manchmal war ihr Bemühen von Erfolg gekrönt, meistens jedoch nicht.

Auf der Rückseite des in den Ferien verwaisten Schulgebäudes spielten Kinder Fangen. Federica drosselte den Motor und paddelte mit den Füßen auf dem Boden in Schrittgeschwindigkeit weiter, um die Kleinen nicht zu gefährden. *Bambini* hatten grundsätzlich Vorfahrt.

Im Sonnenschutz der Häuser, Innenhöfe und Gärten blieb die Temperatur auch am Mittag erträglich. Ein schwacher Trost, mit dem sich viele Dorfkinder begnügen mussten, statt unten am Meer zu sein, über die rauen Felsen der Klippe zu klettern, die die Bucht begrenzten, oder in der Strömung zu tauchen und mit Köchern auf Fischfang zu gehen. Die Größeren wurden zur Arbeit herangezogen, und für die Kleineren galt es am Strand ohne Aufsicht als zu gefährlich.

Aus einer Baumkrone, deren Äste weit über den Zaun ragten, ertönte Flüstern und Kichern. Kurz bevor Federica den Baum passierte, kamen schmutzige Füße in ihr Blickfeld, dann ließ sich ein Knirps rücklings mit dem Kopf nach unten baumeln.

»Ciao, Signora Pellegrini!« Er grinste übers ganze Gesicht, winkte, geriet ins Rutschen und fing sich im letzten Moment.

»Giuseppino!« Federica atmete auf, als er sich geschickt nach oben zog. »Wolltest du mir etwa in die Arme springen?«

Das Lachen über ihr wurde lauter.

»Welche Farbe hat Ihr Nachthemd?«, krähte eine zweite Stimme. »Giuseppe behauptet, es ist weiß und ganz kurz.«

»*Stupido! Idiota!*« Blätter rieselten. Der Ast wippte bedenklich. »Dich hau ich windelweich!«

»Signori! Was soll das, meine Herren?« Federica rollte direkt unter die kleinen Raufbolde und legte den Kopf in den Nacken. »Werdet ihr wohl herunterkommen, wenn ihr euch prügeln wollt?«, rief sie und bemühte sich um eine möglichst ernste

Miene. »Meinetwegen könnt ihr das Gekloppe aber auch bleiben lassen. Giuseppe würde niemals einen Freund anlügen. Habe ich recht? Also ja, das Hemd, in dem ich ihm gestern Morgen die Tür aufgemacht habe, war kurz und weiß.«

Ein letzter Stoß erschütterte das Geäst und kostete den Baum einen weiteren Blätterregen, dann herrschte Ruhe.

»Giuseppe?«

Bäuchlings kam er auf dem untersten Ast zu liegen. Seine sommersprossige Nase war rot verfärbt, und er zog die Mundwinkel so weit auseinander, dass die untere Reihe seiner Zähne zum Vorschein kam. »Verzeihung, Signora«, murmelte er.

»Ein feiner Mann – ein Gentleman – weiß, was er für sich behalten muss. Und ein kluger Mensch weiß, wem er etwas anvertrauen kann.« Egal, wie jung er war, die Lektion schadete nicht. Er würde sie nicht vergessen und eines Tages hoffentlich richtig verstehen. »Es war eine Dummheit. Aber keine Lüge, und das ist gut. Wir können trotzdem Freunde bleiben. *Va bene?*«

Giuseppe nickt ernst. Ein Handschlag besiegelte ihren Pakt, den Rest würden die beiden Baumhocker miteinander klären.

Die anderen Kinder hatten das kreischende Fangenspiel nicht unterbrochen. Erst im Anfahren bemerkte Federica eine kleine Gestalt auf einem Treppchen, das außen an einem Haus ins Leere führte, wo es früher einen Anbau gegeben hatte. Mit angezogenen Knien hockte Giuseppes jüngerer Bruder Luigi dort und rupfte Unkraut aus den Ritzen. Ob man ihn ausgeschlossen hatte? Ein neues Spiel wurde ausgerufen, und er drückte sich dichter an die Wand. Eindeutig wollte er lieber allein sein. Bestimmt war er von seinen Eltern nach draußen geschickt worden, in guter Absicht, um ihn abzulenken und weil er im Laden störte, wenn die Erwachsenen sich über den Mord unterhielten.

Winzig und verlassen sah er aus, die Stirn in tiefem Ernst gerunzelt. War er nicht gestern sogar vor Don Pietro weggerannt?

Am Morgen, an der Kirche, wo er zu viel gesehen haben mochte. Dinge, die seine Seele nun zu verarbeiten versuchte.

Es fiel Federica schwer, ihn so zurückzulassen, aber sie konnte nicht alle Probleme zugleich lösen und war selbst noch mitgenommen von ihrem Einsatz bei den Capizzi-Kindern. Bei nächster Gelegenheit würde sie Cristina Iannazzo auf ihre Beobachtung hinweisen. Im Gegensatz zu ihr wusste seine Mutter sicher, was in diesem Fall am besten zu tun war.

Federica setzte ihre Fahrt fort, und als ihr wenig später Davide Tardelli begegnete, machte sie gleich reinen Tisch, was den *Esel* betraf, der sich wie vermutet bereits über sie beschwert hatte. Am oberen Ende des Serpentinenwegs legten sie in einem Schattenfleck eine gemeinsame Zigarettenpause ein. Der herbe Geschmack ihrer Nazionali entspannte Federica.

»Das war nicht die feine Art, ich gebe es zu. Aber solche Kerle bringen mich auf die Palme.«

»Schon in Ordnung, Signora.« Davide grinste. »Man gewöhnt sich dran, so was zu ignorieren.«

»Von diesem einen abgesehen scheint Aniello beliebt gewesen zu sein. Ziemlich sogar.« Sie hob eine Augenbraue, ließ den Rauch zur Seite entweichen. »Bei den Frauen.«

Angelegentlich wischte Davide an den Armaturen herum.

»Gab es deswegen schon mal Ärger?«

»Er war nur freundlich.«

Enger Körperkontakt war auf dem Roller unvermeidlich, ohne Festhalten ging es nun mal nicht. Und die zwangsweise Annäherung fand nicht jeder unangenehm. »Ein kleiner Flirt ab und zu?«

»Ja. Na und? Klar hat er gern geflirtet, ist doch nichts dabei. Es sorgt für gute Stimmung, und die ist gut fürs Geschäft. Ob nun als Fahrer oder als Kellner. Wenn dabei ein paar Extra-Lire rausspringen, können Sie die für sich behalten. Nicht meine Sache.« Nervös trommelte Davide auf seinen Lenker. »Was wollen Sie eigentlich?«

»Ach, gar nichts. Es beschäftigt mich einfach, wie Aniello wohl gewesen ist. Er war so jung … War er überhaupt schon mal richtig verliebt, hatte er eine Freundin? Ich kann mich kaum an ihn erinnern, und das fühlt sich seltsam an.«

»Ehrlich, da bin ich überfragt. Ich glaub aber nicht, dass mal was Festes dabei war. Er hatte nur große Pläne, was wäre, wenn … Obwohl – könnte sein, dass er in eine verknallt war und deshalb so scharf aufs Geldverdienen. Aber fragen Sie mich nicht, in wen. Bestimmt kein Mädchen aus dem Dorf, das hätte sich herumgesprochen.«

»Weil Sie es gerade erwähnt haben: Hätte er als Kellner nicht mehr verdienen können als mit dem Roller? Sein Bruder hat doch jetzt sogar ein eigenes Restaurant.«

»Mit der Familie arbeiten?« Davide lachte trocken auf. »Das heißt komplette Unterordnung, Signora! Und im Service gleich doppelt. Trotzdem haben Sie recht, und er hat es ja auch gemacht, aber nicht besonders gern. Auf dem Roller bist du dagegen frei.«

Federica malte mit der Schuhspitze ein Muster in den Staub. Sie verstand die Logik nur zu gut. Das Gefühl wog vieles auf, auch wenn es mit der echten Freiheit nicht weit her war. »Zumindest ist man frei genug, auch mal einen Kunden auszulassen«, stimmte sie zu und fragte erneut: »Gab es Ärger, Davide?«

»Ihnen geht es gar nicht ums Geld.« Er zertrat die aufgerauchte Zigarette und wickelte einen Streifen Kaugummi aus dem Silberpapierchen. Einen amerikanischen mit scharfem Pfefferminzgeruch. »Sie ermitteln.«

»Ermitteln klingt sehr offiziell.« Sie nahm die Sonnenbrille ab, um ihm besser in die Augen sehen zu können. »Willst *du* denn nicht wissen, was Aniello passiert ist?«

*

Wenn man nur an die respekteinflößende Position des Bürgermeisters dachte, fühlte sich der mächtige Schreibtisch eigentlich zu groß an, praktisch betrachtet war er für Ispettore Giovanni Spadafero jedoch zu klein. Die Schublade unter der Platte drückte auf seine Oberschenkel – ein Problem, das sich dem deutlich kürzer geratenen Signor Baresi sicher nicht stellte. Giovanni hielt den Außenposten in der Amtsstube allein besetzt, solange der Kommissar unterwegs war. Als erste Anlaufstelle, hatte der gemeint und ihn scherzhaft ermahnt, nicht einzuschlafen. Sie waren beide davon ausgegangen, dass die Einwohner von Pesaro del Monte piccolo Cattolica wie beim letzten Mal eher die eigene Zunge verspeist hätten, als sich freiwillig bei der Polizei blicken zu lassen. Ein Irrtum, wie sich herausstellte, und von Langeweile konnte keine Rede sein. Dauernd kam jemand hereingeschneit, der eigentlich nichts sagen wollte, dann doch plapperte – und im Grunde nichts zu sagen hatte. Uralte Begebenheiten von der eingeworfenen Fensterscheibe bis zum Mundraub und einer Vogelscheuche in Damenunterwäsche wurden aufgewärmt und zur möglichen Fehde hochgespielt. Darüber hinaus entwarf man absurde Theorien, bei denen das fehlende Blut im Mittelpunkt stand. Und alle erwarteten eine Antwort von ihm.

Spadafero ballte die Faust. Allmählich gelangte er zu der Überzeugung, dass es eine neue Masche sein musste, um sie auf Trab zu halten und an der Nase herumzuführen. Aus Prinzip, weil man die Polizei als Teil der Obrigkeit per se nicht mochte, aus Langeweile oder sonst einem Grund, den es noch herauszufinden galt.

Für ein paar Minuten wollte er Luft schnappen und seine Beine vertreten, die vom eingeklemmten Sitzen ganz taub wurden. Zuerst wanderte er in der etwas kühleren Eingangshalle auf und ab, dann ging er nach draußen, ohne sich weit von der Tür zu entfernen. Ein paar Schritte nach links, dann nach rechts. Die

Sonne brannte auf seine Dienstmütze, und er sehnte sich nach dem Schatten unter der grünen Markise des angrenzenden Ladens. Eine kleine Erfrischung hätte ihm gutgetan. Er beneidete die Kinder am Brunnenrand, die einander mit Wasser bespritzten und dabei Eis am Stiel aßen. Unwillkürlich leckte er sich die Lippen.

Eine quäkende Hupe schreckte ihn auf.

»*Buon giorno,* Ispettore!«

Neben ihm rollte eine Vespa aus, und Federica Pellegrini lächelte ihn an. »Lässt er Sie in dieser Affenhitze vor der Tür stehen wie einen Wachhund? Das ist nicht besonders anständig von Ihrem Commissario.«

Ihr Anblick brachte Spadafero in Verlegenheit, und es fiel ihm schwer, sie nicht anzustarren. Zwischen der sehr kurzen Hose und der geknoteten gelben Bluse, die ihre Oberweite betonte, lag ein kleines Stück Haut frei. Sie sah sensationell aus, lässig wie eine Urlauberin, aber mit der Ausstrahlung einer Hollywood-Diva. Er hätte gewettet, dass Garibaldi bei diesem Anblick um Atem gerungen hätte.

Ehe ihm eine Erwiderung einfiel, redete sie weiter. »Er ist nicht da, oder? Fein. Ich wollte sowieso zu Ihnen. Es gibt einen Feriengast, der kein gutes Haar an Aniello Capizzi lässt. Ich rate dringend, sein Alibi zu überprüfen und ihn ordentlich in die Mangel zu nehmen, wenn er sich rauswinden will. Motiv: Eifersucht. Das älteste der Welt. Sie können ihn nicht verfehlen, der Kerl ist mit seiner Freundin unten am Strand. Ein Deutscher oder Österreicher. Ihre Badetasche ist blau mit weißen Tupfen.«

Angespannt zückte Spadafero sein kleines Notizbuch. Wenn er in seiner Uniform zum Strand spazierte, war er erstens klitschnass geschwitzt, bis er unten ankam, und zweitens setzte er sich damit möglicherweise dem Spott übermütiger Urlauber aus. Ganz zu schweigen von seinen Sprachkenntnissen, die weniger überzeugend waren, als der Kommissar behauptet hatte. Die Signora lächelte wissend.

»Steigen Sie auf, Ispettore, ich nehme Sie mit.«

Auf dem Sozius hinter ihr? Das fehlte gerade noch. »Ich k-kann hier nicht weg«, stammelte er.

»Na gut, dann eben so: Ich gebe Ihnen Bescheid, wenn die beiden wieder oben sind.«

»Commissario Garibaldi wird –«

»– hocherfreut sein über Ihr eigenständiges Handeln. Wir wissen beide, dass er jeden Stein umdreht und keine Spur außer Acht lässt. Es könnte gut sein, dass ich mich täusche und der Einsatz in einer Sackgasse endet. Was sollte er dagegen haben, wenn Sie ihm diese Mühe abnehmen?«

Giovanni Spadafero spürte dem Rinnsal nach, das sich zwischen seinen Schulterblättern abwärtsbewegte und sein Hemd tränkte. Die Bleistiftspitze bohrte sich ins Papier. *Ragazzo pazzo* war die einhellige Meinung zu Aniello, egal ob bei Nachbarn, Verwandten, Bekannten oder Gleichaltrigen, mit denen er zur Schule gegangen war. Wobei die Schulkameraden ihn zuletzt wenig zu Gesicht bekommen hatten. Er machte lieber sein eigenes Ding und tüftelte herum. Aber so war er eben: ein verrückter Kerl mit verrückten Ideen. Und einem Lachen, dem sie alle zu Füßen lagen. Oder fast alle, wie Giovanni vermutete. In der Beschreibung *ragazzo pazzo* vereinte sich Bewunderung mit Neid, und es lagen nur Nuancen zwischen Anerkennung und Verachtung. Jeder begegnete im Leben wenigstens einem solchen Menschen mit außergewöhnlichem Charisma. Doch dessen Glanz konnte längst nicht jeder ertragen, zumal, wenn man sich mit ihm – wie möglicherweise bei Aniello – in Konkurrenz um die eigene Freundin sah. Vor allem Leute mit Minderwertigkeitsgefühl, beispielsweise sein Kollege Briatore aus der Questura, sahen da sofort rot.

Federica Pellegrini neigte sich ein wenig vor und senkte die Stimme. »Garibaldi muss nicht jede Kleinigkeit erfahren, lieber Ispettore. Was spielt es beispielsweise für eine Rolle, von wem Sie den Tipp bekommen haben? Ich erinnere mich genau, dass er Ihnen den Auftrag erteilt hat, Aniellos sämtlichen Kontakten mit Touristen nachzugehen. Nur auf die Samthandschuhe, die unser Bürgermeisterchen gern hätte, würde ich an Ihrer Stelle verzichten. Lassen Sie den eingebildeten Schnösel lieber diskret die Waffe an Ihrem Gürtel sehen. Das macht den nötigen Eindruck.«

Giovanni zögerte eine Anstandssekunde lang, dann nickte er. Die Signora besaß gute Instinkte. »Haben Sie den Namen dieses Herrn oder seine Adresse?«

»Selbstverständlich.«

Während sie ihm die Daten inklusive einer detaillierten Wegbeschreibung zur Unterkunft des Paares diktierte, versuchte sie vergeblich, seine anderen Notizen auszuspähen.

»Sie sind zu gut für mich, Ispettore«, beschwerte sie sich grinsend. Gleich darauf tönte die Hupe, und sie war weg.

*

Eine Haarspraywolke begleitete Eliza Marinelli aus ihrem Salon und umwehte sie auf dem Nachhauseweg. Ihre Füße schmerzten in den zu engen Pumps. Die Absätze waren zwar nur mäßig hoch, jedoch dünn, und das Material rieb die schwitzende Haut auf. Eine Dummheit, solche Schuhe bei der Arbeit zu tragen, und dennoch hätte sie sich lieber die Knöchel verrenkt, als darauf zu verzichten. Sollte sie beim Haareschneiden etwa in flachen Sandalen hinter ihren Kundinnen stehen und sich die abgeschnittenen Strähnen auf die Zehen rieseln lassen? Flache Schuhe widersprachen ihrem Sinn für Schönheit und Ästhetik. Sie hätten nicht weniger als einen Verlust ihrer Glaubwürdigkeit bedeutet.

Nur Frauen mit perfekten Waden konnten es sich erlauben, auf einen Absatz zu verzichten, wenn sie etwas auf sich hielten. Alle anderen wirkten sonst plump, bestenfalls wie eine gewöhnliche Arbeiterin – was nicht mal Arbeiterinnen wollten –, schlimmstenfalls wie ein Mann. Und keine Frau mit Verstand mochte, wenn man ihr ansah, wie mühselig sie ihr Brot verdiente. Männer bevorzugten schöne Frauen, lächelnde Frauen und entspannte Frauen. Wie ihre eigene das zuwege brachte, war ihnen leider herzlich egal.

Direkt hinter der Haustür befreite Eliza sich und lief barfuß in die Küche. Die Fliesen kühlten ihre Sohlen.

Als Ruggero Marinelli wenig später eintraf und seine von der Feldarbeit schmutzigen Schuhe unterm Tisch abstreifte, war sie gerade eben mit ihren Vorbereitungen fertig. Ein schnelles Nudelgericht musste ausreichen, wie fast immer am Mittag. Er konnte nicht warten und sie das Geschäft nicht früher schließen. Ihr Zeitplan richtete sich nach Aussaat und Ernte, den Jahreszeiten, dem Wetter und allem voran den Bedürfnissen von Signor Antognonis Feldern. Erst danach folgte der eigene kleine Acker und ganz zum Schluss Elizas Salon. Nach dem Essen würde er sich hinlegen, solange es draußen zu heiß war, dann weiterschuften.

Beiläufig begann Eliza zu plaudern, denn Ruggero schwieg die meiste Zeit. Sein Wortschatz schien heute ebenso begrenzt wie sein Ehrgeiz und sein Charme. Nur an seinem gelegentlichen Schnauben war abzulesen, dass er ihr zuhörte. Nach all den gemeinsamen Jahren täuschte sein zur Schau getragenes Desinteresse sie nicht mehr. Er hing an ihren Lippen, auch wenn er in sein Essen starrte wie ein Rindvieh bei der Fütterung. Auf dem Feld erfuhr er nichts, aber sie wusste alles, was zu Aniellos Tod die Runde machte.

»Cristina meint, es ist ein Wunder, weil es auf der Kirchentreppe geschehen ist. Aber da ist sie die Einzige. Was daran soll bitte ein Wunder sein? Etwa, dass Don Pietro nicht aufwischen muss? Wenn Aniello überlebt hätte, ja, das wäre eins gewesen. Er soll so blass gewesen sein, als hätte er gar kein Blut mehr in sich. Eine Gänsehaut krieg ich, wenn ich mir das vorstelle! Weißt du, dass sogar die Polizei nach dem Blut sucht? Also stimmt es ja wohl! Hat mir Maria verraten, nein, Viola. Das ist doch seltsam, oder? Wie kommt der Junge vor die Kirche, wenn er anderswo verblutet ist? Und wer macht so was?« Eliza rührte in ihren Nudeln, die ihr trotz der Eile zu weich geraten waren. »Kein normaler Mensch bringt das fertig. So viel ist gewiss. Vielleicht war es das Gegenteil von einem Wunder. Nichts Göttliches …« Sie bekreuzigte sich. »… sondern ein teuflisches Ritual, ein Blutopfer.«

»Du solltest weniger tratschen und lieber etwas Anständiges auf den Tisch bringen.« Ruggero warf die Gabel hin. »Ist das zu viel verlangt? Eine richtige Mahlzeit!«

Eliza lächelte über seinen Ausbruch hinweg, wie sie es immer tat. Am Abend kam Fleisch auf den Teller, fette Blutwurst mit Bohnen – nein, heute besser keine Blutwurst, Saltimbocca vielleicht –, dann war alles vergessen. »Ich behaupte ja nicht, dass ihn ein Vampir ausgesaugt hat. Obwohl das einiges erklären würde. Da glaube ich eher an den Fluch. Die Befana darf man nicht reizen.«

»Was sagst du da?« Bei der Erwähnung der Alten formten Ruggeros Finger unwillkürlich die *mano cornuta* zur Abwehr von Übel. »Welcher Fluch?«

*

Um die Mittagszeit schaute Federica im Vento del mare nach dem Rechten. Sie lüftete die Gästezimmer, bis auf eins, schüttelte Zudecken auf, fegte die Böden. Im Esszimmer stand eine noch immer unangetastete Platte mit Frühstück unter der Glashaube.

Sie angelte ein herzhaftes Panino heraus, goss einen Schluck Rotwein ein und hob im Stehen das Glas.

»Ein bisschen beneide ich euch«, brummte sie und trank, während im ersten Stock ein Bettgestell quietschte. Das frisch vermählte Paar aus Lille war sehr beschäftigt. Wer wollte es ihnen verdenken – endlich ausgestattet mit dem Segen von Kirche und Gesellschaft. Zum Frühstück kamen sie, wenn überhaupt, abwechselnd. Madame schwebte in einem glänzenden Morgenmantel herein – an den Füßen zierliche Pantoffeln mit plüschigen Härchen in Rosé –, darunter höchstwahrscheinlich nichts. Mit einem gehauchten *Bonjour* legte sie zwei *cornetti* auf ein Tablett, goss reichlich Kaffee und noch mehr Milch in große Tassen und tänzelte davon. Monsieur erschien stets vollständig bekleidet, was Federica ganz lieb war. Seine Qualitäten sah man ihm nicht an, doch stellte er sie regelmäßig – so wie jetzt – akustisch unter Beweis. Glücklicherweise hatte sie die Turteltauben etwas abseits in einer Kammer nach hinten raus einquartiert.

Monsieur gab nochmal alles, und Federica beeilte sich, nach draußen zu kommen. Von der Garderobe pflückte sie einen Strohhut, der Wochen zuvor liegen geblieben war, und warf einen prüfenden Blick in den Spiegel. Gutes Aussehen war kein Verdienst, aber es erleichterte das Leben. Und war das Leben nicht trotz allem schön? Auf ihrer Zunge lag der Geschmack von Rotwein, Brot und würzigem Schinken. Vielleicht beneidete sie Madame mehr als nur ein bisschen um ihr verliebtes Glück und die ungestörte Zweisamkeit. Doch von solcherlei Gedanken durfte sie sich nicht aufhalten lassen. Es galt, ein Taxi zu fahren, Camper zu befragen und einen Mörder zu fangen.

Kapitel 9

Der vagen Beschreibung des Pfarrers folgend irrte Lorenzo Garibaldi außerhalb der Dorfmauer an kleinteiligen Parzellen entlang. Don Pietro, mit dem er eine Weile in der kühlen Stille der Kirche gesessen hatte, hatte weiter mit Signora Capizzis Vorwürfen und seinem daraus resultierenden Gefühl von Schuld gehadert. War er wirklich unaufmerksam gewesen? Wann hatte er zuletzt mit Aniello gesprochen, ihn ermahnt, weil er den Kirchgang und die Beichte schwänzte? Eine direkte Konfrontation oder einen Streit hatte es nie gegeben. Wie hätte er zu irgendeinem Zeitpunkt Aniellos Tod verhindern können – an diesem Morgen oder vielleicht schon früher? Erdrückende Fragen, die Lorenzo nicht beantworten konnte und über die er gern ausführlicher mit Gemma gesprochen hätte. Doch sie verweigerte auch heute jeden Kontakt. Ihren Mann solle er auf einem der Felder suchen, hatte der Pfarrer geraten. Freiwillig käme der nur zur Polizei, sollte er den Mörder selbst gefunden haben. Und dann womöglich erschlagen. Capizzi war kein Mann vieler Worte.

Lorenzo traf ihn bei der Arbeit an. Wie besessen hieb er den Spaten in die Erde und riss mitten im Hochsommer in sengender Hitze Pflanzen aus. Zwar war Lorenzo kein Experte, was Landwirtschaft oder Psychologie anbelangte, doch seine Kenntnisse reichten aus, um zu wissen, dass Capizzi weder sich noch dem Acker einen Gefallen tat. Sein nackter Rücken glänzte leuchtend rot, wie eine gekochte und mit Butter übergossene Languste. Er bekämpfte Schmerz durch Schmerz, belastete seinen Körper bis zur äußersten Grenze mit dem Ziel, nichts anderes mehr zu spüren. Ein sicherer Weg und doch ein Trugschluss. Der Erfolg währte nie lange.

Lorenzo näherte sich langsam, hob das achtlos fallen gelassene Hemd auf, hängte es über den Handkarren. Die Griffe der darauf befindlichen Arbeitsgeräte hatten keine Ähnlichkeit mit der Tatwaffe. Er zog den Stopfen aus einer mit Bast umwickelten Flasche und roch daran. Klares Wasser, das sogar einigermaßen kühl wirkte. Er ging damit aufs Feld, wo Capizzi weiter wütete, ohne ihn zu bemerken, und hielt ihm das Wasser hin.

»Machen Sie eine Pause, Signore«, sagte Lorenzo. »Es nützt niemandem, wenn Sie umkippen.«

Irritiert starrte der Mann auf die Flasche, dann auf seine Füße, die in geflickten Sandalen steckten, und schließlich auf Lorenzos Schuhe. Vom Braun des handgenähten Leders war nach seiner Wanderung über den Hügel nur eine staubbedeckte Ahnung geblieben. Der Mailänder Chick, den der Kommissar im Dienst sonst schätzte, kam ihm jetzt unangenehm deplatziert vor.

Capizzi trank, goss sich einen Schwall Wasser über den Nacken, und eine feuchte Schmutzspur rann an ihm hinunter.

»Haben Sie das Schwein?«

»Noch nicht.«

»Was wollen Sie dann? 'n Wasserträger brauch ich kein'n.«

Die unfreundliche Begrüßung ärgerte Lorenzo, und er kam schroffer als üblich zur Sache. »Ihr Sohn ist seit gestern tot. Sie haben noch nicht mit mir gesprochen. Sagen Sie mir, wo ich das *Schwein* finde, wenn Sie einen Verdacht haben.«

Capizzi schwieg.

»Na gut, fangen wir anders an. Wir haben dasselbe Ziel, Signor Capizzi. Erzählen Sie mir von Aniello und seinem Aperitivo.« Noch fehlte Lorenzo das richtige Gespür für die Persönlichkeit des Toten. Das Getränk erschien ihm als geeigneter Katalysator, um Capizzi zum Reden zu bringen. »Sie haben ihm seine Experimente verboten. Deswegen gab es Ärger, habe ich gehört?«

»Das war nur Unsinn.« Capizzi machte eine wegwerfende Handbewegung. »Lange vorbei. Alles wieder in Ordnung.«

»Der Streit war also beigelegt. Sehr gut.« Lorenzo hegte gewisse Zweifel, doch derlei Unstimmigkeiten in der Familie waren natürlich noch lange kein Grund für einen Mord. Andererseits hatte er schon nichtigere Anlässe erlebt, durch die es zur Eskalation gekommen war. Verrat und Ehre erhitzten die Gemüter.

Er nestelte an seiner Tasche und stellte die nächste Frage betont beiläufig. »Auf welcher Seite stand denn Ihr älterer Sohn?«

»Auf meiner.« Die Antwort kam ohne jedes Zögern. »Er ist anders, vernünftiger, kein Träumer.«

Auch das deckte sich mit Mauros Worten, unter denen Lorenzo jedoch Bewunderung für den jüngeren Bruder und dessen Hartnäckigkeit herausgehört zu haben meinte. Die Rolle des Erstgeborenen verlangte ein schnelleres Erwachsenwerden, das Mauro wenig Spielraum ließ.

»Die Sache war erledigt und Aniello wieder bei Verstand«, versicherte Capizzi. »Egal, was irgendwer sonst behauptet.«

»Irgendwer sonst?« Lorenzo runzelte die Stirn. »Wer außer Ihnen und Mauro wusste denn noch von seiner Idee?«

Capizzi stieß den Spaten tief in die knochentrockene Erde, dann lachte er bitter. »Na, alle. Fragen Sie, wen Sie wollen. Er hat jedem davon erzählt. Und sie haben so sehr über ihn gelacht wie er über sie. Und auch über mich und meine ganze Familie. ›Capizzi, was macht dein genialer Sohn? Ihr werdet alle bald reich sein!‹« Er wischte sich den Schweiß ab. »Der Junge hat gern Witze gerissen und sich über andere lustig gemacht, ihnen Streiche gespielt. Er war ja fast noch ein Kind! Wie soll der denn plötzlich was von Geschäften verstehen und von all dem anderen Zeug? Einen eigenen Amaro – einen Kräuterbitterlikör – mischen und als Aperitivo verkaufen! Das kann doch keiner glauben, dass das funktioniert. Es sei denn, er ist dumm. Wirklich dumm. Aber anscheinend gibt es in unserem Dorf einige, denen man solchen Quatsch weismachen kann.«

An Capizzis Haltung gab es nichts zu missdeuten. Er hatte keine Sekunde an Aniellos Projekt geglaubt. Ein einfacher Mann, weder verschlagen noch einfältig. Und ganz bestimmt nicht kompromissbereit. Ein Nein war ein Nein. *Basta!*

Trotz der Sonnenbräune wirkte sein Gesicht ebenso grau wie der Boden unter seinen Füßen. Er schaute in die Ferne. »Was meinen Sie, Signor Commissario, wenn man die Dummheit der Menschen in Stein verwandeln würde, wie groß wäre der Haufen dann wohl? Wie lang die Mauer, die man daraus bauen könnte? Dreimal so lang wie die bei den Chinesen? Nein, dreimal um die ganze Erde herum und so hoch, dass keiner drübergucken kann. Bis in den Himmel. So groß wäre die!«

Eine unbestreitbar richtige Annahme. Lorenzo folgte den weit ausholenden Armbewegungen hinauf ins Blau und blinzelte in die blendende Helligkeit.

Am Feldrain wiegten sich struppige Blumen in einem schmalen Streifen Grün, dahinter wuchsen Olivenbäume. Zu wenige, als dass man von einem Hain hätte sprechen können oder um Profit abzuwerfen. Im Anschluss daran erstreckten sich schnurgerade Reihen von Weinstöcken den Hügel hinab, die zum Grundbesitz der Antognionis, der reichsten Familie im Dorf, zählten.

»Wann geben Sie mir meinen Jungen wieder?«

»Sobald ich kann, Signor Capizzi«, versicherte Lorenzo und hätte gern etwas Tröstendes angefügt. Die bevorstehende Obduktion zu erwähnen war dafür denkbar ungeeignet, obwohl sie die Aufklärung sicher ein Stück voranbrachte. Widerstrebend packte er ein weiteres Mal die Fotos der Tatwaffe aus. »Wissen Sie, was das ist?«

Capizzi bekreuzigte sich murmelnd, spuckte aus, schloss kurz die Augen, nickte. »Eine Sichel.«

»Hat sie Aniello gehört?«

Schulterzuckend wandte Capizzi sich ab und packte den Spaten fester. »Gehen Sie, Signor Commissario. Ich habe zu tun. Dem Acker ist es gleich, dass er tot ist.«

»Ich muss Sie bitten, sich in der Bürgermeisterei einzufinden. Wir brauchen Ihre Fingerabdrücke.« Er hätte Capizzi den Gang gern erspart, doch bei derart schmutzigen Händen war die Ausrüstung in seiner Tasche nutzlos.

Eine Schaufel Erde neben seinen Füßen beendete das Gespräch, und Lorenzo zog sich zurück.

Gekränkter Stolz, Spott, Ungehorsam, Konkurrenz. Jedes Element für sich genommen konnte zum Motiv werden, und in Kombination ergab sich eine explosive Mischung.

*

Auf der Wiese waren ein knappes Dutzend Zelte aufgeschlagen, die meisten gerade groß genug, dass man zu zweit darin liegen konnte. Eine Seite des improvisierten Campingplatzes grenzte an Haus, Hof und Stall des Besitzers, der die Nutzung gegen Gebühr gestattete und eine einfache Waschgelegenheit bot. Ansonsten umgaben buschiges Gestrüpp und Baumgruppen die Fläche, was den stetigen Wind abhielt, aber auch die Aussicht aufs Meer verstellte. In der Mitte lagen auf kalter Asche Holzstücke und Äste für ein abendliches Lagerfeuer. Neben Spirituskochern, Töpfen und Konservendosen baumelte feuchte Kleidung an Zeltschnüren. Wer hier Urlaub machte, verzichtete auf jeglichen Luxus und zahlte sicher keine Lira für eine Fahrt zum Strand.

Federica stellte den Roller ab. Davide Tardelli hatte ihr zum Ende des Gesprächs bei der gemeinsamen Zigarettenpause freie Hand für den restlichen Tag gegeben. Mit einer kleinen Einschränkung. »Tun Sie, was Sie für richtig halten, wenn Sie damit

Aniellos Mörder fangen. Was bedeutet schon Geld im Vergleich zu einem Leben? Er war nicht direkt ein Freund, aber so was Ähnliches. Nur lassen Sie dabei so oft wie möglich mein Taxi-Schild sehen.« Als tüchtiger Geschäftsmann konnte er eben nicht aus seiner Haut.

Federica folgte dem Geräusch eines Radios.

»*Buon giorno!*«, rief sie und schwenkte den zerknautschten Strohhut. »Den habe ich auf dem Weg hierher gefunden. Vermisst ihn jemand?«

Sie wiederholte die Frage in mehreren Sprachen. Köpfe wurden gehoben, dann geschüttelt. Erstes Ziel erreicht. Die Aufmerksamkeit der jungen Leute gehörte ihr. Sie seufzte mit gespieltem Bedauern, klemmte den Hut zwischen die Knie und fummelte eine Zigarette heraus. Schon flammte neben ihr ein Streichholz auf. Erstaunlich, wie zuverlässig die immer gleiche Masche funktionierte. Hätte Federica nicht ohnehin geraucht, sie hätte es sich womöglich zum Zweck der zwanglosen Kontaktaufnahme angewöhnt.

»*Grazie mille.*« Ihr Lächeln traf auf ein neugieriges Augenpaar, graublau unter flachsblonden Haaren. Sie bot dem Kavalier eine Zigarette an. »Vorsicht, die sind stark.«

»Bin ich auch.« Er grinste und inhalierte auch dann noch tapfer weiter, als die Nazionali ihre ganze Kraft entfaltete. Nur der feuchte Glanz seiner Augen ließ die dafür nötige Anstrengung erahnen.

Das vermeintliche Radio entpuppte sich als tragbarer Plattenspieler. »Mama tanzt Mambo – Papa tanzt Mambo«, schallte es über den Platz. Federica wippte zur Musik. Der Rhythmus machte gute Laune, und ehe sie sich's versah, drehte ihr Gegenüber sie im Tanz. Die Zigarette schob er einem anderen zwischen die Lippen, der ihn aber lieber gleich abklatschte, statt zu rauchen. Federica legte den Kopf in den Nacken und lachte. Die ungezwungene Stimmung gefiel ihr, der Hauch von Freiheit, nach dem sie sich schon ihr Leben lang sehnte.

Bald kam eine angeregte Plauderei in Gang; man versorgte sie mit einem Getränk, bot ihr einen Sitzplatz auf der Luftmatratze an. Besonders die jungen Männer waren sehr um ihr Wohlergehen bemüht, was Federica amüsierte. Aniello hätte altersgemäß sehr viel besser hierher gepasst. Vom Nächstältesten in der Runde trennten sie geschätzte zehn Jahre. Trotzdem schmeichelte es ihr, und für eine Weile ließ sie sich treiben. Ihr Ziel behielt sie dabei im Auge, schnappte Sätze auf, ließ beiläufige Fragen fallen.

Wie vermutet war keiner der Camper je mit einem Rollertaxi gefahren. Der Todesfall vor der Kirchentür hatte sich aber natürlich längst herumgesprochen. Während die einen angesichts des Polizeiaufgebots im Dorf von einem Verbrechen überzeugt waren, hofften andere noch, das Gerede von Mord könnte Übertreibung sein. Eine Illusion, die sie in diesem Augenblick zerstörte.

»Er wurde erstochen.« Ein Rauchring legte sich weich um die Konturen der plötzlich ernsten Gesichter. »Sein Name war Aniello Capizzi«, sagte sie. »Vielleicht seid ihr ihm begegnet? Er war mit demselben Roller zum Strand unterwegs wie ich jetzt.« Sie beschrieb Aniello, so gut sie konnte, versuchte die Leichenblässe auszublenden und sich sein Lächeln ins Gedächtnis zu rufen.

Der Plattenspieler verstummte. In unnatürlicher Stille schwenkte der Tonarm zurück und setzte die Nadel neu an. Knistern untermalte die Betroffenheit, in der zu Boden geschaut oder in die Sonne geblinzelt wurde. Federicas Tanzpartner schluckten jede Regung, um männliche Stärke zu beweisen.

Endlich ertönte eine Trompete, und Gesang setzte ein. Eine junge Frau schnäuzte sich die Nase. Ihr Freund legte den Arm um sie, während die anderen, erleichtert über die Musik, die den Schrecken ein wenig abmilderte, wieder miteinander zu reden begannen.

»Sind wir auch in Gefahr?« Die Frau schüttelte den Arm ihres Freundes ab und schaute Federica direkt an. »Ich … ich habe was gesehen in der Nacht oder gegen Morgen. Wie spät es war, weiß ich nicht genau, jedenfalls vor Sonnenaufgang. Ich konnte nicht schlafen, darum bin ich ein bisschen herumspaziert. Die Sterne leuchteten unglaublich klar, aber sonst war alles dunkel. Plötzlich stand da eine Frau vor mir. Wie aus dem Nichts! Sie war alt, voller Runzeln und hat nach mir gegriffen und ganz gruselige Geräusche gemacht. Da bin ich umgekehrt und zum Zelt gerannt.«

Irgendwer lachte. »Erika erzählt am Nachmittag Gespenstergeschichten. Hast du auch einen Werwolf gesehen?«

»Das hab ich mir nicht ausgedacht! Sie war da. Dort drüben am Ende der Lichtung.« Ihr Arm wies auf eine Stelle mit dichtem Gebüsch, dann senkte sie den Kopf. »Ach, ich wäre besser still gewesen. Wahrscheinlich bedeutet es wirklich nichts. Eine alte Frau … Aber an ihren Händen war etwas Rotes. Tiefrot.«

»Blut?« Ein Mädchen stieß einen spitzen Schrei aus. Ringsum wurde Wolfsgeheul angestimmt. Im Lachen entwich die angestaute Nervosität wie durch ein Ventil.

»Jetzt bleibt mal auf dem Teppich, Leute. Es war kein Vollmond vorletzte Nacht.« Der Mann am Plattenspieler stopfte umständlich eine Pfeife, durch die er vermutlich erwachsener zu wirken glaubte. »Du hättest jemanden wecken können, dann gäbe es noch mehr Zeugen.«

»Als ich am Zelt ankam und mich noch mal umdrehte, war sie schon fort.«

»Und wo soll sie hin sein? Da ist kein Weg, Liebling. Eine alte Frau kann ja schlecht einfach so verschwinden.«

Der skeptische Einwurf ihres Freundes trieb Erika Röte ins Gesicht. Es verletzte sie sichtlich, dass selbst er ihre Schilderung anzweifelte.

»Zum einen kann man im Dunkeln keine Farben erkennen«,

fuhr der Pfeifenraucher fort. »Zum anderen ist der Mord doch im Dorf passiert und nicht hier. Eine komische Alte ist mir aber auch schon begegnet. Auf dem Pfad Richtung Strand. Die hatte eine Ziege dabei wie andere ihren Schoßhund. Von so einer kann man zwar Albträume kriegen, aber was soll die schon tun? Die könnte ich mit einem Finger umschubsen«, behauptete er großspurig. »Wahrscheinlich ist sie nicht mehr ganz klar in der Birne. Ich halte die für harmlos.« Er wandte sich Federica zu. »Das stimmt doch, oder? Du weißt gewiss, wer sie ist.«

Unwillkürlich suchte ihr Blick im flirrenden Grün zwischen den Schatten des Buschwerks nach der gebückten Gestalt der Befana. Sie als *harmlos* zu bezeichnen, wäre ihr im Traum nicht eingefallen, dafür reichten ihre Fähigkeiten zu weit. Doch noch bis gestern war Federica überzeugt gewesen, in ihr eine gütige Seele zu sehen, die niemand fürchten musste.

»Ich glaube dir«, sagte sie zu Erika und stand auf. Was ihre Geschichte bedeutete, würde sich noch herausstellen. »Geht der Signora und ihrer Ziege besser aus dem Weg. Beide sind etwas … eigen.«

Mit diesem diplomatischen Rat verabschiedete sie sich. Ein wenig Vorsicht schien ihr angebracht, doch wollte sie niemandem unnötige Angst einjagen oder eine Konfrontation heraufbeschwören. Gefahr konnte ausgesprochen reizvoll sein.

Trotz der Sonne fröstelte Federica plötzlich. Weshalb war die Befana in der Nacht unterwegs gewesen? Warum war sie erst so spät vor der Kirche eingetroffen? Sie, die mehr sah als andere und den Tod spürte. Wieso hätte sie darüber schweigen sollen, wenn ihr etwas aufgefallen wäre? Und woher kam dieser Zorn, mit dem sie allen auf dem Dorfplatz begegnet war?

Federica startete den Roller, der Motor tuckerte. Mit einem einzigen Satz hatte sich für sie alles geändert: *Verdient war es.* Das ging ihr nicht aus dem Sinn. Boshafte Worte, voller Bitterkeit gesprochen. Aniellos Tod, Gemmas Leid? Egal, was die Befana gemeint haben mochte, die gute Hexe des Dorfes hatte Federicas Vertrauen verloren.

*

Wie auf ein geheimes Zeichen hin füllte sich am Abend die Trattoria, die für die meisten eher ein Gemeindezentrum als ein Lokal darstellte. Gegessen wurde zu Hause, danach strömten die Männer des Dorfes zu Salvatore Farina, auf einen *caffè*, ein Kartenspiel und einen Plausch. Und vor allem, so die offizielle Version, um ihren Frauen daheim nicht im Weg zu sein, während diese ihre letzten Hausarbeiten erledigten. Ein Arrangement, das beiden Seiten entgegenkam.

Don Pietro gönnte sich ein Gläschen Wein, eines seiner kleinen Laster, und hoffte auf ein wenig Zerstreuung. Der Schrecken nach Aniellos Tod saß tief, und einige seiner Schäfchen hatten über den Tag Trost bei ihm gesucht – und Gewissheit. Ein großer Schluck Rotwein flutete seinen Mund. Sie hatten sich bekreuzigt, ehe sie die Schwelle der Kirche überschritten. Nicht aus Ehrfurcht vor dem Herrn, sondern aus Furcht vor dem, was geschehen war. Als sei das Unglück ansteckend. Nicht wenige, das wusste er, trugen Hasenpfoten, Kräuteramulette und Ähnliches in den Kleidertaschen oder im Büstenhalter. Nah am Herzen, für den besseren Schutz vor dem Bösen. Wem sollte er es verübeln? Es war schwer zu verstehen, dass der echte Glaube genau darin bestand, auch ohne Antworten zu vertrauen. Noch schwerer war es, dieses Vertrauen zu leben. Es galt, täglich daran zu arbeiten.

Er seufzte angesichts seiner eigenen Unzulänglichkeit, leistete Abbitte und dachte dabei an Gemma Capizzi. *Wo warst du? Wo war Gott?* Ein letzter Tropfen Riserva glänzte dunkelrot in seinem Glas, und gegen seine Gewohnheit bestellte er schon, bevor er austrank, ein zweites. Wieso war der Junge ausgerechnet vor seiner Kirchentür gestorben? Was hatte er vor Tagesanbruch dort gewollt?

»Danke, Signor Farina«, sagte er, als der Wirt das leere Glas gegen ein volles tauschte. Es schwappte beim Abstellen über, doch Farina wischte die Lache nicht weg, obwohl er ein Tuch in der Hand hatte.

Überrascht hob Don Pietro den Kopf. Vertieft in seine Gedanken war ihm entgangen, dass die Stimmung um ihn herum allmählich kippte. Längst waren die üblichen Floskeln ausgetauscht und dem Reizthema Tourismus gewichen, das die Gemüter regelmäßig erregte. Manche sogar noch mehr als Politik oder Fußball.

»Diese Fremden sind überall, haben keinen Respekt, weder vor uns noch vor unserem Besitz. Muss ich einen Zaun um mein Grundstück ziehen und mit einer Waffe drohen? Vorgestern saßen plötzlich welche von denen bei uns im Garten!«

»Sie bilden sich ein, dass jeder Stuhl vor einem Haus ein Lokal markiert«, brummte Ruggero Marinelli. »Idioten.«

»Und kümmert das jemanden? Nein! Die einen gewinnen, die anderen legen drauf. Unserem Bürgermeister ist es gleich.«

»Was regt ihr euch auf? Verkauft ihnen halt was. Die nehmen alles – auch die Reste vom Mittagessen. Sogar von *deiner* Frau, Umberto.« Gelächter unterbrach Lucio Monzas Einwurf. »Eine Flasche Bier, ein bisschen Zitronenwasser, lauwarme Pasta. Was eben da ist.«

»Aber gebt es nicht zu billig her, das verdirbt sonst die Preise.« Gino Tardelli verschränkte die Arme über seinem mächtigen Bauch. »Man soll auch an die anderen denken.«

»Du hast leicht reden. Bist ja *dick* im Geschäft.« Umberto Saletta musterte ihn abschätzig.

»Dafür werde ich mich nicht entschuldigen.«

»Kapitalist!«

»Nur weil ihr den Anschluss verpasst habt«, grätschte Lucio Monza, der alte Fischer, wieder dazwischen. Die langen Jahre auf See hatten seiner Haut die Farbe und Zähigkeit eines gegerbten Rinderbalgs verliehen. »Jeder ist sich selbst der Nächste. Wenn die Touristen schon mal da sind – was spricht dagegen, sie auszunehmen?«

»Aber meine Herren!« Don Pietro klopfte auf den Tisch, doch schenkte man ihm keine Beachtung.

»Jeder, wie er kann«, beharrte Monza. »Bis die was merken, ist ihr Urlaub vorbei und sie sind wieder weg. Wer eine gute Idee hat, der soll sie auch nutzen.«

»Wenn es die eigene ist.« Bedeutungsschwer betonte Umberto jedes Wort. »Könnte den Pesareser Commissario sonst neugierig machen, wenn er Wind davon kriegt.«

»Was willst du damit sagen?«

»Na ja, dass man sich überlegen sollte, was man tut und was man plappert. Wenn der Kommissar mich fragt – und er wird uns alle fragen –, meinen Namen werde ich schon noch wissen: Umberto Saletta. Alles andere geht ihn nichts an.«

»Was denn anderes?« Gino Tardelli kratzte sich den Nacken.

»Nichts. Ich meine ja nur.«

Der Raum hallte von aufgeregten Stimmen wider. In den vereinzelten Lachern schwang Gereiztheit mit.

»Los, raus mit der Sprache! Was geht ihn nichts an?«

»Na, dass hier Leute Ideen klauen. Der Campingplatz war meine. Meine! Dann ist plötzlich jeder drauf eingestiegen, und wer hat am Ende in die Röhre geguckt? Ich!«

»Und was schert das die Polizei?«

»War nur ein Beispiel.« Umberto stöhnte verächtlich. »Denkt doch selber nach, wer zuletzt eine tolle Idee hatte.«

Don Pietro verschluckte sich und hustete.

Durch die geöffnete Tür lugte ein Gast in knielanger Bundfaltenhose herein. »Entschuldigung? Wir würden gern bestellen.«

»Ja, ja. Komme gleich«, knurrte Salvatore Farina und schob den Fremden kurzerhand nach draußen. Hinter ihm schwoll der Aufruhr zur Orkanlautstärke an.

»Willst du behaupten, einer von uns hätte den Jungen aufgeschlitzt, um das Amaro-Geschäft selbst zu machen?«

»Der hat doch nur herumfantasiert und ist jedem auf die Nerven gegangen. Den hat doch niemand ernst genommen.«

»Genau. Dieses Geschwätz von seiner Gelddruckmaschine!«

»Die hätten aber schon viele gern gehabt.«

»Allerdings. Wer wollte das nicht ...«

»Eben. Im eigenen Keller. Aber bitte ohne den verrückten kleinen Capizzi nebendran. Darum hat ihn vielleicht jemand loswerden wollen.«

»So ein Schwachsinn! Wo doch keiner weiß, ob sein Plan überhaupt je funktioniert hätte.«

»Und wenn doch? Und einer hat's herausgefunden?«

»Herr im Himmel, wollt ihr wohl still sein!« Don Pietro rang die Hände.

»Ob was dran ist, dass er ihr Rezept geknackt hatte?«

»Wenn, dann hat er teuer bezahlt.«

»Kein Wunder, was man so hört. Hol's der Teufel. Sich an einem Hexengebräu zu vergreifen.«

Don Pietro umfasste das Kreuz an seiner Kette und trank den restlichen Wein in einem Zug. Unter den laut gesprochenen Sätzen lag ein undeutliches Rauschen, ein fiebriges Flüstern. *Verflucht, verflucht.*

Saletta überschrie sie alle. »Weil er sie eben *auch* gestohlen hat, seine sogenannte Idee!« Ein Hauch von Triumph glitzerte in seinen Augen. »Das rächt sich. Und jeder Einzelne von uns hat *das* gewusst! Ein Aperitivo mit magischer Heilkraft, gut für den Magen und für was weiß ich noch alles. Die Rezeptur ist ihm ja nicht einfach so eingefallen. Was denkst du, Salvatore? Ihr habt viel geredet in letzter Zeit. Hat er die Geheimzutat der Alten gekannt? Und woher, wenn er sie nicht gestohlen hat?«

Mit versteinertem Gesicht wandte Salvatore Farina sich dem Pfarrer zu. »Dass Don Pietro recht hat und ihr besser die Mäuler haltet – das denke ich. Lasst den Jungen in Frieden und kehrt vor eurer eigenen Tür.«

»Welch wahre Worte.« Don Pietro stützte die Fäuste auf die Tischplatte und erhob sich ächzend. Er spürte die Hitze der Aufregung und des zu schnell getrunkenen Weins. »Ihr fordert zum Betrug auf, brüstet euch sogar damit und gönnt dem anderen dennoch nicht die kleinste Brotkrume! Ihr herzlosen Neidhammel. Ein Mord ist geschehen. Wie könnt ihr da die ganze Zeit nur an Geld und Gewinn denken, selbst wenn ihr über Aniello sprecht? Schämt euch!«

Ruggero Marinelli duckte sich betroffen über seinen *caffè*, während die Debatte in gemäßigterem Ton fortgeführt wurde. Als Salvatore Farina später die unberührte Tasse abräumte, lag ein größeres Trinkgeld als üblich daneben. Beides streifte sein Bewusstsein nur am Rand. Er hatte nicht einmal bemerkt, wann Ruggero gegangen war.

*

Hinter geschlossenen Vorhängen stand Lorenzo Garibaldi in der Küche des Vento del mare und half Federica beim Abwasch. Seine Ärmel waren aufgekrempelt, Krawatte, Jackett und Hut lagen auf der Bank unterm Fenster. Heute war er Maria Baresis Einladung nicht entkommen, und Federica hatte ohne ihn gegessen. Wenigstens waren sie jetzt für einen Moment allein. Von ihren Urlaubern saß nur noch Familie Janssens aus Lüttich bei einem Wein an der Brüstung der Terrasse und lauschte auf das Meer und den Wind. Die anderen waren bereits zu Bett gegangen.

»Sieh es mal so«, sagte Federica und polierte ein Glas. »Wir haben dir Zeit gespart, in der du dich um Signor Capizzi kümmern und Aniellos Amaro-Idee herausfinden konntest. Die ich übrigens recht gut finde. Cinzano alla Pe-Mo-Ca, das wäre schon was, oder eine Art Fernet Branca! Außerdem hatte ich ein wenig Spaß, und Spadafero hat bewiesen, dass er ein prima Polizist und zugleich ein loyaler Untergebener ist. Etwas zu anständig für meinen Geschmack. Er hätte wirklich die Klappe halten können, was meinen Anteil an der Angelegenheit betrifft.«

»Es hätte mir mehr Zeit gespart, wenn du meinen Ispettore nicht auf einen Mann angesetzt hättest, dessen einziges Vergehen es war, dass dir seine Nase nicht passt.«

»Wen interessiert seine Nase?« Sie drückte ihm einen Kuss aufs Kinn. »Es war sein Benehmen. Außerdem sind Eifersucht und Ehrverletzung zwei der gängigsten Mordmotive, neben schnöder Habgier. Das kannst du nicht leugnen.« Obwohl er ihre Weisheiten gern auf ihre Vorliebe für Kriminalromane schob. Ihr Bücherregal bot eine große Auswahl *gialli*. Doch auch die Tageszeitungen berichteten häufig über spektakuläre Fälle, aus denen sich Schlüsse ableiten ließen.

»Trotzdem kann er nicht der Täter sein. Er hat ein Alibi.«

»Fein: Der Esel war es also nicht. Und woher wissen wir das? Weil Spadafero ihn ausgequetscht hat wie eine Zitrone!« Federica nahm den letzten Teller entgegen. »Wenn man nicht weiß, was passiert ist, muss man aussortieren, was *nicht* passiert ist. So kreisen wir den Täter langsam ein.«

»Wohl eher: du. Ganz allein. Mit einem Taxiroller.«

»Bist du böse deswegen?«

»Dazu habe ich kein Recht.«

Lorenzo schob den Unterkiefer vor – ein untrügliches Zeichen seiner Anspannung – und zog die Hände aus dem Spülwasser. An seinen Unterarmen klebte Schaum, lief bis zu den Ellbogen. Federica tupfte ihn mit dem Geschirrtuch trocken. Er gab sich Mühe, kein besitzergreifender Esel zu sein, was sie anerkannte, gerade weil es ihm schwerfiel und sie nicht vorhatte, es ihm künftig leicht zu machen.

»Ich tu es nicht wieder. Das mit dem Roller.« Sie konnte ihn glauben lassen, dass sie ihm zuliebe damit aufhörte. In Wahrheit hatte sich Davide dem Willen seiner Frau gebeugt und verzichtete auf ihre weiteren Dienste. Eventuell würde sie das später aufklären. »Nichtsdestotrotz rangiert Eifersucht für mich weit oben auf der Liste der Wahrscheinlichkeiten, und Auslöser gibt es viele. Sei es wegen eines Mädchens oder seiner übersprudelnden Pläne.«

Zu dem Ergebnis war Lorenzo mit Spadafero auch gekommen und wollte dem morgen weiter nachgehen.

»Sag mal, wann erwartet Signora Baresi dich eigentlich zurück? Du wolltest doch rund um die Uhr persönlich erreichbar sein.«

»Das wäre ich, hättest du ein Telefon.« Lorenzo musste es sich wohl oder übel gefallen lassen, von ihr mit seinem Vorwand aufgezogen zu werden. »Du solltest dir baldmöglichst eins anschaffen. Wenn der Fall abgeschlossen ist, kann ich nicht jeden Abend herfahren, um dich zu sehen. Dann könnte ich wenigstens deine Stimme hören. Und … es wäre sicherer für dich, auf diesem einsamen Hügel. Pesaro del Monte piccolo Cattolica hat für seine geringe Größe eine beachtliche Anzahl an Verbrechen vorzuweisen.«

»Ich weiß mich zu wehren.«

»Ohne Zweifel.«

Federica zog eine Zigarette aus der Schachtel, drehte sie zwischen den Fingern und steckte sie kopfschüttelnd zurück, als er ihr Feuer geben wollte. Sie hatte keine Lust zu rauchen. Ihr Körper verlangte rein aus Gewohnheit immer dann nach Tabak, wenn sie nervös war. »Findest du nicht auch, dass die Befana sich eigenartig verhält?«

»Selbst für ihre Verhältnisse?« Lorenzo lächelte, dann nickte er. »Ja. Allerdings.«

»Gut. Ich hatte schon gefürchtet, dass ich mir das einbilde. Es gibt da einen merkwürdigen Vorfall, der dir noch unbekannt sein dürfte.« Am Nachmittag hatte sie der Schilderung zuerst geglaubt, dann war sie ihr von Stunde zu Stunde lächerlicher vorgekommen. Doch selbst auf die Gefahr hin, dass man sie auf den Arm genommen hatte, musste sie Lorenzo darüber informieren. »Die Befana wurde am Morgen des Mordes gesehen. In aller Frühe – angeblich mit blutroten Händen.« Abwehrend fuchtelte sie mit den Armen, denn Lorenzos Blick sprach Bände. »Sag nichts! Ich weiß, wie das klingt. Eine gruselige Erscheinung im Dämmerlicht zwischen Nacht und Tag. Ich schwöre, das Wort Hexe ist nicht gefallen.« Nicht direkt jedenfalls. Die Beschreibung war dem jedoch recht nah gekommen. »Wahrscheinlich ist es sowieso bedeutungslos, weil es außerhalb des Dorfes war, weit weg von der Kirche. Und fliegen kann selbst die Befana nicht. Im Gegenteil, sie war gestern schlecht zu Fuß.«

»Woher hast du die Information?«

»Von einer Augenzeugin namens Erika.« Federica hob die Schultern, die sich befreit anfühlten, als hätte man eine Last von ihr genommen. Stattdessen spürte sie den Nachklang des Übermuts, dem sie zwischen den Zelten begegnet war. Sie stellte das Radio an, drehte am Sendersuchknopf, bis das Rauschen verschwand und leise Musik erklang. »Darüber hinaus war mein Besuch bei den Campern für den Fall leider unergiebig, das gebe ich zu. Erika war die Einzige, die die Befana gesehen hat, und Aniello scheint nie dort gewesen zu sein.« Sie wiegte sich im Takt, der ihr in Blut und Füße fuhr. »Das sind große Kinder, die haben nur Spaß im Kopf.«

»Würdest du das bitte künftig mir überlassen?«

»Was genau?« Sie legte einen Finger auf seine Brust und schob ihn rückwärts zur Tischkante. »Den Spaß?«

»Die Befragungen und die Entscheidung, was relevant ist.«

»Gilt das auch für die Befana? Denn ich finde, es ist höchste Zeit, dass –«

»Auch für sie.« Lorenzo sah sie eindringlich an. Ein Gespräch war tatsächlich überfällig. Er hatte daran gedacht und es dann aufgeschoben. »Keine Geheimnisse mehr. Warst du bei ihr?«

»*Si e no.* Mit dem Roller bis vor dem Zaun. Leider haben mich nur ihre Tiere begrüßt. Wenn du willst, übernehme ich das gern, gleich morgen früh. Spadafero findet die Befana nämlich unheimlich, und du –«

»Nein.«

Federica verdrehte die Augen. Mitunter kamen ihr ihre kleinen Alleingänge im Nachhinein selbst falsch vor. Ganz darauf verzichten würde sie dennoch nie. Er war zu klug, um das von ihr zu erwarten, und der Abend zu kurz, um zu streiten.

Sie seufzte theatralisch. »*Va bene*, Signor Commissario. Bei der Arbeit gibst du die Befehle. Also, was ist relevant?«, fragte sie herausfordernd und drückte ihn sanft auf den Stuhl. »In diesem Moment?«

»Ich habe keine Ahnung«, sagte er rau.

»Na so was. Bist du etwa außer Dienst?« Sie setzte sich auf seinen Schoß, zeichnete die feine Faltenlinie über seinen Brauen nach. In seinem Blick lagen Sehnsucht und Verlangen. »Wenn das so ist, dann werde *ich* dir jetzt zeigen, was wirklich von Bedeutung ist.«

*

Die hohe Flügeltür fiel mit dumpfem Nachhall ins Schloss. Langsam ging Mauro den Mittelgang entlang durchs halbdunkle Kirchenschiff, bekreuzigte sich und sank dann in einer der Bankreihen auf das Kniebrett. Erinnerungsfetzen und die Fragen des Kommissars kullerten in seinem Kopf durcheinander wie Murmeln, die man aus einem Säckchen auf das holprige Pflaster des Dorfplatzes kippte. Aniellos Lachen, ihre Streitereien, Vaters Zorn. *Hatte er Feinde?* Blaue Flecken und Schrammen vom Klettern an der Klippe, Seetang auf Sonntagskleidern. *Worüber haben Sie gestritten?* Haarwachs und Rasierwasser vorm Spiegel, gemeinsam beim Fest in Gradara. Daniella fand ihn süß. *Warum waren Sie wütend?* Gebrochene Nase. Nein, bloß ein Traum, in dem er zugeschlagen hatte. Dann wieder das Lachen, die Ideen. Und immer nur er. Nur Aniello. Mittelpunkt der Welt. *Haben Sie das schon mal gesehen?* Sichel in der Brust.

Mauro stöhnte auf, faltete zitternd die Hände über einem vergessenen Gesangbuch, schaute zum Altar.

»Herr, vergib mir«, flüsterte er. Ein warmer Luftzug strömte durch das Portal von San Francesco, hauchte seinen Atem weich über Mauros Nacken.

Don Pietro zuckte beim Anblick der gebeugten Gestalt zusammen. Nur selten verirrte sich so spät noch jemand herein. Bald würde auch die Straßenlaterne verlöschen, die durch die großen Fenster noch ein wenig Helligkeit hereinsandte. Doch der Herr schlief nie, und wer seiner Hilfe bedurfte, war jederzeit willkommen.

Als er Mauro erkannte, zuckte Don Pietro ein zweites Mal zusammen, dann nahm er in der Bank hinter ihm Platz. Hätte doch bloß auch Aniello den Weg zu ihm gefunden …

»Möchtest du mit mir reden?«, fragte er sanft.

Mauros Finger krallten sich umeinander. Er schüttelte den Kopf. Es fühlte sich an, als hätte er bereits zu viel gesagt.

Kapitel 10

Wie ausgezupfte Watte schwebten fedrig weiße Wölkchen im Himmelblau des Vormittags. Barfuß flitzte Federica über die sonnenwarmen Terrassenfliesen ins Haus und kehrte mit zwei Kaffeetassen zurück. Statt der großen Caffettiera, die sie für die Versorgung ihrer Gäste nutzte, kam seit kurzem für ihren eigenen Bedarf ein kleineres Exemplar zum Einsatz. Natürlich eine echte Moka Express, auf der das kleine Männchen mit dem Schnauzbart prangte. Seitdem schmeckte ihr der *caffè* zwischendurch noch besser, was auch an Herrn Meyer liegen mochte, der ihr die Kanne zum Geschenk gemacht hatte. An ihn zu denken machte einfach gute Laune. Der pfiffige deutsche Reisebürobesitzer mischte Pesaro del Monte piccolo Cattolica seit dem Frühjahr ordentlich auf. In knapp zwei Wochen würde er wieder hier sein und mit ihm ein ganzer Bus voller Rheinländer, die er mit seinem italienischen Fieber infiziert hatte.

Am Rand der Terrasse parkte eine Ape, und am Tisch saß Ciro Pavone, die Füße dicht zusammen, die Knie leicht nach außen gekippt. Dankbar nahm er ein Tässchen entgegen. Postmütze und Tasche lagen auf einem zweiten Stuhl, während Federica sich lieber auf die Balustrade schwang und die Füße in den Verzierungen des Geländers einhakte. Sobald sie es bequem hatte, zündete Ciro zwei Zigaretten an und reichte ihr eine hinauf.

»*Grazie.*« Federica lächelte. Dieser Ablauf hatte das Potenzial, sich zur Gewohnheit zu entwickeln, obgleich er bisher nur selten vorgekommen war. Meistens drückte der Postbote, ohne abzusteigen, auf die Hupe, dann rannte Federica hinaus, und nach drei Sätzen war er wieder weg. Heute hatte er einen Brief aus Sizilien dabei, dem Poststempel nach vor mehr als vier Wochen abgeschickt.

»*Perdono*, Signora Pellegrini. Ich entschuldige mich im Namen der italienischen Post. Hoffentlich nichts Eiliges?«

Die Handschrift war die ihrer Mutter, und Federica wusste, ohne den Umschlag zu öffnen, was darin stand. Nachrichten vom Leben und Tod jener Menschen aus ihrer Kindheit, die ihr längst nicht mehr vertraut waren oder die sie lieber vergessen wollte. Ergänzt durch Hinweise, welche passenden Männer zu haben waren, und das abschließende Drängen, die Familie zu besuchen. Dabei wäre sie gar nicht wirklich willkommen, solange kein neuer Ehemann in Sicht war.

Federica hatte zu Signor Pavones Frage den Kopf geschüttelt und er in stillem Einvernehmen den Motor abgestellt. Im Gegensatz zu seinem Vertreter, der ein wendiges Motorrad bevorzugte, kam er mit einer Ape von der Poststation in Gradara heraufgefahren. Natürlich war die große Schwester der Vespa mit ihren drei Rädern vollkommen überdimensioniert für die Auslieferung von ein paar Briefen oder ab und an einem Paket. Doch war sie robust und zuverlässig im holprigen Gelände zwischen den verstreuten Dörfern – und die offene Ladefläche eignete sich bestens für ein Nickerchen. Eine Decke lag immer bereit, unter die er den Zündschlüssel legte, wenn er sich zum Plausch niedersetzte.

»Ihre Gäste kommen aus aller Herren Länder, nicht wahr, Signora? Internationales Publikum! Im Moment sind es Franzosen und Belgier, wenn ich die Kennzeichen an den Wagen vor der Pension richtig deutete.«

»Richtig. Und Deutsche.« Eine eher langweilige Konstellation. Die belgische Gruppe blieb weitgehend unter sich und die Desthieuxs auch. Wobei die den besseren Grund hatten. »Außerdem erwarte ich diese Woche noch Engländer.« Der engere Kontakt fehlte ihr, was die kleine Plauderei in der Sonne umso netter machte.

»Ja, also, da habe ich mich gefragt«, fuhr Ciro fort, »ob Sie mir wohl die Briefmarken überlassen könnten, wenn Ihnen wieder jemand aus dem Ausland schreibt? Wissen Sie, ich sammle. Je exotischer, desto besser. Fremde Länder faszinieren mich.«

Federica schnippte Asche ab. »Und dann träumen Sie sich davon, auf eine weite Reise? Das verstehe ich gut.«

»Nein, nein. Ich will hier nicht weg. Unser schönes Land ist alles, was ich brauche. Nicht mal ganz Italien, mir reicht das Fleckchen Erde von der Grenze zur Romagna bis zum Ende der Provinz. Die Colli Pesaresi sind wunderbar. Wieso sollte man woanders sein wollen?«

Wind strich hinter Federica durch die Sträucher der Böschung, wehte ihr würzige Noten von Salbei, Thymian und Meer in die Nase, als wolle er Pavones Worte bekräftigen. Sie liebte diese unvergleichliche Mischung, dennoch wären ihr einige Gründe eingefallen.

»Selbstverständlich können Sie die Briefmarken haben. Sagen Sie gern Bescheid, wenn Sie eine interessante entdecken. Sie haben die Umschläge ja zuerst in der Hand. Allerdings hatte ich bislang nur Gäste aus Europa.«

»Skandinavien«, sagte Pavone und paffte vergnügt. »Das würde ich mir wünschen. Ist auch Europa.«

»Merke ich mir.« Federica hob ihre Tasse. »Noch einen?«

»Wenn meine Frau das wüsste!« Ciro Pavone nickte und zog eine schelmische Grimasse. »Sie würde mir die Ohren lang ziehen. Ciro, würde sie sagen, du sitzt mehr herum und schlürfst *caffè espresso*, als du arbeitest. Mach nur so weiter, dann wird der Arzt bei der nächsten Untersuchung in deinen Adern keinen Tropfen Blut mehr finden, sondern nichts als Kaffee!« Erschrocken schlug er die Hand vor den Mund. »Oje, verzeihen Sie! Was bin ich für ein Trottel, so etwas zu sagen, wo doch diese schlimme Sache passiert ist.«

»Ich versteh nicht …?«, behauptete Federica und zuckte mit den Augenbrauen. Ab sofort war Vorsicht geboten.

»Wegen des Mordes. Kein Blut in den Adern.« Pavone bekreuzigte sich mehrfach. »Das geht doch nicht mit rechten Dingen zu!«

»Glauben Sie das etwa?«

»Mir wäre wohler, wenn ich die Wahrheit wüsste. Ich komme jeden Tag durchs Dorf, und bis zu uns runter nach Santo Stefano sind es nur ein paar Minuten. Ich habe Familie, Signora. Die Kinder werden langsam groß, die Erste ist schon flügge, aber ein Vater sorgt sich ein Leben lang.« Er wischte den Zuckerrest vom Tassenboden und lutschte den Finger ab. »Was man so hört, hüllt sich die Polizei offiziell in Schweigen. Unter der Hand aber, so heißt es, wird selbst dort von Magie gesprochen.«

Na wunderbar, davon würde Lorenzo begeistert sein. Federica schaute dem sich kräuselnden Rauchfaden nach und vergaß den angebotenen zweiten *caffè*.

»Der Kommissar hält wenig von Übernatürlichem; er arbeitet mit Köpfchen und ist ein guter Beobachter. Sie könnten da bestimmt mithalten.« Federica garnierte das Kompliment mit einem koketten Blick. Pavone war womöglich ein Zeuge, der davon nichts ahnte. »Ich wette, Sie finden Ihren Weg im Schlaf und wissen über all unsere täglichen Gewohnheiten Bescheid.« Bei näherer Betrachtung verlor die Vorstellung an Charme, und Federica lachte etwas zu laut. Im Dorf gab es auch ohne ihn genug an gegenseitiger Kontrolle.

Ciros Lachen warf schmale Fältchen um seine Augen, und er hob die Tasse. »Wo es einen *caffè* für mich gibt, darüber bin ich informiert. Verraten Sie es nicht weiter, ich fürchte, ich bin süchtig danach. Was die Strecke betrifft, habe ich mein eigenes System, damit sie mir nicht zu sehr zur Gewohnheit wird. Meine Route ist nie an zwei aufeinanderfolgenden Tagen gleich, und niemand kann genau vorhersagen, wann die Poste Italiane vor der Tür steht. So werden alle gerecht behandelt, und mal freut sich der eine, mal der andere, wenn der ersehnte Brief schon zum *prima colazione* auf dem Tisch liegt. Und genauso müssen sich alle abwechselnd bis zum Nachmittag gedulden.« Schmunzelnd griff er nach seiner Kappe und stülpte sie auf. »Leider muss ich nun auch weiter, hinüber nach Fiorenzuola. Sie waren meine letzte Station in Pesaro del Monte piccolo Cattolica.«

»Pe-Mo-Ca«, sagte Federica, rutschte vom Geländer und drückte den Zigarettenstummel aus. »Die Abkürzung spart Zeit für einen halben *caffè*. Könnten Sie mich ein Stück mitnehmen? Sie fahren doch durchs Dorf?«

»Natürlich. Halten Sie sich nur gut fest. Es ruckelt auf der Ladefläche.« Ciro klemmte die Tasche unter den Arm und grinste. »Pe-Mo-Ca, das werde ich mir merken. Und ich trinke wirklich nur noch einen Halben im Stehen.«

»*Va bene.*« Triumphierend ging Federica voraus in die Küche. Ihr gemeinsames Pausenritual war noch jung, aber sie hatte Signor Pavone am Haken, sobald die kleine Moka dampfte. Eine ganz eigene Art von Magie, die bei fast jedem funktionierte und bestens geeignet war, um Geheimnisse zu lüften.

*

Auf einen Stuhl in der Zimmerecke gefaltet protokollierte Giovanni Spadafero mit. Er gähnte verhalten. Die Nacht war kurz gewesen. Vor der Fahrt aus Pesaro auf den Hügel hatte er auf ein Frühstück verzichtet und noch immer keine Gelegenheit gefunden, einen Happen zu essen. Kaum angekommen hatte der Kommissar ihn zum Campingplatz geschickt, um eine Aussage aufzunehmen. Fräulein Erika kam im Pyjama aus dem Zelt gekrochen, gefolgt von ihrem Verlobten. Ein peinlicher Moment, dem er mit amtlicher Würde begegnet war – und mit Nachdruck, als er darauf bestand, sie allein zu sprechen. Er musste sichergehen, dass ihre Geschichte keine Erfindung war zum Zweck, ihren Verlobten vom Thema Aniello abzulenken. Und von einem möglichen Techtelmechtel.

Bei der auf Deutsch geführten Unterhaltung hatte Giovanni geschwitzt wie selten zuvor. Fräulein Erika wiederholte exakt das, was ihnen bereits durch Signora Pellegrini bekannt war: gruselige alte Frau im Sternenschein mit roten Händen. Immerhin war das Fräulein sehr nett gewesen und zweifelsfrei aufrichtig. Bei Umberto Saletta, der jetzt seinen Rücken vorm Schreibtisch des Bürgermeisters wie ein Fragezeichen krümmte, sah das anders aus.

»Wahrscheinlich ist es nichts, Signor Garibaldi. Entscheiden Sie.« Sein Blick wirkte bekümmert, die Haltung anbiedernd unterwürfig.

»Sie haben Aniello Capizzi also in den letzten Wochen häufiger in und um die Trattoria herum gesehen.« Lorenzo Garibaldi wirkte wenig beeindruckt. »Was ist daran –«

»Zu Unzeiten«, fiel Saletta dem Kommissar ins Wort. »Einmal ist spätabends Licht im Anbau gewesen. Kurz nachdem es ausging, stolperte mir der kleine Capizzi vor die Füße. Man wundert sich, aber denkt sich nichts weiter. Jetzt aber, na ja, da finde ich es schon komisch.«

»Haben Sie beobachtet, wie Aniello Capizzi aus dem Gebäude kam oder das Grundstück verlassen hat?«

»Woher soll er denn sonst gekommen sein? Und das ist ja, mein ich halt, das Seltsame. Wo der Farina den Anbau hinterm Schweinekoben nur zum Abstellen von Gerümpel benutzt. Sagt er jedenfalls. Warum brennt dann mitten in der Nacht Licht?

Und Farina konnte schon gut mit dem Capizzi-Jungen. Andererseits soll es auch einen Einbruch im Dorf gegeben haben, hab ich später gehört. Falls es nur ein einzelner war. Das soll um Himmels willen nichts heißen. Vielleicht hat das alles auch gar keine Bedeutung. Ich unterstelle niemandem etwas! Man will ja nur helfen.«

»Natürlich. Sie denken also nicht, dass Aniello ein Einbrecher war.« Man wunderte sich, man meinte, man half – und hatte doch nichts gesagt. Lorenzo verdrehte innerlich die Augen. »Bei wem wurde eingebrochen?«

»Das … ähm … habe ich vergessen.«

»Hm. Aha. Und am Morgen der Tat oder vorher in der Nacht, was war da?« Ohne ihn anzusehen, kritzelte Lorenzo eine Notiz auf einen Bogen Papier. »Gab es da auch ein Licht irgendwo?«

»D-da?« Saletta riss die Arme hoch, urplötzlich ein Ausbund an Ahnungslosigkeit. »Da habe ich geschlafen, Signor Commissario, und mehr weiß ich nicht. Ich wohne ja ganz woanders. Das mit dem Licht kann auch ein Zufall gewesen sein – war ja auch einer, dass es mir aufgefallen ist. Weil ich ja sonst dort gar nicht bin.«

Sein Mitteilungsbedürfnis verebbte plötzlich, und mit heftigen Ruderschlägen steuerte Umberto Saletta in die Gegenrichtung. Offenbar war ihm klar geworden, dass seine Geschichte nach hinten losgehen konnte, sollte Farina einen Einbruch bestätigen. Schließlich war er selbst zur *Unzeit* an der Trattoria gewesen.

»Wissen Sie, was ich wirklich seltsam finde, Giovanni?«, fragte Lorenzo, als Signor Saletta die Amtsstube verlassen hatte. »Bei unserem ersten Fall in Pesaro del Monte piccolo Cattolica haben die Leute sich füreinander ein Bein ausgerissen. Sie haben gelogen auf Teufel komm raus, um einen aus den eigenen Reihen zu schützen. Und jetzt?«

»Können sie es kaum abwarten, mit dem Finger auf ihre Nachbarn zu zeigen.«

»Wir werden Signor Farina einen Besuch abstatten. Und finden Sie heraus, was es mit dem angeblichen Einbruch im Dorf auf sich hat. Aber zuerst überprüfen Sie mir den freundlichen Melder.« Lorenzo hasste Denunzianten, auch wenn sie sich gelegentlich als hilfreich entpuppten. Und er wusste, dass Spadafero diese Ansicht teilte. Wenigstens bot der Wirt der Trattoria einen interessanten Ansatzpunkt. Sie hatten beide bereits mit ihm gesprochen, ohne dass Farina auch nur ein Wort über eine engere Bekanntschaft mit Aniello Capizzi verloren hatte. Angesichts eines Mordes *vergaß* man so etwas nicht zu erwähnen. Man verschwieg es. Doch weshalb?

Lorenzo schaute zur Uhr. Am frühen Nachmittag sollte endlich die Obduktion stattfinden, bei der er unbedingt anwesend sein wollte. Das bedeutete: viel zu tun vor dem Mittagsgeläut. Es war Vigliani gelungen, einen Ersatz für den Doktor zu beschaffen. Keine leichte Aufgabe, eine Woche vor *Ferragosto*. Rund um den Feiertag kam das öffentliche Leben praktisch zum Stillstand, und halb Italien verabschiedete sich in die Sommerfrische. Doch der Dottore hatte Wind davon bekommen und ließ keinen fremden Arzt in seinem Territorium zu. Lieber unterbrach er seinen Urlaub.

Lorenzo grinste. Nun, ihm sollte es recht sein, Hauptsache es ging voran.

*

Die kurze Fahrt neben verzurrten Päckchen und dem Tender mit Ciro Pavones Mittagessen schüttelte Federica ordentlich durch. Vom Vento del mare über die schmale Straße durch die Wiesen bis ins Dorf und dem Abzweig zur Hauptstraße konnten sie keine fünf Minuten gebraucht haben. Es fühlte sich jedoch deutlich länger an.

Signor Pavone half ihr beim Absteigen über den erhöhten Rand der Ladefläche. Erst als er außer Sicht war, rieb Federica sich die Hüfte. Seine vorsorglich untergelegte Decke, zum Schutz ihres Kleides, hatte sie nicht vor unangenehm harten Schlägen gegen einen Metallriegel bewahrt. Entschlossen, sich nichts anmerken zu lassen, rückte sie die Sonnenbrille zurecht. Sie musste unbedingt aufhören, blaue Flecken zu sammeln wie Ciro Pavone seine Briefmarken.

Zügig durchquerte sie die verwinkelten Gassen. Bei jedem Schritt kletterte der Saum ihres Kleides knieaufwärts, die Pantoletten klapperten drängend. Aus dem halben *caffè* waren zwei geworden, während Ciro sie auf den neuesten Stand der örtlichen Gerüchteküche gebracht hatte. Beunruhigende Neuigkeiten. Nichtsdestotrotz ein hervorragender Anlass, um damit in Baresis Amtsstube zu platzen und Lorenzo davon zu berichten. Es war kaum anzunehmen, dass er komplett im Bilde war, was in Pe-Mo-Ca unter der Oberfläche brodelte. Andererseits saß Lorenzo in Maria Baresis Haushalt unmittelbar an der Schnittstelle sämtlicher Informationen.

Leicht außer Atem blieb Federica stehen. »*Maledetto.*« Wenn man vom Teufel sprach! Natürlich war Maria nicht in der Bürgermeisterei, sondern stand ihr genau jetzt im Weg! Kurz vor dem Ziel. Dabei hatte Federica extra einen Umweg in Kauf genommen und war viel zu weit mit Ciro gefahren, um das Gerede nicht weiter anzufachen. Vergebliche Mühe, wenn ihr nicht gleich eine feine Ausrede einfiel.

An Marias Seite vor der Tür des Frisiersalons stand die unvermeidliche Eliza Marinelli. Wie konnte es sein, dass sie nahezu jedes Mal, wenn sie ins Dorf ging, über die beiden Freundinnen stolperte? Hatten die nichts Besseres zu tun, als draußen zu plaudern?

Federica stöhnte, strich sich die Haare glatt, schritt zügig auf die Frauen zu und bemühte sich um ein Lächeln. *»Buon giorno.«*

Aus dem Korb an Marias Arm duftete es nach offenwarmem Gebäck, und Federica spürte leise Eifersucht. Entweder Signora Baresi wollte Lorenzo mit den Leckereien bestechen oder beim Aushorchen ablenken.

»Biscotti für Ihren Gatten?«, fragt sie spitz, doch Eliza winkte sie vertraulich näher, bevor Maria antworten konnte.

»Signora Pellegrini, das trifft sich gut! Was halten Sie denn von der ganzen Geschichte?«

»Von welcher? Es gibt derzeit eine ganze Menge.«

»Der Fluch, der sein Opfer gefordert hat. In der Nacht, ehe das Neulicht erscheint – bei Dunkelmond! Sie sind im Bilde?«

»Ich bin nicht sicher«, behauptete Federica, während ein mulmiges Gefühl sie erfasste. Von einem Fluch hatte auch Signor Pavone gesprochen. Sie brannte darauf, eine weitere Version zu hören, zwei Quellen waren besser als eine.

»Dann hole ich etwas weiter aus. Es gibt ein Haus im Dorf, das niemand ohne Aufforderung betritt, und wer bei Sinnen ist, bleibt ihm ganz fern«, begann Eliza umständlich. »Sie sind ja noch nicht so lange hier – drei Jahre oder fünf? –, aber von wem die Rede ist, können Sie sich bestimmt denken, und meine Zunge hütet sich, den Namen auszusprechen. Sonst trifft mich ihr Zorn am Ende als Nächste.« Wirklich verängstigt wirkte Eliza nicht. »Jemand ist bei ihr eingebrochen, und die Alte hat ihn verflucht, ihm Tod und Teufel an den Hals gehetzt, damit sie ihn in ihrem Auftrag holen. Eins ihrer Hühner soll sie dafür geopfert haben, die Eingeweide verbrannt, und die Knochen soll sie bei sich tragen. Und nun ist plötzlich der arme Aniello tot! Ich würde es ja eigentlich nicht glauben, wenn da nicht die Waffe wäre. Sie haben ihn doch gesehen. Ist es wahr, dass er eine Sichel in der Brust hatte? Ausgerechnet eine Sichel! Kann das Zufall sein?«

Maria griff sich ans Herz. »Als sei Gevatter Tod persönlich auf der Erde erschienen, um zu ernten«, sagte sie und schauerte wohlig bei ihren eigenen Worten. »Die Sichel ist die kleine Schwester der Sense. Aniello muss bei ihrem Anblick das Blut in den Adern gestockt sein. Darum war keins auf dem Boden.«

»Oder weil ein Bannspruch an der Waffe haftet.« Eliza nickte gewichtig. »Direkt vor der rettenden Kirchentür.«

Federica biss sich auf die Zunge. Im Kern deckte sich die wilde Spekulation mit dem, was Ciro ihr zugetragen hatte. An Theatralik waren ihm die Freundinnen jedoch weit voraus.

»Wenn es also wahr ist mit der Sichel, dann muss der Kommissar sie sofort verhaften«, bekräftigte Eliza.

»Muss er?«, fragte Federica gedehnt. »Die Befana verhaften?« In Lorenzos Welt sahen Beweise anders aus.

»Natürlich! Jeder weiß, dass sie ständig eine Sichel bei sich trägt. Um den Bauch gegürtet, an der Seite unter ihrer Schürze.« Eliza flüsterte und Maria nickte. »Vorgestern hatte sie keine bei sich. Oder haben Sie eine gesehen, Signora? Am Morgen des Mordes, nachdem Giuseppe sie in ihrem Versteck aufgestöbert hat?«

Maria drückte ihren Korb an den Leib, die Papiertüte raschelte. »Wie unverantwortlich, im Nachhinein betrachtet, den Jungen zu ihr zu schicken! Was kein Vorwurf gegen den Pfarrer sein soll. Wie hätte er auch einen Zusammenhang ahnen können?« Sie schob sich ein Biscotto zwischen die Zähne. »Bei einer Sichel – und einer Hexe.«

Der fast sarkastische Ton gefiel Federica, und die übliche Skepsis auf beiden Seiten war für den Moment verschwunden, als ihre Blicke sich kurz begegneten. Maria hielt ihr die Tüte mit den köstlichen *Occhi di angeli* hin, und Federica griff zu. Im Sinne der Sache näherten sie sich einander wieder einmal an.

Geistesabwesend knabberte Federica an einem der luftigen Plätzchen. Engelsaugen, wie überaus passend bei diesem Gesprächsthema. Die Sache mit der Sichel bereitete ihr Unbehagen. War es das, was seit ihrem Besuch auf dem Campinglatz in ihr gearbeitet hatte? In der Tat erinnerte sie sich nicht, die alte Frau jemals ohne ihr Werkzeug gesehen zu haben. Zwar erschien ihr die Vorstellung, dass die Befana etwas mit Aniellos Tod zu tun haben könnte, auch jetzt noch völlig absurd, dennoch musste Lorenzo das Gerücht unbedingt erfahren, inklusive des angeblichen Hühneropfers. Ein kleiner Teil ihrer sizilianischen Seele spielte mit der Vorstellung, dass es eine todbringende Verwünschung gegeben hatte. Ihre Vernunft schalt sie dagegen eine Närrin. Gäbe es diese, wäre die Sichel in der Brust völlig überflüssig gewesen.

Federica leckte den letzten bittersüßen Krümel von ihren Fingern. »Unabhängig davon, was ich darüber denke: Woher wissen Sie das eigentlich alles? Von dem Fluch, dem Einbruch und der Sichel? Und seit wann? Und weiß Commissario Garibaldi schon Bescheid, Signora Baresi?«

»Nun, wenn, dann weiß er es nicht von mir. Lassen Sie mich überlegen … Ich meine, von dem Fluch erzählt man sich schon seit gestern.«

»Ja, gestern«, pflichtete Eliza ihr bei. »Der Rest … puh, schwierig. Wir haben so viel geredet – hin und her, her und hin. Der ganze Stress und die Sorge, ich kann beim besten Willen nicht mehr sagen, wo ich es aufgeschnappt habe.«

»Es war Cristina Iannazzo.« Maria schob sich ein weiteres Plätzchen in den Mund und nuschelte: »Nehmen Sie auch noch eins. Für den Kommissar bleibt genug übrig. Und mein Aldo wird langsam fett. Oder es war Signora Tardelli. Auf jeden Fall haben bei dir im Salon schon alle darüber diskutiert, als ich hereinkam.«

Genau das hatte Federica befürchtet. Bei Ciro Pavone war es das Gleiche gewesen. Der Ursprung dieses Märchens würde sich nur schwer rekonstruieren lassen. Ein Einbruch war eine hässliche Sache, doch als Begründung für einen Mord reichte er ihr nicht aus. Egal, ob mit einem Fluch oder einer Sichel. Die alte Befana war gewiss keine reiche Frau. Weshalb also hätte Aniello überhaupt bei ihr einbrechen sollen?

Ihre Überlegung wurde jäh von einer lauten Stimme beendet.

»*Buon giorno*, die Damen. *Buon giorno*. So viel Anmut und Schönheit auf einem Fleck!« Lucio Monza, der alte Fischer, schlurfte die Straße entlang, und Eliza rümpfte die Nase.

»Man hört ihn, ob man will oder nicht. Diese Nervensäge! Und man riecht ihn. Ich muss rein, tut mir leid, man wird ihn so schwer wieder los. Bis später.«

Hinter ihr klingelte das Türglöckchen, und ein Schwall parfümierter Luft wehte heraus.

»Was ist bei euch los, Signora Baresi?« Lucio blieb unmittelbar vor ihr stehen, winkte demonstrativ durchs Schaufenster zu Eliza hinein, die ihn geflissentlich ignorierte, und musterte dann Federica von oben bis unten. »Man könnte meinen, ihr habt eine rollige Katze im Haus. Nachts schleichen räudige Kater in der dunklen Gasse umeinander. Mal links entlang, mal rechtsherum vor eurer Tür. Ganz vorsichtig, um sich keine blutige Nase zu holen und niemandem zu begegnen. Feige Viecher.«

»Was redest du da? Wir haben keine Katze.«

»Und trotzdem Kater, die Geschenke bringen wollen.« Der Fischer entblößte beim Lachen sein schiefes Gebiss und bewegte sich nicht vom Fleck.

»Was gibt es denn noch?« Unwillig fummelte Maria an ihrem Korb herum, stopfte die Papiertüte ganz nach unten.

»Gar nichts, Signora. Ich suche ein bisschen Unterhaltung, das ist alles.«

»Dann musst du anderswo suchen. Scher dich zu deinen Fischen, Lucio!«

»Die Fische beißen nicht um diese Zeit.«

Maria zischte aufgebracht, und Lucio Monza schüttete sich aus vor Lachen, dann zuckelte er davon.

Irritiert schaute Federica Maria an. Normalerweise redete Monza geradeheraus, wie ihm der Schnabel gewachsen war, statt in rätselhaften Andeutungen. »Was war das denn?«

»Pure Wichtigtuerei! Es schmeckt nicht jedem, dass der Kommissar bei uns Quartier bezogen hat.« Maria verzog pikiert das Gesicht. »Er tut, als ob wir mit dem Feind kollaborieren. Nun ja, als Frau des Bürgermeisters bin ich daran gewöhnt, angefeindet zu werden. Und ich weiß, wann es erforderlich ist, zu handeln. Einem Staatsbediensteten in Ausübung seines Amtes Hilfe zu leisten ist eine Selbstverständlichkeit. Nicht wahr?« Sie rückte das kurze, für das Wetter viel zu warme Jäckchen gerade. Die Rolle der First Lady war ihr ebenso auf den Leib geschneidert wie das mintgrüne zweiteilige Kostüm aus Leinen, das sich an manchen Stellen langsam dunkler färbte. Bei der herrschenden Hitze halfen leider auch die unter die Achseln geklemmten Schweißtücher nichts.

Maria stellte den Korb auf dem Fußbrett ihrer Vespa ab. »Ich muss dann auch, man wartet sicher schon auf mich.«

»Stia bene«, seufzte Federica. Den Weg zu Lorenzo konnte sie sich vorerst sparen. Maria würde ihm sämtliche Spekulationen auf dem Silbertablett servieren – garniert mit Occhi di Angeli. Wie hätte das ausgesehen, ihr hinterherzulaufen?

Einer plötzlichen Eingebung folgend wandte sie sich in die entgegengesetzte Richtung und setzte stattdessen Lucio Monza nach. Weit konnte er noch nicht gekommen sein.

An der nächsten Ecke holte sie ihn ein. »Signor Monza, warten Sie!«

Die Kater waren ums Haus des Bürgermeisters geschlichen, hatten aber den Kommissar aufsuchen wollen!

»Sie mögen die streunenden Kater nicht besonders«, stellte Federica fest. Heimliche Verbündete der Polizei, die das Tageslicht scheuten. Unsicher, welchen Ton sie anschlagen sollte, fuhr sie fort: »Fischer fahren oft mitten in der Nacht hinaus und kommen im Morgengrauen mit reicher Beute zurück an Land. Da lässt sich bestimmt ab und zu ein Streuner blicken und hofft, dass für ihn etwas abfällt.«

Wachsam sah Monza sie an, die Augen zu Schlitzen zusammengekniffen. »Von mir kriegt keiner was. Mein letzter großer Fang liegt lange zurück. Ich bin ein alter Mann und fische nur noch zu meinem Vergnügen. Und aus Gräten und Fischköpfen koche ich mir Suppe.«

»Trotzdem sagt Ihnen Ihre Erfahrung, welche Stelle günstig ist, um das Netz auszuwerfen. Oder wann der richtige Moment ist. Das erfordert eine genaue Beobachtungsgabe.«

»Was wollen Sie, Signora – mit mir rausfahren? Mir kommt kein Weib aufs Boot. Nur dass Sie klar sehen. Nie im Leben. Das bringt Unglück – und die Fische mögen es still.« Er deutete das Verschließen seiner Lippen an. »Wenn das Meer mich eins gelehrt hat, dann das Schweigen.«

Seine Unhöflichkeit bestrafte Federica mit Nichtbeachtung. Ihr Instinkt funktionierte ebenso gut wie seiner. Sein Hang zum Seemannsgarn war bekannt, er hatte zu allem eine Meinung und hielt selten damit hinterm Berg. Ein Schandmaul, dem Rotwein und dem Tratsch gleichermaßen zugetan. Verschwiegenheit war keine Tugend, die man mit ihm in Verbindung brachte, was seine Katzengeschichte belegte, die er unbedingt vor Maria Baresi hatte zum Besten geben müssen.

»Gott bewahre, Signore, mich kriegt keiner aufs Meer! Ich habe mich nur gefragt, ob Sie außer den nachts herumstreunenden Viechern noch etwas anderes bemerkt haben. Vorgestern. Jemand, der da war oder nicht da, wo man ihn erwartet hätte.«

Lucio Monza kratzte sich am Hinterteil. Seine Hose war speckig, die kleinen wasserblauen Augen hellwach. Dahinter arbeitete es. Wieder verschloss er symbolisch seine Lippen.

Federica schnaubte ärgerlich. Ein glattes Eigentor. Falls ihre Worte etwas bewirkt hatten und er sich an etwas erinnerte, war sie sicher die Letzte, die es erfahren würde.

»Egal, ob Kater oder Fisch«, fügte sie dennoch hinzu. »Es gibt immer welche, die bereit sind, einem in die Finger zu beißen. Sollte Ihnen also einer unterkommen, der gefährlich aussieht, passen Sie besser auf. Vom Fischen versteh ich nicht viel. Aber ich weiß, dass man einen großen Fang besser zu mehreren einbringt. Damit keiner über Bord geht.«

»Drohst du mir etwa, *Siciliana?*« Abfällig spuckte Lucio ihr die Bezeichnung vor die Füße.

»Im Gegenteil, Signor Monza«, sagte sie betont höflich und hob stolz das Kinn noch einen Zentimeter höher. Ihre Herkunft war kein Makel und die *Marchigiani* keinen Deut besser als sie! »Der Kommissar ist nicht derjenige, vor dem man sich in Acht nehmen muss. Aber einen Mörder zu reizen ist kein Spaß.«

Lucio Monza wischte ihre Worte beiseite und bleckte die Zähne. »Wie du gesagt hast: Vom Fischen verstehst du nichts. Halt dich lieber fern vom Wasser, die Felsen vor der Klippe sind schroff. Ist schon mancher dran zerschellt und ersoffen.« Sein Blick hing klebrig an ihrem Körper. »Such dir besser einen neuen Mann. Wenn du noch keinen hast. Der bringt dich auf andere Gedanken.«

Seine Dreistigkeit verschlug Federica jäh die Sprache, und sie ließ ihn ziehen, ohne widersprochen zu haben.

In der engen Gasse baumelte Wäsche vor den Fenstern. Es tropfte. Trotz des bröckelnden Putzes an so mancher Mauer waren auch Strandlaken von Urlaubern darunter. Schnüre spannten sich von einer Seite zur anderen. Pflanzen in Töpfen und Kübeln reckten sich überall zum spärlich einfallenden Licht. Ein Radio dudelte. Es war nicht weit zu Mauro Capizzis kleinem Lokal, zur Bäckerei oder dem Dorfplatz. Alles lag in Pe-Mo-Ca gefühlt direkt beieinander. Wohin also jetzt?

Hinter sich hörte Federica die Stimme des Pfarrers, der jemanden grüßte. Von vorn stürmte eine Kinderhorde um die Ecke und auf sie zu. Nackte Füße, lautes Gejohle. Giuseppe rannte vorneweg, während der Strom sich in der Mitte ballte und ein Hindernis umstrudelte: Luigi, der abrupt stehen geblieben war und plötzlich kehrtmachte.

»Haben Sie das gesehen?« Der Pfarrer machte ein ratloses Gesicht. »Wovor hat Luigi sich bloß so erschreckt? Ich hoffe doch sehr, dass nicht ich es war!«

»*Buon giorno*, Don Pietro.« Federica überlegte. »Wahrscheinlich ist er einfach etwas überfordert seit dem Mord. An dem Morgen ist er auch davongerannt«, sagte sie und zögerte kurz, doch falsche Rücksichtnahme nutzte niemandem. Sie erinnerte sich sehr genau an Luigis heftiges Kopfschütteln. »Das war, als Sie ihn baten, zur Befana zu laufen.«

»Was bin ich nur für ein einfältiges Schaf!« Don Pietro rang die Hände. »Er fürchtet am Ende, ich könnte das wieder tun. Dabei ist unsere Befana eigentlich kein Kinderschreck, höchstens ein bisschen unheimlich. Bisher, bisher! Doch mit dem ganzen Gerede von Hexerei und Verwünschungen? In seinem kleinen Hirn muss es ja drunter und drüber gehen! Allmächtiger, die Erwachsenen nehmen wenig Rücksicht mit ihren Verdächtigungen und Theorien zum Mord, wenn ihre Kinder in der Nähe sind!«

»Sie halten ihnen die Ohren zu, wenn es um etwas so Schlüpfriges geht wie einen Kuss – aber nicht bei Gewalt«, pflichtete Federica ihm bei, und der Pfarrer nickte zerstreut.

»So werden auch die Jüngsten mit dem Unsinn vom tödlichen Fluch infiziert. Die reine Blasphemie! Giuseppe hat mir dazu ein

Loch in den Bauch gefragt und ob alle Einbrecher in die Hölle kommen. Er war geradezu begeistert.« Bedrückt umfasste Don Pietro die Kette mit dem Kreuz auf seiner Brust. »Aber Giuseppe ist eben ganz anders als sein Bruder.«

Trotz allem Schrecken überwogen bei Giuseppe die Neugier und die Sorge, er könnte etwas Spannendes verpassen. Federica schnitt eine Grimasse. Sie hätte an seiner Stelle im gleichen Alter genauso gedacht und ganz nah dran sein wollen, ungeachtet der schlaflosen Nächte, die daraus folgen mussten. Aber welches Kind ahnte die schon voraus? Unbekümmerte Neugier war ein Geschenk mit Nebenwirkungen, eine arglose Gratwanderung auf dem Weg zum Erwachsenwerden.

Giuseppe war ein Draufgänger mit dem Schalk im Nacken, der dem kleinen Luigi sicherlich jedes neu gelüftete Geheimnis brühwarm zutrug.

Kapitel 11

In der Küche der Trattoria klapperte Geschirr, Öl zischte in einer heißen Pfanne. Eine lange Schürze bedeckte Salvatore Farinas Bauch und Brust, vor der er, im Gastraum stehend, die Arme verschränkte.

»Wer?«, raunzte er zwischen zusammengebissenen Zähnen. »Den Namen, Signor Commissario! Ich krieg es sowieso heraus. Welchem dreckigen Hund verdanke ich Ihren Besuch?«

Lorenzo maß die mächtige Gestalt mit geschultem Auge. Ein ordentlicher Brocken, den er da verärgerte, und es beruhigte ihn durchaus, dass er seinen Ispettore unmittelbar hinter sich wusste. Dabei brachte er sogar ein gewisses Verständnis für Farina auf, schließlich platzten sie ihm in die Vorbereitungen für das Mittagsgeschäft. Andererseits war die Frage nach dem Licht im Anbau eine völlig harmlose gewesen. Farinas Reaktion zufolge traf Salettas Beobachtung jedoch einen wunden Punkt. Und er, Lorenzo, würde so lange wie nötig den Finger darauf liegen lassen.

»Es wäre am einfachsten, wenn Sie mir sagen, was mitten in der Nacht in Ihrem Hinterhaus vorgeht. Und was Aniello Capizzi damit zu tun hatte. Wenn ich allerdings raten soll, muss ich Sie warnen: Ich habe eine blühende Fantasie. Dadurch wird die Lage für Sie nicht besser.«

Abwartend wippte Lorenzo auf den Zehen, taxierte zugleich den Raum. An der Wand hingen verblasste Fotografien. Arm in Arm posierten Bocciaspieler vor der Trattoria unter den Bäumen. Seitdem hatten die Stämme deutlich an Umfang zugelegt. »Selbstverständlich kann es verschiedene Gründe haben, weshalb Aniello nachts dort gesehen wurde. Ist Ihnen etwas abhandengekommen? Man munkelt, im Ort treibt ein Dieb sein Unwesen.« Er trat näher an die Bilder. »Der Dritte von links, ist das Signor Capizzi, der Vater? Der mit dem zu kleinen Hut und der Zigarre. Ach nein, die Zigarre haben Sie in der Hand, direkt neben ihm.« Mit der Fingerspitze korrigierte er die Ausrichtung des Rahmens um einen Millimeter. »Kann Aniello ein Dieb gewesen sein? Und braucht ein kleiner, unerfahrener Gauner nicht einen größeren Halunken, der ihn anleitet – einen Hehler womöglich?«

»Viola!«, brüllte Farina über die Schulter gewandt, und seine Frau erschien im Durchgang, begleitet von heißem Küchendunst. Es roch nach ausgelassenem Speck, und Spadaferos Magen knurrte laut.

»Lass das Kochen, Viola, und schließ die Tür.«

»Aber –«

»Mach es einfach, und dann verschwinde, lass uns allein!«

Lorenzo und Spadafero folgten Farina durch den Gastraum mit den hochgestellten Stühlen und einen engen Flur hinaus in den Innenhof. Mit einer knappen Kopfbewegung deutete der Wirt auf einen Flachbau an der gegenüberliegenden Mauer.

»Der ehemalige Stall, von dem Ihnen der dreckige Hund erzählt hat. Wollte ich umbauen, hab es mir dann anders überlegt. Seitdem stand er praktisch leer. Aniello hat gefragt, ob er ihn benutzen kann.«

»Für seine Experimente?«

Abweisend betrachtete Farina die Hühner, die in einer Hofecke scharrten. »War mir egal, was er da drin trieb.«

»Seinen Plan, einen Amaro herzustellen, den kannten Sie aber schon.«

»Hm.« Farina zog die Nase hoch. »Ja.«

Langsam atmete Lorenzo ein und aus, ließ sich seine Ungeduld nicht anmerken. »Sie hätten uns von selbst über dieses Arrangement informieren sollen, Signor Farina.«

»Ich wollte keinen Ärger. Sein Tod ist schlimm genug, und das eine hat mit dem anderen nichts zu tun.«

»Das wird sich zeigen. Es wirft ein schlechtes Licht auf Sie, dass Sie geschwiegen haben. In der Nacht, als er starb – ist Aniello da bei Ihnen gewesen?« Lorenzo ging zum Anbau, Farina und Spadafero folgten. »Hier drin?«

»Ich war im Bett und habe nichts gehört, genau wie ich Ihnen gesagt habe. Er kam und ging, wann er wollte.«

»Verstehe. Einfach so. Wirklich sehr freundlich von Ihnen, so zu helfen. Und zudem konnte er tun, was er wollte. Verzeihen Sie, wenn ich Ihnen kein Wort glaube.«

»Aber so war es! Neben dem Schuppen ist ein Tor in der Mauer, ich hab ihm den Schlüssel gegeben. Dass er oft nachts kam, gefiel mir nicht besonders, aber das lag an seinem Vater.«

»Weil der nichts merken durfte.« Lorenzo deutete knapp mit dem Kinn zur Mauer, und Spadafero lief los. »Wohin führt das Tor?«

»Ist 'ne Sackgasse, endet links ein Grundstück weiter«, erklärte Farina. »Auf der anderen Seite trifft sie auf die Via della libertà, die führt rechtsherum zum Dorfplatz und in beide Richtungen zur Hauptstraße.« Sein Finger beschrieb einen Kringel. »Sie wissen schon.«

Die mittelalterliche Straße wand sich wie das Innere eines Schneckenhauses von der Hauptzufahrt durch den Torbogen in der Dorfmauer bis zur Kirche San Francesco.

»Das Tor ist offen!«, rief Spadafero herüber.

»Offen?« Farina fluchte. »*Stupido!* Er hat mir versprochen, immer abzuschließen!«

Der Ispettore streckte kurz den Kopf nach draußen. »Das mit der Sackgasse stimmt.«

»Interessant.« Lorenzo fischte ein Taschentuch aus seiner Umhängetasche und drückte die Klinke am früheren Stall herunter. »Gib es da drin Licht? Ah, hab den Schalter schon. Ich denke, es kam Ihnen entgegen, wenn niemand etwas von Ihrer Unterstützung für Aniello ahnte. Es ging ums Geschäft. Hätte sein Plan funktioniert, wären Sie Teilhaber gewesen, nehme ich an. Darüber kann man schon in Streit geraten. Wie sah Ihre Vereinbarung mit ihm aus – halbe-halbe oder ein Drittel, zwei Drittel? Er war noch minderjährig, ein Vertrag mit ihm wäre nicht rechtswirksam gewesen oder zumindest anfechtbar.«

»Ich hätte ihn nie über den Tisch gezogen. Nie!« Wut und Kränkung zeichneten Farinas Gesicht. Er ballte die Fäuste.

»Ganz ruhig. Nicht schreien, Signore.« Beherrscht trat Ispettore Spadafero vor, stellte sich zwischen ihn und den Kommissar, der in den Anbau spähte.

Auf einer langen Arbeitsfläche reihten sich Töpfe, Schalen, allerhand Werkzeuge, Flaschen und Besteckteile auf. Abgedeckt unter einem Tuch erkannte Lorenzo die Umrisse eines Destillierapparats. Schwarzbrennerei war ein verbreitetes Vergehen, bei dem gern ein Auge zugedrückt wurde. Eine nackte Glühbirne baumelte an einem provisorisch aufgehängten Kabel. Alles in allem wirkte der Raum überraschend ordentlich. Fast zu ordentlich, verglichen mit dem Zimmer im Haus seiner Eltern.

»Kam sein Bruder Mauro manchmal mit hierher?«

»Nein.« Farina resignierte. »Von den Capizzis weiß keiner, dass Aniello bei mir untergeschlüpft war.«

Lorenzo nickte, obwohl er weniger sicher war. Vorerst vertraute er niemandem, keinem Wort und keiner Emotion. Trauer und Verzweiflung ließen sich heucheln und zu leicht mit Reue verwechseln.

»Die Spurensicherung wird das alles untersuchen und der Anbau solange versiegelt.« Er löschte das Licht, zog die Tür ins Schloss und gab Spadafero ein Zeichen, sich darum zu kümmern. »Irgendwelche Einwände?«

»Bleibt mir eine Wahl?«

»Ja. Allerdings nur mit begrenzter, sprich aufschiebender Wirkung. Ihr Einverständnis kürzt den offiziellen Weg ab. Wenn Sie kooperieren, wirkt sich das positiv aus.«

»Eine schöne Wahl ist das!« Viola Farina stand auf der Schwelle hinterm Haus, eine Schüssel mit Küchenabfällen im Arm. »Was ist mit der Wirtschaft?«

»Vorübergehend geschlossen, Signora.«

»*Madonna mia*, da siehst du es, Salvatore! Ich hab dir gleich gesagt, dieser Aniello bringt Ärger. Aber besser hätte ich es den Schweinen gesagt, die hätten mir wenigstens zugehört.« In hohem Bogen kippte sie den Schüsselinhalt in den Pferch. »*Maledetto!* Hat Salvatore Ihnen erzählt, wie Aniello am vergangenen Samstag in der Trattoria herumgeprahlt hat? Betrunken war er, dass man sich schämen musste, es mitanzusehen! So ein junger Kerl. Zum Glück war sein Vater nicht da. Mein Mann hat noch versucht, ihn zu bremsen, aber die anderen haben ihn angestachelt und ausgefragt. Mit welchem Trick er an das Rezept gekommen ist, hat er natürlich wieder keinem verraten.«

»Ich dachte, das hat er selbst ausgetüftelt?«, ging Lorenzo dazwischen.

»Hat er auch«, bekräftigte Farina und bedachte seine Frau mit einem düsteren Blick. »Ganz allein. Stück für Stück.«

»Das wollte er uns weismachen. Es sollte bloß genauso schmecken wie eins, das es schon gibt, und die gleiche Wirkung haben, trotz lauter streng gehüteten Zutaten. Was für eine Geheimniskrämerei! Dabei ist er fast geplatzt vor Stolz, weil er die letzte gefunden haben wollte, die das Tonikum in jeder Hinsicht perfekt macht. Ganz plötzlich. Wer weiß, wem er am Ende doch etwas davon geflüstert hat? Und dem war er dann im Weg.«

»Sei still, Viola!«

»Nein, Salvatore. Wir haben uns nichts zuschulden kommen lassen. Wir nicht!«

»Ob Aniellos Eltern das wohl genauso sehen, Signora?«

Mit hochrotem Kopf schnappte sie nach Luft.

»Denk an das Ferkel, Salvatore! Und an den Fluch«, fauchte Viola, packte die Schüssel fester und drehte sich auf dem Absatz um. »Ich hatte dich gewarnt!«

Während Farinas erneut geballte Fäuste pumpten, wartete Lorenzo vergeblich auf eine Erklärung. Violas Worte kreisten durch seine Gehirnzellen. Besonders eines. Sie hatte den von Aniello geplanten Aperitivo ein Tonikum genannt. Eine ungewöhnliche Bezeichnung für ein simples alkoholisches Getränk, suggerierte es doch eine Förderung der Gesundheit. Auch Mauro hatte davon gesprochen. Da war es noch wie ein Scherz erschienen, ein überzogenes, unerreichbares Ziel.

Lorenzo trat näher an den Schweinekoben. Im Haus knallte eine Tür.

»Wissen Sie, dass Aniellos Vater denkt, die Sache mit den Experimenten sei ausgestanden gewesen? Signor Capizzi ist sicher, sein Sohn hat auf ihn gehört und alle mit den Geschichten vom eigenen Aperitivo nur zum Besten gehalten.«

Salvatore Farina stöhnte auf. »Können Sie ihm den Glauben nicht lassen?«

»Ich fürchte, nein. Und ich fürchte, er wird auch erfahren, wo Aniello sein Labor eingerichtet hatte.«

»Er wird mich umbringen.«

»Unwahrscheinlich.« Lorenzo grinste sparsam. »Jedoch nicht auszuschließen.« Es konnte nützlich sein, den Wirt ein wenig in die Enge zu treiben. Er klopfte der Sau den gescheckten borstigen Rücken. Ungerührt schmatzend verschlang sie die letzten Essensreste und stieß abwechselnd die beiden Jungtiere beiseite.

»Das Ferkel, Signor Farina, was hat es damit auf sich?«

Salvatore rieb sich den Nacken und seufzte. »Es hat einen von Aniellos missglückten Tränken aufgeschleckt. Dann ist es tot umgefallen. Viola hatte Angst um die Kinder, dachte, er wird uns alle vergiften. Ich sollte ihn rauswerfen deswegen. Für mich war es einfach ein Unfall. Jetzt wissen wir es beide besser: Die Befana ist schuld. Sie hat den Jungen verflucht – und ihr Rezept auch.«

*

Rankende Winden wippten mit den Köpfen, als Federica das Gartentor aufschob, das heute nicht klemmte, sondern einen Spalt offen stand. Sie konnte nicht anders, als an den trichterförmigen Blüten zu riechen, obwohl einige zerdrückt ihre Blätter hängen ließen. Der fruchtige Duft war einfach zu verlockend. Ein eigenartiges Kribbeln erfasste sie, eine gespannte Aufmerksamkeit, der besonderen Stimmung geschuldet, die über dem Grundstück der Befana lag, wie das stetige Summen der Insekten und Wildbienen, deren Honig die Alte erntete. Hinter dem scheinbar wilden Wachstum steckte Methode, das hatte sie längst herausgefunden, und ein jedes Kraut erfüllte einen Zweck. Süße und scharfe Aromen lagen in der flirrenden Luft, die vor Hitze zitterte.

Ja, Lorenzo hatte betont, persönlich mit der Befana reden zu wollen – aber die Zeit drängte. Wenn sich Elizas Theorie zum Fluch und der Sichel verbreitete – und das war unvermeidlich –, konnte das unabsehbare Folgen für die alte Befana haben. Ganz besonders, falls auch Lucio Monza sie in der Mordnacht gesehen hatte. Im Nachhinein ärgerte sich Federica fürchterlich über ihre unbedachte Frage.

Ihr Ziel war nun, den möglichen Schaden zu begrenzen. Sie hatte sogar versucht, Lorenzo zu informieren, vor der Amtsstube jedoch nur Maria mit ihrem Aldo angetroffen. Der Kommissar war ausgeflogen, der Ispettore hing am Telefon. Federica fächelte sich Luft zu. Die Befana war auf ihre Art mächtig, doch allen Gerüchten zum Trotz eine alte Frau, die einem wütenden Mob auf Hexenjagd wenig entgegenzusetzen hätte.

Vor dem Eingang des Häuschens, das sich außerhalb des Dorfes an die Reste der mittelalterlichen Schutzmauer schmiegte, wartete der Ziegenbock, beäugte sie aus seinen eckigen Pupillen und kündigte meckernd ihr Kommen an. Die anderen Ziegen hoben kurz gelangweilt die Köpfe, dann grasten sie weiter.

Das schmal geschnittene Kleid, das Federica am Morgen wegen der hübschen Streifen ausgesucht hatte, war eine schlechte Wahl, wie ihr nun zum zweiten Mal bewusst wurde. Es klebte auf ihrer Haut und hatte sich schon auf Ciros Ape als unpraktisch erwiesen, weil es ihre Bewegungsfreiheit einschränkte. An schnelles Wegrennen war nicht zu denken. Sie riss ein Büschel saftiges Grün aus und hielt es dem Bock beim Näherkommen hin, um ihn milde zu stimmen. Seine Hörner waren beachtlich spitz.

»Braver Kerl«, murmelte sie und tätschelte ihm den fransigen Schopf, als er ihre Gabe entgegennahm und malmend kaute. Sie schaute sich um, steckte den Kopf durch die Tür. In der Stube war es finster und angenehm kühl. Die Sonne blieb den ganzen Sommer über ausgesperrt.

»Hallo?« Es dauerte einen Moment, bis sie im Dämmerlicht Einzelheiten wahrnahm. Ein Schultertuch über der Stuhllehne, eine Kiepe auf dem Tisch. Über ihr an der Decke schaukelten Kräuterbündel sowie in Scheiben geschnittene Früchte und Pilze. An der Wand lehnte ein Hakenstock, mit dem diese auf- und abgehängt werden konnten. Bis auf die knisternden trockenen Blätter war es still.

Der Bock trippelte neben ihr auf den Holzdielen, stieß sie mit der Schnauze an.

»Mehr hab ich nicht für dich. Sag, wo ist sie denn?«

Wie zur Antwort seufzte das Tor in den Angeln, und der Bock stakste hinaus. Sein Meckern fand ein Echo bei seinen Artgenossen. Ein schönes Spektakel.

»Signora Benedetta?«

Ertappt zuckte Federica zusammen. Wie sie diese Stimme liebte! Nur jetzt kam Lorenzo ihr eher ungelegen. Sie wartete, bis er ein zweites Mal rief, dann trat sie hinter dem patrouillierenden Tier ins Freie.

»*Ciao, mio bello* Commissario«, sagte sie zerknirscht. »Sie scheint fort zu sein. Und ich kann dir erklären, warum –« Krachend schlug die Tür des Hühnerstalls zu.

»Verschwindet von meinem Grundstück!« Eine Forke in beiden Händen fuchtelte die Befana in der Luft herum. »Was wollt ihr hier, lästiges Pack? Weg mit euch! Weg!«

Der Bock trabte zu ihr, rieb den Kopf an ihrer Hüfte. Ein letzter grüner Stängel hing aus seinem Maul.

»Aber Befana!« Begütigend hob Federica beide Hände. »Wir sind es doch nur: Federica Pellegrini vom Vento del mare und Commissario Garibaldi aus Pesaro! Wir sind wegen des Einbruchs gekommen«, fuhr sie fort und behielt Lorenzo im Blick. Er zuckte nicht mit der Wimper. Demnach hatte auch er bereits davon gehört.

»Welcher Einbruch?« Murrend senkte die Befana ihre Mistgabel. »Außer euch ist keiner da gewesen, der meine Ruhe stört und meine Ziegen mit Kraut füttert, das sie nicht fressen sollen.«

»Es schadet ihm doch hoffentlich nicht?« Federica hatte keinen Gedanken darauf verschwendet, was sie da pflückte.

»Wir sprechen von dem Einbruch, seit dem Ihr Gartentor schief hängt«, sagte Lorenzo freundlich, aber bestimmt. »Das Schloss rastet nicht mehr ein.«

Jemand hatte das Klemmen mit einem kräftigen Schulterstoß beseitigt. Deshalb das offene Tor und die abgeknickten Blüten!

Federica rieb sich die Stirn. Sie war unaufmerksam gewesen, mit den Gedanken sowohl voraus als auch hinterher, statt im Hier und Jetzt.

»Es muss ein paar Tage her sein«, ergänzte sie. »Letzte Woche vielleicht?« Nicht länger, sonst wären die zerdrückten Winden schon abgefallen.

»Dann kommt ihr reichlich spät. Und umsonst.« Die Alte kraulte den Ziegenkopf. »Gibt nichts mehr zu sehen, ich habe alles aufgeräumt.«

»Warum haben Sie den Einbruch nicht angezeigt?«

»Ein bisschen Durcheinander. Ein paar verschreckte Tiere. Meine Hennen, arme Hennen. Niemand hätte für den Schaden bezahlt. Oder hättest du das getan, Commissario aus Pesaro?« Sie stellte die Forke ab, kramte ein zerknülltes Taschentuch aus der Schürzentasche und wischte sich übers Gesicht. »Staub und Hühnerdreck«, murrte sie. »Beißt mich in den Augen.«

»Wo sind denn deine Hühner?« Gebannt starrte Federica auf den Gürtel mit den griffbereiten Werkzeugen. »Ich hab gar keins gesehen.« Sonst hockte das Federvieh gern in der Küche, vertrauensvoll auf dem Tisch und zwischen den Töpfen oder im Bett der Alten.

»Weggesperrt. Wollen nicht mehr legen seitdem. Was schert ihr euch drum?«

Lorenzo stellte sich an Federicas Seite, die Hände in den Taschen des hellgrauen Anzugs vergraben. Den Hut trug er lässig zurückgeschoben.

»Im Dorf heißt es, Sie hätten den Einbrecher verflucht. Den Satan beschworen, um ihm den Tod zu bringen.« Es war dem Kommissar sichtbar peinlich, die Frage zu stellen, trotzdem tat er es: »Haben die Leute recht?«

»Wer solche Dinge erzählt, bringt mit seinen Lügen in die Welt, was er anderen anlastet, und ruft Mächte herbei, von denen er nichts versteht. Unglückseliger Dummkopf! Bosheit und Leichtgläubigkeit suchen uns heim. Das ist der Fluch, der über dem Dorf liegt. Nicht meiner!«

»Ein Blutopfer mit einem Huhn«, preschte Federica vor und beschwichtigte umgehend: »Das habe ich mir nicht ausgedacht, und ich halte es für Unsinn. Ein heidnisches Ritual mit einer Sichel ausgeführt …« Ihre Hände wurden feucht. Der Zusatz mit der Sichel war sehr wohl ihre Idee. Lorenzo atmete schneller. Zumindest ihn hatte sie überrascht.

Die Alte starrte sie feindselig an.

»Wissen Sie, wer es war, Signora Benedetta?« Lorenzo verlagerte das Gewicht von einem Fuß auf den anderen. Sich den Boden unter den Sohlen zu vergegenwärtigen erdete. In ihrer Gegenwart war es ihm ein Bedürfnis. »Haben Sie Aniello Capizzi erwischt, als er in Ihr Haus eingedrungen ist?«

Ihre knorrigen Finger bearbeiteten das Taschentuch. Sie schubste den Ziegenbock, der widerwillig den Platz räumte, brummte kopfschüttelnd vor sich hin.

»Ist das ein Nein oder ein Ja?«, bohrte Lorenzo nach. »Können Sie sich erklären, wonach er gesucht hat?«

»Willst du, dass ich lüge? Du fragst, was du längst weißt. Spiel keine Spiele, dafür bin ich zu alt.«

»Du weißt, worum es geht, Garibaldi?«, flüsterte Federica aufgeregt. Hatte einer von Lucio Monzas Katern diese Information als *Geschenk* an Lorenzo überbracht?

»Zu tuscheln ist unhöflich, Signora Pellegrini«, wies Lorenzo sie zurecht, und ein kurzes Lächeln streifte seinen Mundwinkel. »Aniello kam, um Ihr Rezept zu stehlen. Für einen Kräuterbitter, mit dem er reich werden wollte. Stimmt das?«

»Es ist *dein* Rezept? Ach du liebes bisschen!« Es rauschte in Federicas Ohren, als stünde sie an einem Wasserfall. Ihr wurde flau. In den Salben, Tinkturen und Kräutermischungen der Befana steckte uraltes Wissen, über dessen Herkunft viel gemunkelt wurde. Als gewöhnlicher Aperitivo war sicher nichts davon gedacht, selbst wenn es Magen und Appetit anregte. Heimlich zeigte sie hinter dem Rücken die *mano cornuta* zur Abwehr dunkler Mächte.

Der faltige Mund der Befana bewegte sich, formte summende Laute zu einem unverständlichen Singsang. Ein dunkles Tuch bedeckte die fast weißen Haare, und ihr Kopf pendelte von einer Seite zur anderen.

»Bitte antworten Sie mir, Signora. Hat Aniello eins Ihrer Rezepte genommen – ein Arzneitonikum –, um daraus sein eigenes Getränk zu machen?«

Eine Medizin als Basis zu verwenden passte zu Aniellos verwegenem Plan. Geschmack und heilsame Wirkung in einem Getränk vereint, das hätte zum Verkaufsschlager werden können. Und es erklärte, weshalb er sich den Zorn der Befana zugezogen hatte. Doch deswegen ein Mord? Trotz ihrer Skepsis hielt Federica sich zurück. Lorenzo war der Commissario, und im Dienst galten seine Regeln.

»War das Rezept der Grund für den Einbruch?«

Die Alte mümmelte, zerrieb würzige Blätter aus ihrer Schürzentasche zwischen den Finger, sah ihnen nach, wie sie langsam zu Boden rieselten. Dann trat sie unwirsch mit dem Fuß in die blassgrünen Brösel.

»Wird schon so sein, wenn du es sagst.« Ihr Taschentuch tupfte erneut. »Eine Dummheit. Nicht wert, dafür zu sterben.«

»Und doch ist Aniello Capizzi tot«, sagte Lorenzo kühl.

»Jetzt willst du also meine Sicheln sehen.« Mit einem Mal lachte die Alte auf, dumpf wie ein fern übers Land rollender Donner. Schwerfällig schaukelte sie am Hühnerstall vorbei, aus dem leises Gackern drang, zu einer weiteren Holztür. »Komm, nun komm schon. Wir haben nicht den ganzen Tag Zeit, und du wirst ein Weilchen brauchen.«

Vor dem Schuppen kreisten Mücken um ein zum Trocknen in der Sonne aufgespanntes Kaninchenfell. Es war noch frisch. Darunter stand eine abgedeckte Kanne, aus der ein Holzlöffel ragte. Den rundum verteilten Flecken zufolge enthielt sie das aufgefangene Blut. Federica rümpfte die Nase. Schon als Kind waren ihr Schlachttage zuwider gewesen, von den Geräuschen bis zum Dampf aus den Fleischkesseln.

Im Schuppen roch es nach Heu, Schmieröl und ranzigem Fett.

»Pflegst du sie richtig, danken sie es dir. Die einen schleifen und schärfen, die anderen fast stumpf halten.« Zielsicher pickte die Befana Werkzeuge heraus, berührte sie mit einer Art zärtlicher Ehrfurcht, als seien sie lebendige Wesen. »Treue Gefährtinnen, ein Leben lang. Eine für die trockenen Halme, eine für saftige Stängel. Willst du Moos, nimm den Stichel, den Schaber für Flechten, und grab mit dem Rebmesser keine Wurzeln aus. Sonst verderben sie dir beide.«

Sprachlos starrten Federica und Lorenzo auf das riesige Sortiment. An den Wänden, auf einem Tisch, in Kisten – der Schuppen quoll über von Gerätschaften zur Feldarbeit. Grob geschätzt befanden sich darunter mindestens zwanzig Sicheln und Sensen unterschiedlicher Größe und Krümmung. Einige der Metallklingen waren mit eingeritzten Symbolen verziert, andere angelaufen, die Schneiden schartig, von Rost zernagt. Die Griffe zeigten Riefen, Kerben und Muster oder schlicht blankes Holz.

Eine kleine Handsichel, auf deren silbrig glänzender Oberfläche ein bläulicher Schimmer lag, zog Federica an. Feine Muster schlängelten sich entlang des Rückens, fanden ihre Fortsetzung im schwarzen Schaft. Das Alter war unmöglich zu schätzen. Dunkelmond, hallte es in ihrem Kopf.

»Wie willst du feststellen, ob eine fehlt?« Federica vergaß, Lorenzo zu siezen, wie sie es üblicherweise in Gegenwart Dritter tat. »Keine gleicht der anderen.«

»Tja …« Er zog eine Grimasse. »Das kann uns höchstens der Teil der Waffe verraten, der noch in Aniellos Brust steckt. Die Obduktion findet am frühen Nachmittag statt.«

»Oh?« Das war eine richtig gute Nachricht. Der unbestechliche Blick der Wissenschaft mit ihren modernen Analysemethoden kam in dieser sonderbaren Angelegenheit gerade recht. Es faszinierte Federica, welche Erkenntnisse aus klitzekleinen Spuren gewonnen werden konnten. Endlich würden sie mehr über die Waffe und über Aniellos letzte Augenblicke erfahren. Die Wahrheit, wie furchtbar sie auch sein mochte.

»Signora Benedetta, lassen Sie uns zum Punkt kommen. Sie sind spät an der Kirche eingetroffen, nachdem Don Pietro Sie hatte holen lassen. Dabei sind Sie sehr früh auf den Beinen gewesen, noch vor Sonnenaufgang. Sie wurden gesehen. Und Ihre Hände waren blutrot. Wo waren Sie an dem Morgen?«

»Frag den Mond, frag das Meer, die Früchte am Strauch. Erntezeit ist das ganze Jahr. Alles zu seiner Stunde.«

Lorenzo behielt die Fäuste fest in den Taschen. »War es Aniellos Stunde?«

»Du hast einen klugen Kopf, wieso gebrauchst du ihn nicht?«, herrscht die Befana ihn jäh an. Der Zorn verlieh ihrer Stimme Kraft. »Ich heile! Hörst du: Ich heile!« Sie packte die von Federica bewunderte Klinge und riss sie hoch über ihren Kopf. »Gelernt, geschworen, gelebt. Wie jene, die vor mir waren und nach mir kommen werden. Bei der Kraft der heiligen Mutter, von der alles kommt und zu der alles geht!«

Unwillkürlich wich Lorenzo einen Schritt zurück.

»Legen Sie das weg, Benedetta«, sagte er bestimmt und forderte Federica mit einer knappen Kopfbewegung auf, nach draußen zu gehen. Sie nickte kaum merklich, trat weg vom Tisch und halb hinter ihn, wo sie stehen blieb. Er spürte ihre Finger an seinem Rücken, ein Ziehen am Riemen seiner Umhängetasche, an der sie sich vorsichtig zu schaffen machte, während die Befana weiter zeterte.

»Hören, was sie wollen, glauben, was sie wollen, bereiten sich ihre eigene Hölle. Asche auf ihr Haupt, Schwefel und Feuer, kochendes Öl! Der einzige Bocksbeinige, mit dem ich zu schaffen habe, frisst, was man ihm vors Maul hält. Sagt das den Tölpeln im Dorf. Sollen sie zum Pfaffen gehen, wenn sie Verwünschungen hören wollen.« Die Befana legte die uralte Neumondsichel auf den Tisch. »Habe ich Aniello umgebracht? Nein. Trage ich Schuld? Ja. Ein jeder trägt die seine.«

Blitzschnell fasste sie Lorenzos Hand und drehte sie um. Verkrampft ließ er sie gewähren, doch anders als bei ihren Begegnungen zuvor richtete sie weder den Blick auf seine Lebenslinie, noch tastete sie diese ab.

»Du fürchtest dich«, sagte sie. »Weil deine Schuld hier geschrieben steht. Unauslöschlich.«

Er gab keinen Ton von sich. Zwischen Hemdkragen und Haaransatz überzog ein Schweißfilm seine Haut. Federica schloss leise den Schnapper ihrer eigenen Tasche, nachdem sie ein Glasröhrchen aus der seinen darin hatte verschwinden lassen.

»Es wäre besser, wenn du vernünftig mit dem Kommissar reden würdest«, warf sie ein. »Warum machst du es uns so schwer? Die Polizei verdächtigt dich ja gar nicht wirklich! Es sind die Leute im Dorf, vor denen du dich in Acht nehmen musst. Commissario Garibaldi kann dich vor ihnen schützen.«

Lorenzo räusperte sich. Keine dieser Behauptungen hätte er ohne weiteres bestätigt. »Mir genügen vorerst einige einfache Antworten. Wo waren Sie an dem betreffenden Morgen? Wurde Ihr Rezept gestohlen? Und wissen Sie, wer eingebrochen ist?«

Ein tiefes Seufzen hob die Brust der Alten. Ruppig gab sie ihn frei. »Zur Ernte an der Klippe, hab reife Beeren gepflückt, noch feucht vom Tau. Und zweimal nein.«

»Das Rezept wurde nicht gestohlen?«

Die Alte tippte an ihre Stirn. »Kann etwas geheim bleiben, das auf Papier zu lesen ist? Musst schon meinen Kopf mitnehmen, wenn du meine Rezepte willst.«

»Das ist gut!« Federica lächelte ihr zu. »Und das war dann auch schon alles, was wir wissen müssen. Oder?« Auffordernd zupfte sie an Lorenzos Ärmel und flüsterte wieder: »Sag Ja, sei nett zu ihr und gib mir einen kleinen Vorsprung.«

»Ja«, sagte er laut. »Das war vorläufig tatsächlich alles. Wenn Ihnen etwas einfällt, was ich noch wissen sollte, Signora Benedetta …« Er betonte das Ich, und Federica schlüpfte hinaus. »Sie finden mich in der Bürgermeisterei. Dort ist mein Platz, bis der Mörder gefasst ist.«

»Du schwitzt, Commissario.« Die Befana wiegte sich mit vor der Brust verschränkten Armen. »Die Schuld sitzt dir wie ein Riesenkrake im Genick, zieht in dunkle Tiefen, was sich nicht zu wehren weiß. Du strampelst und strampelst, aber die Oberfläche wirst du nie erreichen. Niemand entkommt.«

Es war ihm, als drehte sie mit jedem Wort ein Messer in seinem Bauch. Er spürte die Kugel, die ihn verfehlt, und den nahen Tod, der ihn verschont hatte. Hörte den letzten Atemzug des Freundes, dem er in den Kampf gefolgt war, wegen der Freiheit und des Abenteuers, schmeckte Blut und Tränen. Krakenarme schlangen sich um seinen Brustkorb. Er hatte ihn nicht aufgehalten und auch den letzten Schritt nicht verhindert, der ihn in die Schlusslinie führte. Das Partisanenlied zu singen war leichter, als einen Partisan sterben zu sehen. Und niemand hatte eine Blume gepflanzt.

Ein Geräusch befreite Lorenzo aus der Erinnerung, die sein Zeitgefühl durcheinanderbrachte. Er ging zur Tür, hielt kurz inne. »Schuld«, sagte er, ohne sich umzudrehen, »kann nur verhindert werden, bevor sie entsteht, nie getilgt.«

»Aye«, hörte er die Alte brummen. »Aye.«

Unter dem niedrigen Türstock hindurch schlüpfte Lorenzo nach draußen. Frische Luft füllte seine Lungen, er blinzelte in die Sonne, wo Federica auf den Holzplanken vorm Haus stand. Sobald er in ihr aufgeregtes Gesicht sah, fiel die Beklemmung von ihm ab. Weiche Locken kringelten sich vor ihrer Stirn, die sonnengebräunte Haut glänzte wie polierte Bronze. Alles an ihr strahlte Wärme, Zuversicht und Lebendigkeit aus. Mit wenigen schnellen Schritten war er bei ihr, nahm wortlos ihre Hände und zog sie mit sich. Erst jenseits des Gartentors hielt er an.

»Sprich!«, forderte er.

»Sie lügt. Ganz sicher. Leider weiß ich nicht, wobei. Auf der anderen Seite merkt sie nicht, wenn sie selbst angelogen wird! Und sie hätte sagen sollen: Das Rezept ist es nicht wert, dafür zu *töten*. Dann wäre ich überzeugter von ihrer Unschuld. Und du vermutlich auch. Aber sie sagte, nicht wert, dafür zu *sterben*. Das macht einen Unterschied, finde ich.« Federica warf einen Blick zurück, aber das Grundstück wirkte ebenso verlassen wie bei ihrer Ankunft. Nur die Weiden am Tor wippten noch ein wenig nach. Sie nestelte an ihrer Tasche herum. »Ich habe etwas für dich, aber lass uns lieber weitergehen, bevor ich es dir gebe. Meinst du, dass sie uns wirklich nicht erkannt hat, als sie mit der Forke auf uns los wollte? Mir kam es vor, als wäre sie … nicht ganz bei sich.«

»In einer Art Trance?«

»Wir haben sie überrascht. Könnte doch sein, dass sie eins ihrer Rituale durchgeführt hat. Jeder weiß, dass sie Häuser ausräuchert, gegen Krankheiten, oder bei besonderen Anlässen Brandopfer darbringt – also ganz bestimmte Kräuter abbrennt. Ich möchte nicht glauben, dass sie auch andere Dinge tut. Aber da waren dieses tote Kaninchen und die Kanne mit dem aufgefangenen Blut. Nenn mich albern, aber ich dachte, es kann nicht schaden, das zu testen.« Mit spitzen Fingern holte sie das verschmierte Glasröhrchen hervor, in dem sie eine Probe gesichert hatte. »Das war leider keine saubere Arbeit, wegen der Eile. Meine Tasche ist wohl ruiniert«, seufzte sie. Egal, wessen Blut hineingetropft war – Kaninchen oder Mensch –, es würde sich schwer aus dem Innenfutter entfernen lassen.

Mit offenem Mund starrte Lorenzo auf das Röhrchen.

»Jetzt guck nicht so! Sicher ist sicher. Du musst es ja nicht mit ins Institut nehmen, wenn dir das peinlich ist. Mach deinen Schnelltest, dann wissen wir mehr. Oh – und ich habe ein leeres Salbentöpfchen vom Küchentisch mitgehen lassen. Zum Vergleich, wegen der Fingerabdrücke.«

Lorenzo schüttelte sich. »Dir ist klar, dass –«

»– das nicht die feine Art ist und die zweifelhafte Herkunft der Spuren dir Ärger bringen kann. Zuerst einmal verschaffen sie dir aber einen Wissensvorsprung. Haben wir menschliches Blut, kehrst du einfach sofort um und konfiszierst die Kanne, eh die Befana sie verschwinden lässt. Ihr offiziell Fingerabdrücke abzunehmen lässt sich nachholen, wenn du weißt, dass du sie brauchst. Ich nenne das Effizienz.« Übermütig drückte sie ihm einen Kuss auf die Lippen. »Gib es zu, mein lieber Garibaldi: Ich bin gut. Und nun pack deinen Laborbaukasten aus.«

»Du bist unmöglich! Wir waren uns einig, dass wir in der Öffentlichkeit zurückhaltend sein wollen, was unsere … was uns … unseren Umgang miteinander betrifft.«

Federica schaute demonstrativ in alle Richtungen. Von Öffentlichkeit konnte auf dem holprigen Pfad zwischen mannshohen Büschen und knorrigen Bäumen keine Rede sein, und was er als Einigkeit bezeichnete, war bestenfalls ein fader Kompromiss. Sie küsste ihn noch mal und drängte ihn vom Weg ab, unter einem tief hängenden Ast hindurch, der hinter ihnen zurückschnellte, zu einem umgekippten Stamm. »Hier ist Platz genug, und niemand sieht uns – bei deinem Experiment. Wobei es mir unverfänglicher vorkäme, würden wir uns dafür nicht verstecken.«

»Federica Pellegrini, eines Tages werde ich dir wohl den Hals umdrehen oder den Hintern versohlen! Du überschätzt meine Fähigkeiten und die der forensischen Medizin. Alles, was ich mit meiner kleinen Ausrüstung feststellen könnte, ist, ob wir es bei der Probe mit Blut zu tun haben. Und das steht außer Frage. Eine genauere Diagnostik nimmt auch bei meinen Freund Vigliani Stunden in Anspruch.«

»*Va bene.* Dann sollten wir besser nicht herumtrödeln. Wenn er sich heute auch noch um die Obduktion kümmern muss!« Mit einem Schulterzucken hakte Federica das Thema ab und schickte sich an, ihr kleines Versteck wieder zu verlassen.

»Einen Moment noch.« Lorenzo hielt sie auf. Entgegen seiner Pläne und jeder Logik zog er sie in seine Arme und seufzte. »Du bist eine Zumutung. Und ein Segen.«

»Ich tu mein Bestes«, versprach sie und verschloss seinen Mund mit ihren Lippen. Dieser eine Augenblick gehörte ihnen, ehe die Welt sich weiterdrehte.

Kapitel 12

Eine verführerische Dampfwolke breitete sich in der Amtsstube aus, als Maria Baresi den Deckel von dem mitgebrachten Kochtopf hob, um den Ispettore riechen zu lassen. Es gelang ihr in erstaunlicher Geschwindigkeit, die kleine Enttäuschung, den Kommissar an diesem Tag schon zum zweiten Mal verpasst zu haben, zu verdrängen. Der junge Spadafero konnte einen Teller Fischsuppe zu Mittag ebenso gut vertragen und war während des Essens, so hoffte sie, etwas weniger auf der Hut als sonst.

»Dass er Sie immerzu ganz allein lässt, unser Commissario Garibaldi«, begann sie beiläufig, während sie Geschirr, Besteck und sogar eine Serviette aus ihrem Korb zauberte und im Nebenraum eindeckte. »Das kann nicht jeder verstehen, wo es hier so drunter und drüber geht. Die ganze Verantwortung auf Ihren Schultern, und er flattert einfach aus.« In alle Richtungen spritzend ergoss sich die Suppe in den tiefen Teller. »Ich meine ja, Sie können stolz darauf sein: Denn ganz offensichtlich vertraut er Ihnen!«

»Danke, Signora«, sagte Spadafero artig, was sowohl der Suppe als auch dem Lob gelten konnte.

Maria nahm ihm gegenüber im zweiten Sessel vor dem Fenster Platz. Ein privaterer Rahmen für eine entspannte Atmosphäre. Ihr Aldo, der gerade zu Hause noch ein Nickerchen machte, schätzte das sehr.

Mit leicht gespreizten Beinen klemmte Giovanni Spadafero den niedrigen Couchtisch zwischen seine Knie und beugte sich zum Essen weit vor. Suppe hin oder her, er wusste, wo sein Platz war, und hatte darauf bestanden, die Tür zur Amtsstube offen zu lassen, damit etwaige Besucher nicht wieder umkehrten. Es war einem Umbau geschuldet, dass in diesem Rathaus das Vorzimmer *hinter* dem des Bürgermeisters lag und jeder direkt an dessen Schreibtisch stand, statt zunächst bei der Sekretärin vorsprechen zu müssen.

»Die arme Viola«, seufzte Maria Baresi.

Spadafero löffelte.

»Der ganze Ärger! Alles nur, weil ihr Salvatore ein gutes Herz hat. Dabei gibt es andere, die der Kommissar sich mal genauer betrachten sollte.«

Spadafero behielt den Blick in den Teller gesenkt.

»War heute Morgen nicht Umberto Saletta bei ihm? *Va bene*, Sie dürfen natürlich nichts verraten. Aber ich gebe Ihnen den guten Rat: Glauben Sie lieber das Gegenteil von dem, was Umberto erzählt. Er ist ein schlechter Verlierer. Würde mich kein bisschen wundern, wenn er sich grün ärgert, weil er nicht selbst drauf gekommen ist, Aniello samt seiner Idee mit dem Amaro unter die Fittiche zu nehmen. Aber dass jemand den Ärmsten deswegen umbringt …« Sie stockte, arrangierte Brotscheiben auf einem Tellerchen. »Schmeckt's?«

»Ja, danke, Signora«, wiederholte der Ispettore. Es war ihm unangenehm, dass sie jeden Löffel beobachtete, den er zum Mund führte. Wie schnell sie genauestens über die neueste Entwicklung im Bilde war, erstaunte ihn kaum. Viola Farina war mindestens ebenso wütend auf ihren eigenen Mann wie auf Garibaldi. Kein Wunder, wenn sie sich Luft gemacht hatte. Für solche Gelegenheiten besaß die Frau des Bürgermeisters ein gutes Gespür, ähnlich wie Signora Pellegrini, nur ohne deren Verschwiegenheit und Weitblick. Ob sie wohl auch die Ferkel-Geschichte kannte? Eher nicht, vermutete er, denn dann hätte Viola Farina zugeben müssen, dass sie ihren Mann mehr als einmal bedrängt hatte, Aniello vor die Tür zu setzen. Hatte sein gutes Herz oder sein guter Geschäftssinn entschieden, ihr nicht nachzugeben? Darüber zu spekulieren war zwecklos, und Spadafero erlaubte sich kein Urteil. Jedenfalls schien auch Salvatore bislang zum Ferkeltod geschwiegen zu haben.

»Aniello war ein echter Sonnenschein, müssen Sie wissen. Immer gut gelaunt und voller Übermut. Jeder mochte ihn, auch wenn er manchmal mit seinen Späßen übers Ziel hinausschoss. Und so manches Mädchen himmelte ihn an.«

»Denken Sie an ein bestimmtes Mädchen, Signora?«

»Nein. Madonna! Nun kommen Sie mir nicht auf dumme Ideen, so war das nicht gemeint.« Maria Baresi faltete nachdrücklich die Hände auf den Knien. »Haben Sie schon mal überlegt, dass es gar nicht den Jungen treffen sollte? Es könnte eine Verwechslung gewesen sein. Schließlich war es Nacht. Vielleicht sollte ein ganz anderer dran glauben. Salvatore Farina beispielsweise, den Commissario Garibaldi vor aller Augen wie einen Schuldigen behandelt. Am hellen Tag lässt er die Trattoria schließen und von irgendwelchen Polizisten belagern, die dort rein- und rauslaufen! Er hätte schon etwas diskreter sein können.«

»Er lässt lediglich Spuren sichern.« Spadafero fluchte innerlich. Er durfte sich nicht verleiten lassen. »Reine Routine«, schob er nach und schaute sie eindringlich an.

»Verlassen Sie sich auf mich.« Lächelnd schöpfte Maria Baresi nach. »Es wäre ja auch noch schöner, wenn plötzlich jeder jeden verdächtigt und unschuldige Bürger in Verruf geraten. Nun essen Sie doch, Ispettore! Ein *tüchtiger* Mann braucht zu Mittag eine *tüchtige* Stärkung. Sie müssen sicher später noch zur Befana. Wegen der Spuren und der Routine.«

An Maria Baresis Schneidezahn klebte Lippenstift, den sie etwas zu dick aufgetragen hatte.

»Wo steckt er denn gerade, der Commissario?«

In der klaren Brühe schwamm Fenchel, dessen eigentümlicher Geschmack mit seinem Hauch Lakritz Spadafero immer an Arznei erinnerte. An Hustensaft, Hexensalben, Operationssäle und die Pathologie. Er stopfte ein Stück Weißbrot in den Mund und schaufelte Suppe nach. Alles war besser, als sich auf die eine oder andere Art zu verplappern, selbst eine quersteckende Gräte.

*

Am frühen Donnerstagnachmittag schwoll im rechtsmedizinischen Institut in Pesaro eine dicke Ader an der Schläfe des Dottore. Außer sich warf er das blutige Skalpell hin. »Sind Sie von allen guten Geistern verlassen, Garibaldi? Eine Frau hierher mitzubringen, wo ein nackter Mann auf unserem Tisch liegt?«

»Ein toter, aufgeschnittener Mann«, präzisierte Federica. Letzteres empfand sie als wesentlich bemerkenswerter und durchaus gewöhnungsbedürftig, genau wie den Geruch. Lorenzo hatte sie vorgewarnt, ihr könne davon übel werden. Sie schnupperte an einem Fläschchen aus ihrer Tasche und rümpfte die Nase. Die Mischung mit dem Eau de Toilette machte es nur schlimmer. Rasch steckte sie das Duftwasser wieder weg.

Der Doktor und sein Assistent trugen gestärkte Kittel, auf dem Rücken zugebunden, auf der Vorderseite fleckig. Scharfe Instrumente, Zangen, Spreizer und eine Säge lagen auf einem Beistelltisch, chromglänzend wie die ovalen, nebeneinander aufgereihten Schalen. Aus einer ragte der Griff der Waffe.

Federica lächelte gezwungen. Der Anblick des Toten in der kühlen Umgebung des gekachelten Obduktionssaals machte ihr mehr zu schaffen, als sie zugeben wollte. Den geöffneten Brust- und Bauchraum empfand sie dabei nur als weiteres unwirkliches Detail, das der gesamten Situation einen surrealen Stempel aufdrückte. Ein Mensch wurde zur bloßen Hülle, Verpackung für

Organe, nur dass die von Aniello Capizzi sich leider inzwischen außerhalb seines Körpers befanden.

»Lassen Sie sich von Signora Pellegrinis Anwesenheit nicht beeinflussen, Dottore. Tun Sie so, als sei sie Spadafero, der für mich Protokoll führt«, empfahl Lorenzo trocken. Eine präzise Erklärung, wie es dazu gekommen oder wessen Idee es gewesen war, dass Federica ihn in die Räume des Rechtsmedizinischen Instituts begleitete, hätte keiner von beiden geben können. Ein Teil von ihm hatte sich nicht trennen, ein anderer ihr einen Gefallen tun wollen, um ihre Gunst nicht zu verspielen, der dritte wollte ihr eine Lehre erteilen. Eine Sektion konnte eine heilsame Rosskur für ihre überschäumende Neugier sein.

Aber noch hielt sie sich tapfer und nickte nachdrücklich zu seinen Worten. »Ganz richtig, fahren Sie fort, Dottore, und ignorieren Sie mich einfach. Commissario Garibaldi ist dabei ein sehr gutes Vorbild, und meine Ähnlichkeit mit Spadafero ist in der Tat verblüffend.« Federica strich das gestreifte Kleid über den Hüften glatt, und Vigliani presste die Lippen aufeinander, um nicht laut zu lachen.

»Haben Sie die Todesursache herausgefunden?«

»Selbstverständlich. Mein Werk ist getan.« Der Dottore reckte die Hände in den dünnen Gummihandschuhen in die Höhe, warf einen Blick zur Uhr und dann zu Vigliani. »Helfen Sie mir aus diesen Dingern und kümmern Sie sich um das restliche Pipapo, Zunähen, Aufräumen, Papierkram. Sie wissen schon: Unterschrift im Auftrag von et cetera pp.« Still stand er da, ließ sich aus dem verschmierten Kittel und den Handschuhen pellen, während er seine knappe Erläuterung abgab. »Der Tod trat durch Ersticken ein, nicht durch die Sichel, wie man Sie glauben machen wollte.«

»Ersticken? Aber wieso –«

»Geduld, Garibaldi! Für die Einzelheiten steht Ihnen mein Assistent zur Verfügung. Sehen Sie zu, dass Sie in den kommenden drei Wochen keine weiteren Leichen anschleppen. Für diese eine hier habe ich meinen Urlaub unterbrochen, was mich ein kleines Vermögen zur Wiedergutmachung kosten wird.« Am Waschbecken schäumte er sich Hände und Arme bis zu den Ellbogen ein und schrubbte sich gründlich ab. »Meine Gattin gehört zur nachtragenden Sorte, und der Familienurlaub ist ihr heilig. Heilig! Sie verstehen? Wir, respektive sie und die Kinder, verbringen den gesamten August in Monteortone bei ihrer Sippschaft väterlicherseits. Und wenn wir schon dabei sind, Garibaldi: auch keine Leiche am Wochenende um den 13. September. Denn das gehört mir allein.« Ein frisches Tuch lag zum Abtrocknen bereit, das er anschließend achtlos fallen ließ. »Der große Preis von Italien in Monza, Sie wissen Bescheid. Schnelle Wagen, Adrenalin, der Geruch von Benzin und Zigarren. Vergangenes Jahr haben die Ferrari-Fahrer Rang zwei und drei auf dem Podest belegt. In diesem Jahr will ich meine Scuderia ganz oben sehen! Also: Selbst wenn meine eigene Mutter auf diesem Tisch läge, käme ich erst Montag zurück!«

»*Si,* Dottore, ich habe verstanden.«

Der Mediziner nickte, schüttelte geradezu angewidert den Kopf in Federicas Richtung und war weg.

In die Stille hinein stieß sie den Atem aus. »Einen hübschen Arbeitsplatz haben Sie hier, Signor Vigliani.«

»Vigliani genügt, daran hab ich mich gewöhnt. Im Sinne der Zeitersparnis.« Er grinste. »Sie verzeihen, wenn ich Ihnen nicht die Hand schüttle?«

»Sehr gern. Offenbar haben Sie Aniellos Blut gefunden.«

»Ja. Etwas davon befand sich im Brust- und Bauchraum, allerdings nicht besonders viel. Denn ein Großteil des Blutes blieb bei unserem Opfer einfach dort, wo es hingehörte: in den Adern und ist dann abgesackt.«

»Weil er bei dem Stich bereits tot war?«

Der Assistent nickte Lorenzo zu. »Exakt.«

Es fiel Federica schwer, etwas Gutes zu erkennen, wenn sie den Jungen ansah, dennoch empfand sie es spontan als positive Nachricht, dass ihm wenigstens dieser Schmerz erspart geblieben war.

»Es fehlt also nichts?« Lorenzos Mundwinkel zuckte, als er das Probenröhrchen aus der Tasche zog. »Dann können wir wohl davon ausgehen, dass diese Blutprobe überflüssig ist.«

»Wo haben Sie die her?«

»Von einem Kaninchen«, sagte Federica, ohne eine Miene zu verziehen. »Lange Geschichte. Gönnen wir Garibaldi seinen kindischen Triumph, dass ich damit falschlag. Bleiben wir lieber bei der Sache, Signor Vigliani.«

»Wie der Doktor sagte: Der junge Mann wurde erstickt. Dabei hat es offenbar keinen nennenswerten Kampf gegeben. Am rechten Oberarmen finden sich jedoch einige Hämatome, die ich bei meiner ersten Untersuchung fälschlicherweise für Leichenflecken hielt.« Beschämt hob er die Schultern und ließ sie wieder heruntersacken. »Einer auf der Vorderseite, die anderen rückseitig nebeneinander.«

Federica spreizte die Finger der linken Hand. »Ganz klar, er wurde von hinten festgehalten.« Entschlossen umrundete sie Lorenzo. Obwohl ihr Kopf gerade mal bis zu seiner Schulter reichte, schob sie den Arm quer über seine Brust und packte zu, so gut es ging. »Der Angriff muss überraschend gekommen sein, sonst hätte Aniello sich herauswinden können.«

»Eine größere Person hat es leichter.« Lorenzo entfernte ihre Hand. »Darf ich es versuchen?«

Statt jedoch die Position mit ihr zu tauschen, nahm er sich Vigliani vor, was sie ein wenig enttäuschte.

»Das Opfer festzuhalten ist nur ein kleiner Teil der Schwierigkeit«, erklärte Vigliani. »Bei fixierten Armen bleiben immer noch

Füße und Kopf zur Gegenwehr. Sie müssten mir nun Mund und Nase verschließen, und das unter Umständen über mehrere Minuten. Der Mensch ist widerstandsfähig, und Todesangst mobilisiert die letzten Reserven. Jemanden aufrecht stehend auf diese Weise zu ersticken ist schier unmöglich.«

»Und wenn er Sie in den Schwitzkasten nimmt?«, schlug Federica vor. Bei den Jungs, mit denen sie aufgewachsen war, war diese Methode höchst beliebt gewesen.

»Sicher, so geht es prinzipiell«, bestätigte Vigliani ungerührt, während Lorenzo den Klammergriff mit ihm als Opfer andeutete. »Halten Sie das noch einen Moment. Würde Garibaldi jetzt zudrücken, würden die Adern abgeklemmt und das Hirn nicht mehr mit Sauerstoff versorgt, was relativ zügig zur Bewusstlosigkeit führt.« Die Kehle in der Armbeuge des Kommissars eingeklemmt tippte er sich beidseitig an den Hals. »An diesen Stellen würde man das aber später sehr genau erkennen. Sie können mich jetzt loslassen.«

»Nun wissen wir also, wie es nicht war. Wunderbar.« In Lorenzos Stimme lag eine Mischung aus Ironie und Ungeduld. Üblicherweise kam Vigliani gleich zur Sache. War es Federicas Anwesenheit, die ihn zu einem solchen Exkurs samt körperlichem Einsatz motiviert hatte?

Er gab den Assistenten frei, der verlegen kurz den Nacken dehnte, ehe er zum Obduktionstisch hinüberging. »Wenn Sie sich das mal ansehen wollen? Seine Nase und das Jochbein sind völlig intakt. Das bedeutet, beim eigentlichen Erstickungsvorgang wurde keine Gewalt angewendet. In den Atemwegen des Toten haben wir einzelne Flusen gefunden. Normalerweise sorgen Reflexe dafür, dass man die wieder aushustet oder niest. Sie sind also dorthin gelangt, als er schon bewusstlos war. Folglich dürfte ein schnell wirksames Betäubungsmittel verwendet worden sein, wie beispielsweise Chloroform. Um das Opfer zum Einatmen zu zwingen, ist natürlich auch Kraft nötig, aber eben nur für einen sehr viel kürzeren Zeitraum. Chloroform ist übrigens auch ein Lösungsmittel, er könnte es bei seinen Experimenten verwendet haben.«

»Interessanter Gedanke.«

»Was ist mit der Sichel?«, fragte Federica und heftete den Blick auf einen Punkt an der Wand hinter Viglianis Kopf.

»Sie steckte zwischen den Rippen, hat das Herz und die Hauptader aber verfehlt. Das war definitiv nicht tödlich.«

»Ist es ganz sicher, dass er bereits tot war, als … Ich meine, könnte es umgekehrt gewesen sein? Jemand versucht, ihn mit der Sichel umzubringen, und erstickt ihn dann, weil es nicht funktioniert hat?«

»Nein. Die Reihenfolge ist eindeutig. Was die Beweggründe angeht, bin ich überfragt. Falls der Täter ein blutiges Ritual geplant hatte, ihn nur betäuben und dann mit der Sichel töten wollte, hat er es dilettantisch angestellt. Die Klinge scheint darüber hinaus für diesen Zweck gänzlich ungeeignet. Darauf wollte ich sowieso noch hinweisen.«

Unwillkürlich spähte Federica hinüber. Die anhaftenden Gewebereste verursachten ihr Brechreiz. Ein dunkler Griff, ein schmaler Bogen. Die Größe war ähnlich wie bei der geheimnisvollen Mondsichel der Befana mit den fein geritzten Mustern.

Wie aus weiter Ferne drangen die Stimmen der Männer an ihr Ohr, das sich wieder mit Rauschen füllte.

»Dann war die Waffe ein reines Ablenkungsmanöver?«

»Oder ein Hinweis auf eine medizinische Fachrichtung, die mir fremd ist.« Vigliani klopfte sich an die Schläfe. Psychische Störungen waren ihm unheimlich. »Mir sind Scharten am Knochen lieber als solche im Gehirn. Was im Kopf eines Täters vorgeht, werde ich nie begreifen. Aber da ist noch was. Der Dottore hielt es für unbedeutend, weil der Sicheleinsatz ja nicht zum Tode führte.« Er schaute Federica an und zögerte. »Verzeihen Sie, Signora – Sie sind nicht Spadafero, und ich bezweifle, ob Sie das Folgende wirklich hören wollen. Außerdem müsste ich langsam anfangen, die Leiche wieder herzurichten.«

Leicht benommen nickte Federica. »Danke, Signor Vigliani.« Sie betonte die Anrede und schenkte ihm trotz allem ein Lächeln. So viel Zeit und Würde war sie sich und ihm schuldig. Es fiel ihr erstaunlich leicht, das Feld zu räumen. Sie brauchte eine Atempause an der frischen Luft und eine Zigarette. »Wir sehen uns draußen, Commissario Garibaldi.«

Betreten sah Lorenzo zu, als Vigliani wie angekündigt Hand an die Leiche legte. Sein Plan mit der Lektion für Federica ging auf, aber es bereitete ihm weniger Vergnügen als gedacht. »Ich glaube, Signora Pellegrini ist jetzt weit genug weg. Also?«

»Haben Sie noch das Bild im Kopf, *wie* die Sichel in der Brust steckte? Die Krümmung zeigte nach unten, folglich wurde sie nicht etwa mit erhobener Hand und einer hackenden Bewegung geführt, was vom Ablauf her natürlich gewesen wäre. Und sie saß ganz tief drin, wurde regelrecht nach oben in den Brustkorb hineingedreht, durch mehrere Gewebeschichten. Der Stichkanal lässt sich nicht mehr exakt feststellen, daher kann ich es nicht beschwören, aber …«

»Müssen Sie nicht. Ihre Vermutung reicht mir.«

»Die Spitze der Sichel ist eher stumpf. Damit auf diese Weise in den Körper einzudringen erfordert einiges an Gewalt. Deshalb sollten Sie in Erwägung ziehen, dass zuerst ein Messer für einen tiefen Einstich verwendet und die Sichel erst danach platziert wurde.«

Lorenzos Unterkiefer knackte. Das wäre ein in mehrerer Hinsicht kaltblütiges Vorgehen gewesen. Und es warf neue Fragen auf.

»Würde ein Betäubungsmittel auch eine Frau in die Lage versetzen, diesen Mord und die Sache mit der Sichel durchzuführen?«

»Ich denke schon. Erst recht in Kombination mit einem Messer.« Sorgfältig verstaute Vigliani die Organe wieder an ihrem ursprünglichen Platz. »Der Dottore ist fort. Also, was auch immer durch Ihren Kopf spukt: Bis Ende des Monats bin ich frei. Was brauchen Sie?«

»Details zum Mageninhalt und eine toxikologische Untersuchung, ob ihn statt einer Betäubung auch eine Vergiftung außer Gefecht gesetzt haben kann.«

»Welches Gift?«

»Weiß ich nicht.« Lorenzo zog die Mundwinkel herab. »Die Spurensicherung wird eine Vergleichsprobe herbringen. Vermutlich eines, mit dem man auch ein Ferkel töten kann.«

Vigliani ließ Nadel und Faden sinken. »Ein Ferkel?«

*

In ihrem Glas perlte der *chinotto*. Kleine Bläschen stiegen aus dem alkoholfreien Erfrischungsgetränk auf, zerplatzten an der Oberfläche und benetzten beim Trinken Federicas Gesicht. Lorenzo trank wie immer nur *caffè* und Wasser. Sie genoss den friedlichen Augenblick im Halbschatten unter einer Markise, nah der Strandpromenade in Pesaro, so gut es ging.

In dem modernen Spaghettistuhl mit seiner Sitzfläche aus gespannten nudeldünnen Plastikschnüren saß es sich sehr bequem. Das Meer war nur einen Steinwurf entfernt und lugte hier und da hinter den bunten Badehäuschen hervor, die an den bewachten Strandabschnitten als Umkleiden dienten. Wenn sie sich Mühe gab, konnte sie weiter rechts die Silhouette des Kursaals erkennen. Dort hatte sie nach dem letzten gemeinsamen Fall mit Lorenzo getanzt.

Sie hasste es, ihn vor anderen zu siezen und von ihm wie eine flüchtige Bekannte behandelt zu werden. Gerade eben bei Vigliani war es ihr besonders albern vorgekommen. Der Mann war ebenso clever wie Spadafero und nicht mit Blindheit geschlagen, was notwenig gewesen wäre, damit sie hätten übersehen können, was sie so krampfhaft zu verheimlichen versuchten.

Ein Eiswürfel klapperte, und Federica klemmte den Trinkhalm zwischen die Zähne, spürte ein bittersüßes Prickeln auf der Zunge, das seltsam gut zu ihrer Beziehung passte. Sie seufzte. Vielleicht sollte sie den Geschmack als gutes Omen begreifen. Denn es war gar nicht schlecht, was sich aus der pur ungenießbaren Orangensorte machen ließ. Ursprünglich war die Limonade entwickelt worden, um den Italienern mit dem heimischen Produkt ihre Vorliebe für Coca Cola auszutreiben. Sogar die dunkelbraune Farbe hatte man kopiert. Und der Aufwand zahlte sich aus. Was, wenn Aniello mit seinem Imitat ein ähnlicher Erfolg geglückt wäre?

Sie beugte sich vor, nahm Lorenzo die Zigarette aus der Hand, wo sie unbeachtet verglühte.

»Einen Königreich für deine Gedanken, Garibaldi«, sagte sie und schnippte Asche ab, ehe sie rauchte. Seit er von Viglianis unappetitlichen Ausführungen berichtet hatte, schwieg er. Wie immer, wenn er diese unnahbare Haltung einnahm, fiel es ihr schwer, ihn beim Vornamen zu nennen. Und zum Scherzen war ihr nicht zumute.

»Wie geht es jetzt weiter? Seine Eltern warten darauf, ihn bestatten zu können, und auf Antworten. Ganz egal, wie sicher der Dottore ist, es wird schwierig werden, sie davon zu überzeugen, dass Aniello erstickt ist. Es ist die Sichel, die sich für sie eingeprägt hat und die sie nicht vergessen werden – wie auch alle anderen im Dorf. Unsere Geheimhaltung ist komplett gescheitert.« Es würde sich unmöglich nachvollziehen lassen, wer es ausgeplaudert hatte.

»Du willst meine Gedanken hören?« Lorenzo kippte seinen *caffè* und visierte zwischen zwei Badehäuschen den Horizont an.

Jene feine, fast unsichtbare Linie im fernen Blau zwischen Meer und Himmel, an der er Halt suchte und Orientierung, wohl wissend, dass es ein Trugbild war, ein unerreichbarer, nicht existenter Ort wie das Ende eines Regenbogens. »Ich weiß nicht, wie ich den Eltern gegenübertreten soll. Zumal ich noch nicht gänzlich ausschließen kann, dass der Junge sich mit seinem Tonikum selbst umgebracht hat. Ein Versehen, wie die Sache mit dem Ferkel. Soll ich ihnen das sagen? Oder dass wir keine Ahnung haben, wie er samt Sichel auf die Kirchentreppe gekommen ist?«

»Nein«, sagte Federica schlicht und berührte kurz seine Hand, die nervös auf den Tisch klopfte. »Selbst wenn Aniello durch eine Vergiftung das Bewusstsein verloren hätte, so wurde er letztendlich erstickt. Denk an die Flusen, und vertrau auf Signor Vigliani.«

Die Ergebnisse der Spurensicherung und die toxikologische Prüfung würden hoffentlich letzte Gewissheit bringen. Auch über den wahren Tatort.

»*Va bene.*« Lorenzo nickte. »Von der Kirche ist es nicht weit zur Trattoria und zu Aniellos Experimentierküche im Anbau. Nehmen wir an, er kam dort bei der Arbeit ums Leben. Dann wäre es naheliegend, dass er von Salvatore Farina gefunden wurde. Der geriet in Panik und hat ihn weggeschafft. Eine Kurzschlussreaktion.«

»Bei der er Aniello brutal eine Sichel in die Brust rammt?« Federica hob die Augenbrauen. »Einem Jungen, den er zuvor gefördert und ihm den Ferkelunfall verziehen hat?«

»Im Gegensatz zu seiner Frau. Signora Farina erschien, was das angeht, eher unversöhnlich.« Vorsorglich wehrte Lorenzo ihren Einwand ab. »Nein, ich denke nicht, dass sie ihn ermordet hat. Obwohl natürlich die Betäubung neue Möglichkeiten eröffnet. Zählt man den Faktor der Überraschung hinzu, kann der Täter –«

»Oder die Täterin.«

»– Aniello leicht überwältigt haben, ohne viel Lärm zu verursachen. Ja, theoretisch auch eine Täterin, das ist richtig. Sie müsste dennoch einigermaßen kräftig gewesen sein. Vigliani sagt, Aniello wurde abgelegt. Es gibt keine Verletzungen durch einen Sturz.«

»Also könnte es doch direkt vor der Kirche geschehen sein. Was ideal wäre, denn es löst das Transportproblem.«

»Du vergisst, dass auch das anschließende Ersticken einige Minuten in Anspruch genommen hat. Er wurde schnell betäubt, aber er ging langsam aus dem Leben.«

»Er ging nirgendwohin«, unterbrach Federica ihn heftig. Wie sich das anhörte! Fast poetisch und definitiv viel zu friedlich. »Aniello starb durch die Hand eines anderen!«

»Ja, er starb.« Während Lorenzo weitersprach, schob Federica die Zigarette wieder zwischen seine Lippen. Der Stummel wippte auf und ab. »Gewaltsam und auf widerwärtige Weise. Glaub nicht, ich könnte das auch nur für eine Sekunde vergessen. Was ich damit sagen wollte, ist, ihn vor Ort zu töten erhöhte das Risiko um ein Vielfaches. Zumindest, wenn wir einen Bannkreis oder Tarnumhang ausschließen.«

»Schließt du damit auch die Befana aus?«

Er neigte den Kopf zur Seite. Die aufleuchtende Glut unterstrich seine Ratlosigkeit. Die Befana war langsam und alt, und doch tauchte sie stets auf wie aus dem Nichts, ein konturloser Schatten in dunklen Kleidern. Sie hatte ein denkbares Motiv und besaß ein regelrechtes Arsenal an Sicheln. Weshalb sie eine davon sinnloserweise in Aniellos Brust gerammt haben sollte, erschloss sich ihm zwar nicht, aber er war auch keine Hexe. Unwillkürlich hielt Lorenzo den Atem an, als könne die Alte auch aus der Entfernung vieler Kilometer seine Gedanken lesen.

»Die Sichel macht sie verdächtig«, sagte Federica. Ihr Finger beschrieb vor seiner Nase einen Kreis. »Und genau das spricht auch wieder gegen sie. Weil es zu offensichtlich ist. Wie Eliza Marinelli sagte: Jeder weiß, dass sie immer eine Sichel bei sich trägt.«

»Wir könnten es mit zwei Tätern zu tun haben oder mit großer Wut, die sich erst im Nachhinein entladen hat. Zwei hätten es auch beim Transport leichter gehabt. Wie zum Beispiel Salvatore und Viola Farina. Sie haben geschlafen – ein dünnes Alibi, besonders unter Eheleuten gegeben.« Lorenzo stöhnte entnervt. »Wir drehen uns im Kreis. Und ich bin sicher, dass wir einen entscheidenden Punkt übersehen.«

Federica ließ den Schuh vom Fuß gleiten und stupste seine Wade an. »Ich mag es, wenn du *wir* sagst. Und wir werden den blinden Fleck schon noch finden. Der ›Kreis‹ ergibt Sinn. Egal, ob einer der beiden Aniello ermordet hat oder sie nur vertuschen wollten, dass er tot in ihrem Schuppen lag: Gemeinsam war es leichter.« Eine grundsätzliche Erkenntnis, die im Guten wie im Bösen zutraf. Auch auf andere. »Mal angenommen, jemand wollte eigentlich Farina ans Leder. Aniellos Vater, sein Bruder, beide? Um die unerwünschte Zusammenarbeit zu beenden, den Kompagnon auszuschalten und den zu erwartenden Gewinn lieber doch in der Familie zu halten. Die Capizzis haben sich für das Lokal verschuldet. Oder es sollte nur eine Warnung sein, die außer Kontrolle geriet und womöglich doppelt tragisch endete. Ein Überfall im Dunkeln, und schwups wird der Falsche erwischt. Aniello statt Farina. Nicht, dass ich das glaube.« An ihren Armen stellten sich die feinen Härchen auf, wie von einem kühlen Schauer. Machte sie sich etwas vor? In Lorenzos Augen las sie weder Zustimmung noch Widerspruch. Von der Statur her war es eher unwahrscheinlich, Aniello mit Salvatore Farina zu verwechseln. Sie wischte das Bild von Mauro mit gezückter Klinge beiseite. »Genauso gut könnte es ein anderer gewesen sein, ein verprellter Geldgeber, ein Konkurrent. Habgier kommt als Motiv für viele in Frage. Lucio Monza, der alte Fischer, zum Beispiel.« Der unangenehme Kerl steckte seine Nase gern in anderer Leute Angelegenheiten, war kräftiger, als er aussah, und ein Schandmaul sondergleichen. »Sag mal: War er es, der Farina bei dir verpfiffen hat?«

»Signora Pellegrini, bringen Sie mich nicht auf Abwege.« Lorenzo grinste matt. »Auch einen Denunzianten verrät man nicht weiter. Und selbstverständlich hat Spadafero den betreffenden Herrn ebenfalls unter die Lupe genommen. Er wäre nicht der erste Täter, der sich als Helfer anbiedert. Leider hat Spadafero nichts Konkretes gefunden. Wir haben also eine Menge Möglichkeiten, von denen mich keine überzeugt.«

»Weil du immer noch den Einbruch im Kopf hast. Und die Befana.«

»Sie ist so ziemlich die Letzte, die ich dort haben will.« Lorenzo schob das Kinn vor. »Aber du hast recht. Niemand wird ausgeschlossen.«

Federica schlürfte den letzten Schluck *chinotto* und winkte gleichzeitig dem Kellner. »*Va bene.* Genug herumgesessen!«

Lorenzo streifte das auf der Stuhllehne hängende Jackett über und zückte seine Geldbörse. Wenigstens beim Bezahlen musste er nicht fürchten, dass Federica sich vordrängte. Ihre finanzielle Situation gestattete ihnen beiden, auf eine Diskussion zu verzichten. Er hatte mit Absicht die Terrasse eines teuren Hotels gewählt.

»Grazie, liebster Garibaldi«, flüsterte sie und streichelte flüchtig seine Wange. Allzu oft würde sie es sich nicht erlauben, seine Einladung anzunehmen. Es kratzte an ihrem Stolz und ihrer Unabhängigkeit.

»Du kannst den Besuch bei den Capizzis an niemanden delegieren«, sagte sie und spähte über den Rand ihrer Sonnenbrille.

Die Überlegung stand ihm deutlich ins Gesicht geschrieben. Er hängte die Ledertasche um, und sie hakte ihn unter, zählte an den Fingern ihre Begründung ab. »Spadafero würdest du das nicht antun, und unser Bürgermeister ist kein guter Redner, außerdem stehen tausend Sterne am Himmel, bis du ihm die Einzelheiten klar gemacht hast. Der gute Don Pietro scheidet wohl auch aus, wenn du vermeiden willst, dass Gemma ihm wieder an die Gurgel springt. Die Eltern sind empfindlich – zu Recht –, der ganze Tratsch kann ihnen nicht verborgen geblieben sein. Es haftet ein Beigeschmack daran, der Aniello selbst eine Mitschuld gibt. Gerade durch den Einbruch. Das Beste, was du kriegen kannst, bin ich als deine Begleiterin. Warte mit deinem Nein! Ich habe die Kinder auf meiner Seite und genieße im Dorf, sagen wir, eine Sonderstellung, durch die man mir Verschwiegenheit zutraut.« Obwohl ihr allmählich eine Annäherung gelang. »Und außerdem bin ich eine Frau.«

Diesem Argument gegenüber war er machtlos.

*

Eine weitere Münze fiel in den Schlitz des Fernsprechers. Es schien Lorenzo Garibaldi ein guter Schachzug, den mit Spadafero vereinbarten Anruf nicht von seinem Schreibtisch aus zu führen. In der Questura wäre er zwangsläufig Kollegen begegnet oder einem Vorgesetzten, was ihn zu einer Aufklärung bezüglich des Ermittlungsstandes genötigt hätte – und warum Federica Pellegrini, die garantiert nicht im Wagen sitzen geblieben wäre, ihn begleitete. Sie erregte Aufsehen, wo auch immer sie sich bewegte. Genau wie jetzt auch.

Während er wählte, ging sie gemessenen Schritts in der Hotelhalle auf und ab. Ihr fließender Gang passte zum Stil des *floreale*, in dem die Kabine gestaltetet war. Verspielte Blumenornamente auf honigbraunem Holz und Messingbeschläge. Zu Beginn des Jahrhunderts eine Revolution, heute veraltet. Die aktuelle Mode setzte auf Vielfarbigkeit und Kunststoffe. Er mochte die weiche Eleganz lieber und konnte den Blick nicht von Federica wenden, die sich in beiden Welten lässig bewegte. Ihr Hüftschwung veranlasste ihn, seine Krawatte zu lockern.

Beim zweiten Klingeln nahm der Ispettore den Hörer ab, und Federica drückte erst ihr Ohr an die Scheibe, dann schob sie die Nase in den Türspalt.

»Zumachen«, zischte Lorenzo und bedeckte die Sprechmuschel.

Sie schlüpfte herein, legte einen Finger auf die Lippen und machte sich dünn. Dennoch klemmten ihre Körper auf Tuchfühlung aneinander.

Lorenzo wartete, bis Spadafero sich versichert hatte, in der Amtsstube des Bürgermeisters ganz allein zu sein, dann umriss er knapp das Obduktionsergebnis und forderte den Bericht der Durchsuchung bei Farina ein. »Was haben Sie?«

»Den Schlüssel zum Tor. Der lag einfach auf dem Arbeitstisch. Ansonsten viele Kleinteile zur weiteren Untersuchung. Kein Rezept, nur eine leere Schiefertafel mit Griffel. Es ist genau, wie Sie sagten: Der Anbau ist sehr aufgeräumt und sauber. Am Boden gibt es einen Fleck, einen Umriss, schwer zu sagen, wovon oder wie alt er ist. Wenig Material für eine Probe, aber wir haben was.«

»Gehen Sie nochmal rüber und sehen Sie sich nach etwas Weichem um, einer Decke oder einem dicken Tuch.«

»Wird schon alles eingepackt, Signor Commissario. Soweit ich gesehen habe, sind da lediglich in Stücke geschnittene Lumpen, von denen sich Flusen gelöst haben könnten.«

»Hm.« Lorenzo trommelte auf den vor ihm hängenden schwarzen Apparat. »Und das Tonikum?«

»Möglicherweise haben wir es. Manche Flaschen und Behälter sind etikettiert. Arnika, Engelwurz, Agno Casto«, las er vor. »Und einiges davon stinkt ganz erbärmlich. In einem Trinkglas ist etwas eingetrocknet. Nur ein Tropfen, aber der ist dunkel wie ein Kräuterbitter und riecht vielversprechend. Vielleicht befindet sich eine größere Menge davon in einer der Flaschen, oder auch Chloroform, nur haben wir natürlich nicht jede geöffnet.«

»Auch mitnehmen«, ordnete Lorenzo an. »Fingerabdrücke?«

»Von der gesamten Familie Farina gesichert.«

»Sehr gut. Vigliani hat angeboten, unsere Kriminaltechniker bei der Arbeit zu unterstützen. Warten wir also ab, was deren Analysen ergeben.«

»Ich bringe die sichergestellten Sachen persönlich hin.«

»Nein, Spadafero. Sie müssten noch etwas anderes für mich erledigen. Wir brauchen einen weiteren Satz Fingerabdrücke zum Abgleich und Ausschluss, falls Aniello Capizzi doch etwas aus dem Haus von Signora Benedetta gestohlen hat.«

Einen Moment lang blieb es still am anderen Ende der Leitung, und Lorenzo wusste sehr genau, dass sich Ispettore Spadafero gerade von Blass nach Rot und wieder zurück verfärbte.

»Ich soll Fingerabdrücke von der Befana nehmen?«

»Richtig.«

Federica runzelte die Stirn und flüsterte: »Die hast du schon – von mir besorgt.«

»Eine Formsache, durch die *offiziell*«, Lorenzo betonte das Wort mit Nachdruck, »alles seine Richtigkeit hat. Damit tun Sie mir einen großen Gefallen, Giovanni. Es spart mir viel Zeit, wenn Sie das an meiner Stelle übernehmen.« Lorenzo grinste und gönnte sich ein wenig Schadenfreude, ihm mit dem Argument, das Federica gern vorbrachte, ein Schnippchen zu schlagen. Dafür nahm er ihren Ellbogenstoß gern in Kauf. Eine kleine

Strafe, weil sein Ispettore bei der Befragung des *eifersüchtigen Esels* mit ihr gemeinsame Sache gemacht hatte. »Danach haben Sie Feierabend für heute. Wir sehen uns morgen früh in der Questura.«

Kapitel 13

Mit schnellen Schritten eilte Daniella die Stufen der Scalette hinauf. Gleich würde sie an der Kirche abbiegen und kurz darauf in die zwischen den hohen Häusern tunnelartig anmutende Passage zum Hauptplatz der ehrwürdige Stadt Macerata laufen. Die steile Treppe brachte sie mächtig außer Atem, doch zu Fuß war dieser Weg die schnellste Verbindung. Wie so oft war sie spät dran, weil sie auf der unterhalb gelegenen Piazza Mazzini im Stehen einen *caffè* getrunken und sich einen Bummel durch die Marktbuden gegönnt hatte. Gekauft hatte sie nichts, nur geschaut. Sie musste ihr Geld gut einteilen und sich nun sputen, um rechtzeitig zur Vorlesung zu kommen.

Jura studieren in Macerata, das war ein Privileg, um das sie hart gerungen hatte. Ihr Faltenrock flatterte über den Knien, und mit der braven weißen Bluse, den Strümpfen und den flachen Schnallenschuhen sah sie fast aus, als trüge sie eine Schuluniform. Sie biss die Zähne aufeinander. Manchmal fühlte sich ihr neues Leben bei Weitem nicht so erwachsen und frei an wie erträumt. Die Tasche mit den Schreibutensilien und Fachbüchern tanzte auf ihrem Rücken, hämmerte einen Takt, der sie weiter antrieb.

Zwischen den Gesetzestexten klemmte ein ungeöffneter Brief. Eingetroffen war er bereits gestern. Einen Tag lang war er auf dem Küchentisch ihrer Vermieterin liegen geblieben, statt sofort den Weg zu ihr zu finden. Dabei hätte es die ersehnte Zusage für eine Volontariatsstelle in einer Kanzlei sein können! Immerhin hatte sich die neugierige Kuh nicht erdreistet, den Kleber über Wasserdampf zu lösen, um hineinzuschauen, oder den Umschlag *aus Versehen* aufzureißen. Für einen Moment flammte Daniellas Ärger wieder auf, der sie am Morgen gleichzeitig mit der Vorfreude überfallen hatte. Beim Lesen des Absenders war jedoch beides verpufft, und sie hätte das Schreiben am liebsten sofort im Müll versenkt. Wer wollte schon Post aus Pesaro del Monte piccolo Cattolica?

*

An der Küchenwand kroch der Zeiger der Uhr stetig voran. Auf der Spüle türmte sich Geschirr. Fliegen machten sich summend über Essensreste her. Zum Glück tickte die Uhr nicht. Minute um Minute verstrich, während Lorenzo abwartete und dann leise jeden Satz und jede Frage wiederholte. Doch Gemma Capizzi schwieg. Ihr hohläugiger Blick ging ins Leere.

Im Hof beschäftigte Federica die Kinder mit einfachen Spielen, bei denen auch der Jüngste mitmachen konnte, und hielt sich in direkter Sichtachse durch die geöffnete Tür. Die Stimmen der Mädchen drangen hinein, untermalten die Stille mit rhythmischen Versen.

»*Giro, giro tondo – casca il mondo.*«

»Haben Sie mich verstanden, Signora Capizzi?«

Ihre Hand strich in gleich bleibender Geschwindigkeit über den Tisch, wischte etwas beiseite, wieder und wieder. Raue Haut auf blankem Holz.

»*Casca la terra, tutti giù per terra.*«

In ihrem hageren Gesicht lagen die Augen ausdruckslos in umschattetem Dunkel, eingesunken in den Höhlen, als richte sich ihr Sehen nach innen. Sie trug dasselbe Nachthemd mit dem halb geschlossenen Kittel darüber, in dem sie vor der Kirche ihrem toten Sohn gegenübergetreten war.

Federica suchte Lorenzos Blick, las in seiner minimalen Kopfbewegung, dass es noch immer keine Veränderung in Gemmas Verhalten gab.

»Sie ist die ganze Zeit so.«

Federica zuckte zusammen. Luisa, die ältere der Schwestern, schaute ebenfalls in die Küche, in der Hand einen Kreidestummel, mit dem sie auf einem gepflasterten Fleck vor dem Schuppen Kästchen für ein Hüpfspiel aufmalen wollte.

Mariella drehte sich weiter mit Damiano im Kreis. »*Giro, giro tondo!*« Gleich würden sie sich wieder fallen lassen und kichernd auf dem Boden kugeln.

»Wenigstens hat Mama vorhin drei Löffel von dem Risotto gegessen, das die Befana gestern gebracht hat.« Luisa kratzte sich zwischen den Schulterblättern, während sie den anderen Arm um ihren Bauch schlang, als müsse sie sich selbst festhalten. Schuldbewusst verzog sie die Lippen. »Ich habe ihr nicht gesagt, wo es herkommt, weil … War das unrecht, Signora? Unsere Eltern hätten es dann nicht gewollt, aber es hat so gut gerochen, und sie haben auch gar nicht gefragt. Bestimmt hätte Papa es weggekippt.«

»Nein, das war ganz richtig.« Federica spürte den Drang, ihr über die Haare zu streicheln. Die Verantwortung, die man Luisa aufbürdete, war groß. »Wo ist dein Papa jetzt? Und wo ist Mauro?« Der hatte doch versprochen, sich um seine Geschwister zu kümmern!

Schlagartig nahm Luisas Gesicht einen abweisenden Ausdruck an.

»Sind sie zusammen weggegangen?«

Das Mädchen krümmte die Zehen, als es den Kopf schüttelte, und Federicas Herz klopfte einen Schlag schneller. Die Kleine machte sich Sorgen.

»Haben sie gestritten?«

Lautes Rufen von der Straße unterbrach sie, gefolgt von blechernem Scheppern.

»Commissario? Commissario!«

Das war unverkennbar Giuseppe Iannazzo.

»Wartet hier«, schärfte Federica Luisa ein und rannte durch den schmalen Durchgang zur Straße, wo sie gleichzeitig mit Lorenzo ankam, der zur Vordertür aus dem Haus trat.

Das Fahrrad lag auf dem Pflaster, der Hinterreifen drehte sich noch in der Luft, und Giuseppe rappelte sich zwischen den Pedalen auf. Sein Knie und die Wade waren verschrammt, Augen und Mund weit aufgerissen vor Aufregung.

»Sie prügeln sich und schlagen sich die Köpfe ein!« Er lispelte und spuckte durch eine Zahnlücke, kippte wieder vornüber.

»Wer?«, fragten Federica und Lorenzo gleichzeitig.

»Signor Capizzi und Signor Farina und … und …«

»Atmen nicht vergessen, Giuseppino.« Federica half dem Jungen hoch, und Lorenzo stellte das Fahrrad auf, dessen alter Rahmen bei dem Sturz weniger gelitten hatte als Guiseppe.

»Fahr, Garibaldi«, sagte Federica halblaut. »Ich bleibe hier und werde sehen, was ich noch tun kann.« In seinen Augen sah sie die unausgesprochene Frage, über die sie selbst den ganzen Tag nachgedacht hatte, und die Enttäuschung, als sie unmerklich den Kopf schüttelte. Die gemeinsame Nacht, die sie beide sich so gern – an Maria Baresis Argusaugen vorbei – erschlichen hätten, musste warten.

»Schon mal mit einer Giulietta gefahren, Signor Iannazzo?«, fragte sie leichthin und zwinkerte dem Knirps zu. »Ich bring dir dein Rad später, der Kommissar nimmt dich mit. Nicht wahr? Schließlich ist der Junge verletzt.«

Lorenzo richtete den Riemen seiner Umhängetasche und nickte. Er konnte sich Schöneres vorstellen als diesen schwitzenden, schmutzigen Bengel auf seinem Beifahrersitz, aber daran war nun nichts zu ändern. Es eilte.

*

In der Gaststube der Trattoria überschlugen sich die Stimmen. Auf dem Boden lagen Stühle kreuz und quer, die Capizzi von den Tischen geworfen hatte. Ein aus dem Leim gebrochenes Bein hielt er in der Faust, hieb damit nun wahllos um sich.

»Freunde, Salvatore! Erinnerst du dich: *Freunde!*«

Sein nächster Schlag fegte über die Wand. Bilderrahmen wackelten, Glas splitterte.

»Was willst du von mir? Bist du übergeschnappt? Ich habe dir die Freundschaft nicht gekündigt! Werde ich aber, wenn du nicht aufhörst, meine Einrichtung kaputt zu machen.«

»Schöner Freund, der mich hintergeht! Du hast Aniello auf dem Gewissen! Hättest du ihm nicht den Raum gegeben, wäre ihm nichts passiert.«

»Hättest du an ihn geglaubt, wäre das nicht nötig gewesen!«

»Halt dein Maul, du Verräter! Ich habe dir erzählt, was der Junge uns für Kummer macht. Mein Leid geklagt habe ich, mein Herz ausgeschüttet wegen dem vermaledeiten Hexenzeug. Weil ich dir vertraut habe! Aber du hast mich verraten.«

Don Pietro drückte sich in die am weitesten entfernte Ecke des Raumes. »Meine Herren, bitte mäßigen Sie sich! Man hört Sie über den ganzen Platz miteinander streiten.«

»Sehr richtig.« Aldo Baresi, der kurz nach dem Pfarrer eingetroffen war, befand sich in ungünstiger Position auf halbem Weg zwischen den Kontrahenten und zog den Kopf ein.

Salvatore ballte die Fäuste. Alles nur wegen der Polizei, die in seinem Haus herumgetrampelt war, sodass nun wirklich jeder Bescheid wusste. Er verstand Capizzis Ärger und seinen Schmerz, trotzdem machte der es sich zu leicht.

»*Wenn* hier jemand verraten wurde, dann Aniello – und zwar von dir! Er wollte allen beweisen, der Familie, dem ganzen Dorf – und seinem Vater ganz besonders –, dass er kein Spinner ist. Und das ist ja wohl nicht meine Schuld, sondern deine.«

»Dafür wirst du büßen!«

»Weil ich die Wahrheit sage? Du hast ihm das Gefühl gegeben, dumm zu sein und dass seine Träume wertlos sind. *Ich* habe ihm eine Chance gegeben, dem Sohn meines alten Freundes, damit er dich stolz machen kann. Und das hätte er. *Alora*, du willst das nicht hören und mich lieber mit einem Stuhlbein schlagen? Na los, dann komm her.«

»Aufhören!«, kreischte Viola von der Küchentür her. Mit beiden Händen hielt sie ein Messer, die Arme lang ausgestreckt. »Keinen Schritt näher.«

»Verschwinde, Frau!«

»Ja, verschwinde, Viola. Das geht nur uns was an.«

Das Stuhlbein knallte auf eine Tischplatte, und Salvatore knackte mit den Fingergelenken. Allmählich war er es leid.

»Du hast meiner Frau gar nichts zu sagen, Capizzi.«

Violas Arme zitterten, aber sie gab nicht klein bei.

»Papa, lass es sein. Bitte.«

Schwerfällig drehte Capizzi sich um.

In der Tür stand Mauro. Schwer atmend, weil er den ganzen Weg von seinem Lokal hierher gerannt war. »Es bringt Aniello nicht zurück, und Signor Farina hat es gut mit ihm gemeint.«

»So ist es!« Salvatore schnaufte. »Bring den alten Ochsen zur Vernunft, bevor er mir alles kurz und klein schlägt und ich ihm eine Rechnung dafür schreiben muss. Deine Söhne haben mehr Grips als du. Und Mauro am meisten. Der weiß, wann man zueinander halten muss und wann die Reißleine ziehen.«

»Du fällst mir in den Rücken?«, krächzte Capizzi. »Du, Mauro? Weil ich dir vorhin gesteckt hab, dass du versagt hast? Hättest ihn zur Vernunft bringen sollen! Und jetzt gehst du gegen mich?«

»Nein, Papa, ich –«

»Schweig! Noch ein Verräter. Unter meinem eigenen Dach!

Hast *du* ihn dazu gemacht, Salvatore? Du nimmst mir nicht *beide* Söhne weg!« In rasendem Zorn fuhr er herum, dabei entglitt ihm das Stuhlbein und krachte in die Theke.

Der Pfarrer, der Bürgermeister und Viola – das Messer immer noch auf Capizzi gerichtet – schrien um die Wette.

Mauro machte einen Satz nach vorn, warf sich zwischen die Streithähne.

»Weg da, Judas!«

Der Schwinger seines Vaters traf ihn mitten ins Gesicht. Seine Nase knackte. Mauro presste die Hand davor, taumelte unter dem nächsten Stoß. Blut tropfte von seinen Fingern, und die getroffene Stelle schwoll glühend heiß an.

»Papa!« Doch seine Stimme drang nicht zu seinem Vater durch, der sich die Waffe zurückholte. Während Salvatore einen Hieb mit einem Tablett parierte, tastete Mauro sich rückwärts zur Tür. Der Schmerz trieb ihm Tränen in die Augen. Blind bahnte er sich einen Weg durch die aufgeregte Menschentraube auf dem Platz davor, wich ausgestreckten Händen aus und Fragen, die wie weitere Schläge auf ihn einprasselten.

Als Lorenzo Garibaldi vorfuhr, sah er Mauro gerade noch verschwinden. Am liebsten wäre er ihm nachgerannt, aber die Geräusche aus der Trattoria erforderten sein Eingreifen.

»Ich mach dich kalt, Farina!«

Lorenzo knallte den Wagenschlag zu. »Ab nach Hause, Giuseppe«, sagte er und scheuchte den Jungen zum Laden. »Das ist nichts für dich. Hast du verstanden? *Avanti!*«

Er schleuderte die Umhängetasche auf seinen Rücken und drückte den Hut in die Stirn. Verlassene Kugeln auf der Bocciabahn, ein Hund, der unbehelligt den Pallino beschnüffelte, ehe er das Bein darüber hob. Klare Indizien dafür, dass das Spektakel schon eine Weile andauerte. Und ein Haufen Schaulustige, die ihm im Weg standen, was er ganz bestimmt nicht brauchen konnte.

»Beiseitetreten! Hier gibt es nichts mehr zu sehen! Weg da, weg! Die Trattoria ist geschlossen. Sie behindern polizeiliche Ermittlungen.« Lorenzo mühte sich durch den lautstark debattierenden Pulk, der nur zögerlich Platz machte, und zog die Tür hinter sich zu.

Er brauchte nur eine Sekunde, um die Lage zu überblicken. Umgeworfenes Mobiliar, Glassplitter und ein paar Blutspritzer. Fünf Personen im Raum. Drei in Kampfbereitschaft, zwei geduckt, deren Vermittlungsversuche offensichtlich gescheitert waren. Der Schlüssel steckte, und Lorenzo drehte ihn um. Das Lokal war offiziell noch nicht wieder freigegeben. Salvatore Farina musste Capizzi also bewusst eingelassen haben, obwohl er dessen Wut vorhergesehen hatte. Aus Dummheit oder Reue? Jedenfalls war es klug gewesen, hinter ihm nicht wieder abzuschließen. Viola behielt unbeirrt ein Messer im Anschlag.

»Genug!« Bevor Capizzi ihn richtig bemerkte, griff Lorenzo ihm von hinten in den Arm und verdrehte diesen mit einer schnellen Bewegung auf dem Rücken. Capizzi jaulte und ließ das Stuhlbein fallen. »Sie sollten bei Ihrer Frau sein, statt sich zu prügeln wie ein Schuljunge. Wollen Sie am Grab Ihres Sohnes wie ein Raufbold aussehen?«

»Will er nicht und wird er nicht.« Salvatore seufzte. »Denn dazu müsste ich ihm ja eine verpassen. Der Ochse ist mein Freund, auch wenn er das gerade anders sieht. Ich schwöre, er würde keiner Fliege was tun.«

»Da bin ich nicht so sicher. Das blutige Gesicht verdankt Mauro doch wohl seinem Vater und nicht Ihnen. Sonst wäre er kaum mitten in der Auseinandersetzung gegangen. Eine Familie hält zusammen.« Er senkte die Stimme, nah an Capizzis Ohr, und lockerte den Griff gerade so weit, dass der Schmerz nachließ. »Was hatte Aniello von Ihnen zu erwarten, als Strafe für seinen Ungehorsam? Er prahlte herum, machte Sie zum Gespött. Das konnten Sie nicht ewig durchgehen lassen. Haben Sie ihn erwischt, als er nachts aus dem Haus schlich?«

Capizzi starrte dumpf auf seine Füße.

»Auf Mauro ist mehr Verlass, das haben Sie mir selbst gesagt. Und nun hat er Sie auch enttäuscht.« Ein bitterer Geschmack füllte Lorenzos Mund. Es schien ihm undenkbar, dass Mauro nichts vom neuen Quartier der Likörküche seines Bruders gewusst haben sollte. Das schloss jedoch nicht aus, dass er sich auf die Seite des Vaters geschlagen oder ihm in der Mordnacht geholfen hatte. Er hasste es, diese Möglichkeit in Betracht zu ziehen.

»Signor Commissario«, sagte Don Pietro in begütigendem Ton. »Lassen Sie den Mann los. Ich denke, es genügt.«

Salvatore klopfte Capizzi im Vorbeigehen auf die Schulter, nahm den zerschlagenen Bilderrahmen von der Wand mit zu einem der Tische, stellte zwei Stühle auf und setzte sich.

»Erinnerst du dich, wann das Foto aufgenommen wurde? Cesare hatte sich den Finger verletzt, und dein Mauro ist beim Boccia-Turnier eingesprungen. Alle waren skeptisch, aber er hat es gut gemacht. Unsere Mannschaft hat gegen Gradara gewonnen, das war am wichtigsten.« Er tippte auf den Riss im Glas. »Am Ende waren wir Dritte.«

»Und die aus Santo Stefano wurden Erste«, murmelte Capizzi und ließ den Kopf hängen. »Es tut mir leid, Salvatore.«

»Mir auch.«

»Hervorragend. Dann wäre das geklärt.« Lorenzo rieb seine Hände an der Hosennaht und zückte ein sauberes Tuch. »Wenn ich Sie dann um Ihr Messer bitten dürfte, Signora Farina?«

In der allgemeinen Erleichterung kam Viola Farina seiner Bitte nach. Die akute Gefahr schien beseitigt. Während nun wieder alle durcheinanderredeten, ohne die Absicht, aufeinander loszugehen, steckte Lorenzo das Messer in seine Umhängetasche.

Die Klinge war nicht besonders lang, dafür spitz und kräftig. Geeignet, um Fleisch zu bearbeiten oder tief in einen Brustkorb einzudringen.

Er schob das Kinn vor und fluchte innerlich. Diese Nacht würde er an seinem Schreibtisch in Pesaro verbringen, statt im Haus des Bürgermeisters auch nur von Federica zu träumen.

*

Über den Küchenboden wanderte das Licht der einfallenden Sonne. In sizilianischer Sturheit war Federica geblieben, hatte sich über den Geschirrhaufen hergemacht, für später einen Auflauf aus den Risottoresten vorbereitet, den Tisch abgewischt, einen Krug Wasser und Gläser bereitgestellt. Irgendwann würde Gemma reden. Die Kinder hatte Federica mit ein paar Lire und einem Besorgungsauftrag aus dem Haus geschickt. Für ein Weilchen würde es Luisa noch schaffen, auf die Kleinen achtzugeben. Das Mädchen hatte gleich verstanden, dass es nicht mit dem Nachhausekommen eilte, und das mitgegebene Geld reichte, um ihnen das Ausbleiben mit Bonbons oder Brausepulver zu versüßen.

Federica schüttelte das Geschirrtuch aus, um es dann an den Wandhaken neben der Speisekammer zu hängen.

»Sie sollten dankbar sein, dass Sie keine Kinder haben«, sagte Gemma unvermittelt. »All die Plackerei, all der Ärger. Sie lassen uns vorzeitig altern. Sehen Sie mich an. Na los doch, sehen Sie mich an! Ich bin der Beweis.«

Es war Federica unheimlich, wie Gemmas Stimme schwankte, halb weinerlich, halb boshaft, und nun in Gelächter kippte.

»Also, sagen Sie es mir: Sind Sie dankbar, Signora Pellegrini? Dankbar für Ihren unfruchtbaren Schoß?«

Jede Antwort wäre falsch gewesen, und die Wahrheit spielte ohnehin keine Rolle in Gemmas wirren Gedanken, daher zog

Federica es vor, zu schweigen. Das Tuch noch in Händen setzte sie sich, schenkte Wasser ein. Das Plätschern beruhigte sie.

»Was denken Sie von mir? Sie waren vor der Kirche dabei. Dass ich es verdient habe? Dass Gott schon wissen wird, wofür er mich bestraft?« Gemma legte beide Unterarme auf den Tisch, beugte sich weit vor. »Er hätte mich nehmen sollen. Mein Junge war doch noch ein Kind. Ein dummes Kind, das nichts vom Leben wusste. Wieso er?«

Der schreckliche Schmerz verzerrte Gemmas Gesicht, bis es kaum mehr menschlich wirkte. Eine Maske purer Verzweiflung.

»Was geschehen ist, war kein Unglück, in dem man einen Sinn finden kann«, sagte Federica. »Ihr Sohn wurde ermordet. Das war der Wille und die Hand eines Menschen – nicht Gott.«

»Er hätte ihn retten können!« Gemma riss das Glas an sich und trank in gierigen Zügen. Wasser lief ihr übers Kinn, den Hals entlang in den Ausschnitt.

Federica sparte sich eine weitere Debatte, das hatte Don Pietro schon hinreichend versucht. Doch nicht nur er hatte Gemmas Zorn zu spüren bekommen. Sie erinnerte sich daran, wie Gemma vor der Alten ausgespuckt und sie zu Boden gestoßen hatte. Es konnte eine Dummheit sein, an diesen Punkt zu rühren – oder der Schlüssel zu allem.

»Was hat die Befana an dem Morgen zu Ihnen gesagt?« Sie hielt den Atem an. *Verdient war es*. Ihr Puls beschleunigte.

Gemma stellte das Glas hin, legte beide Hände darum. Ihre Mundwinkel zogen sich herab. »Es tut mir leid«, flüsterte sie und schluchzte tränenlos. »Verzeih mir.«

»Wie jetzt – *das* hat die Befana gesagt?« Federica geriet ins Stottern. »Madonna, war das etwa ein Geständnis?«

Langsam schloss Gemma die Augen. »Die Befana hat mir ihr Tonikum gebracht, damit fing alles an. Ein Jahr ist das jetzt her. Sie wusste, dass ich ein Kind verloren hatte, noch ehe *ich* es richtig wusste. Der Mond, hat sie gesagt, er hat es geholt und mir erzählt. Es ging mir schlecht. Sehr schlecht. Es wollte nicht aufhören zu bluten. Wochenlang kam sie immer wieder, hat bei mir gesessen und mir Suppe eingeflößt. Erst hab ich mich geweigert, ihr Stärkungsmittel zu nehmen. Aber irgendwann … Haut und Knochen. Mehr war nicht mehr da von mir. Geld wollte sie keins. Jeder konnte sehen, dass ich krank war, und genauso hat jeder gesehen, wie ich mich plötzlich erholte. Sogar Aniello.« Ein schwaches Lächeln streifte vorbei, verwandelte sich in trockene Tränen. Gemma schaukelte vor und zurück, die Arme vor der Brust, als wiegte sie ein Kind. »Sein Gesicht hat immer geleuchtet, wenn er einen Einfall hatte. Seine Augen! Aniello war wie ein Stern, sprühend vor Energie. Als meine Kraft und mein Lebenswille in mich zurückkehrten, hat er es probiert. Nur ein kleiner Schluck, aus Neugier, und von da an … Ich habe nie ganz verstanden, was er davon erwartete. Das ist unsere Chance, Mama, hat er gesagt und Pläne gemacht. Sein großer Traum ist meine Schuld. Weil ich krank wurde. Weil ich gesund wurde! Ich hätte sterben sollen, als das Kind in meinem Bauch starb, statt durch ein Hexengebräu weiterzuleben.«

Eine späte Schwangerschaft bedeutete immer ein hohes Risiko. Gemma musste bereits über vierzig gewesen sein. »Sie suchen die Schuld an der falschen Stelle. Wem hätte Ihr Tod geholfen? Glauben Sie wirklich, Aniello wäre deshalb am Leben geblieben? Keiner kann wissen, was dann geschehen wäre, oder vorhersehen, was noch geschehen wird.«

»Oh doch, die Befana kann das, und sie *hat* etwas gesehen. Damals an meinem Bett. Etwas Schreckliches. Sie hat es abgestritten. Bis vorgestern. Dunkelmond war es, beide Male! Und nun soll ich ihr verzeihen, dass sie vorher nichts gesagt hat? Das werde ich niemals tun. Und auch mir werde ich nichts vergeben. Sein Tod war ihr Preis. Gott hat mich zweimal gestraft.«

Es war, als glühten im Moment bei jedem im Dorf sofort die Sicherungen durch, sobald es um die Befana ging. Und dabei nahm Federica weder sich selbst noch Garibaldi aus. Sie durfte Gemmas verblendeter Sicht jedoch keinen Raum gewähren oder ihre Selbstkasteiung akzeptieren. Was dabei herauskam, war eine Endlosschleife aus Schuld und Schmerz, sich selbst erhaltend und zerstörerisch für jeden in ihrer Umgebung. Außerdem entbehrte ihre Argumentation jeder Logik. Der Mondwechsel bedeutete seit jeher Ende und Wandel – den Moment loszulassen und sich mit dem folgenden Neulicht zu befreien. Federica schluckte. Hatte sich jemand von Aniello *befreit?*

»Mauro stand seinem Bruder sehr nah«, sagte sie. »Als der Ältere hatte er immer ein Auge auf ihn. Aber nun hat er ihn verloren. Wissen Sie, wie es ihm geht, Signora Capizzi?«

»Er ist erwachsen. Er ist ein Mann.«

Also hatte Mauro als Mann gefälligst über den Dingen zu stehen und durfte keine Gefühle haben? Diese rückständige Einstellung passte hervorragend zu Gemmas Aberglauben, in dem sich Gottes Zorn und ein Pakt mit dem Teufel zu einem nebulösen Brei vermengten. Dabei drehte die Welt sich weiter. Die Menschheit stand kurz davor, den Schritt in den Weltraum zu wagen! Nur in den kleingeistigen Köpfen – in Pesaro del Monte piccolo Cattolica und anderswo – verharrte die Vorstellungskraft im Mittelalter und klammerte sich an Althergebrachtem fest. Federica arbeitete entschlossen daran, sich davon frei zu machen. Ärgerlich schob sie die Zunge vor die Schneidezähne und hinderte sich so, ihren ersten Gedanken auszusprechen. Sorgfältig verwahrte sie ihn in ihrem Innern, um ihn zu gegebener Zeit hervorzuholen.

»Und wie geht es Luisa, Mariella, Damiano?«, fragte sie und hätte Gemma am liebsten geschüttelt. Die Kleinen schien sie in ihrem Kummer ebenfalls vergessen zu haben.

»Sie wissen nicht das Geringste.« Gemma erhob sich schwankend. »Wie es sich anfühlt, wenn ein Teil von dir selbst – in deinem eigenen Leib gewachsen – aus dem Leben gerissen wird. Ich war seine Mutter. Wagen Sie es nicht, über mein Leid zu urteilen!«

»Das war nie meine Absicht.« Federica sprang vom Stuhl hoch, um Gemma zu stützen, und handelte sich einen derben Schlag ein, der sie zurückzucken ließ. »Aber Signora, sehen Sie denn nicht, dass Sie nicht allein sind?«

Der eben aufgewallte Zorn verebbte so schnell, wie er gekommen war, und Gemma Capizzi sank zurück in düstere Stille. Wie ein Geist schlich sie davon, die Treppe hinauf und ins Schlafzimmer, wo sie den Schlüssel umdrehte.

Federica stampfte auf, so hemmungslos fluchend, dass dem armen Don Pietro die Luft weggeblieben wäre. Sie hatte sich überschätzt, ihr Einfühlungsvermögen und ihre Diplomatiefähigkeit reichten nicht aus, um ihr Temperament zu zügeln. Doch es war falsch, dass die ganze Last des elterlichen Unvermögens auf Luisa oder Mauro abgeladen wurde! Wie konnte es sein, dass bisher lediglich die Befana Essen vorbeigebracht hatte, wo sich doch sonst bei einem Todesfall die Nachbarschaft mit Selbstgemachtem einfand? Sogar im Vento del mare hatten sie sich wegen ihres toten Untermieters die Klinke in die Hand gegeben. Konnte es wirklich die lächerliche Angst vor dem Fluch sein, weshalb sie sich diesmal zierten? Oder hatten sie darauf gewartet, dass der Leichnam im Haus aufgebahrt wurde? Nach der heutigen Freigabe würde das morgen vielleicht möglich sein – falls jemand in der Familie dazu in der Lage war, was sie für unwahrscheinlich hielt.

Aniello hatte nicht verdient, dass man ihn ohne eine anständige Trauerzeremonie beisetzte. Irgendwer musste sich kümmern. Sollte sie zu Don Pietro gehen und ihn um Hilfe bitten?

Ärgerlich hängte sie das Tuch an den Haken. Madonna! Hatten nicht viele in Pesaro del Monte piccolo Cattolica ihren Anteil an Aniellos Tod? Durch ihr Wissen um seine Pläne, den Vorteil, den jeder gern daraus gezogen hätte, und wegen des Klatsches, an dem sie sich weideten.

Nun – das war ganz klar ein Fall für Maria Baresi! Sie war die Richtige, um die Dorfgemeinschaft in die Pflicht zu nehmen. Jetzt gleich, dafür wollte Federica sorgen.

Giuseppes Fahrrad kam ihr wie gerufen. Sie klemmte die Schuhe auf den Gepäckträger und schob das Kleid über die Oberschenkel, bis die Naht knirschte. Ab morgen nur noch Hosen und keine Eitelkeiten mehr, um Garibaldi zu gefallen, schwor sie sich. Zumindest solange die Ermittlungen andauerten. Glücklicherweise führte der schnellste Weg zu den Baresis entlang der Befestigungsmauer und nicht über den Dorfplatz.

In den Fugen wuchsen unverwüstliche Pflanzen, blühten den widrigen Umständen zum Trotz auch ohne Erde unter den Wurzeln und nutzten den morgendlichen Tau zum Überleben. Unsichtbare Grillen zirpten, und Eidechsen hockten bewegungslos auf den rauen Steinen, die selbst nach Sonnenuntergang noch lange Wärme abstrahlten. Am Haupttor kreuzte Federica die Straße und passierte zwei kleinere Gassen. Beim Einbiegen in die Via Carretta hörte sie auf, in die Pedale zu treten, und rollte langsam aus, um nicht völlig außer Atem zu sein. Ein Mindestmaß an Souveränität wollte sie vor Maria schon ausstrahlen.

Sie lehnte das Rad, dem der Ständer fehlte, ans Haus und klingelte. Blumentöpfe nahmen die halbe Fassade ein, üppige Geranien quollen heraus, und statt Wäsche baumelte patriotisch eine Fahne von der Leine. Die Unterhosen des Bürgermeisters waren wohl zu intim, als dass jedermann sie sehen sollte.

Deutlich zu früh öffnete sich die Tür. Eine Haarklammer zwischen den Zähnen nestelte Federica noch an ihrer Frisur.

»Ach, Sie sind das! Ich dachte schon, es streunen wieder Katzen herum«, sagte Maria spöttisch. »Falls Sie zu Commissario Garibaldi wollen, muss ich Sie enttäuschen. Er nächtigt heute in Pesaro.«

Federica straffte die Schultern. Wahre Haltung kam von innen, auch ohne Schuhe. Unter Marias kritischem Blick steckte sie die letzte Haarsträhne fest. »Den Commissario brauchen wir nicht.« Sie schnallte die Pantoletten vom Gepäckträger, schlüpfte hinein und ließ den gespannten Drahtbügel zurückschnappen. »Ein Grappa könnte hilfreich sein oder ein Amaro. Es gibt viel zu tun.«

*

Unbemerkt verließ Ruggero Marinelli das Haus. Die Trattoria war geschlossen. Er würde sich etwas anderes dazu überlegen müssen, wohin er gegangen war, falls Eliza später fragte. Falls? Natürlich würde sie das tun! Seine Eliza war der neugierigste Mensch der Erde.

Ein paar Kugeln Boccia zu werfen wäre eine gute Ausrede gewesen, aber leider leicht zu widerlegen, und tatsächlich zum Spiel zu gehen eine blöde Idee. Seit Tagen war er so ungeschickt, dass es allmählich auffällig wurde. Was er auch anfing, er war nicht bei der Sache. Eher hätte er jemanden mit seiner Kugel verletzt, als damit auch nur in die Nähe des Pallino zu kommen. Überhaupt zog es ihn nicht zum Dorfplatz. Ständig wurde über Aniello, den Einbruch und den Fluch geredet. Er dachte ja sowieso schon dauernd daran. Erst recht, sobald er die Kirchentür sah, dann wurde ihm geradezu übel.

In der abklingenden Tageshitze kam leichter Wind auf. Eine Brise vom Meer. Doch Ruggero schwitzte weiter. Vielleicht sollte er zur Klippe gehen, um freier atmen zu können? Nicht zu nah ran, ein Sturz konnte schnell passieren – und nicht bis ans Wasser, vor dem er sich fürchtete. Schwimmen hatte er nie gelernt. An eine Hauswand gelehnt wischte er sich die Stirn und schaute argwöhnisch nach oben. Überall lauerten Gefahren: ein herabfallender Ziegel, ein umstürzender Baum, ein zu schneller Wagen. Es konnte ihn jederzeit erwischen. Er schlug ein Kreuz und murmelte ein Vaterunser. Nach Einbruch der Dunkelheit wollte er Don Pietro aufsuchen. Wenn es dann nicht schon zu spät war.

*

Ein unpassend fröhliches Lied auf den Lippen schlenderte Federica über das Plateau. Bald würden die ersten Sterne sichtbar werden. Ihr Plan war aufgegangen und Maria Baresi ganz in ihrem Element: Ihre fürsorglich ordnende Hand würde ab sofort die Dinge richten, womit ihr ein Platz in den Geschichtsbüchern von Pe-Mo-Ca zustand. Natürlich hatte Maria die Notwendigkeit, einzugreifen, längst kommen sehen und sich bestens vorbereitet. Im Zusammenspiel mit Don Pietro war vieles schon in die Wege geleitet worden, der Sarg, Blumenschmuck und ein Wagen für den Transport waren organisiert.

Für Federica war nur der Anruf in der Rechtsmedizin übrig geblieben, um zu klären, wann genau Aniellos Leichnam abgeholt werden konnte. Ein Wunder, dass sie Signor Vigliani erreicht hatte, aber der Mann schien kein Privatleben oder Zuhause zu haben. Alles Weitere war Sache der Nachbarinnen oder von Aniellos Vater, sobald der wieder bei Verstand und ansprechbar war. Im Interesse der ganzen Familie sollte die Beisetzung noch am morgigen Freitag stattfinden. Bis zum Nachmittag blieb wenig Zeit, doch jede zusätzliche Verzögerung verlängerte nur ihre Qual, und den Jungen das ganze Wochenende über im Haus zu behalten verbot sich schon wegen der Temperatur.

Federicas Kehle wurde eng. Sie sah Luisas große, ernste Augen vor sich, Mariellas argloses Zutrauen, spürte Damianos klebrige kleine Hand in der ihren. Schemenhaft flog Aniellos Bild an ihr vorbei, ein Lächeln unter schwarzen Locken. Wie sollte man einen solchen Verlust überstehen? Sie blinzelte.

Der Mond hing schmal und seltsam schwer am Himmel. In der Ferne beleuchteten bunte Lämpchen die Terrasse der Pension. Ihre heute von ihr etwas vernachlässigten Gäste saßen offenbar draußen, und jemand hatte die Lichterkette eingesteckt. Heimelig sah das aus und einladend, genau wie Matteo es sich immer vorgestellt hatte. Sie wischte sich über die Augen. Das Leben ging weiter, auch in Momenten, in denen man glaubte, alles müsse stillstehen. Im tiefsten Innern trug jeder seinen Schmerz allein.

Ein flüsternder Wind bewegte Gras und wilde Blumen, strich um ihre Beine, als wolle er sie grüßen. Das Vento del mare war ihr Leben. Es hatte sie nach Matteos Tod gelehrt, weiter zu atmen, zu essen, zu schlafen und zu lachen. Eine harte Aufgabe, dabei hatten sie einander nicht einmal geliebt.

Eine Motte flatterte vorbei, ihre Flügel weiß und durchscheinend, trug fort, woran Federica nicht denken wollte – während sich Lorenzo Garibaldi auf der anderen Seite des Monte San Bartolo mit einer Lupe über Karteikarten voller Fingerabdrücke beugte. Für einen Moment hob er den Blick zum Fenster. Doch statt des Mondes sah er nur die Spiegelung der gebogenen Tischlampe in der Scheibe.

Kapitel 14

In der Questura unweit der Piazza Del Popolo im Herzen der Stadt Pesaro lagen Aktendeckel und Unterlagen fein säuberlich ausgebreitet auf Lorenzo Garibaldis Schreibtisch. Es war Freitagmorgen, und somit waren seit dem Mord bereits drei volle Tage und Nächte verstrichen. An einer Wand klebten Notizzettel und eine grobe Skizze von Pesaro del Monte piccolo Cattolica. In der Mitte waren der Dorfplatz und die Kirche eingezeichnet sowie die wichtigsten umgebenden Häuser markiert, außerdem das der Familie Capizzi und Mauros Lokal. Das Vento del mare fehlte.

Mit großen Schritten ging Lorenzo auf und ab, während Spadafero und der Rechtsmedizinassistent ihm von ihren Stühlen aus zuschauten, wie Theaterzuschauer im Parkett.

»Mit unserer ersten Annahme von betäubendem Chloroform waren wir nah dran«, sagte Vigliani jetzt. Ohne die ständige Überwachung des Dottore blühte er sichtlich auf. »Tatsächlich habe ich Rückstände von Äther entdeckt, der ebenfalls zur Anästhesie bei Operationen verwendet wird. Er wirkt recht schnell, hat aber auch Tücken. Beispielsweise kommt es vor, dass die Patienten um sich schlagen, ehe die betäubende Wirkung einsetzt, was einige Minuten dauern kann. Auf dem Operationstisch schnallt man sie deshalb gern fest.«

»Daher die Haltespuren am Arm?«, vermutete Spadafero, und Vigliani nickte.

»In der richtigen Menge eingeatmet bekommt man einen Rausch, wird euphorisch – auch wenn man ihn trinkt, was nicht zu empfehlen ist, denn Äther greift langfristig die Magenschleimhaut an. Die Wirkung ist mit der von Alkohol vergleichbar, kann aber auch sofort tödlich enden, wenn man es übertreibt. Im letzten Jahrhundert war der Missbrauch in manchen Kreisen geradezu eine Mode. In der Lunge führt Überdosierung zur Atemlähmung. Leider ist bei unserem Opfer nur das Ersticken eindeutig, die flüchtigen Ätherdämpfe selbst lassen sich natürlich nicht mehr nachweisen.«

»Also haben Sie Äther auf Aniellos Kleidung gefunden?«

»Ja, an seinem Kragen und auf der Brust. Das könnte beim Trinken aus der Flasche passiert sein. Ist Geschmackssache, eigentlich ist das Zeug pur kein Genuss. Andererseits habe ich auch Äther in seinem Tonikum festgestellt und davon wiederum etwas in der Speiseröhre und am Hemd.«

»Was sagen uns die Fingerabdrücke, Spadafero?«

»An der Ätherflasche und dem Gefäß mit dem Tonikum sind ausschließlich seine eigenen. Ansonsten wurden an einigen Behältern Spuren gefunden, die wie von gewöhnlichem Gebrauch verwischt sind, andere Gegenstände wurden dagegen völlig blank poliert.«

Extreme Sauberkeit bei der Arbeit war eine Tugend – aber an einem Tatort ein Grund für erhöhte Skepsis.

»Er könnte also ein Opfer seiner Gier – seiner Sucht – geworden sein, weil er erst dem Alkohol, dann dem Rausch der betäubenden Dämpfe verfallen ist.«

»Diese Theorie hat nur einen Haken«, schränkte Vigliani ein.

Lorenzo nickte. »Oder sogar ein paar mehr. Die Flusen beispielsweise.«

»Korrekt. Er könnte zur besseren Dosierung des Äthers beim Einatmen ein Tuch verwendet haben. Dann wären jedoch Flusen in der Nase sehr viel wahrscheinlicher als im Rachenbereich, und es gäbe eher keine Rückstände auf der Kleidung. Was er im Magen hatte, hätte nie und nimmer für eine Vergiftung mit folgender

Ohnmacht gereicht. Bezüglich Ihrer Ferkelfrage kann ich mir dagegen vorstellen – je nach Gewicht des Tieres und der gefressenen Menge –, dass es sich an einer Vorgängerversion des Tonikums vergiftet hat. Vermutlich hat Aniello anschließend den Ätheranteil reduziert, aber es ist auch jetzt noch einiges drin. Was mir zur angeblich gesundheitsfördernden Wirkung eingefallen ist: Passend dosiert wirkt Äther nach dem Essen scheinbar positiv auf einen übervollen Bauch. Aber eigentlich lähmt er nur vorübergehend die Muskulatur des Magens.«

Spadafero raschelte in den Papieren, blätterte hektisch, während sein Gesicht sich rötlich färbte.

»Was ist los? Lassen Sie Ihre Gedanken hören, Giovanni.«

»Eine Sekunde, ich habe es gleich. Da ist es!« Er fischte den Bogen aus der Aktenmappe. »Tut mir leid, das hätte mir gleich auffallen müssen: Als die Leiche gefunden wurde, lag da auch eine leere Weinflasche auf der Stufe.«

»Ebenfalls mit seinen Fingerabdrücken, das wissen wir.«

»In seinem Körper war aber kein Wein«, sagte Vigliani entschieden. »Kein Tropfen.«

»Deshalb wollte ich nochmal nachlesen«, sagte Spadafero. »Wenn er weder aus der Flasche getrunken hat noch vor der Kirche getötet wurde, wieso war die Flasche dann dort? Sie muss vom Täter platziert worden sein. Die Aufzeichnungen der Kriminaltechnik liefern den Beweis: Es gibt ein eindeutiges Muster von Fingern und Ballen der rechten Hand. Ausschließlich. Und das ist merkwürdig.«

»Was stört Sie daran? Das Opfer war doch Rechtshänder.«

»Genau das ist der Punkt.«

Lorenzo rupfte eine Zeichnung des Fundorts von der Wand. »Die Flasche, die niemand sonst berührt hat, lag links von Aniello. Den Betrunkenen möchte ich sehen, der das fertigbringt, ohne mit der anderen Hand auch zuzugreifen.«

Sie hatten es mit einer Inszenierung zu tun, genau wie Federica vermutet hatte. Der Täter hatte seine eigenen Spuren entfernt und die des Toten angebracht.

»Die Kirchenstufe ist zur Mitte abschüssig. Dort wäre die Flasche leicht umgekippt oder heruntergerollt und kaputtgegangen. Was der Täter wegen des Lärms vermeiden musste.«

Lorenzo unterbrach seine Runde und blieb vor Spadafero stehen. »Richtig, darum die Position. Sehr gut beobachtet, Giovanni. Ich denke, er wollte damit erreichen, dass wir den Jungen für einen Trinker halten. Der allein trank, was seine Fingerabdrücke scheinbar belegen.«

»Man könnte auf einen alkoholbedingten Streit schließen, der eskalierte.« Spadafero hob den Kopf. »Nur hätte das ganz sicher jemand gehört. Wer streitet sich schon leise?«

»Alles nur Nebelkerzen.« Vigliani deutete auf ein Foto der Sichel. »Genau wie die Waffe.«

Falsche Fährten. Kaltblütiges Kalkül. Oder doch eine spontan eskalierte Überreaktion? Fest stand nur, dass der Stich in den Brustkorb post mortem erfolgt und somit ein unnötig gewalttätiger Akt gewesen war.

Lorenzo fuhr mit der Hand durch die Luft, als könne er so die hinderlichen Nebelschwaden vertreiben. Sie würden nach und nach jeden einzelnen Glutherd löschen. Bis sich zeigte, wer im Geheimen zündelte.

Der blinde Fleck, wie Federica es genannt hatte, nahm trotz allem ganz langsam Kontur an.

*

Beschwingt betrat Federica das Rathaus. Direkt hinter der Tür führten einige Stufen nach oben. Ganz sicher sollten diese dem normalen Bürger bei jedem Schritt die geltende Rangordnung vergegenwärtigen. Die kühle Düsternis im Unterschied zum sonnenüberfluteten Dorfplatz tat ein Übriges. Dies war kein Ort, an dem man sich wohlfühlte. Sie grinste. Da würde sich einiges ändern müssen. Gemäß Gemeinderatsbeschluss sollte hier bald eine Zentrale für Tourismusbelange eingerichtet werden. Noch schlummerte ein Archiv in dem dafür vorgesehenen Raum, und solange Garibaldi hier war, schmorte der Bürgermeister zwischen den alten Akten. Theoretisch zumindest, meistens fand Baresi eine Ausrede, sich anderswo aufzuhalten.

»Der Commissario ist nicht da, und Maria auch nicht.« Eine weibliche Stimme schallte Federica entgegen.

»*Buon giorno!*«, antwortete sie aufs Geratewohl und sprang leichtfüßig die Treppe hinauf. »Wer immer da ist!« Trotz gewisser Zweifel fühlte sie sich seit dem abendlichen Gespräch mit Maria befreit.

Im Flur vor dem Amtszimmer hockte Eliza Marinelli auf einem der Stühle, die in einer Reihe an der Wand aufgestellt waren. Ihre Füße dicht beieinander, die Knie geschlossen, schaukelte sie hin und her und stach dabei mit dem Stiel eines Kamms auf einen Lockenwickler ein. »Ich warte schon ewig auf Maria! Aldo meinte, sie müsste gleich kommen, aber das ist jetzt bestimmt schon eine halbe Stunde her. Ihretwegen habe ich den Laden geschlossen. Das ist doch zu dumm. Am besten geh ich wieder.« Ruckartig stand Eliza auf und drängte sich vorbei die Treppe hinunter.

Verblüfft schaute Federica ihr nach, dann klopfte sie und trat, ohne auf Antwort zu warten, ein.

»*Buon giorno*, Herr Bürgermeister!«, schmetterte sie in den Raum, den sie leer vorfand. »Signor Baresi, sind Sie da?« An der Zwischentür zum Sekretariat klopfte sie erneut und steckte den Kopf hinein.

Aldo Baresi balancierte ein angebissenes *cornetto* vor dem

Mund. Marmelade tropfte von seinen Fingern, eine Serviette steckte ihm im Hemdausschnitt.

»Bleiben Sie sitzen und lassen Sie es sich schmecken – ich bin gleich wieder weg.«

Sein schuldbewusstes Gesicht und die Erleichterung, die ihren Worten folgte, sprachen Bände. Dieses Hörnchen war ohne Marias Wissen auf seinen Teller gelangt, und den Krümeln zufolge war es mindestens das zweite. Der Gute nutzte die günstige Gelegenheit, denn seine Frau war heute wegen der Beisetzung sicher sehr beschäftigt. Dass er Eliza dennoch vor der Tür auf Maria warten ließ, war ihr gegenüber eine kleine Gemeinheit.

Zwinkernd verschloss Federica ihre Lippen und schlüpfte wieder hinaus. Die Tür lehnte sie hinter sich nur an. Bestimmt hätte sie Baresi ein Telefongespräch mit der Questura in Pesaro abringen können. Doch die Wahrscheinlichkeit, dass ihr Anruf Lorenzo um diese Zeit noch dort erreichte, war denkbar gering. Er musste längst unterwegs ins Dorf sein. Es würde sich irgendwann eine andere Chance ergeben, Baresis süßes Geheimnis auszuspielen. Ein kleines Ass im Ärmel schadete nie.

»Wenn der Commissario gleich kommt, richten Sie ihm Grüße aus und sagen ihm, dass ich da gewesen bin, ja?«, rief sie. »Ich muss ihn sprechen, und es ist dringend.« Mehr als das. Wie unendlich schwer es doch war, geduldig zu sein! Es brannte ihr unter den Nägeln, juckte in den Fingern und Füßen, sofort etwas zu unternehmen. Sie fischte einen Bogen Papier von Baresis Schreibtisch und schrieb zur Sicherheit eine Notiz mit dem Hinweis auf Gemma und neu erlangte Erkenntnisse. Zögernd biss sie auf ihrer Lippe herum, beließ es jedoch dabei. Alles Weitere lieber persönlich. Das Thema Fehlgeburt war heikel und keinesfalls für einen herumliegenden Zettel geeignet.

Kaum mehr als zwei Minuten nach Betreten der Amtsstube stand Federica wieder draußen an der frischen Luft.

Zu ihrer Überraschung war Eliza noch da. Ihr Anliegen an Maria musste wichtig sein. Federica setzte sich zu ihr auf die Bank unter den Platanen an der Bocciabahn. Ein wenig konnten sie ja gemeinsam warten, während sich Federica darüber klar zu werden hoffte, ob sie auch ohne Rücksprache mit Lorenzo zur Befana gehen wollte oder nicht.

Unter dem Sonnenschirm vor Iannazzos Laden fand sich heute wieder ein Ständer mit Postkarten und Souvenirs. Aufblasbare Schwimmringe schaukelten an den Querstangen. Das Leben kam wieder in Gang. Nebenan bei der Haustür kauerte Luigi auf den Fersen und warf Steinchen gegen die Wand.

Ein Motor war zu hören, dann eine fröhliche Hupe. In leichter Schräglage kurvte die dreirädrige Ape des Postboten ruckelnd auf den Platz und hielt jenseits des Brunnens an. Luigi hob den Kopf.

»Was meinen Sie, Signora Pellegrini, ob der Fluch wohl den Falschen getroffen haben könnte? Die Befana«, Eliza sprach den Namen ganz leise aus, »ist ja nicht unfehlbar. Meine Schwiegermutter – nur als Beispiel – kommt immer mal mit den Namen durcheinander, sogar bei den eigenen Kindern. Weil sie alt ist. Aber sie ist immer noch viel jünger als die Befana.«

Signor Pavone packte ein Bündel Briefe, grüßte den Barbier gegenüber, ging dann zu Luigi und zog etwas aus seiner Jackentasche. Was genau, konnte Federica nicht erkennen.

»Und da habe ich mich gefragt, was wohl passiert, wenn sie Aniello nur aus Versehen verflucht hat. Wegen einer Verwechslung. Obwohl er gar nicht der Einbrecher war.«

Mit ernstem Blick streckte Luigi nun seine Hand aus, auf der ebenfalls etwas lag. Ciro beugte sich hinunter und strich dem Kleinen über den Kopf, der ihm hinter vorgehaltener Hand etwas ins Ohr flüsterte.

»Denken Sie, dass es noch einen Toten geben würde, wenn die Befana merkt, dass ein anderer eingebrochen ist?«

Eifrig nickend drückte Luigi sein Tauschobjekt ans Herz – und lächelte.

»Das wäre nur konsequent«, antwortete Federica abgelenkt von der anrührenden Szene. Als Eliza aufstöhnte, ruderte sie zurück. »Rein hypothetisch, wenn der Einbruch das Mordmotiv gewesen wäre und funktionierende Flüche Wirklichkeit. Aber Sie wissen, dass diese Fluchgeschichte Unfug ist!«

»Kann sein. Aber ein Stich ins Herz, Signora Pellegrini, der tötet mit oder ohne Hexerei. Das müssen Sie zugeben.«

Was sollte sie darauf antworten? Ein Verweis auf die tatsächliche Todesursache verbot sich von selbst, wollte sie nicht die nächste Gerüchtelawine lostreten. Wer Hexerei in Betracht zog, nahm sicher auch hin, dass die Befana sich übernatürliche körperliche Kräfte zunutze machen konnte.

Vom Glockenturm der Kirche San Francesco flog gurrend eine Taube auf.

Luigi flitzte ins Haus, und Ciro verschwand im Laden.

»Grüßen Sie Signora Baresi.« Federica stand auf. Es war an Don Pietro, dieses Dilemma zwischen Himmel und Hölle aufzuklären, nicht an ihr.

Nickend fischte Eliza einen Zettel aus ihrer Kitteltasche. »Maria hat mich gebeten zu helfen.« Sie schniefte. »Haare sind Haare, hat sie wohl gedacht. Aber ich kann es nicht. Ich kann es einfach nicht.«

Daher also wehte der Wind! Jemand musste Aniello herrichten, damit Familie, Freunde und Bekannte sich von ihm verabschieden konnten. Diese Aufgabe wurde üblicherweise von der Befana übernommen, was angesichts der Gerüchte und Gemmas Zorn in diesem Fall unmöglich war.

»Wir können oft viel mehr, als wir meinen, Signora Marinelli.« Federica legte ihr kurz die Hand auf die Schulter und schaute dann zur Uhr. Eigentlich war es jetzt schon fast zu spät.

Versteckt hinter den Gläsern ihrer Sonnenbrille lächelte sie aufmunternd. Es fühlte sich verlogen an. Sie selbst lief ja schon vor den Lebenden davon.

»*Stia bene*«, sagte sie eilig und ließ Eliza sitzen. Maria würde eine Lösung finden, und sie brauchte dringend eine Ablenkung, um die Bilder von Aniellos aufgeschnittenem Brustkorb zu verscheuchen, die gerade jetzt wieder nach oben drängten. Etwas Positives, etwas Schönes, etwas ... wie Luigis Lächeln! Sie würde den Postboten abpassen und gleichzeitig ihre Einkäufe erledigen. An den Gemüse- und Obstkisten unter Iannazzos Markise wählte sie zwei Auberginen, prüfte mit dem Fingerknöchel klopfend die Reife der Melonen. Als sie sich umsah, war Eliza gegangen.

»Wie haben Sie das eben gemacht, Signor Pavone?«, fragte sie geradeheraus, als er aus der Tür trat.

»Ich?« Pavone hob die Hände. »Was es auch sei, ich schwöre, ich bin unschuldig.«

»Oh nein, das sind Sie nicht. Ich habe Sie vorhin beobachtet.« Zu den Auberginen gesellten sich einige Selleriestangen. »Seit dem Mord war Luigi ganz in sich gekehrt, aber Sie haben ihn zum Strahlen gebracht.«

»Ach, das!« Pavone lachte auf. »Kinder, eh? Wer versteht schon, was in den kleinen Köpfchen passiert? Mal sind sie traurig, mal fröhlich.« Er zwinkerte. »Ich verrate Ihnen ein Geheimnis, Signora – wenn Sie versprechen, mich ab sofort Ciro zu nennen.«

»*Va bene.* So machen wir das.«

»Kinder sind nur kleine Erwachsene. Zu verstehen, was sie glücklich macht, ist gar nicht so kompliziert. Bei Jungs zumindest. Ich gebe zu, bei Mädchen muss ich passen. Wir brauchen uns nur zu erinnern, wie wir selbst gewesen sind – und was davon geblieben ist. *Alora*, hier mein Rezept gegen Traurigkeit: Was lieben kleine und große Männer am meisten?«

»Italienische Männer?« Frauen und Wein schieden bei der Schnittmenge mit einem Knirps wie Luigi aus, blieben schnelle Autos und … »Fußball.« Federica grinste. »Das war wirklich leicht.«

»Schön und klug, Signora Pellegrini! Sie werden Ihrem Ruf gerecht.« Ciro schlug die Hände aneinander. »Unser kleiner Freund Luigi ist verrückt nach Sammelbildern. Dann und wann bring ich welche aus der Stadt mit, weil es die hier nicht gibt. Das ist alles. Fußball ist eine Sache des Herzens. Wer das nicht versteht – *perdono* –, der ist kein Italiener!«

»Und wer es versteht, aber kein Italiener ist?« Federica krauste die Nase. »Der ist dann wohl Sizilianer. Oder Engländer. Oder Deutscher?«

Dem verblüfften Ciro klappte der Mund auf, dann lachte er und drohte scherzhaft. »Nehmen Sie mich nicht auf den Arm!«

»Aber nicht doch. Ich finde das ganz wunderbar, Signor Pavone – Ciro. Gerade jetzt kann Luigi eine Aufmunterung bestimmt besonders gut gebrauchen. Wo genau bekommt man denn diese Sammelbilder?«

»Am Automaten, für zehn Lire das Stück. Und eine bunte Kaugummikugel gibt es noch dazu. Die rollt auf der einen Seite heraus, wenn man den Knopf dreht, und auf der anderen fällt die Pappkarte mit dem Bild hinter die Klappe. Auf der Rückseite steht alles über den Spieler, was wichtig ist.«

»Von so einem Automaten könnte ich mich glatt verleiten lassen. Jetzt verrate ich Ihnen auch ein Geheimnis: Ich liebe Fußball ebenfalls! Und vielleicht hätte ich ja Glück und dürfte Giuliano Sarti mit nach Hause nehmen!«

»Falls Luigi den hat, ist er womöglich zu einem Tausch bereit. Ich werde die Augen für Sie offen halten, Signora Pellegrini. Post habe ich heute übrigens keine für Sie.«

»Man kann nicht alles haben, nicht wahr? Einen schönen Tag noch, Ciro.«

Eine Plauderei mit ihm wirkte sich nicht nur auf Luigi positiv aus, stellte Federica auch heute wieder fest und ergänzte beschwingt die restlichen Zutaten für das Abendessen. Sie verwarf den Gedanken an die Befana und summte eine Melodie. Im Laden wartete sie geduldig, bis sie an die Reihe kam. Jede Minute erhöhte die Chance, dass Lorenzo in der Zwischenzeit draußen vorfuhr.

»Ich habe Luigi gerade lächeln gesehen«, sagte sie, während Angelo Iannazzo ihr ein Stück Caprino abwog. Der Geschmack von Ziegenkäse steckte voller guter Erinnerungen an Sizilien. »Er war recht still seit der Sache mit Aniello. Nicht wahr?«

»Jetzt, wo Sie es erwähnen.« Angelo wickelte den Käse in Papier und hielt kurz inne. »Stumm wie ein Fisch.«

»Du übertreibst.« Cristina Iannazzo nahm ihrem Mann das Käsemesser ab. »Außerdem war er schon das ganze letzte Wochenende muffelig. Ich würde wetten, dass ihn Giuseppe wieder gepiesackt hat.«

»Du hast ihn ausgeschimpft, weil er Freitagabend zu lange allein draußen war.«

»Der Kleine ist zu weich. Er wird untergehen, wenn er nicht lernt, sich zu wehren. Noch etwas, Signora?«

»Von dem da.« Federica zeigte die Menge des Höhlenkäses zwischen Daumen und Zeigefinger. »Lieber etwas mehr. Und ein Dutzend Eier.« Ihre Pensionsgäste würden heute bei ihr essen, für ein paar Extralire. Es war ein spontaner Entschluss beim Frühstück gewesen, dieses Angebot wieder aufzugreifen, aus dem sich kein grundsätzliches Umdenken in Sachen Restaurant ableiten ließ. Obwohl ihr einiges einfiel, womit sich eine Speisekarte hätte füllen lassen. Aber davon würde Lorenzo nichts erfahren. »Jedenfalls freu ich mich, dass Luigi mit Signor Pavone geredet hat. Das ist doch ein gutes Zeichen.«

»Wegen dieser Fußballbilder?« Cristina schnaubte. »Mal wieder. Als könnte er die nicht auch von uns bekommen. Und überall kleben hinterher diese scheußlichen Kaugummis!«

»Lass den beiden ihren Spaß, Carissima. Luigi ist stolz auf ihr kleines Geschäft – er denkt, wir wissen nichts davon –, und Pavone hätte auch gern einen Sohn, stattdessen hat er lauter Töchter.« Mit dem Bleistift tippte Angelo die Waren in ihrem Korb an und addierte im Kopf. »Wenn Sie mich fragen, hat er mit den Mädchen das bessere Los. Er muss sie nur gut verheiraten. Denke ich dagegen an unsere zwei oder die Capizzi-Brüder ...« Er seufzte. »Mauro ist ein feiner Kerl, der sich mächtig abstrampelt, um alles zusammenzuhalten und auszugleichen. Und was hat er davon? Nichts als Ärger. Sie haben von der Schlägerei gestern gehört?«

Federica nickte vage und hob auffordernd die Augenbrauen. Jede Tratschquelle versprach auch einen Funken Erkenntnis, und sie wusste definitiv noch viel zu wenig. Im selben Moment fiel ihre gute Stimmung in sich zusammen. An der Scheibe vor der Käsetheke klebte eine handschriftliche Ankündigung für Aniellos Beisetzung am Nachmittag. Maria Baresi dachte wirklich an alles.

*

Hätte er sich nicht freiwillig gemeldet, wäre Spadafero die Rundfahrt von Apotheke zu Apotheke wie eine Strafexpedition vorgekommen. Vom strahlenden Himmel brannte die Sonne herunter, und die Hitze im Wagen wurde unerträglich. Er kurbelte vorn beide Fenster nach unten, um sich den Fahrtwind um die Nase wehen zu lassen. Über den Feldern an der Strecke zwischen Cattolica und Pesaro hing eine Wolke aus Getreidestaub, färbte die Luft über Tage und Wochen in fahles Gelb, bis der letzte Halm abgeerntet war. Links der Straße ragten in einiger Entfernung die Zinnen des Castello di Gradara auf. Eine trotzige Festung, wie es in der Gegend viele gab. Überbleibsel einer vergangenen Zeit, für die Giovanni wenig übrighatte. Rechter Hand lag die Flanke des San Bartolo, und der Abzweig ins Dorf war nicht mehr fern. Bis er diesen nehmen konnte, hatte er allerdings noch einige Stationen vor sich. Eine zeitintensive Fleißarbeit, die ihm andererseits viele Freiheiten bot. Der Kommissar vertraute auf seine Intuition, welche Fragen es zu stellen galt, und auf sein Feingefühl.

Giovanni ließ den Abzweig hinter sich und erlaubte sich ein Grinsen. Andernfalls hätte Garibaldi auch Briatore schicken können, den stets schlecht gelaunten Ispettore, der allein von Signora Pellegrinis Namen schon juckenden Ausschlag bekam.

Eine gute Stunde später betrat er die Farmacia Alfano. Hinter dem prächtig geschnitzten Verkaufstresen nahm ein Schrank mit Schubladen und Auszügen die ganze Wand ein. In offenen Regalfächern standen Tiegel aus Steingut, Medizinflaschen aus braunem Glas und fein bemalte Majolica-Gefäße. Schon auf der Straße hatte ihn das Schild über dem Eingang beeindruckt. In verschnörkelten Lettern waren der Familienname sowie die Jahreszahl 1859 zu lesen. Einhundert Jahre Tradition. Die junge Frau im gestärkten weißen Kittel duftete nach Lavendelwasser und Sauberkeit, ihre gepflegten Hände lagen locker nebeneinander, und ihr Blick war offen und freundlich, als sie ihn begrüßte. Das änderte sich auch nicht, als er sein Anliegen vortrug.

»Ispettore Spadafero, aus der Questura in Pesaro. Ich brauche eine Auskunft zu den Ätherverkäufen der letzten sechs Monate. Vielleicht erinnern Sie sich an einen jungen Mann, der danach verlangte – oder würde sich darum eher Signor Alfano persönlich kümmern?«

»Wohl kaum. Mein Vater ist nur noch sehr selten im Geschäft, er hat mir die Leitung übertragen, sobald ich mein Studium abgeschlossen hatte. Das war vor fünf Jahren.« In ihrer Haltung lagen Selbstbewusstsein und Ernsthaftigkeit.

»Entschuldigen Sie, ich wollte nicht unhöflich sein. Ich hatte nur nicht gedacht, Sie sind so …« Hastig nahm Spadafero die Mütze ab. Bisher waren alle Apotheker, mit denen er gesprochen hatte, männlich gewesen – und alt. »So jung«, vervollständigte er und schalt sich einen Dummkopf. Natürlich hätte er darauf kommen können. Ihr Auftreten war nicht das einer Angestellten, und in bürgerlichen Kreisen schickte man auch Töchter schon lange gern zur Universität. Bildung war ein hohes Gut, und ein akademischer Titel schmückte die ganze Familie. Medizin, Jura, Pharmazie öffneten die Türen in womöglich noch bessere Kreise.

Finster zog der Ispettore die Augenbrauen zusammen. Psychologie wäre sein Fach gewesen und erst danach der Polizeidienst. Doch in *seinen* Kreisen war es schon eine Seltenheit, überhaupt einen Schulabschluss vorweisen zu können.

»Der Mann mit dem Äther«, unterbrach sie seine Gedanken und schmunzelte. »War der noch jünger als ich?«

»Achtzehn, Signora Alfano.« Spadafero gab ihr eine knappe Beschreibung. »Ein aufgeweckter Bursche mit Charme und Überzeugungskraft, wie man sagt. Aniello Capizzi aus einem Dorf oben am Monte San Bartolo. Etwa eins fünfundsechzig groß, gleichmäßiges Gesicht, sehr schlank.«

»Oh ja, an den erinnere ich mich gut.« Die Apothekerin lachte auf. »Ein Hallodri, haben Sie vergessen zu erwähnen! Der glaubte, er könne mit Schmeicheleien alles erreichen. Es war um Ostern herum. Dass er einen falschen Ausweis dabeihatte, habe ich gleich gemerkt und ihm selbstverständlich nichts verkauft. Äther ist gefährlich und, was viele nicht wissen, hochexplosiv, wenn man nicht sachgemäß damit umgeht.«

»Ein falscher Ausweis?«

»*Si.* Der auf dem Bild sah ihm sogar tatsächlich ähnlich. Den Namen weiß ich aber nicht mehr.«

»Könnte es Mauro Capizzi gewesen sein?«

»Durchaus möglich. Nicht, dass er aufgegeben hätte, als ich ihn erwischt hatte! Ein bisschen zerknirscht war er, aber nicht allzu sehr.«

Spadafero kaute am Ende seines Bleistifts. *Ragazzo pazzo.* Der verrückte Kerl lernte schnell. In zwei Apotheken war er vor seinem Besuch bei Signora Alfano abgeblitzt. Man hatte ihn wegen seines Alters weggeschickt, oder er war gegangen, als man ihn nach seinem Namen und dem Grund des Kaufs fragte. Hier hatte er es also mit dem Ausweis seines Bruders probiert. Ob er den wohl geliehen oder eher heimlich ausgeborgt hatte? Das machte einen großen Unterschied. »Ist der echte Mauro anschließend hier gewesen?«

»Nein, ganz sicher nicht.« Signora Alfano schüttelte die dunkelbraunen Locken. »Allerdings war ich im Mai bei einer Tagung. Warten Sie einen Moment.«

Sie verschwand hinter einer Tür, wo er sie kurz reden hörte, dann kehrte sie mit einem dicken Buch zurück.

»Mein Vater rührt gern noch Salben für seine Stammkunden an. Ihm ist weder der eine noch der andere Signor Capizzi untergekommen, sagt er. Zur Sicherheit werde ich einen Blick in unser Register werfen, dort halten wir die Abgabe bestimmter Medikamente oder riskanter Stoffe und Gifte fest.« Die Hand auf dem in Leder gebundenen Buch sah sie auf. »Nun verraten Sie mir bitte endlich, was er angestellt hat.«

»Er ist tot.« Sehr feinfühlig. Spadafero schämte sich ein wenig, als ihr Lächeln erlosch. Doch an dieser Tatsache gab es eben nichts zu rütteln oder zu beschönigen. »Ermordet, Signora Alfano, nachdem er mit Äther betäubt wurde.«

»Madonna! Wie furchtbar.« Sie atmete durch, klappte dann die Bügel einer Brille auseinander, die griffbereit in ihrer Brusttasche steckte, und schlug den dicken Folianten auf. »Ich hoffe sehr, dass ich nichts finde.«

In der akribisch ausgefüllten Liste war ihre klare Schrift gut von den langen Bögen des alten Apothekers zu unterscheiden, die Spadafero nicht entziffern konnte.

»Suchen Sie nicht nur nach dem Namen Capizzi«, bat er, einer Eingebung folgend.

»Wonach sonst?« Ihr Fingernagel markierte den zuletzt geprüften Namen.

»Suchen Sie nach einem Käufer aus Pesaro del Monte piccolo Cattolica. Egal, wie er heißt.«

»Oh? Interessant. Ich verstehe.« Signora Alfanos Blick verharrte kurz bei einem Eintrag ihres Vaters, dann blätterte sie weiter zurück. »Mai, April, März.«

Zeile um Zeile folgte Spadafero der Bewegung ihres Fingers und sog zischend die Luft durch die Zähne, als sie innehielt.

»Na so was«, sagte sie. »Ein Treffer. Tatsächlich.«

*

Knöchelchen klapperten in ihrer hohlen Hand. Die Befana hustete. Beißender Qualm stieg aus dem Räuchergefäß. Sie pustete hinein, um das Glimmen anzufachen, das sich einfach nicht einstellen wollte. Dabei sollten die Dämpfe ihrer Kräutermischung das Haus reinigen und nicht verpesten. Ihre Hand zitterte. Hunderte Male war das Ritual gelungen, nie zuvor war ein Zweig hineingeraten und hatte Feuer gefangen. Ein Poltern an der Tür ließ sie zusammenschrecken. Die weißen Knochenstücke entglitten ihr, kullerten über den Tisch und auf den Boden.

»Was willst du?«, schimpfte sie ins Gegenlicht und blinzelte. Ein Schatten schaukelte auf und ab. Wer wollte sie da zum Narren halten, trat auf der Stelle und sagte kein Wort? »Rede gefälligst!« Der Schatten bewegte sich, und blökend trabte eine Ziege heran.

»Dummes Vieh«, knurrte die Alte und zauste ihr das Fellbüschel zwischen den Hörnern. »Mich so zu erschrecken. Wo sind sie hin, die Knochen? Kann sie nicht finden, wenn ich sie nicht sehe. Kann nichts sehen, wenn ich sie nicht finde. Alles umsonst. Meine Henne, arme Henne. Das Gute schwindet. Dabei war es nah. Hab es gespürt und nicht gehalten. Nun ist's nirgendwo. Nirgendwo.«

Die Ziege nieste.

»Ja, ja.« Schwankend drehte die Befana sich um und goss Wasser in die Räucherschale. »Es geht zu Ende mit uns.«

Kapitel 15

Mit überschlagenen Beinen saß Federica auf Aldo Baresis Schreibtisch. Weder der Bürgermeister noch seine Gattin waren in der Nähe, und von Lorenzo, der vor ihr seine Runden drehte, musste sie deswegen keine Rüge erwarten.

»Gemmas Geschichte erklärt einiges«, sagte sie. »Eine Fehlgeburt ist eine große Belastung für Körper und Seele.« Dieses *Frauenthema* war dem Kommissar, wie den meisten Männern, sichtlich unangenehm. Genau das war Teil des Problems. Das Flüstern und Verheimlichen richtete Schaden an und hielt die Unwissenheit aufrecht. Dabei war der weibliche Körper, den sie mystifizierten, doch der Inbegriff dessen, was sie begehrten! Und wie bei jeder glücklichen Geburt – für die sich Väter auf die Schulter klopften – war auch an tragisch endenden Schwangerschaften zu Beginn immer ein Mann beteiligt gewesen. »Gemma überlebt mit Mühe, dann fühlt Aniello sich ausgerechnet von ihrer stärkenden Medizin – einem, nennen wir es mal Hexengebräu – inspiriert und stirbt.«

»Was keinen echten kausalen Zusammenhang zwischen den beiden Todesfällen herstellt, sofern wir den ganzen Hokuspokus mal außen vor lassen.«

»Natürlich nicht, logisch betrachtet. Niemand denkt, dass Aniello *an* dem Tonikum gestorben ist, aber *deswegen* vielleicht. Versuch, es durch die Augen der Familie zu sehen. Seine Begeisterung führte dazu, dass alle, die um die Totgeburt wissen, ständig daran erinnert wurden. Sie haben versucht, ihn zu bremsen, nur ohne ihm zu sagen, worum es wirklich ging. Gemma ist der Auffassung, dass die Befana Aniello hätte retten können, und die scheint das ähnlich zu sehen, was ihr seltsames Verhalten zumindest teilweise verständlich macht. Sie hat Gemma um Verzeihung gebeten.«

»Ich wiederhole mich: Wir bewegen uns immer noch im Reich der Magie. Dass sich beide Frauen eine irrationale Schuld aufladen, bringt uns dem Täter keinen Schritt näher.«

»*Si,* Signor Commissario.« Jedes Mal, wenn seine Bahn an ihr vorbeiführte, spürte Federica den Drang, ihn festzuhalten, seine ordentlich gekämmten Haare in Unordnung zu bringen oder die Sorgenfalte auf seiner Stirn zu küssen. Sie setzte sich auf ihre Hände. »Vielleicht bringt die Beisetzung neue Erkenntnisse. Wer was auf sich hält, wird heute Nachmittag den Trauerzug begleiten. Ich auch. Maria Baresi und Don Pietro haben sich um alles gekümmert, in Absprache mit der Familie. Das war jedenfalls der Plan. Inwieweit die sich wirklich beteiligt haben oder zu Wort kamen, steht auf einem anderen Blatt. Keine Kritik – nein, nein! Maria ist in solchen Sachen großartig, und ich bin mehr als dankbar, dass sie sich da so reingekniet hat. Ich kann mir kaum vorstellen, dass Aniellos Vater hilfreich war, und ob Gemma ihr Schneckenhaus verlassen hat, bezweifle ich. Hoffentlich schafft sie es auf den Friedhof. Sie wird es sich nie verzeihen, wenn sie –«

Das Telefon unterbrach ihren Wortschwall. Zur Sicherheit legte Lorenzo zusätzlich seine Hand auf ihren Mund, bevor er abhob. Federica biss in seine Finger. Bei aller Tragik des Falls empfand sie die Augenblicke ihrer erschlichenen Zweisamkeit als großes Privileg.

Er ließ los, und sie lehnte den Kopf an seinen, um mitzuhören. Am Apparat war Spadafero.

»Wo stecken Sie?«

»In Cattolica, schon fast auf dem Weg zu Ihnen. Aber Sie sollten besser sofort wissen, was ich herausfinden konnte. Aniello Capizzi hat in mehreren Apotheken versucht, sich Äther zu beschaffen, aber keinen bekommen. Jemand anderer aus dem Dorf dagegen schon.«

»Wer?«, rief Federica aufgeregt, was ihr einen tadelnden Blick einhandelte und Spadafero kurz ins Stocken brachte.

»Eliza Marinelli«, sagte er dann.

»Eliza?« Verblüfft packte Federica Lorenzos Arm und zog die Sprechmuschel zu sich. »Sind Sie sicher, Ispettore?«

»Ja, so steht es im Register der Apotheke Alfano: Eliza Marinelli, Vicolo di San Francesco, Hausnummer sieben.«

Lorenzo wartete, bis sie nickte. Die Adresse stimmte.

»Überhaupt wird Äther selten verlangt, hat man mir gesagt. Es gab jeweils ein, höchstens zwei Verkäufe in den letzten Monaten. Und nur unbedenklich kleine Mengen. Bis auf Signora Marinelli, die hat etwas mehr bekommen.«

»Eliza ist Maria Baresis beste Freundin«, erklärte Federica ihre Überraschung. »Ich bin nicht ganz sicher, ob du sie bereits kennengelernt hast. Sie betreibt den Frisiersalon, gleich hier um die Ecke.«

»Hm. Sonst niemand, Spadafero?«

»Niemand.«

»Gut gemacht.« Lorenzo hängte ein. »Dann werden wir Signora Marinelli jetzt einen Besuch abstatten.«

»Fein.« Federica rutschte vom Schreibtisch. »Auf ihr Gesicht und die Erklärung bin ich gespannt. Aber ich bin sicher, sie hat eine.«

»Vicolo di San Francesco ist nur einmal um die Ecke, ja?«

»An der Kirche rechts ab. Ein Katzensprung.« Ein hässliches Kribbeln erfasste Federica, kaum dass sie es ausgesprochen hatte. Ihre flapsig dahingesagte Bemerkung wog schwer. *Ein Katzensprung zum Fundort.* Es konnte doch unmöglich sein, dass es einen Zusammenhang gab, oder?

»Wie sollte sie Aniello etwas angetan haben, Lorenzo?«, fragte

Federica in der Gewissheit, dass er ihre Gedanken kannte, mehr noch – sie zuerst gedacht hatte –, und kramte nach ihren Nazionali. »Und vor allem, wieso?«

Lorenzo erwiderte nichts, hängte seine Tasche um und setzte den Hut auf, während sie ihre unter den Arm klemmte und umständlich ein Streichholz anriss. Sein Gesicht nahm einen wachen und zugleich unnahbaren Ausdruck an. Ein Zeichen höchster Konzentration, genau wie sein angespannter Kiefer. Wortlos hielt er die Tür für sie auf und sperrte hinter ihr ab. Federica schloss sich seinem Schweigen an, während sie nebeneinander über den Dorfplatz gingen.

Der Brunnen plätscherte, die Blumen dufteten, und sie sandte ein Stoßgebet hinauf zum Glockenturm. *Bitte, lass das alles ein Missverständnis sein, einen dummen Zufall!* Noch am Morgen hatte sie mit Eliza gesprochen, ohne ihr richtig zuzuhören. Der Fluch, die Sichel, abergläubischer Unfug.

Auf Höhe der Sakristei bogen sie ab.

Sie sog den Tabakgeschmack in sich hinein und fand diesmal weder Befriedigung noch Ruhe darin. Eliza als Mörderin, das war absurd.

Ein Holzkeil hielt die Glastür des Salons einen Spalt breit offen. Aufgeheizte Luft strömte heraus, es roch blumig nach Parfüm, Haarspray und beißenden Chemikalien. Das Glöckchen bimmelte ungehört. Eine der Trockenhauben brummte. Zwei weitere Kundinnen harrten mit eingedrehten Lockenwicklern darauf, dass sie an die Reihe kamen, und schrien gegen den Lärm des Gebläses an. Ihre Unterhaltung drehte sich um die Beisetzung Aniellos am Nachmittag und die unglücksseligen Umstände seines Todes. Von Eliza war nichts zu sehen. Es war ungewöhnlich, dass sie die Damen allein ließ und so das Gespräch verpasste.

Federica schlängelte sich zwischen den Frisierstühlen hindurch, kleine Haarbüschel stoben unter ihren Füßen auf. Der Besen lehnte unberührt an der Wand, die in denselben zarten Pastellfarben gehalten war wie die Einrichtung und die Umhänge zum Schutz der Kleider.

Lorenzo folgte ihr langsamer, nickte den Damen zu, die ihm sekundenlang mit offenem Mund im Spiegel nachschauten, ehe sie die Stühle näher zusammenrückten. Die Frau unter der Trockenhaube senkte die Zeitschrift, in der sie geblättert hatte.

»Ist das der Commissario aus Pesaro?«, brüllte sie. »Was will der denn hier?«

Federica klopfte am Nebenzimmer, das am hinteren Ende des schlauchartigen Raumes gleich neben der Treppe zum ersten Stock lag. Lorenzo bedeutete ihr, zur Seite zu treten, und riss beherzt die Tür auf.

Eliza Marinelli saß auf einem plüschigen Hocker und starrte ihn an wie den Leibhaftigen.

»Ist was passiert? Ist etwas mit Ruggero?« Ihre Augen kullerten schier aus den Höhlen. Aus ihrer Kaffeetasse stieg der Duft starker Bohnen und eines kräftigen Schusses Grappa.

»Nein, keine Sorge«, sagte Federica rasch und wechselte einen Blick mit Lorenzo. »Wir wollten Sie nicht erschrecken. Es ist laut draußen, da haben Sie uns wohl nicht gehört. Commissario Garibaldi hat nur eine Frage.«

Er spitzte kurz die Lippen, wog die richtige Taktik ab und entschied sich, auf eine einleitende Erklärung zu verzichten.

»Wo bewahren Sie den Äther auf, den Sie in der Farmacia Alfano gekauft haben?«

»Dort im Schrank.« Eliza wirkte ehrlich verwirrt, dass er davon wusste. »Warum?«

»Ich würde die Flasche gern sehen, Signora Marinelli. Wären Sie so freundlich?«

Federica nahm ihr die klappernde Tasse ab, stellte sie zu dem kleinen Kocher und dem goldbraun schimmernden Grappa. Ein guter *caffè corretto* half gegen manches Ungemach, doch konnte er nicht alles richten.

»Es ist ja nun schon Monate her, dass ich in der Apotheke war.« Elizas Hände zitterten, als sie sich am Schrank zu schaffen machte. »Was haben Sie denn damit vor? Wissen Sie, ich verwende den Äther für die große Spiegelfläche im Salon, nur damit bekommt man sie streifenfrei. Beim Putzen ist das mein Geheimrezept.« Sie zuckte bei dem Wort wie unter einem Schlag und drehte sich um. »Was wollen Sie wirklich?«

»Den Äther«, sagte Lorenzo geduldig. »Oder ist er nicht da, wo er sein sollte? Wurde bei Ihnen etwa auch eingebrochen wie bei der alten Befana?«

Eliza zuckte schon wieder, und Federica musste sich zwingen, keine Zwischenfragen zu stellen. Hatte Lorenzo vor, Eliza in eine Falle zu locken, oder zog er einen Einbruch tatsächlich in Betracht? Ungeduldig runzelte sie die Stirn.

»Wie k-kommen Sie auf einen Einbruch?« Fahrig rückte Eliza im Schrank Dinge hin und her, bis sie schließlich auf ein Fläschchen aus braunem Glas deutete. »Da ist er.«

»Nicht anfassen!« Lorenzo schüttelte ein Stofftaschentuch auseinander und nahm das Objekt vorsichtig an sich. Ein Aufkleber der Apotheke bestätigte die Herkunft. Er hielt es gegen das Licht der Deckenlampe, dann drehte er den Deckel ab. »Fehlt etwas, Signora Marinelli? Es ist fast leer.«

»Ja. Ich meine: Nein. Ich habe es beinah aufgebraucht. Geben Sie Acht, wenn Sie dran riechen! Wenn Sie zu viel einatmen, wird Ihnen schnell schwindelig.« Mit einem Mal schlug sie die Hände vors Gesicht. »Sie wissen es, nicht wahr? Deshalb fragen Sie nach dem Einbruch. Es war ein schrecklicher Fehler. Es tut mir so leid. Und ihm noch viel mehr. Ruggero ist ein guter Mensch, ich schwöre es Ihnen. Dass hinterher so was passiert, hat er nicht ahnen können.«

Der Kommissar nickte langsam, obwohl ihre Worte für ihn nur teilweise Sinn ergaben. »Also haben Sie Aniello mit dem Äther versorgt, den er in der Apotheke nicht bekommen hat – und dieser Ruggero hat Sie dazu überredet? Wer ist das überhaupt?«

»Er ist mein Mann.« Unter Tränen schüttelte Eliza den Kopf. »Und von meinem Äther – das schwöre ich – habe ich Aniello nie etwas abgegeben! Was sollte er denn auch damit?«

Ganz offensichtlich redeten Eliza und Lorenzo aneinander vorbei. Federica beschlich eine Ahnung, an welcher Stelle die beiden in unterschiedliche Richtungen dachten. Der schreckliche Fehler bezog sich nicht auf die vermeintliche Ätherbeschaffung für Aniello oder gar eine Zusammenarbeit.

»Ruggero war derjenige, der ins Haus der Befana eingebrochen ist«, warf sie ein. »Nicht wahr?« Darum hatte Eliza über einen fehlgeleiteten Fluch nachgedacht und ob die Befana eine zweite tödliche Verwünschung hinterherschicken würde. »Und Sie haben Angst um ihn.« Federica ärgerte sich. Wie nachlässig von ihr, dass sie es nicht gleich begriffen hatte.

Schluchzend knetete Eliza den Zipfel ihres Kittels. »Er ist gestern wegen seiner Schuldgefühle die halbe Nacht fortgeblieben, dann hat er mir seine Dummheit gestanden. Nicht mal zu Don Pietro hat er sich getraut, obwohl er doch beichten wollte. Na ja, der Herr weiß es sowieso, und er weiß auch, dass Ruggero der Alten nichts gestohlen hat.«

»Er hat ihr Rezept gesucht?«

»Eine dumme Idee. Weil der Junge in der Trattoria damit geprahlt hat, dass sie es nicht herausrückt, er es aber trotzdem kennt. Weil er eben schlauer ist als sie und schlauer als alle anderen im Dorf.« Eliza seufzte. »Was passiert denn jetzt mit Ruggero – muss er ins Gefängnis?«

Lorenzo packte das Fläschchen ein. »Es liegt keine Anzeige vor. Aber er muss eine Aussage machen. Das ist wichtig.«

»Apropos.« Federica deutete zur Tür. »Ich glaube, es wäre auch wichtig, dass Signora Marinelli sich wieder um ihre Kundinnen kümmert.« Es tat niemandem weh, Eliza den Schein wahren zu lassen. Schließlich war sie weder selbst verdächtig noch bestand Fluchtgefahr.

Eliza schenkte ihr einen dankbaren Blick. »Verstehen Sie, weshalb ich Maria einen Korb geben musste? Der Gedanke, Aniello die Haare zu kämmen, das Gesicht zu pudern und zu wissen, dass eigentlich Ruggero an seiner Stelle … Der Fluch hätte ihn treffen sollen.« Ihre Stimme versagte. »Das konnte ich nicht ertragen.«

»Haben Sie Maria die Wahrheit gesagt?«

Eliza schüttelte die auftoupierte Frisur.

»Holen Sie das schnellstmöglich nach«, riet Federica. »Sie ist Ihre beste Freundin.« Und eine Freundschaft durfte man nicht überstrapazieren. Es war schlimm genug, dass sie zuerst davon erfahren hatte. Falls Maria auf die Idee kam, Eliza hätte sie ihr wissentlich vorgezogen, sah sie einer düsteren Zukunft im Dorf entgegen.

»Wo finde ich Ihren Mann?« Lorenzo klappte die Tasche zu.

»Bei der Arbeit. Auf den Feldern der Familie Antognoni.« Eliza stockte. »Im Weinberg am Westhang. Sie wollen jetzt mit ihm reden – sofort? Muss das sein?«

»Ja, Signora. Das muss es.«

»Es wird ja nicht lange dauern, und die Polizei befragt viele Leute«, beschwichtigte Federica. Sie konnte sich lebhaft vorstellen, was Lorenzos Erscheinen auf dem Gutshof für einen Wirbel verursachen würde. Der alte Patriarch schätzte es garantiert nicht, wenn seine Landarbeiter ihre Tätigkeit unterbrachen. Und sei es nur für fünf Minuten. Ein offizieller Verdacht gegen ihn konnte Ruggero die Stellung kosten, und eine andere würde schwer zu kriegen sein.

»Er hat Aniellos Tod doch nicht gewollt und ihm selbst nichts getan!« Eliza wischte sich die Augen und stand auf.

»Einen Moment. Darf ich?« Federica tupfte ihr den dunklen Rand der zerlaufenen Wimperntusche ab und legte ihr dann kurz die Hände auf die Schultern. »Kopf hoch, Signora Eliza. Sie sind stark. Machen Sie sich keine Sorgen: Niemand wird Ihrem Mann einen Mord anhängen.«

Lorenzo nickte. Mörder wurden überführt, Unschuldige laufen gelassen. Eine Selbstverständlichkeit, von der er unter keinen Umständen abwich. Zu welcher Kategorie Ruggero Marinelli zählte, musste sich erst zeigen. Die Wahrheit rangierte immer an erster Stelle vor dem schnellen Ermittlungserfolg.

Er ließ den Frauen den Vortritt und durchquerte hinter ihnen den Salon. »Danke für Ihre Zeit, Signora Marinelli«, sagte er dabei laut und deutlich. Die Lockenwickler-Damen drehten synchron die Köpfe, in unverstellter Neugier. »Ich dachte mir schon, dass Sie auch keine Beobachtung gemacht haben.«

Mit zackigem Nicken wünschte er noch einen guten Tag, dann klingelte das Glöckchen über ihm, und Federica folgte in seinem Windschatten. Schlagartig sprudelte hinter ihnen das Gespräch im Salon über, als hätte jemand den Korken aus einer Sektflasche gezogen.

Nach einigen Schritten hielt Lorenzo an. »Was kannst du mir zu Ruggero Marinelli sagen?«

»Sehr wenig. Er ist ein einfacher Kerl, ein Landarbeiter im Dienst des Großbauern, genau wie Aniellos Vater. Nur größer und kräftiger.«

Vor ihnen lag die Kirche San Francesco in gleißendem Licht, das Mauersteine und Fugen deutlich hervorhob.

»Hm. Verstehe. Und außerdem ist er einer, der sich zu Aniellos Konkurrenten in Sachen Amaro machen wollte. Der berufsbedingt mit einer Sichel umgehen kann und durch seine Frau

Zugriff auf Äther hat – und das Wissen um dessen betäubende Wirkung, über das Eliza zweifelsfrei verfügt.« Sie selbst hatte Lorenzo auf die Gefährlichkeit aufmerksam gemacht. »Das war unser blinder Fleck, Federica. Die Frage, woher der tödliche Äther kam und wieso der Täter sich damit auskannte. Zudem ist Marinelli offenbar ein starker Mann, für den es leicht wäre, eine halbe Portion wie Aniello huckepack zu nehmen.« Seine Hand wies nach links und nach rechts. »Was denkst du?«

Die Gasse des heiligen Franziskus war eng und nachts schlecht beleuchtet, wie die meisten im Dorf. Bis zu den Stufen am Portal, wo Aniello gelegen hatte, waren es von der Einmündung aus höchstens zwanzig Meter. Und etwa genauso viele bis zum Salon.

»Theoretisch ist es möglich. Wenn Ruggero den Äther aus dem Salon benutzt hat, um Aniello zu betäuben, ist klar, warum auf der Flasche in der Experimentierküche keine anderen Abdrücke sind. Nur, wenn der Äther dort nicht von Eliza stammt, wo hatte Aniello den dann her? Oder liegt mein Denkfehler im Entweder-oder? Das würde ja bedeuten, dass Eliza lügt und ich mich von ihren Tränen drankriegen lasse.« Federica stampfte ärgerlich auf. »Außerdem denke ich, dass ich es hasse, in jedem einen möglichen Mörder zu sehen!«

»Willkommen in meiner Welt, Signora Pellegrini.« Lorenzo zog eine missmutige Grimasse. »Willkommen in meiner Welt.«

*

Im Schneckentempo kroch der Trauerzug über das mittelalterliche Pflaster, um allzu heftiges Ruckeln des Sarges auf dem Karren zu vermeiden. Don Pietro schritt voran, Mauro führte den Gaul, Familie und Gemeinde folgten. Wer nach der Messe nicht mit zum Friedhof kommen konnte, stand stumm Spalier. Selbst Radfahrer und Autos stoppten, nur einige Touristen reckten allzu neugierig die Hälse.

Federica hielt sich im Hintergrund, beobachtete mit halb gesenktem Kopf, was um sie herum passierte. In der Kirche war eine schier endlose Reihe an Besuchern an den trauernden Angehörigen vorbeigezogen, um ihr Beileid zu bekunden. Eine herzzerreißende Angelegenheit, bei der Damiano von einem Fuß auf den anderen hopste, Mariella mit ernster Miene auf ihren Zopfenden kaute und Luisas rote Augen Federica fast den Magen umgedreht hatten.

Maria Baresi hielt sich auch jetzt dicht bei den Kindern und Gemma, die an der Seite ihres Mannes ging. Seit gestern schien sie noch weiter in sich hineingekrochen zu sein. Weiß, emotionslos und mit leeren Augen glich ihr Gesicht dem Rohling einer Venezianischen Maske. Für wenige Stunden war ihr Sohn nach Hause zurückgekehrt. Ein stiller Fremder. Es war Viglianis fürsorglicher Hand zu verdanken, dass sie ihn noch einmal hatten ansehen können, wie Federica von Maria wusste. Elizas Hilfe war also gar nicht vonnöten gewesen.

Eliza hatte den Frisierkittel gegen ein schlichtes blaues Kleid getauscht, Schultern und Haare für den Kirchgang bedeckt. Eine große Sonnenbrille auf der Nase. Eine Mode, die mehr als einen Vorteil bot und an der niemand Anstoß nahm, im Gegensatz zu manch anderen Neuerungen.

Nervös trommelte Federica auf ihre Handtasche, die sie wie eben noch das Gesangbuch an den Bauch drückte. Von Ruggero keine Spur. Das war ein schlechtes Zeichen. Für die Beisetzung eines Dorfbewohners gewährte sogar Gutsbesitzer Antognoni seinen Leuten eine Arbeitsunterbrechung. Es blieb am Abend lange hell, die Zeit konnte anschließend leicht wieder hereingeholt werden. Abermals überflog ihr Blick die Köpfe. Hüte, Kappen, schütteres Haar, Hosen in Grau und Braun, schlecht sitzend und selten getragen, mal mit, mal ohne Jackett; eilig aus dem Schrank gezerrte Hemden mit zu engem Kragen. Es blieb dabei: Ruggero Marinelli fehlte. Und sie war gewiss nicht die Einzige, die das bemerkte. Vielleicht wäre es gut, sich Eliza anzuschließen und für alle Fälle an ihrer Seite zu bleiben. Noch wollte sie den Gedanken an eine mögliche Freundschaft nicht aufgeben.

»Signora«, raunte es nah an ihrem Ohr, und eine Hand berührte ihren Ellbogen. Sie fuhr herum. »Garibaldi!«

»Schsch. Leise.« Er zog sie ein Stück rückwärts.

»Was hast du mit Marinelli gemacht?«, flüsterte sie. »Sitzt er in Baresis Amtszimmer fest oder ist er auf dem Weg zur Questura? Wenn er nicht verhaftet wurde, sollte er hier sein, wie alle anderen.«

»Also ist er nicht da? Verdammt.« Lorenzo stöhnte auf. »Genau darauf hatte ich nämlich gehofft. Bei Antognoni hat man Spadafero und mich von einem Feld zum anderen geschickt. Jeder war sicher, ihn heute schon gesehen zu haben, aber keiner wusste, wo er abgeblieben ist.« Er biss die Zähne aufeinander. Die versammelte Trauergesellschaft verhinderte einen weiteren Fluch. »Na schön. Ins Blaue zu suchen hat wenig Zweck. Ich komme mit zum Friedhof. Falls er sich dort nicht blicken lässt, sehen wir morgen weiter. Mit der Familie wird heute nichts mehr anzufangen sein, und meine Leute brauchen eine Pause. Ist dir bisher etwas aufgefallen?«

Federica verneinte und blinzelte über den Brillenrand. »Du wirst mir wohl kaum deinen Arm reichen, um mich zu begleiten? Zu schade.« Sie ließ ihn stehen und beschleunigte ihren Schritt. Dabei wäre ihr beinah ein Lächeln entwischt. Leben und Tod lagen dicht beieinander.

Sekunden später reihte sie sich neben Eliza ein.

»Wo ist er?«, fragte sie direkt, aber leise genug, um keine weitere Aufmerksamkeit zu erregen. »Sie haben Garibaldi in die Irre geschickt und Ihren Mann gewarnt. Zu verschwinden macht ihn verdächtig.«

»Er hat einen Fehler gemacht, aber er ist kein Mörder.« Eliza hielt den Blick stur nach vorn gerichtet, und Federica musste sich anstrengen, ihr Flüstern zu verstehen. »Aber die Befana läuft weiter frei herum. Will Ihr Kommissar warten, bis es zu spät ist? Ich denke nicht, dass er Ruggero vor dem Fluch beschützen kann.«

»Dagegen hilft verstecken aber auch nicht.« Federica versuchte, sich dem gemessenen Gehtempo anzupassen, das ihrem Drang, vorwärtszupreschen, widersprach. Ihre Schritte gerieten immer wieder zu lang. »Hätte die Befana Aniellos Tod gewollt, hätte ein Fluch ausgereicht, ihn tot umfallen zu lassen. Der Stich ins Herz wäre unnötig gewesen«, flüsterte sie weiter.

Eliza geriet kurz aus dem Gleichgewicht, was dem unebenen Pflaster geschuldet sein konnte und den getönten Gläsern.

»Es ist ein Trick«, fuhr Federica gepresst fort. »Jemand gibt sich Mühe, uns glauben zu machen, die alte Frau könnte die Täterin sein. Ein Fluch und eine Sichel in der Brust. Das ist wirklich sehr dick aufgetragen.« Und es war noch dazu beides überflüssig, aber diesen Satzteil sparte Federica sich. Wie genau Eliza über die Todesursache im Bilde war, war schwer zu beurteilen.

»Ach, und das ist Ihr ganzer Beweis dafür, dass sie unschuldig ist? Na, Sie sind vielleicht naiv. Ein Trick – das spricht sie natürlich frei«, zischte Eliza in mühsam gedämpfter Lautstärke. »Es sei denn, es ist ein ganz besonders gut durchdachter Trick, der zweimal um die Ecke führt.«

Inmitten der aufgestauten Hitze zwischen den Häusern überrollte Federica eine eiskalte Welle, unter der sie ein vertrautes Glucksen zu hören meinte. Ob die Befana wohl Äther für ihr Tonikum verwendete?

Eliza beschleunigte, und Federica ließ sie ziehen. Ihre Gedanken fanden keinen Halt, und so zählte sie die Schritte hinaus durch das mittelalterliche Haupttor zum Friedhof, zählte die Minuten, bis die Gemeinde wieder versammelt war und der Pfarrer in seiner Liturgie fortfuhr.

Im Schatten der Wand aus Schiebegräbern sah sie Garibaldis schlanke, aufrechte Gestalt am Rand stehen. Die Hände gefaltet, das kantige Kinn angespannt, die Anwesenden genau im Blick. Er würde bleiben, bis alle gegangen waren, und sie musste vorher gehen. Es versetzte ihr einen unerwartet heftigen Stich.

Wenigstens konnte sie den Abend in netter Gesellschaft verbringen, auch wenn es wieder nicht seine war. Die Belgier tauten allmählich auf. Siedend heiß fiel ihr ein, dass am Spätnachmittag neue Gäste anreisen wollten. Unauffällig schaute sie auf ihre Armbanduhr. Sie würde sich sputen müssen, um vor dem Paar aus Britannien zu Hause zu sein.

Don Pietros Stimme hob sich über die Trauergemeinde, vier Männer schoben den Sarg ins vorgesehene Fach, und der Maurer setzte den ersten Stein, trennte Aniello Capizzi endgültig von den Lebenden.

*

Freitagabend, und das Geschäft florierte wieder. Touristen füllten die Tische auf dem Dorfplatz. Salvatore Farina rieb die Hände aneinander. Der schnöselige Kommissar aus Pesaro und sein spinseliger Helfer hatten die Trattoria freigeben müssen. Weil sie nichts fanden, was ihn oder Viola belastet hätte. Um richtig durchzuatmen, sah er trotzdem keinen Anlass. Ein Schatten lag über dem Dorf, den auch Don Pietros Worte im Trauergottesdienst über Vergebung und Miteinander nicht hatten vertreiben können. Was daran liegen mochte, dass der Pfarrer zudem den himmlischen Richter und das göttliche Schwert beschwor, die den feigen Mörder erwarteten. *Einer trage des anderen Last*. Doch die weltliche Mörderjagd oblag allein dem Kommissar. Auch das hatte der Pfarrer von der Kanzel aus klargestellt.

Ungeachtet dessen erging sich Salvatores Stammkundschaft weiter geradezu genüsslich in Mutmaßungen, was genau warum mit Aniello geschehen war und wer dafür verantwortlich sei. Dabei überboten sie sich an Geschmacklosigkeiten, machten weder vor der Familie noch vor Don Pietro halt – oder vor ihm. Sogar dass er als Wirt profitierte, weil Mauro sein Lokal für eine ganze Woche geschlossen hatte, war auf den Tisch gekommen. Mit dem Zusatz versehen, dass derjenige, der es aussprach, selbstverständlich völlig gegenteiliger Ansicht war. Salvatore knackte mit den Fingern. Andere gaben sich weniger Mühe.

Schon auf dem Weg zum Friedhof, mit gefalteten Händen und gesenktem Kopf hinter dem Sarg, hatte ihm Umberto Saletta wie Dreck am Schuh geklebt. Dabei hatte Salvatore sich am Grab im Hintergrund gehalten, doch Umberto blieb an seiner Seite. Nach den letzten Worten des Pfarrers, auf die allgemeines Gemurmel und Füßescharren einsetzte, waren seine Fragen nur so herausgesprudelt. Ob das Rezept dem Mörder in die Hände geraten sei, die Polizei es mitgenommen oder Salvatore es rechtzeitig gesichert hatte? Was man wohl tun müsse, um einen Blick drauf werfen zu dürfen? Was, um es ganz zu besitzen? Wie weit war Aniello wirklich gewesen? Farina müsse doch etwas wissen!

Salvatore biss die Zähne zusammen. Er hatte Umberto zum Teufel gejagt. Alles war genau, wie er es dem Kommissar gesagt hatte. Wieso sollte er lügen? Er hatte sich aus allem rausgehalten, nur den Schuppen zur Verfügung gestellt und den alten Destillierapparat, ein paar Töpfe, Wasser, Brennholz zum Anfeuern. Der Rest und vor allem die Zusammensetzung seines Gebräus war allein Aniellos Ding gewesen. Trotz des Ferkels.

Aus der Küche rief Viola. Sein Hilfskellner flitzte, schleppte Teller voll Essen an ihm vorbei ins Freie.

Jetzt, da alle Welt davon wusste, war es ein Problem – für den, der das Rezept besaß. Denn unter allen Spekulationen stellte dieses nach wie vor das beste Motiv für den Mord dar. Aniello war ein findiger Kerl, gewitzt und tüchtig. Aber kein Genie, dem alles auf Anhieb gelang. Er lernte aus Fehlern und Rückschlägen, von denen es einige gegeben hatte. Darüber musste er Notizen angefertigt haben. Salvatore grübelte, lag in den Nächten wach und starrte in die Sterne, glotzte tags Löcher in den wolkenlosen Himmel, bis seine Augen brannten. Doch der zündende Einfall, wo das Rezept sein könnte, war bisher ausgeblieben.

Im Vorbeigehen nickte er dem Bild der Bocciaspieler zu. Wenigstens der Ärger zwischen ihm und Capizzi war ausgeräumt. Eine neue Scheibe ersetzte das zerbrochene Glas. Ob Mauro ihm die Heimlichkeiten auch verziehen hatte?

Ein Geräusch vom Flur zog seine Aufmerksamkeit auf sich.

»Scher dich da weg!« Violas Stimme zischte.

»Nun hab dich nicht so!« Lucio Monza lachte. »Wem tut es denn weh? Ich wollte ja nur einen Blick –«

»Gibt es ein Problem?« Salvatore trat in den Durchgang zum Innenhof.

»Deine Viola ist eine Spielverderberin.« Lucio warf die Arme in die Luft und fuchtelte herum. »Sich so aufzuregen, nur weil ich mal gucken wollte! Es interessiert mich eben, wie jeden anderen auch, wie die Gelddruckmaschine vom kleinen Capizzi aussieht.«

»Er hat sich zum Anbau geschlichen!«, keifte Viola und wischte die feuchten Hände an der geblümten Schürze ab.

Aus der Gaststube wurde hämisches Gelächter laut. »Lucio und schleichen? Das wäre das erste Mal!«

»*Vaffanculo*«, raunzte Lucio. Eine Beleidigung, die er vorsichtshalber einschränkte. »Dich meine ich nicht, Viola. Nur die Idioten da drüben.«

»Was bildet ihr euch eigentlich ein?« Viola schubste den alten Fischer vor sich her und fuhr die versammelten Männer an: »Dass ihr euch alles erlauben dürft? Wenn eure Neugier so groß ist, dann fragt doch die Alte nach ihrem Rezept. Los doch, lauft, wenn ihr euch traut!«

Salvatore fluchte leise. Ihren Zorn verstand er nur zu gut, aber der war schlecht fürs Geschäft und für sein Ansehen.

»Ich regele das«, sagte er, wohl wissend, dass das Thema damit für Viola noch lange nicht erledigt war. Und wie alle anderen fürchtete Salvatore ihr Temperament.

*

Musik und der Rauch vieler Zigaretten füllten den Innenraum der Bar in Cattolicas Vergnügungsviertel. Tiefe Töne auf dem mächtigen Bass gezupft, schrille Akzente einer Trompete und eine samtige Stimme, deren Umfang keinerlei Begrenzung kannte und alles zu einem mitreißenden Ganzen zusammenfügte. Gejaule nannten es die Älteren, die ja sogar harmlose Schlagersänger als *urlatori* – Schreihälse – bezeichneten, obwohl diese beim Festival in San Remo, dem größten überhaupt in Italien, gefeiert wurden. Bei jeder Musik, die nicht traditionellen Mustern folgte, witterten sie den Untergang von Kultur, Sitte und Moral. Als wären sie selbst nie jung gewesen. Jazz und Rock 'n' Roll auch in Pesaro del Monte piccolo Cattolica – davon hatte Aniello geträumt.

Auf der Tanzfläche schoben sich Pärchen herum. Bunte Röcke flogen auf, lange und kurze Haare flatterten, geschminkte Lippen, darüber lachende Augen. Mauro wippte den Rhythmus mit und umklammerte sein Glas, das auf dem Stehtisch wässrige Ringe hinterließ. Amerikanische Coca-Cola mit Eis und Hochprozentigem. Teuer war das, aber wen interessierte das hier schon?

Er kippte das halbe Glas in einem Zug. Zwischen seinen Zähnen zermalmte er knirschend den Rest eines Eiswürfels. Die Kälte stieg ihm als brennender Klumpen in die Stirn.

Im verspiegelten Wandregal hinterm Bartresen reihten sich verlockende Flaschen nebeneinander. Dazwischen sah er Aniellos Gesicht, hörte deutlich seine Stimme. *»Genau das will ich auch! Siehst du nicht, wie viel Geld das bringt? Jeden Abend, Mauro! Heute ein dunkelroter, morgen ein goldgelber und übermorgen ein tiefbrauner Schwips. Du brauchst nur einen Kräuterbitter, Eis und Soda. Oder was, das prickelt. Die Farbe muss funkeln, dann nennst du es ein Modegetränk – einen Cocktail –, das einen fetzigen Namen trägt: Sonnenwasser. Mondscheinbitter. Und zack, schon läuft die Sache. Die Touristen saufen sich ihr Leben schön, obwohl es kaum schöner sein könnte. Was wollen sie denn noch mehr, als sich einen Urlaub leisten zu können? Also her mit ihren Scheinchen, wenn sie die unbedingt loswerden wollen!«*

Mauro knallte sein Glas auf den Tisch und fummelte auf dem Weg zur Theke eine Handvoll Lire aus dem Geldbeutel. Sein nächster Drink sollte rot sein. Unbedingt bitter und süß, wie Aniello es sich vorgestellt hatte. Er presste die Augen zusammen, blinzelte, schüttelte sich. Dieser blöde kleine Scheißer. Immer hatte er mit dem Kopf durch die Wand gemusst, nie klein beigeben können. Ob bei seinem magischen Tonikum oder bei Daniella. Eine Nummer zu groß, jeder andere hätte das sofort kapiert.

»Gib mir von dem Roten da«, forderte er den Barkeeper auf. Etwas mit Tradition. »Campari pur oder Aperol. Ist egal.«

»Vergiss es, Junge. Du bist fertig für heute.«

»Ist dir mein Geld nicht gut genug?«

»Wir wollen hier keinen Ärger. Also verschwinde. Ein bisschen plötzlich und leise.«

Mauro fuchtelte wieder mit den Scheinen. »Was stimmt denn nicht, wenn es nicht am Geld liegt?«

Der Barkeeper nahm ihm die Lire ab, stopfte sie in Mauros Hemdtasche und gab ihm einen Klaps auf die Wange. Sein Lächeln blieb ausgesucht freundlich. »Schau mal in den Spiegel, wenn du von allein nicht draufkommst. Ich tue jetzt so, als wären wir gute Kumpels, und drücke ein Auge zu, weil du dich bisher immer benommen hast. Das ist 'n anständiger Laden. Klar?« Beiläufig strich er sich die gelackte schwarze Haartolle glatt.

»Sicher, ganz anständig. Meinem Bruder, ja, meinem kleinen Bruder hast du auch von dem ganzen Zeug dahinten ausgeschenkt! Obwohl er noch nicht volljährig war. Vollgequatscht und um den Finger gewickelt hat er dich. Darin ist er echt gut.«

Noch immer lächelnd beugte der Barkeeper sich über den Tresen und packte Mauro am Ausschnitt. »Jetzt hör mir mal zu, mein Freundchen. Ich erinnere mich. Und darum weiß ich sehr genau, dass *du* ihn mitgebracht hast, diesen kleinen Bruder. Er war dein Anhängsel, und du hast ihn trinken lassen, weil er dir lästig war. Die Mädels sind auf ihn abgefahren, denn der Kleine ist witzig im Gegensatz zu dir. Und dabei hat er nicht halb so viel getrunken wie du heute. Geh schlafen und bring ihn nächstes Mal wieder mit.«

Mauro starrte auf die Flaschen mit den klangvollen Namen und den verzierten Etiketten, die Aniello zu Hause nachzuzeichnen versucht hatte. Unter der Barbeleuchtung brach sich das Licht in Glas und Flüssigkeiten, entfachte ein vielfarbiges Feuerwerk, grelle Punkte und filigrane Strahlen, betörend schön, gefangenen Sternschnuppen gleich.

Sein Blick schwamm im Trüben. Schwerfällig hangelte er sich zum Ausgang. Es würde sich leicht ein anderer finden, der ihm mehr zu trinken verkaufte. Mehr und mehr.

»Mir gefällt eure Musik sowieso nicht«, knurrte er über die Schulter. »Langweilig. Viel zu brav.« Und zu leise, um gegen Aniellos Stimme in seinem Kopf zu bestehen.

In der Abendluft blähte Mauro den Brustkorb und rückte unnötigerweise die dunkel getönte Sonnenbrille gerade. Es fühlte sich lässig an, sie trotz der späten Stunde zu tragen, auch wenn er deswegen weniger erkennen konnte. Musiker machten das manchmal, und sein malträtiertes Auge verschwand fast vollständig dahinter. Bis zum nächsten Tanzlokal war es nicht weit, dorthin schaffte er es sogar blind.

»Hab ich es dir nicht gesagt? In Cattolica, da wissen sie, wie man sich amüsiert und wie man Geld macht, Mauro.«

»Ja, Mann«, brummte er. So war es. Und in seiner Tasche brannte noch Geld, das unbedingt herauswollte, obwohl es in die Kasse des neuen Lokals gehörte.

Stunden vergingen. Der Schuppen war proppenvoll. Überall wurde getanzt, auf jedem freien Fleck zwischen den Tischen, zappelnd und kreischend. Und er mittendrin. Schweiß lief ihm aus den Haaren. Sein Hemd klebte am Körper, und er ließ wie Elvis die Hüften kreisen. Die Band spielte »Jailhouse Rock«, und Mauro kam aus dem Lachen nicht heraus, als er sich die Knastbrüder beim Tanz vorstellte. Er lachte so sehr, das ihm Tränen übers Gesicht liefen. Irgendwer zog ihn beiseite, nahm ihm das Glas weg, dessen Rand ausgebrochen war.

»Reiß dich mal zusammen«, flüsterte Aniello. »Du bist so peinlich, dass man sich für dich schämen muss!«

Wegwerfend fuhr Mauro sich mit der flachen Hand von der Kehle zum Kinn. Das war ihm doch egal. Er legte den Kopf zurück, drehte sich im Kreis – und dann drehte sich alles: Tische, Stühle, Gläser, Menschen, Lichter. Mauro ging in die Knie. Er merkte nicht mehr, dass er aufgefangen wurde.

KAPITEL 16

Mitten in der Nacht schreckte Federica aus dem Schlaf. Sie lauschte ins Dunkel, zog an der Schnur unter dem Lämpchen an der Wand. War da jemand? Etwas rumpelte, und kurz darauf klopfte es mit längeren Pausen zwischen den einzelnen Anschlägen, was unschlüssig wirkte. Das Geräusch kam von der Haustür. Ihre Gäste lagen alle in den Betten, Lorenzo war nach Hause gefahren. Ein Einbrecher hätte keine Mühe gehabt hereinzukommen, die Tür war unverschlossen.

Sie richtete sich auf, schwang die Beine über die Kante. Im trockenen Gras knisterten Schritte. Schnell löschte Federica das Licht, schnappte eine ihrer Holzpantoletten, wog sie in der Hand und befand sie als passende Verteidigungswaffe. In Zeitlupe erhob sie sich, um jedes Knarren zu vermeiden. Vor dem Fenster zeichnete sich ein Schatten ab.

»Signora Pellegrini? Hören Sie mich?«, wisperte eine Männerstimme. So leise, dass sie den Sprecher unmöglich erkennen konnte. »Bitte nicht erschrecken!«

Das zögerliche Klopfen wiederholte sich, diesmal direkt an der Scheibe des offenen Fensterflügels. Mit einem Ruck zog Federica den Vorhang beiseite und machte sofort einen Schritt rückwärts. Ihr Gegenüber zuckte ebenfalls und starrte erschrocken auf den erhobenen Schuh.

»Davide?« Sie ließ den Arm sinken.

»Entschuldigen Sie, Signora.« Davide Tardelli atmete hörbar aus. »Tut mir leid, Sie so zu überfallen. Ich brauche Ihre Hilfe – Mauro Capizzi braucht sie, genau genommen. Ich wusste nicht, wohin mit ihm, und Sie … na ja, Sie …«

Zwischen seinen unausgesprochenen Worten spürte Federica etwas Verbindendes, wie schon bei ihrer Zigarettenpause auf dem Roller. Davon abgesehen hätte allein die Erwähnung von Mauros Namen genügt, um sie zu ködern.

»Kommen Sie rein – aber nicht durchs Fenster!« Das fehlte ihr noch, dass ihn jemand in ihr Schlafzimmer einsteigen sah. Zwar lag die Pension ein ganzes Stück außerhalb des Dorfes, doch man konnte nie wissen, welcher neugierige Kater irgendwo herumschlich. »Die Vordertür ist offen.«

Federica schlüpfte in einen dünnen Morgenmantel, verknotete den Stoffgürtel und huschte über den Flur. Verlegen stand Davide vor der Schwelle und schüttelte den Kopf, als sie ihm bedeutete, einzutreten. Mit dem Daumen wies er weg vom Haus, und sie trat ins Freie.

Vor der Terrasse parkte an Stelle der erwarteten Vespa ein Abschleppwagen mit dem gut sichtbaren Schriftzug Tardelli & Sohn an der Seite und auf der Motorhaube. Unauffällig ging definitiv anders. Das Gefährt erklärte das Rumpeln, von dem sie erwacht war. Zum Glück hatten ihre Gäste einen gesegneten Schlaf, was sie zu einem großen Teil der Sonne, dem guten Essen und den italienischen Weinen verdankten.

»Sie haben Mauro abgeschleppt?«

»Sozusagen. Lange Geschichte.«

»Ich höre gern zu.« Federica lief neben ihm her. »Aber zuerst will ich wissen, wobei ich helfen soll.«

»Mauro ist …« Davide seufzte. »Er liegt im Wagen, sturzbetrunken, und so sollte ihn besser niemand sehen. Wenn ich ihn nach Hause bringe – egal ob zu ihm oder zu mir –, weiß morgen jeder im Dorf Bescheid. Er hat schon genug mitgemacht, die ganze Familie, da braucht keiner noch eine Blamage obendrauf oder er ein zweites Veilchen von seinem Vater.« Er schaute ihr in die Augen. »Sie wissen, wie es sich anfühlt, wenn alle tuscheln. Kann er hierbleiben, bis er den Rausch ausgeschlafen hat?«

Federica zögerte keine Sekunde. »Dafür will ich die ganze Geschichte hören. Sobald wir ihn ins Bett gepackt haben.«

Es kostete einige Mühe, den halb bewusstlosen Mauro aus dem Führerhaus zu ziehen. Er roch atemberaubend scheußlich nach einer Mischung aus Schweiß und hochprozentigem Alkohol. Sein Hemd war völlig durchweicht. Gemeinsam stützten sie ihn ab, wobei das Hauptgewicht auf Davides Schultern lastete, und schleiften ihn ins Haus. Stumm dirigierte Federica Davide ans Ende des Flurs und direkt in ihr Schlafzimmer. Ein anderes war zwar im oberen Stockwerk frei, doch Mauro die Treppe hinaufzubugsieren war unmöglich.

Federica zog ihm das Hemd aus und hängte es an den Fenstergriff, wo es im Luftzug schaukelte.

»Drehen Sie ihn auf die Seite, für den Fall, dass er speien muss«, wies sie Davide an und besorgte derweil einen Kübel, den sie griffbereit hinstellte. Das Kissen, auf dem vor wenigen Tagen noch Lorenzos Kopf gelegen hatte, stopfte sie ihm stabilisierend hinter den Rücken und deckte ihn zu.

Die Nacht war mild, sie würde den Rest davon draußen auf einem der Liegestühle verbringen. Zunächst aber wollte sie hören, was Davide zu berichten hatte.

Sie lehnte die Tür an und nahm ihn mit ins angrenzende Esszimmer. Es war halb drei in der Früh, und sie hatte nicht vor, jetzt *caffè* zu kochen oder ihm etwas anderes anzubieten. Obwohl sie selbst durchaus etwas zu trinken vertragen hätte. Am liebsten einen *Zammu.* Anisschnaps mit etwas Wasser, dessen scharfer Geschmack den Geist belebte und die Seele beruhigte. Bilder ihrer kargen sizilianischen Heimat tanzten vorbei, geräuschlos wie der Flügelschlag einer Fledermaus, die pfeilschnell durch die Nacht jagte.

Davide setzte sich und fummelte seine Zigaretten heraus, als sie ihre Zustimmung signalisierte.

»Das mit Mauro kam so«, begann er. »Ich habe ein paar Urlauberinnen zu einem Tanzabend mit Livemusik nach Cattolica gefahren.«

»Mit dem Abschleppwagen?«

»Sie waren zu fünft. Einzeln nacheinander auf dem Roller, na, das hätte ja ewig gedauert. Im Schlepper können zwei vorn mit rein und drei hinten neben der Winde sitzen, da ist viel Platz, und es ist total ungefährlich, wenn kein Wagen angehängt ist.«

»Ein illegaler Taxibetrieb.«

»Dafür ist mein Preis besser. Jedenfalls war ausgemacht, dass ich sie auch wieder abhole. Mit dem Schlepper kann ich natürlich nicht bis vor die Tür. Also habe ich ein Stück weiter weg geparkt und bin hingelaufen. Ich war ein bisschen früher dran als verabredet und habe an der Tür Ausschau gehalten. Da fällt mir Mauro geradezu vor die Füße. Sie wollten ihn rauswerfen, zu Recht eigentlich. Sich bis zum Umfallen zu betrinken ist einfach schlechtes Benehmen, und ich kann das gar nicht leiden. Aber in dem Fall, wegen der Bestattung und so, habe ich ein gutes Wort eingelegt, und sie haben ihn in eine Ecke gesetzt, bis ich wiederkam. Zuerst musste ich natürlich die jungen Damen nach Hause bringen. Gemeinsam mit ihm – bei seinem Zustand –, das ging ja nicht.«

»Das war sehr anständig von Ihnen, Signor Tardelli.«

»Ach was«, wehrte er verlegen ab. »Es ist doch so: Wenn ich an seiner Stelle wäre und man meinen kleinen Bruder ermordet hätte, dann würde ich vielleicht auch Dummheiten machen und wäre froh, wenn mich jemand einfängt.«

»Welche Dummheiten?«

»Das Trinken, meine ich. Schon verrückt, es ist ja kaum eine Woche her, da hat er selber Aniello aus der Trattoria gezerrt und zum Ausnüchtern mit zu sich genommen, damit die Eltern nichts merken. Mauro hat gepennt, als ich ihn aufgesammelt habe, und im Auto vor sich hin gefaselt im Halbschlaf und …« Peinlich berührt unterbrach er seinen Satz, den er mit einem Schulterzucken dann doch beendete: »Geheult.«

»Es ist spät, Davide. Ich bin müde und habe keine Lust auf Rätselraten. Was war daran besonders?«

»Gar nichts, eigentlich. Es ist nur, weil Sie mich nach einer Freundin gefragt hatten. Mauro hat von einem Mädchen erzählt, mit dem er selbst mal aus war. In die hat sich dann Aniello verknallt. Muss letztes Jahr gewesen sein, bevor er mit seinem Amaro angefangen hat. Meinetwegen hätte er sie haben können, hat Mauro gesagt. Gleich dreimal. Anscheinend wollte sie aber keinen von beiden.«

»Wissen Sie, wer sie ist?«

»Keine aus dem Dorf.« Davide zerdrückte die Kippe und schob den obligatorischen Kaugummi nach. Seine Frau hasste es, wenn sein Atem nach Tabak roch. Seit Beginn der Schwangerschaft wurde ihr schlecht davon. »Eine unglückliche Liebe ist besser als gar keine, oder? Wenigstens hatten sie keinen Streit wegen ihr. Man kann es sich ja nicht aussuchen, für wen das Herz schlägt.«

Federica begleitete ihn nach draußen. Rasselnd sprang der Schlepper an, verbreitete Lärm und Gestank, während Davide wendete und durch die Schlaglöcher zum Dorf hin verschwand.

Hinter den Fenstern der Pension blieb es dunkel. Von irgendwo klang gelegentliches Schnarchen, mischte sich mit den schrillen Tönen einer aufgeschreckten Grille.

In eine dünne Decke gewickelt rollte Federica sich auf einem Liegestuhl ein. Sie stellte sich vor, was in Mauro vorgegangen sein mochte, dass er an einem Abend wie diesem tanzen ging. Es fiel ihr leicht. Den Drang, sich der eigenen Lebendigkeit zu vergewissern, egal, wie schmerzhaft das Erwachen sein würde, kannte sie gut. Nach Matteos Tod hatte sie sich mehr als einmal in kurzlebige Abenteuer gestürzt.

Davides Worte hallten in ihr nach, und sie schloss die Augen. In der klaren Luft unter den Sternen spürte sie den Sog der Nacht, schmeckte das Salz des Meeres wie Tränen auf der Haut, und eine brennende Sehnsucht breitete sich in ihr aus. Die Liebe war ein merkwürdiges Ding.

Schneller als erwartet kam der Schlaf über sie, schwer und tief. Finsternis hüllte sie ein, durchkreuzt von einem Satz, kurz aufscheinend wie ein fallender Stern.

Und Kain erschlug seinen Bruder Abel.

*

Um Lorenzo Garibaldis Stimmung stand es schlecht an diesem frühen Samstagmorgen. Die Sommerhitze machte ihm zu schaffen und noch mehr der langsame Fortgang ihrer Ermittlungen. Mit der im August üblichen Notbesetzung seiner Abteilung ließ sich intern manche Verzögerung erklären, aber ihn befriedigte das nicht. Zwar saß ihm in Pesaro del Monte piccolo Cattolica niemand direkt im Nacken und forderte Ergebnisse, die Familie des Toten wich ihm eher aus, doch das Exil in Baresis Amtsstube konnte keine Dauerlösung sein.

Heute war er als Beifahrer mit Spadafero im Streifenwagen hergekommen. Dankenswerterweise hatte der als Erstes die Caffettiera im Nebenzimmer aufgestellt. Signora Baresis emsige Versorgung hatte etwas nachgelassen.

Lorenzo stippte gerade einen drei Tage alten Biscotto und lutschte daran, als es klopfte und die Tür aufging.

Sein Herz machte einen kleinen Hüpfer, doch herein platzte leider nicht Federica, sondern ein Mann. Er trug seine Arbeitskleidung, ein Hemd mit ausgeblichenen Streifen und eine lange braune Hose, von grauen Trägern über den Schultern festgehalten. Auf Bauchhöhe hielt er einen Hut mit zerfranster Krempe, den er verlegen zwischen den Fingern knetete.

»*Buon giorno*«, murmelte er. »Ich bin Ruggero Marinelli.«

Mit einer knappen Kopfbewegung wies Lorenzo ihn an, sich zu setzen, und lutschte den Keks zu Ende. Marinelli sah derangiert aus, als hätte er die Nacht in einem Stall verbracht, und roch dementsprechend.

»Schön, dass Sie gekommen sind, Signor Marinelli.« Er stellte ihm ein Glas Wasser und das restliche Gebäck hin. Nach kurzem Zögern langte Marinelli zu. Allzu komfortabel war sein Quartier demnach nicht gewesen – und ohne Frühstücksservice. Letztendlich spielte es keine Rolle, wo der Mann sich verkrochen hatte. Er war hier, und das aus freien Stücken. Oder auf Elizas Initiative, die Federica gestern entsprechend bearbeitet hatte.

»Ich bin ganz Ohr. Was haben Sie mir zu sagen?«

Den Mund voller Brösel hob Ruggero Marinelli die Schultern, kaute, schluckte.

»Tut mir leid«, nuschelte er dann. »Das mit Aniello. Dem hab ich kein Haar gekrümmt. Das ist die Hexe gewesen. Aber eben wegen mir. Das schon.« Er rieb seine von Bartstoppeln übersäten Wangen. »Ich hab nur … Alles wegen meiner Frau! Wenn die nicht mit ihrem Salon … da wollte ich halt auch. Sie verstehen das, oder? Sie sind ein Mann, genau wie ich, und als Mann, da muss man eben … Die Weiber heutzutage sind doch alle verrückt geworden!«

Lorenzo verbiss sich sowohl ein Grinsen als auch eine Zustimmung. Aus dem laut seiner Ehefrau so maulfaulen Ruggero sprudelten die Worte geradezu heraus, wenn auch nicht in unmittelbar verständlichem Zusammenhang.

»Überall reden sie mit, wollen selbstständig sein, arbeiten und eigenes Geld verdienen. Wie steht unsereins denn da, vor den Nachbarn und den eigenen Kindern, wenn die Frau mehr nach Hause bringt als man selbst?«

Lorenzo ging nicht darauf ein. »Sie verstehen was vom Weinbau und von Schnapsbrennerei.«

Marinelli nickte. Allzu lange würde die Hutkrempe seiner nervösen Zupferei nicht mehr standhalten.

»Und da dachten Sie: warum kein Amaro? Was der kleine Capizzi draufhat, das kann ich schon lange.«

Ein gedehntes Seufzen ersetzte eine Antwort, und Lorenzo hätte am liebsten eingestimmt. Ohne ein Rezept war Marinelli chancenlos, so viel war gewiss. Und selbst mit einer exakten Anleitung für den Kräuterbitter hätte es wohl kaum besser ausgesehen. Denn Ruggero Marinelli brachte weder die Fantasie und Kreativität noch jene geduldige Experimentierfreude mit, die Aniello offenbar ausgezeichnet hatten. Marinellis Griff nach den Sternen war nicht mehr als eine Verzweiflungstat gewesen, in der Hoffnung auf schnelles, leicht verdientes Geld, ohne echte Ambition.

»Den Einbruch im Haus von Signora Benedetta – der Befana – geben Sie zu?«

»*Si,* Signor Commissario. Bin ich nicht stolz drauf, und gefunden hab ich auch nichts. Weil ihre Viecher mich angegriffen haben! Ein Huhn ist mir direkt ins Gesicht.« Zur Verdeutlichung holte er aus, wehrte das Tier mit der Handkante ab und fegte es aus der Luft. »Ist auf den Boden geklatscht, hat 'n paar Federn verloren und ist liegen geblieben. Da war erst mal Ruhe, bis die Ziege kam. Zum Glück nicht der Bock. Und dunkel ist es da drin, wie in einer Höhle, kein normaler Mensch kann sich da zurechtfinden.« Er schlug ein Kreuz, seine Pupillen groß wie schwarze Oliven, die Stimme heiser. »Nur Höllenkreaturen.«

»Wann genau ist das gewesen?«

»Na, Freitagabend.«

»Wegen Aniellos Angeberei am Donnerstag.«

»Ähm – also ja, auch –, aber vor allem, weil sie da weg ist. Weiß jeder. Sie läuft zu der Zeit immer irgendwo auf dem Weg an der Klippe herum, manchmal auch zur Ruine. Bis nach Sonnenuntergang. Ist 'n günstiger Moment, hab ich gedacht. Bloß mit den Viechern hab ich halt nicht gerechnet. Ging gerade so alles gut.« Ruggero verzog das Gesicht. »Vom Fluch abgesehen und dass ich mit leeren Händen raus bin. Aber ich sag Ihnen, da war etwas …« Er deutete auf seine Augen. »Als ob das Haus selbst mich beobachtet. Ich schwör's.«

Im Flur des Rathauses knallte die Eingangstür, und er verstummte. Schwere Schritte polterten auf den Steinstufen.

»Commissario, Commissario!«

Lorenzo bedeutete Marinelli, sitzen zu bleiben.

Salvatore Farina sparte es sich zu klopfen und stürmte direkt bis zum Schreibtisch. Die lange grüne Schürze spannte über seiner wild pumpenden Brust. In seiner Ecke erhob sich Spadafero, stellte sich breitbeinig bereit, um auf Zuruf einzugreifen.

»Schnappen Sie den Sauhund, bevor ich ihn in die Finger kriege! Das Hoftor und den Anbau hat er aufgebrochen und verwüstet. Was soll das, frage ich Sie? Wer macht das und wieso? Bildet sich da wer ein, es gäbe noch was zu finden, nachdem eine Horde *piedipiatti* durchgetrampelt ist? Ein Rezept, das es nicht gibt, unter einem der Bodenbretter – die es auch nicht gibt?«

»Signor Farina, falls es Ihnen entgangen ist: Ich befinde mich gerade in einem –«

»Ja, ja. Ich bin ja nicht blind. *Ciao,* Ruggero.« Salvatore Farina starrte ihn einen Moment lang an, dann schüttelte er anklagend den Zeigefinger unter dessen Nase. »Wo hast du gestern eigentlich gesteckt? Und heute Nacht – hä? Mal nachgesehen, ob in meinem Anbau was zu holen ist?«

»Nun ist aber Schluss!«

»*Perdono,* Signore, aber das sehe ich anders. Ich habe die Nase voll! Erst macht man mir den Laden zu, dann muss ich mir alle möglichen Vorhaltungen anhören, und jetzt soll ich stillhalten, wenn man bei mir einbricht? Was darf es als Nächstes sein – eine Sichel in meiner Brust?«

Lorenzo schlug die Faust auf den Tisch. »Spadafero, begleiten Sie Signor Farina hinaus. Sie können vor der Tür Platz nehmen. Ich rufe Sie dann.« Er nickte dem Ispettore zu. »Sehen Sie sich an, was drüben passiert ist. Es sei denn, Signor Farina möchte lieber, dass direkt die Spurensicherung aus Pesaro anrückt und sein Grundstück nochmal auf den Kopf stellt.«

»Wenn Sie Namen von mir wollen, die kann ich Ihnen geben. Eine ganze Menge sogar«, keifte Farina weiter und schüttelte die Hand des Ispettore von seinem Arm. »Ich sage auch nicht, dass es Aniellos Mörder gewesen ist. Bloß einer, der meint, der Junge muss nah dran gewesen sein, die genaue Rezeptur für das Stärkungstonikum der Alten herauszufinden, wenn es notwendig wurde, ihn zu beseitigen. Und dass es Verschwendung wäre, wenn seine ganze Mühe umsonst gewesen ist. Darüber haben gestern genügend Leute laut nachgedacht. Sogar während der Beisetzung.«

Unbehaglich rutschte Ruggero Marinelli auf seinem Stuhl hin und her. Ein Bär von einem Mann, der auf der Jagd nach dem Rezept schon einmal einen Einbruch begangen hatte und dem ein Alibi fehlte.

*

Ein Schmetterling schaukelte über den Blumen vor dem Küchenfenster. In den Tontöpfen spross es fleißig, trotz Federicas überschaubarer Pflege. Sie beschränkte sich darauf, Wasser und

Kaffeereste zu spendieren, den Rest musste die Natur allein regeln.

Unter den Sonnenschirmen auf der Terrasse wurde laut gelacht, die international zusammengewürfelte Gesellschaft verstand sich prächtig und setzte die angeregte Unterhaltung vom Vorabend fort. Besonders Mr Jones' nasaler Tonfall und sein überraschtes »*Isn't it?*« nach jedem zweiten Satz, das für Erheiterung sorgte, waren gut herauszuhören.

Federica hatte von ihrem Liegestuhl aus das Verblassen der Sterne und den letzten Streifen Nacht beobachtet, die Sonne über dem Meer aufgehen sehen und geträumt, bevor die morgendliche Brötchenlieferung aus der Bäckerei eingetroffen war. Immer ein Ohr an der Schlafzimmertür, was mit dem Erwachen ihrer Gäste zunehmend schwieriger wurde. Dann hatte sie das Frühstück vorbereitet und draußen dafür eingedeckt.

Vor einer Viertelstunde war Mauro Capizzi über den Flur geschlichen, die Schultern nach vorn gekippt, den Kopf eingezogen und mit der Sonnenbrille im aschfahlen Gesicht. Bei ihrem Anblick wich seine Orientierungslosigkeit stiller Erleichterung. Sie hatte ihm Kaffee eingegossen. Seitdem saß er auf der Bank, die Sonne im Rücken.

»Wir müssen noch mal über Ihren Bruder reden«, sagte sie sanft und schenkte zum dritten Mal nach. »Was mir nach wie vor nicht einleuchten will, ist, wieso Sie ihm die Unterstützung verweigert haben. Sie waren einander eng verbunden, Sie haben ihn geliebt, ihm alles verziehen. Nur bei diesem Tonikum, da war es anders.«

Ein schmutziger Streifen verlief quer über seinem getrockneten Hemd, vermutlich Öl von der Winde am Abschleppwagen der Familie Tardelli.

»Ihre Mutter hat es als Stärkungsmittel eingenommen. Sie war krank, sehr krank … Vorgestern, während Sie gerade mit

Ihrem Vater in der Trattoria waren und sich Ihr blaues Auge holten, hat Gemma mir davon erzählt. – Alles, Mauro. – Kann es sein, dass Sie schon damals wussten, dass hinter ihrer Schwäche keine gewöhnliche Krankheit steckte?«

Widerstrebend nickte er.

»Und Aniello?«

Mauro schüttelt den Kopf. »Ich musste versprechen, still zu sein. Er war zu jung, unreif. Niemand sollte davon wissen. Ein ungeborenes Kind, das wegstirbt, das ist …« Er lief rot an. »Nichts, worüber man redet. Wie eine Strafe für ein Vergehen. Sie wissen das. Frauen werden deshalb schief angesehen.«

»Und Sie haben sich dran gehalten – auch später, als es wegen Aniellos Experiment mit dem Tonikum Streit gab?«

»Ein Versprechen ist ein Versprechen. Als das mit Mama passierte, gab es in Aniellos Hirn gerade nur Mädchen, für anderes war da kein Platz. Wie schlecht es ihr ging, hat er erst spät begriffen. Und warum sie fast gestorben wäre, war für ihn dann irgendwie unwichtig. Sie lebte ja. Er hat die Befana wegen diesem magischen Trank fast schon vergöttert. Weil der unsere Mutter gerettet hat.«

»Sie sehen das anders?«

»Nein. Es stimmt. Trotzdem war es sonderbar, zu sehen, wie Aniello sich hineingesteigert hat. Er war geradezu besessen. Redete von nichts anderem mehr. Das Tonikum und die Geheimzutat.« Mauro lachte kurz auf. »Abgesehen von den Mädchen, um die ging es immer noch. Es war aber nichts Ernstes, Flirts mit Urlauberinnen, die für ihn schwärmten. Das war wenigstens normal.«

Die Frage nach dem *einen* Mädchen lag Federica auf der Zunge, aber sie befand, dass es besser war, die Themen nacheinander anzuschneiden. »Sein Plan mit dem Aperitivo hat Ihnen nicht gefallen?«, fragte sie stattdessen.

Mauro schüttelte den Kopf. Die Brille hatte er abgenommen, spielte an den Bügeln. »Vor allem das Drumherum. Er hat sich andauernd zu der Alten geschlichen. Weil er von ihr lernen wollte, hat er gesagt.«

Federica unterdrückte einen kleinen Aufschrei. Die Befana als Lehrmeisterin war ein völlig neuer Aspekt. »Und Ihre Eltern haben das geduldet?«

»Oh nein, das hätten sie nie. Sie hatten keine Ahnung. Ich habe ihn eine ganze Weile gedeckt, ihm mit Ausreden geholfen, bis er mit den Experimenten anfing. Die konnte er schlecht geheim halten. Ein Amaro, das war schon verrückt genug für unseren Vater, und ich habe Aniello geraten, unbedingt die Klappe darüber zu halten, was das Tonikum der Befana damit zu tun hat. Sie ist eine Hexe. Das reichte Aniello gegenüber als Begründung, warum Papa sie ablehnt. Und genau das war später wirklich sein Argument, als er ihm verboten hat, weiterzumachen. Das Teufelszeug musste weg.«

Gut möglich, dass die Befana Capizzi geraten hatte, seine Frau nicht noch mal zu schwängern, weil Gemma beim nächsten Kind draufgehen könnte. Eine hässliche Wahrheit, die seit jeher kein Mann hören wollte. Der Rest war bekannt – Aniello hatte dem Vater zum Schein gehorcht und sich dann eine neue Wirkungsstätte gesucht.

»Was hat es mit dieser Geheimzutat auf sich?«

»Nur mit ihr wird die heilende Wirkung entfaltet, denke ich. So genau wollte ich das gar nicht wissen. Jedenfalls hat die Befana Aniello gesagt, dass er sie nie finden wird.«

»Das muss ihn geärgert haben.« Es war Federica wichtig, dass Mauro sie nicht als Gegnerin betrachtete, dennoch durfte sie unangenehme Überlegungen nicht aussparen. »Wie weit wäre er gegangen, um das Rezept zu lüften? Wäre er für die fehlende Zutat bei ihr eingebrochen?«

»Darüber hat er nicht mit mir geredet.«

»Ach?« Skeptisch hob Federica die Augenbrauen. »Dabei war Schweigen nicht Aniellos Ding.« Und aufzugeben genauso wenig. Letzteres imponierte ihr, und sie lächelte unwillkürlich, obwohl ihr eigentlich gar nicht danach zumute war. »Ihr habt unter einem Dach gewohnt, in einem Zimmer. Du warst von Beginn an eingeweiht und hast ihn gedeckt, doch diese eine entscheidende Information, wie er den Durchbruch geschafft hat – oder ihn schaffen wollte –, soll er dir nicht mitgeteilt haben? Stattdessen trägt er seinen Triumph im ganzen Dorf herum. Und dich spart er aus?«

»So war es.« Mauro ballte die Fäuste. »Leider. Weil ich ihn im Stich gelassen habe. Könnte ich die Zeit zurückdrehen, ich würde ihn fragen. Ich würde ihn aufhalten und alles ungeschehen machen. Koste es, was es wolle.«

In seinem Gesicht spiegelten sich Wut und Verzweiflung. Das Auge mit dem grün-lila schillernden Rand war immer noch geschwollen. Gegen ihr Duzen hatte er keinen Einspruch erhoben, und so blieb sie dabei.

»Als er in der Trattoria mit seinem Erfolg herumgeprahlt hat – genauso betrunken wie du letzte Nacht –, hast du ihn dort weggeholt und wieder vor eurem Vater beschützt.« Die Bemerkung rutschte heraus, bevor sie zu Ende gedacht war. »Betrunkene und Kinder sprechen die Wahrheit, sagt man.« Vielleicht war auch das nur ein Gerücht, und doch ... Dass Ruggero Marinelli den Einbruch bei der Befana begangen hatte, bedeutete weder, dass er von selbst auf diese Idee gekommen, noch, dass er der Erste gewesen war.

»Ich weiß nicht, was Sie meinen.«

Auf der Terrasse saßen ihre Gäste immer noch beim Frühstück, das heute länger dauerte als üblich. Mauro sah aus dem Fenster, und Federica bedachte ihn mit einem nachdenklichen Blick. Er war ausgezogen, hatte Aniello zurück gelassen.

Als die vertraute Hupe des Postwägelchens ertönte, sackte er in sich zusammen, instinktiv darum bemüht, unsichtbar zu bleiben.

»Warte bitte kurz, ich bin gleich wieder da.« Federica füllte rasch eine Kaffeetasse für Ciro. Es schien ihr angebracht, ihn von Mauro fernzuhalten, damit sich nicht im Dorf verbreitete, dass er in ihrer Küche hockte. Mit klappernden Absätzen flitzte sie nach draußen.

»*Buon giorno!*«, rief sie Ciro zu, der von seinem Sitz abgestiegen war.

»Sie verwöhnen mich«, seufzte er und nahm den *caffè* entgegen. Die Ape stand schon gewendet mit einem Hinterrad auf den Platten. Auf der Ladefläche lagen Päckchen, und Federica reckte den Hals.

»Keins für Sie dabei, Signora. Nur eine Karte aus Deutschland. Steckt ganz vorn.« Er trat vor sie, drehte ihr die Körperseite zu, an der die Tasche hing, hob den Ellbogen an und ließ sie selbst die Klappe öffnen, während er am *caffè* nippte. Sie warf einen weiteren Blick auf die Päckchen, dann ging ihr ein Licht auf. Wenn sie richtiglag, würde Garibaldi später mächtig Augen machen.

Schnell überflog sie die eng geschriebenen Zeilen auf der Karte, ohne wirklich zu lesen, und lächelte harmlos. »Eine hübsche Marke. Haben Sie die schon?«

»Hm, sogar doppelt.«

»Die Päckchen da haben keine.«

»Wie bitte?«

»Ist mir gerade aufgefallen: Auf den Kartons sind weder Marken noch Poststempel.« Federica lächelte weiter. Sein Schritt auf die Terrasse hatte verhindern sollen, dass sie genauer hinschaute. Ihre *Caffè*-Freundschaft stieß offenbar gerade an eine Grenze. »Soll ich raten? Sie bringen nicht nur Sammelbilder für Luigi aus der Stadt mit. Bestimmt können Sie manches preiswerter beschaffen als Signor Iannazzo, da würde ich wetten.« Ganz bestimmt war das der wahre Grund für Cristinas Ärger.

»Was wollen Sie damit andeuten, Signora? Dass ich irgendetwas Kriminelles tue?« An Ciros Hals strafften sich die Sehnen. Verärgert schaute er zur Seite und schüttelte mit zusammengepressten Lippen den Kopf.

»Nein. Nur …« Für einen Postboten, der sowieso überall herumkam, waren Lieferungen nach Hause eine Kleinigkeit und ein deutlich größerer Schaden für das Geschäft der Iannazzos als sein kleiner Handel mit ihrem Sohn. Trotzdem war es nicht gerade ein Kapitalverbrechen. »Tut mir leid.«

»Ich mache das, um zu helfen, und verlange keine einzige Lira dafür. Ganz schön dumm, könnte man sagen.« Als Ciro sich Federica wieder zuwandte, hatte sich der säuerliche Ausdruck auf seinem Gesicht in Verlegenheit verwandelt. »Es sind reine Gefälligkeiten.«

»Natürlich. Zweifellos!« Ihre Zustimmung geriet fast zu enthusiastisch. Federica war sicher, er sagte nicht Nein, wenn ihm jemand ein Trinkgeld zusteckte. »Verstehen Sie mich bitte nicht falsch. Ich finde, das ist sehr nett von Ihnen!« Ihr Herz pochte aufdringlich laut. Das Thema war heikel. Wie gern hätte sie jetzt eine Zigarette mit ihm geraucht, in aller Ruhe, um nichts zu überstürzen. Nur lagen die Nazionali in der Küche bei Mauro, und es wurde Zeit, zum Punkt zu kommen, bevor er sich wieder auf den Weg machte. »Ich muss Sie etwas Wichtiges fragen, Signor Pavone – Ciro.« Der offene Fensterflügel wackelte, aber Mauro ließ sich zum Glück nicht sehen. In der Scheibe spiegelten sich ein aufgespannter Sonnenschirm und ein Stück Himmel. »Haben Sie jemals etwas für Aniello Capizzi beschafft?«

Mit Daumen und Zeigefinger rieb Ciro sich die Nasenwurzel, kniff die Augen zusammen, seufzte.

»Ja, das habe ich«, gab er unumwunden zu. »Armer Junge.«

»Äther aus der Apotheke?«

»Nun ist es raus.« Es schien ihm unangenehm, und zugleich wirkte er fast erleichtert, es auszusprechen. »Ja, ich gestehe: Das war nicht legal. Aber heutzutage gibt es ja für alles irgendwelche übertriebenen Vorschriften! Ich dachte mir, es ist nichts dabei. Er machte mir den Eindruck, als sei er ein aufgeweckter Kerl. Was sollte er damit schon anstellen?«

Federica legte den Kopf zur Seite. Ein bisschen naiv kam ihr diese Einstellung schon vor. Oder nachlässig, dem Geschäft zuliebe. »Haben Sie ihn danach gefragt?«

»Schon. Er hat es eine Investition in die Zukunft genannt. Sein kleines Geheimnis, über das er mir mehr verraten wollte, wenn alles funktioniert.« Aufstöhnend packte Ciro sich an den Hals. »Das hat doch nichts – hat dieser Äther etwa mit seinem Tod zu tun? Heilige Mutter Gottes! Signora, sagen Sie bitte, dass ich mich irre! Er ist doch erstochen worden? Wobei … im Dorf erzählt man sich auch von einem selbstgebrauten Getränk und – von einem Alkoholproblem? Das habe ich für üble Nachrede gehalten. Hat er sich etwa vergiftet, wie das Ferkel? Hätte ich das vorher nur geahnt, dann hätte ich doch nie …! Ich habe ja selbst Kinder, Signora. Fünf Stück.« Mit der flachen Hand deutete er ihre Größe an, gestaffelt wie die Pfeifen einer Kirchenorgel. »Sie sind mein Ein und Alles. Wenn mir eins der Mädchen genommen würde, es würde mich um den Verstand bringen. Um den Verstand. Die armen Eltern. Gott steh ihnen bei!«

Die Erschütterung zeichnete tiefe Falten in sein Gesicht, die ihr fast ein wenig übertrieben vorkamen. Federica nahm ihm die Tasse aus der Hand. Je größer das Glück, desto schlimmer der Schmerz. Vielleicht sollte sie es wirklich als Segen betrachten, kinderlos geblieben zu sein.

»Machen Sie sich keine Vorwürfe, Ciro. Ich kannte ihn kaum, aber Aniello scheint sehr gut darin gewesen zu sein, andere für sich einzunehmen.« Oder gegen sich aufzubringen, je nachdem, wen man fragte. »Bestimmt hätte ich ihm genauso gutgläubig geholfen.«

»Danke, es bedeutet mir viel, dass Sie das so sehen.«

Es irritierte sie, wie hoch er ihre Meinung schätzte. Doch wahrscheinlich gab es viele Leute, die genau solche Bauchpinseleien von ihm erwarteten.

»Commissario Garibaldi wird Ihnen das Gleiche sagen.« Nun lag die letzte Karte auf dem Tisch, auf die Gefahr hin, dass sich ihre gemütlichen Pausen auf der Terrasse damit erledigt hatten. »Kommen Sie bei ihm in Baresis Amtsstube im Rathaus vorbei, wenn Ihre Runde beendet ist? Das wäre wunderbar.«

Sein Gesichtsausdruck verriet wenig Begeisterung, und das folgende Auflachen klang spröde.

»Das ist also Ihr direkter Draht zur Questura, von dem man munkelt! Da haben Sie mich ja schön drangekriegt.« Er schlug die Hacken zusammen. »Nun sollte ich mich wohl sputen.«

»Signor Ciro, so war das nicht –«

»Nur Spaß, Signora.« Ein Schweißtropfen rann unter seiner Mütze mit dem Posthorn heraus, und er wies zum Himmel. »Der Tag wird heiß. Glauben Sie mir: Das treibt mich mehr zur Eile als ein Dutzend Polizisten.«

Mit unverändert fröhlichem Quäken grüßte die Hupe zum Abschied, und Federica winkte der Ape nach. Es war wohl ihr eigenes Gewissen, das ihr mal wieder Streiche spielte und Zwischentöne erzeugte, wo es keine gab.

Das Meer glitzerte Azurblau und Türkis; Salbei, Rosmarin und Thymian würzten jeden Atemzug, mischten sich mit der Süße reifer Früchte aus dem Garten jenseits der Terrasse und der Obstbäume am steilen Hang der Klippe. Die Welt war schön und die meisten Menschen anständig, um nichts weiter als ein angenehmes Leben bemüht. Ein kleines Glück.

»Ich muss nach Hause«, sagte Mauro unvermittelt neben ihr. Er schaute wie sie zum Meer. Seine Lippen zuckten. »Jemand muss meinen Eltern beistehen, und das ist nicht Signora Baresi und auch nicht Gott. Das bin ich.«

»Haben Sie gelauscht?«

»Ich war im Flur, um aufzubrechen, und Sie haben nicht gerade geflüstert. Was für eine peinliche Gestalt, dieser Capizzi, nicht wahr? Da muss erst ein Postbote kommen, damit er kapiert, wie schäbig er sich verhalten hat.«

»Seien Sie nicht so hart mit sich, Mauro.«

»Sie haben wohl für jeden Verständnis, was? Ich nicht. Nach der Beisetzung abzuhauen war egoistisch. Nur ein schlechter Sohn lässt seine Familie im Stich, wenn es drauf ankommt. Egal, was sie zu dir sagen. Aber das mache ich wieder gut. Es gibt eine Menge Dinge zu tun.«

Mauro ging mit hoch erhobenem Kopf. Aufgerichtet von einer neuen Entschlossenheit. Es hätte ein hoffnungsvoller Anblick sein sollen, aber Federica betrachtete ihn mit Sorge.

Kapitel 17

Nachdem Mauro fort war, fegte Federica in Windeseile das Haus und die Terrasse. Im Spülstein stapelte sich Geschirr, das bis zum Nachmittag würde warten müssen. Die Reste des *prima colazione* schlug sie als Wegzehrung für ihre Gäste in Papier ein. Bei den herzhaft belegten Panini mit Caprino, Salami und Ruccola sagte nie jemand Nein. Mr und Mrs Jones wollten wieder ans Meer, obwohl ihre blasse Haut sich schon gestern deutlich gerötet hatte und die Hitze ihnen zusetzte. Das letzte Brot steckte sie in die eigene Tasche. Dann schoss ihr Cabrio mit durchdrehenden Rädern vom Parkplatz hinterm Haus. Steinchen sprühten auf, und im Rückspiegel wurde der Schuppen mit dem leicht eingesunkenen Dach schnell kleiner.

Überlaut begann sie zu singen. *»Nessuno, ti giuro, nessuno – nemmeno il destino, ci può separare!«* Doch die Leichtigkeit ihres aktuellen Lieblingsliedes ließ sich nicht erzwingen. Die von Sängerin Mina heraufbeschworene Liebe, der das Schicksal nichts anhaben konnte, verkehrte sich in ihrem Kopf ins Gegenteil. Ein mulmiges Gefühl trieb sie an, gipfelte in einer Vollbremsung vor dem Rathaus, die sie nach vorn aufs Lenkrad warf. Spadaferos Streifenwagen war schon da, einige Bocciaspieler hielten vor der Trattoria Maulaffen feil.

Federica rieb sich die Rippen und stieg aus. Wenn sie so weitermachte, nahm der Tag für sie kein gutes Ende.

»Buon giorno!«, rief sie den Männern zu. »Ist der Commissario da drin?«

»Der ist drüben. Bei Farina ist nur der Ispettore.«

»Grazie!«

Sekunden später lehnte Federica wieder einmal in der Amtstube am Fensterbrett. Lorenzo saß am Schreibtisch, das Telefon am Ohr, einen aufgeschlagenen blassgrünen Aktendeckel vor sich. Sie betrachtete die graue Strähne hinter seinem Ohr, seine konzentrierten Bewegungen, die steile Falte zwischen den Augenbrauen. Trotz seiner Anspannung strahlte er Ruhe auf sie aus, eine klare Gewissheit in seinem Handeln.

»Guten Morgen, liebster Garibaldi«, sagte sie, als er den Hörer auflegte.

»Gut?« Unschlüssig bewegte er die Hand hin und her. Jetzt, wo Federica da war, würde der Tag vielleicht besser werden, an gut konnte er dennoch nicht so recht glauben. »Marinelli war bei mir und hat den Einbruch bei der Befana gestanden, den Mord natürlich nicht, wie zu erwarten war. Und gerade erfahre ich, dass der Fleck, den Spadafero vor Aniellos Experimentiertisch entdeckt hat, Urin gewesen ist. Die Kirchenstufe war dagegen kaum feucht.« Was sie bisher auf die Saugfähigkeit des Steins zurückgeführt hatten. Die Entleerung der Blase war ein normaler Vorgang nach Eintritt des Todes. Jeder, der mit einem frischen Toten zu tun gehabt hatte, wusste das. »Vorausgesetzt, dass es eine menschliche Hinterlassenschaft war, wäre der Fleck ein starkes Indiz, dass er dort starb. Aber mit absoluter Sicherheit lässt sich der Verursacher nicht feststellen. Es könnte ein Tier gewesen sein, schließlich ist ja auch schon mal ein Ferkel im Anbau gewesen. Und der wurde obendrein letzte Nacht verwüstet.«

»Oh! Habt ihr einen Anhaltspunkt, wer dahintersteckt?«

»Dreimal darfst du raten. Obwohl Signor Farina viele mögliche Täter angeführt hat. Im Grunde verdächtigt er jeden seiner Mitbürger.«

»Mich kannst du ausschließen. Ich habe ein Alibi.« Sie setzte sich vor ihm auf die Schreibtischkante. »Es dürfte dich interessieren, dass ich Herrenbesuch hatte. Darum bin ich hier.«

Lorenzo runzelte die Stirn. »Tut mir leid, Federica, ich habe gerade wirklich keinen Nerv für irgendwelche Späße.«

»Das ist auch keiner. Einer der Herren ist Mauro Capizzi, den du ebenfalls von der Liste streichen kannst, denn er hat die Nacht in meinem Bett verbracht.«

»Er hat *was?*« Lorenzo fuhr halb aus dem Sitz.

»Allein und volltrunken.« Beschwichtigend hob Federica die Hand. »Abgeliefert von einem guten Freund, der ihm die Peinlichkeit vor Familie und Nachbarn ersparen wollte. Von den beiden habe ich interessante Zusammenhänge erfahren.«

»Volltrunken. Und du glaubst, das macht die Sache besser? Wer war der Idiot, der dich mit ihm allein gelassen hat?«

»Mauro ist ein trauriger, verstörter junger Mensch, der gerade seinen Bruder verloren hat.«

»Capizzi ist ein Verdächtiger!«

»Bah!« Sie warf die Arme in die Luft. »Meinetwegen. Dann ist er eben beides. Willst du jetzt hören, was ich weiß, oder nicht?«

Lorenzos Lippen verhärteten sich, bleich und blutleer, seine Nasenflügel bebten. Er nickte kaum merklich.

Federica beschloss, ihn nicht weiter zu reizen. Zügig fasste sie zusammen, was sie für erforderlich hielt, sparte zunächst Davide Tardellis Namen aus, nannte ihn dann aber doch. Es war eine Frage des Vertrauens, das sie ohnehin häufig strapazierte. Lorenzo hatte Wichtigeres zu tun, als Davides illegalen Abschlepp-Taxidienst anzuzeigen.

»Mauro Capizzi ist also ahnungslos, was das Rezept betrifft, und die Brüder waren ein Herz und eine Seele«, brummte Lorenzo. »Zwei Männer, eine Frau, da schrillen bei mir alle Alarmglocken. Eifersucht ist ein verflucht starkes Motiv. Wer ist sie?«

»Davide wusste es nicht, und Mauro habe ich nicht gefragt.«

»Du glaubst seine Geschichte also. Traust du ihm?«

Die Frage war schwer zu beantworten. »Er klang aufrichtig«, sagte sie, spürte den Druck des Zweifels im Magen, den sie mit einem Rest kalten Kaffees aus Lorenzos Tasse herunterzuspülen versuchte. »Das war noch nicht der letzte Herrenbesuch«, setzte sie erneut an und rang sich ein Lächeln ab. »Der nächste war unser Postbote, und er kam erst am Morgen, nicht in der Nacht.« Lorenzo lächelte nicht mit, und sie seufzte leise. Vielleicht hätte sie in umgekehrter Reihenfolge berichten sollen. Die gute Nachricht zuerst, schließlich hatte sie mit einem echten Durchbruch aufzuwarten. »Das Rätsel um den Äther ist gelöst: Ciro – Signor Pavone hat ihn für Aniello gekauft. Im guten Glauben. Er macht gelegentlich auch Besorgungen für andere Nachbarn. Eins der kleinen Dorfgeheimnisse, hinter die ich erst allmählich komme. Frag, wen du willst, jeder kennt Ciro und seine Ape. Ich glaube, er wurde schon mit einer Postmütze auf dem Kopf geboren. Du bist ihm garantiert auch bereits begegnet. Bestimmt liefert er Sachen, für die sich mancher geniert, wenn sie auf Iannazzos Ladentheke liegen. Dabei schreiben wir auch in Pe-Mo-Ca das Jahr 1959 und leben nicht hinterm Mond. Entgegen anders lautender Gerüchte.« Sie lachte trocken auf und wunderte sich über sich selbst. Was sollte dieses alberne Geplapper? Beinah hörte es sich an, als wollte sie darunter etwas verbergen. Dabei gedachte sie bloß ihr kleines *Caffè*-Ritual für sich zu behalten, um keinen Funken Eifersucht zu säen, der völlig unsinnig gewesen wäre. »Signor Pavone hat mir versprochen, nach der Arbeit zu dir zu kommen.«

»Ich werde den Polizeichef um eine Dienstmarke für Sie bitten müssen, Signora Pellegrini.« Lorenzo zog symbolisch vor ihr den Hut. »Die Leute reden gern mit dir.«

»Die Leute tratschen gern«, korrigierte sie grinsend. »Das hat leider wenig mit mir zu tun. Aber an die Dienstmarke werde ich dich gelegentlich erinnern.«

Daran hegte Lorenzo keinen Zweifel. »Ich muss dringend zu Mauro Capizzi.«

»Zuerst zur Befana. Sie hat dich massiv belogen.«

»Trotzdem ziehe ich Mauro vor. Wegen des Mädchens und des Einbruchs bei Farina. Sein Vater hat mit dem Wirt Frieden geschlossen. Da war ich dabei. Aber ob das auch für Mauro gilt? Sicher hätte es eine andere Möglichkeit gegeben, als heute Nacht ausgerechnet bei dir unterzutauchen. Wie es der Zufall will, verschafft ihm das ein feines Alibi.«

»Es war Davides Idee, zu mir zu kommen.«

»Das ändert nichts. Ein Freundschaftsdienst, womöglich unter Komplizen. Tardelli ist geschäftstüchtig und clever.«

Federica schaukelte mit den Beinen. Davide hatte auch das Mädchen erwähnt und damit unbeabsichtigt einen möglichen Bruch zwischen den Brüdern. Ein schöner Freundschaftsdienst! »Das ergibt keinen Sinn.«

»Das ist bei Rache oft der Fall und bei Ablenkungsmanövern, deren Ziel nur die Verwirrung ist.«

»Es gibt also zwei Befragungen zu erledigen – die nach meiner Meinung gleich wichtig sind – und einen Einbruch zu untersuchen. Ein Dilemma. Ich fürchte, mein lieber Garibaldi, du wirst dich in Stücke teilen oder, da das unmöglich ist, einsehen müssen, dass ich einen Teil der Arbeit übernehme. Es ist ganz einfach: Spadafero bleibt bei Farina, du besuchst Mauro, ich die Befana«, ordnete sie die Aufgaben zu.

»Ich protestiere ganz entschieden.«

»Natürlich tust du das. Ich wäre enttäuscht, wenn nicht.«

»Wird dich das aufhalten?«

Sie küsste ihn sacht und hob eine Augenbraue. »Wir können nicht aus unserer Haut. Jeder macht, was er muss.«

»Federica.« Er hielt sie fest, zögerte. In seinem Kopf blitzten Bilder auf, Satzbruchstücke, die er nicht aussprechen konnte.

Sie streichelte über seine Wange. »Hätte ich wirklich eine Dienstmarke, wäre diese Diskussion überflüssig.«

»Sei vorsichtig«, sagte er rau, dann ließ er sie gehen.

*

Der Kommissar biss auf Granit. Sie ließen ihn nicht ein, Maria Baresi strotzend vor Wichtigkeit und einen halben Schritt hinter ihr Pfarrer Don Pietro. Mit entschuldigender Leidensmiene blockierte er den Eingang ins Haus der Capizzis, während Maria auf der Schwelle stehend die Arme verschränkte. Einmal mehr war sie ganz in ihrem Element.

»Die Leute sind in Trauer. Haben Sie denn gar kein Feingefühl?«

»Ich habe meine Arbeit zu erledigen und einen Mörder zu finden – im Interesse der Familie.«

»Dann tun Sie das. Aber nicht hier und jetzt. Der Tote hat es nicht mehr eilig«, verkündete Maria. »Sie werden sich gedulden müssen, wenn es um Mauro geht. Was wollen Sie überhaupt schon wieder von ihm?«

»Das, verehrte Signora Baresi, werde ich ihm selbst sagen.«

»Nun, wenn das so ist, kann ich leider gar nichts tun. Versuchen Sie es doch am Montag noch mal, ja? Im Übrigen nehme ich an, Sie benötigen unser Gästezimmer nicht mehr, da Sie die letzten beiden Nächte wieder in Pesaro verbracht haben. Das kommt mir sehr entgegen, eine Cousine meines Mannes hat sich angekündigt, und ich würde ihr ungern einen Korb geben.«

Lorenzo nickte leicht verkniffen. Seinem artigen Dank für die gewährte Gastfreundschaft haftete eine ironische Note an, und es war ihm gleich, ob die beiden es merkten. Schließlich war auch der Cousinenbesuch nichts anderes als ein schlecht kaschierter

Rauswurf. Dem Pfarrer schien der Auftritt peinlich, doch er unternahm keinen Versuch durchzugreifen. Wer wollte es ihm verdenken? Vielleicht hatte Ruggero Marinelli ja in einem Punkt recht: Frauen schienen neuerdings allesamt verrückt geworden zu sein. Jedenfalls in diesem Dorf.

Wegen der engen Gassen hatte Lorenzo die Giulietta vor dem Rathaus stehen lassen und war zu Fuß gegangen. Einerseits ein Ärgernis angesichts der Nutzlosigkeit des ganzen Unternehmens, andererseits half ihm der kurze Marsch zurück hoffentlich dabei, seine Gedanken zu sortieren. Er hielt sich im Schatten und lockerte seinen Kragen. Wenn er schon dabei war, konnte er auch gleich ihre Theorie vom möglichen Leichentransport einer weiteren Überprüfung unterziehen. Jedes Indiz war es wert, angezweifelt zu werden. Nicht zum ersten Mal wünschte er sich, es gäbe eindeutige Nachweismethoden, die über die Blutgruppenbestimmung hinausgingen und erlaubten, sicher wie die Papillarlinien eines Fingerabdrucks, einen einzigen Tropfen Blut, eine Hautschuppe, ein Haar – oder Urin – einem bestimmten Menschen zuzuordnen.

Das Haus der Familie Capizzi lag zu weit entfernt, als dass jemand Aniello von dort aus zur Kirche getragen haben könnte. Das einzige Fahrzeug der Familie war die klapprige Lambretta mit dem halben Auspuff, die von Rost und Gottvertrauen zusammengehalten wurde und nun zur Reparatur aufgebockt hinter Mauros Pizzeria auf ein Ersatzteil wartete. Davide Tardelli zu beauftragen konnten sie sich nicht leisten. Ein Gesamtbild, das Spadafero für ihn aus diversen beiläufigen Bemerkungen zusammengesetzt hatte.

Vor der Kirche San Francesco schaute Lorenzo hinauf zum Glockenturm, betrachtete den rostbraunen Staub und die abgeschlagenen Kanten, die von einem heruntergefallenen Ziegel herrührten. Das ganze Dorf brauchte dringend eine Finanzspritze, der Tourismus-Boom lief zu langsam an, und wenn nicht bald etwas passierte, würde er ganz schnell wieder vorbei sein. Kein Wunder also, dass mancher neidisch auf Aniellos Idee geblickt hatte und scharf darauf war, in Sachen Amaro seine Nachfolge anzutreten.

Auf der Steinstufe vor dem Portal war kein noch so kleiner Schatten zu erkennen. Im Übrigen hätte die aufgewühlte Gemeindeseele, die so intensiv das fehlende Blut diskutiert hatte, auch jeden anderen Fleck bemerkt. Was ihm sicher zu Ohren gekommen wäre. Er nahm die Häuserfront in Augenschein – das Rathaus, den Laden, die Trattoria, Bocciabahn und Platanen, Brunnen und Blumen, den Salon des Barbiers gegenüber, die Wohnhäuser. Nüchtern betrachtet war wohl selbst zu nachtschlafender Zeit niemand kaltschnäuzig genug, eine Leiche über den Platz zu transportieren, selbst wenn das der kürzeste Weg gewesen sein sollte.

Neben der Kirche bog Lorenzo ab, kam an Eliza Marinellis Frisierstube vorbei, schritt zügig aus bis zu Mauros Lokal, machte mehrfach kehrt und suchte von jedem denkbaren Tatort die schnellste sowie die unauffälligste Verbindung zur Kirche.

In der Sackgasse am Grundstück der Farinas war es still, abgesehen von einigen Insekten und dem gelegentlichen Klacken der Bocciakugeln, das vom Dorfplatz herüberschallte. Wie er es auch drehte, der wahrscheinlichste Ablauf führte über die Rückseite der Trattoria, durch das Tor, das Aniello entgegen seines Versprechens nicht abgeschlossen hatte. Der Täter konnte ihm gefolgt oder von ihm eingelassen worden sein. Jemand, dem er vertraute, wie sein Bruder oder Davide Tardelli … Es war zum aus der Haut Fahren!

Lorenzo trat gegen eine leere Büchse im Unrat, der sich am Rand der Gasse sammelte. Zornig kickte er sie in den an der Mauer sprießenden Wildwuchs. Ein ominöser Irgendwer! Das

Scheppern ließ eine Grille verstummen, doch gleich darauf setzte sie unbeeindruckt ihr helles Zirpen fort.

Hastig sah Lorenzo sich um. Sein Ausbruch war unbemerkt geblieben. Wie er es hasste, wenn er die Nerven verlor! Er ging in die Hocke, zückte ein Taschentuch und rieb vorsichtig über das Leder seines Schnürschuhs. Diese verdammten Schuhe wurden allmählich zur Besessenheit. Jeden Fleck empfand er geradezu als persönlichen Makel. Und er ließ sich von einer Blechdose verleiten, wie ein Schuljunge draufzudreschen.

Roch es hier nicht verdächtig nach Sardinen in Öl? Aus der geduckten Haltung heraus starrte er zum Tor, suchte konzentriert den Boden ab. Doch nichts deutete darauf hin, dass dort ein leckes Motorrad gestanden hatte.

Als er nach oben federte, schaute er im nun offenen Tor unvermittelt ins verdutzte Gesicht des Ispettore.

»Spadafero.« Lorenzo räusperte sich, wies seltsam verlegen nach rechts und links. »Alles unauffällig hier. Wollte gerade zu Ihnen. Ich höre?«

*

Das Gartentürchen stand offen. Eine Ziege graste davor auf dem Weg, eine zweite konnte Federica in einiger Entfernung zwischen den Bäumen erkennen.

»Na, du?« Sie kraulte dem Tier die Ohren. »Wo steckt sie denn heute, hm?« Leise schaudernd dachte sie an die erhobene Forke, mit der sie beim letzten Mal begrüßt worden war.

»Befana?«, rief sie und sah sich aufmerksam um. »Befana?«

Der Bock trabte aus dem Haus, drehte sich mit klappernden Hufen im Kreis und machte ihr Platz, als sie näher kam.

Ihr Instinkt warnte sie, sträubte die Haare auf ihren Unterarmen, brannte als Glutnest im Nacken. An die Hauswand gepresst, um den Rücken frei zu haben, wagte sie einen Blick durch die Tür.

Dann ging alles ganz schnell. Ein regloses Bündel am Boden, daneben der knorrige Stock, mit dem die Befana sich aufrecht hielt und ihren Worten Nachdruck verlieh. Federica warf jegliche Vorsicht über Bord, war mit einem Satz drin und auf den Knien.

»Befana! Hörst du mich?«

Die aufgelösten Haare der alten Frau waren verklebt, unter ihrem Kopf eine kleine, angetrocknete Pfütze. Der Bock meckerte aufgeregt. Wenn es doch nur nicht so finster gewesen wäre! Federica konnte weder erkennen, wie schwer die Verletzung war, noch, ob sich ein Funken Leben in der alten Frau befand. Sie sprang wieder auf, rannte zum einzigen Fenster, das gegen die Hitze mit dunklen Tüchern verhängt war, und riss diese herunter. Ein greller Lichtstrahl schoss herein, verlieh dem gruseligen Bild Farbe. Unschuldiges Weiß und Rot, viel Rot, das ins Bräunliche überging. Nie zuvor hatte sie die Befana mit offenen Haaren gesehen, sie flossen weit über ihre Schultern und das schlichte Nachtgewand. Rotes Blut sprach für Leben, braunes für die bereits verstrichene Zeit. Sie musste seit Stunden hilflos daliegen. Federica atmete hastig, rang um Konzentration, tastete zugleich den Raum mit Blicken ab, bis sie einen Steinkrug und daneben einen Becher entdeckte. Das Wasser roch frisch. Sie nahm beides mit und kniete sich wieder zur Befana, bespritzte ihr Gesicht, benetzte die Lippen, an die sie vorsichtig den Becher setzte.

»Herr im Himmel, lass es nicht zu spät sein!«

Federica streichelte die eingesunkenen, zerfurchten Wangen. Ein schwaches Stöhnen, dem unartikulierte Schmerzenslaute folgten, erlöste sie.

»Ich bin es, Federica Pellegrini«, sagte sie und rüttelte die Befana leicht. »Verstehst du mich? Kannst du sprechen?«

»Trinken.« Ein kaum hörbares Murmeln, die runzlige Hand fasste ins Leere.

»Ja, sofort. Bleib ruhig, ich helfe dir auf.« Federica rutschte hinter sie, hob Kopf und Schultern ein wenig an und schob den eigenen Körper abstützend darunter. Sie spürte die Feuchtigkeit des Blutes in ihre Bluse sickern, bildete sich ein, es zu riechen. Eine Mixtur aus süß und scharf, Metall und Moder. Was aber auch von anderen Körperausdünstungen und schlichtem Schmutz herrühren konnte. Während die Befana schluckte und prustete, fielen Federica mehr und mehr Details ins Auge.

In der Tat herrschte ein ungewöhnlich schmutziges Durcheinander. Als hätte die Befana vergeblich nach Halt gesucht und bei ihrem Sturz alles Mögliche mit sich zu Boden gerissen. Zerstoßene Kräuter, ein Räuchergefäß, Asche, Scherben von braunem Glas, ein unter den Tisch gerollter Stopfen, ein zerfleddertes Buch. Am Rande der Stock mit verkrustetem Knauf. Dazwischen Erdkrumen und Ziegenmist, zertreten von nervös trippelnden Hufen. Es kam wohl nicht mehr darauf an, dass sie mitten in der Blutlache kniete. An diesem Chaos würden die Kriminaltechniker ihre helle Freude haben.

Federica erschrak. Die Wunde – der Stock! Ihr Unterbewusstsein hatte schneller geschaltet und die hässliche Wahrheit längst erkannt: Dies war ein Tatort!

Fieberhaft überlegte sie, was als Nächstes zu tun war. Jede Minute, in der sie zögerte, verschaffte dem feigen Angreifer einen Vorteil. Sollte sie die Befana ins Bett legen und Lorenzo holen? Es schien unwahrscheinlich, dass der Mistkerl unterdessen wieder auftauchte, trotzdem kam es ihr falsch vor, die Befana allein zu lassen.

Nach dem dritten Becher Wasser winkte diese ab. »Genug. Genug.«

»Erinnerst du dich, was passiert ist?« Federica ließ sich von den Fersen zur Seite gleiten. Sofort jagte ein Heer von Ameisen durch ihre Muskeln, biss ihr in Unterschenkel und Zehen. »Jemand hat dich auf den Kopf geschlagen.«

»Ja, ja. So war es. Auf den Kopf. Bin aufgewacht, weil ich was gehört hab, und wollt nachsehen. Da hat er den Stock weggerissen und mir eins übergezogen.«

»Wollte er dich umbringen?«

»Was fragst du das mich? Elendes Pack. Dabei helfe ich, helfe, wo ich kann …« Ihre Stimme kippte, wurde schwach.

»Das weiß ich, Befana. Und jetzt helfe ich dir. Meinst du, du kannst aufstehen und mit mir zusammen ein paar Schritte gehen?«

Den Stock durften sie nicht anrühren. Sie würden es ohne ihn bis zu ihrem Wagen schaffen müssen, wofür deutlich mehr als nur ein paar Schritte nötig waren. Der schmale Pfad hinter dem Garten ließ nicht zu, dass sie das Cabrio näher heranfuhr. Ein Glück, dass sie diesmal wenigstens nicht mit dem alten Fahrrad unterwegs war.

»Du willst mich in ein Automobil setzen? Bringst mich nicht zu einem Arzt! Alles Quacksalber und Beutelschneider.«

Federica grinste verhalten. Sieh an, sie schimpfte wieder – das war definitiv ein gutes Zeichen.

»Worüber lachst du?«

»Ich freu mich nur, dass dir nichts Schlimmeres passiert ist. Wir verbinden deine Wunde, dann bringe ich dich ins Dorf. Zum Kommissar.« Federica streckte die Fingerspitzen aus, zog mit den Nägeln eine Scherbe heran. Getöntes Glas, der Fetzen eines Etiketts: Äther.

»Ei, ei. Wie laut dein Herz schlägt. Willst eilig hin zu ihm, ganz eilig. Worauf wartest du? Hilf mir hoch. Mein Schädel brummt, und jeder Knochen schmerzt. Wirst deine liebe Mühe haben mit mir altem Weib.«

Federica kroch unter ihr heraus und zog einen Hocker näher, dann ging sie leicht in die Knie. Befana legte ihr die Arme um den Nacken, und mit einiger Kraftanstrengung auf beiden Seiten gelang es, sie auf den Hocker zu setzen. Schnaufend schöpften sie Atem, dann begann die Befana Anweisungen zu erteilen, und Federica folgte gehorsam, schaffte Salben und Tücher herbei, füllte den Krug an der Wasserpumpe neu.

»Für die Hühner auch, und gib ihnen Futter, müssen hungrig sein. Soll keine mehr sterben müssen. Meine Henne, arme, liebe Henne.«

»Später, Befana. Zuerst bist du dran.« Vorsichtig wusch und tupfte Federica. »Was ist mit deiner Henne geschehen?«

»Totgeschlagen. Nur die Knöchelchen sind übrig.« Sie seufzte. »Hab versucht, drin zu lesen, konnten mir aber auch nicht sagen, wer es war.«

Federica öffnete den Mund, kam aber nicht zu Wort.

»Er hat es getan, nicht ich. Lag tot in der Stube, meine Henne, als ich heimgekommen bin. Alle Schränke durchwühlt.«

»Das war beim ersten Einbruch, nicht wahr? Glaubst du, dass es letzte Nacht derselbe Mann gewesen ist?«

Einen Moment blieb es still. Sogar die Tiere schwiegen. Der Bock war beruhigt zu den Ziegen zurückgekehrt, nachdem die Befana sich wieder geregt hatte.

»Nein. Meine Augen, die sind schwach, aber meine Nase ist in Ordnung. Riechst du das Rasierwasser? Der Erste trug keins. Aber da war ein süßes Aroma, seltsam und fremd.«

Federica schnupperte vergebens. Ihr Nacken verspannte sich. Mauro hatte vor seinem Ausflug ins Nachtleben geradezu in Rasierwasser gebadet. Ruggero Marinelli dagegen entlastete die Einschätzung für die letzte Nacht. Wenn es bei seinem Einbruch komisch gerochen hatte, dann vielleicht nach Elizas unsäglichem Haarspray. Lag Lorenzo am Ende richtig, und Mauro hatte sie für ein Alibi benutzt, war auf doppelte Rache aus gewesen – bei Farina und der Befana –, mit dem Ziel, zu zerstören, oder bereit, zu verletzen?

Sorgsam befestigte sie den Kopfverband. Die Wunde hatte aufgehört zu bluten, und allmählich bekamen die Wangen der Befana wieder etwas Farbe. Alle Eile fiel von Federica ab. Dies war eine kostbare Gelegenheit für ein Gespräch unter vier Augen. Sie teilte die weißen Haare in Strähnen und flocht sie zu einem Zopf, den sie als Knoten feststeckte.

»Warum hast du dem Kommissar verschwiegen, dass Aniello zu dir kam, um zu lernen?«

»Das habt ihr nicht gefragt. Nur nach dem Einbruch. Und das war er nicht, hätte er nie gemacht, war ein guter Junge.« Glucksend zwischen Lachen und Weinen wiegte sie sich vor und zurück. »Hat den Kindern im Dorf Märchen erzählt. Auf keinen Fall dürft ihr in den Garten der Befana gehen, der ist verhext, und keiner kommt wieder heraus, den sie erwischt. Die Ziegen kennen die Wahrheit, aber sie können nicht mehr verraten, wer sie mal gewesen sind. Ein gelungener Streich, ja, ja, um alle anderen Neugierigen fernzuhalten. Hab ich für dich getan, Befana. Damit du deine Ruhe hast.« Sie wischte sich die Augen. »Was schadet's? Sie denken es ja sowieso von mir.«

Lautlos schlich die Katze heran, sprang auf den Tisch, spähte aufmerksam von einer Frau zur anderen.

»Trotzdem hast du ihm dein Rezept nicht gegeben.«

»Ein Spiel war das für ihn und eins für mich, ihn zappeln und ausprobieren zu lassen. Ehrgeizig ist er gewesen, aber uneinsichtig. Meine Medizin ist zum Heilen da, habe ich ihm gesagt, nicht für den Rausch, nicht fürs Geld. Den Unterschied wollte er nicht gelten lassen und uns beide reich machen. Darüber haben wir gezankt.« Die Befana hielt still, während Federica eine gelbliche Salbe mit angenehm blumigem Duft auf die übrigen Blessuren des Sturzes strich. »Der Geschmack ist das eine, die Wirkung das andere. Ich war so einfältig, ihm zu sagen, dass es für die Wirkung einen Bestandteil gibt, auf den er allein niemals kommen wird.«

»Deine Geheimzutat.«

»Für den Geschmack ganz unwichtig, aber er wollte alles. Viel habe ich ihm beigebracht, ihm sogar eine meiner kleinen Sicheln gegeben und manches verraten. Ja, ja. Das aber ... So weit war er noch nicht. Eines Tages vielleicht, hab ich gehofft. So viel Ungeduld in seinem wilden, jungen Herzen.« Sie schnäuzte sich in ihren Hemdzipfel. »Und keine Grenze. Tierblut? Menschenblut? Seinen Arm hat er mir hingestreckt und nach dem richtigen Messer gefragt, um ihn anzuritzen, wenn's nötig wär.«

Federica verzog das Gesicht.

»Nein, nein.« Die Alte schüttelte den Kopf. »Blut zu vergießen ist nur selten nützlich. Und nun ist seins vergossen. Für einen Traum, an dem ich Schuld trage.«

Punkte aus Licht streiften die Scherben, versetzten den Boden in schlingernde Bewegung, spielten Fangen in jedem Windhauch, der vorm Fenster die Blätter zauste und die Sonnenstrahlen unterbrach. Da war sie wieder, diese unsägliche Schuld, die sich auch Gemma Capizzi auflud. Es lag auf der Hand, dass die Sichel in Aniellos Brust das Geschenk der Befana gewesen war.

»Du verwendest Äther für dein Tonikum?«

»Hmm, ja, ja. Tropfen, wenige Tropfen. Hat er nicht gewusst. Bei ihm war's immer zu viel, viel zu viel.« Sie packte Federicas Hand. »Du wirst keinen Unsinn machen?«

»Nein. Ganz bestimmt nicht«, versicherte Federica. Jedenfalls keinen, der mit dem Rezept zu tun hatte. »Nach der Fehlgeburt hast du von Gemma kein Geld für deine Pflege und das Stärkungsmittel genommen«, sagte sie ohne Überleitung. »Das war sehr großzügig.«

»Welchen Preis hat ein Leben? Sie hatte doch schon bezahlt. Und ich wusste …« Die Alte unterbrach sich, mümmelte stumm.

»Gemma sagt, du hast etwas gesehen. Sie hatte Angst, weil es dir Angst gemacht hat. Aber du hast geleugnet.«

Widerwillig wiegte die Befana den Kopf.

»Etwas Schreckliches. Etwas Dunkles«, gab sie zu. »Großes Leid. Gesehen und doch nicht gesehen. Ein weiteres Kind, das ihr verloren geht. Noch ein Ungeborenes, dachte ich, und dass es sie mitnehmen könnte. Ein Seelchen, das nie auf Erden umhergehen wird. Wie hätte ich auf Aniello kommen sollen?« Schmerzerfüllt hämmerte sie sich mit den Fäusten auf die Brust und weinte bitterlich. »Verdient war es, dass sie mich weggestoßen hat, verdient habe ich ihren Zorn. Hätte ich es nur eher gemerkt! Alles hätte ich gegeben, um es zu verhindern. Ihn fortgejagt, ihn bei den Eltern verraten, wenn's sein Leben gerettet hätte! Oder ihm gegeben, was er wollte.«

Eine Weile saß Federica nur da und hielt ihre Hand, wartete, bis die Tränen verebbten. Dann ging sie hinüber zum Bett, holte Rock, Schürze und Leibchen, damit die Befana sich später ankleiden konnte. Im Nachthemd würde sie sich kaum im Dorf sehen lassen wollen. Aber genau das war Federicas Plan. Mitten auf dem Dorfplatz sollte sie aus dem Cabrio steigen, und jedermann sollte sehen können, was ihr angetan worden war. Schämen sollten sie sich, für den, der das getan hatte. Eine alte Frau im Schlaf zu überfallen war an Niedertracht kaum zu überbieten. Ihr stieg die Galle hoch, wenn sie dran dachte, dass es einer gewesen war, den sie kannte. Dem sie womöglich regelmäßig begegnete und ihn freundlich grüßte.

Kapitel 18

Ihr Plan ging auf. Wie meistens zog das Cabrio viele Blicke auf sich, und heute fuhr Federica besonders langsam. Beinah wie bei einem Staatsbesuch, nur dass die Befana weder winkte noch unter ihrem zum Turban gewickelten Kopfverband lächelte. Bei ihrer Ankunft am Rathaus folgte ihnen bereits eine kleine Schar Leute, noch zurückhaltend in einigem Abstand. Federica drückte auf die Hupe und stieg aus, lockte mit ihrem Lärm ihre Mitbürger aus dem Laden und der Trattoria. Keiner sollte sich vor der Wahrheit drücken können. Die Bocciaspieler legten ihre Kugeln weg. Niemand sagte ein Wort.

»Bist du bereit?«, fragte sie, während ihnen Lorenzo Garibaldi mit riesigen Schritten entgegenkam. »Bereit zu reden und ihn in deinem Haus nach Hinweisen suchen zu lassen?«

»Rede du«, brummte die Befana. »Zu viele Worte gesagt, die nichts ändern, nur aufwühlen. Meine Tiere werden euch nicht belästigen. Sie wissen, dass ihr kommt und dass es gut ist.«

»Dann soll es so sein.« Federica nahm Lorenzo in Empfang, setzte ihn mit schnellen, übersprudelnden Sätzen ins Bild.

»Sie kann nicht zurück, solange der Täter frei ist. Wenn er sie töten wollte, wird er es erneut versuchen, wenn er etwas stehlen wollte, vielleicht auch. Ob etwas fehlt, war schwer festzustellen. Und ehrlich gesagt war es mir wichtiger, sie dort rauszuschaffen. Da sie schon in meinem Wagen sitzt –«

»Denk nicht mal dran«, sagte Lorenzo leise. »Das Vento del mare ist keine Option.«

»Was schlägst du vor? Nehmt ihr sie mit nach Pesaro, oder wollen wir Maria Baresi fragen?«

»Ich könnte einen Beamten vor ihrem Haus postieren.« Eine Maßnahme, die für wenig Begeisterung sorgen würde, egal, wen er auswählte. Es machte ihn betroffen, wie winzig die alte Frau im Nachthemd wirkte. Ihr sonst so forscher Blick glitt müde an ihm vorbei.

Mit dem Kinn wies Lorenzo über den Platz. »Vielleicht hat er ja eine zündende Idee.«

Bei jedem Schritt wallte der Saum der Soutane auf einer Seite hoch, schlug beim nächsten mit leisem Klatschen an Don Pietros Knöchel. Obwohl er sich mühte, langsam zu gehen, allein der Hitze wegen und weil es sich für einen Pfarrer nicht schickte, zu rennen. Gleiches galt für ungezügelte Neugier. Dennoch war er nicht umhingekommen, das Hupkonzert wahrzunehmen, und trotz aller Amtswürde außerstande, es zu ignorieren.

Zur Beruhigung einen Psalm auf den Lippen eilte er mit gemischten Gefühlen voran. Überrascht war er nicht, als er Signora Pellegrini neben ihrem Cabriolet erkannte, an ihrer Seite den Kommissar, der gerade den Wagenschlag auf der Beifahrerseite öffnete. Don Pietro seufzte ergeben, dann stand er still. Und mit ihm hielt jeder auf dem Platz den Atem an. Ein Fuß im Pantoffel, weißer Stoff, blutverschmiert. Der Herr schickte seine Prüfungen, wann immer es ihm beliebte.

Federica stützte die Befana beim Aussteigen und grinste Lorenzo an. »Der Pfarrer braucht keine Idee: Er hat ein Gästezimmer.«

*

Lorenzo verzichtete zunächst darauf, eine Einheit der Spurensicherung aus Pesaro zum Haus der Befana zu beordern. Dieser Fall verursachte ohnehin Ermittlungskosten für Mensch und Material, mit denen er sich den Unmut seiner Vorgesetzten zuzog. Laboranalysen für sonderbare Substanzen im Flaschenarsenal aus Aniellos Experimentierküche; Tatwaffen, die dann doch keine waren; Dutzende Fingerabdruckvergleiche und nun zwei weitere Tatorte am Wochenende! Wenn irgend möglich, wollte er zumindest diese beiden selbst in die Hand nehmen, zusammen mit Spadafero, der sich wie gewöhnlich pragmatisch in sein Schicksal fügte. Gestern, hatte er ihm versichert, sei bei der Befana alles in Ordnung gewesen, als er wegen der Fingerabdrücke hergekommen war.

Ihre Kommunikation beschränkte sich auf das Wesentliche. Sein Ispettore arbeitete selbstständig, zuverlässig und ebenso akribisch wie er selbst. Grell zuckte das Blitzlicht auf Lorenzos Kamera durch den Raum, bannte das Stillleben aus Blut, Scherben und Gehstock auf Fotopapier, erhellte dunkle Winkel hinter Möbelstücken. Spadafero notierte, sammelte und verpackte Proben: braunes Glas mit dem Etikett nach oben liegend, ein Knochen, klein wie ein Mausezahn. Jenseits des Vorhangs zum Schlafbereich fand sich ein wenig Hühnerdreck, am Fuß einer ins Zimmer eingerückten Kommode ein graues Klümpchen von der Größe einer Haselnuss mit unregelmäßigen Einkerbungen. Es fühlte sich anders an als die harzigen Bröckchen des Räucherzubehörs.

Etwas flatterte über ihren Köpfen, brachte an der Decke die Bündel getrockneter Kräuter zum Schaukeln.

Spadaferos Kehlkopf zuckte nervös über dem Krawattenknoten. Waren das Fledermäuse? Er richtete eine Taschenlampe nach oben, wo Kamille und Lavendel raschelten.

»Sehen Sie mal, Signor Commissario!«

Im Lichtkegel deutlich sichtbar hing der Zipfel eines Tuchs von einem der Sparren.

»Vorsichtig runterholen.« Lorenzo übernahm die Lampe, während Spadafero sich streckte, und dirigierte ihn dann mit dem

Fundstück nach draußen. In der Sonne vor der Tür schlug Spadafero die Ecken des Tuchs auseinander und präsentierte ihm ein Schnappmesser. Lorenzo pfiff durch die Zähne.

»Sehr interessant.«

Auf sein Zeichen ließ Spadafero die Klinge herausschnellen. Spitze und Schneide waren schmutzig. Mit an Sicherheit grenzender Wahrscheinlichkeit handelte es sich bei den anhaftenden Rückständen um Blut. Ein Stich unter die Rippen, ausgeführt, um anschließend die Sichel zu platzieren. Die Ahnung, was sie da vor sich hatten, versetzte ihn in Aufruhr und erhöhte Wachsamkeit. Spadafero folgte seinen Gedanken mühelos.

»Meinen Sie, Vigliani kann feststellen, ob es das Blut von Aniello Capizzi ist?« Er rümpfte die Nase. »Der Balken war jedenfalls kein besonders gutes Versteck.«

Lorenzo nickte. Es schien ein Glückstreffer, dass ihnen der belastende Beweis geradezu vom Himmel in den Schoß fiel. Ein gewöhnliches Messer, wie es viele in der Tasche hatten, um knochentrockene Salami in Scheiben oder einen Ranken Brot von einem Laib zu schneiden. Leute, bei denen das Essen in der Pause schnell gehen musste oder die den ganzen Tag unterwegs waren. Bauern, Landarbeiter, Handwerker und Hexen beim Kräutersammeln.

»Tun Sie mir einen Gefallen, Giovanni. Bevor Sie unsere Fundstücke nach Pesaro bringen, fahren Sie bei Signora Pellegrini vorbei. Lassen Sie sie einen Blick darauf werfen.«

»Was soll ich ihr sagen?«

»Alles.« Er würde unterdessen im Pfarrhaus die Aussage der Befana aufnehmen. Die Örtlichkeit entlockte ihm trotz allem ein Schmunzeln. »Fortuna hat uns überreich beschenkt.«

*

Summend stand Federica in der Küche. In schwierigen Situationen gab es ihr Halt, sich auf das Wesentliche im Leben zu konzentrieren, auf die kleinen Dinge und Notwendigkeiten. Wenn sie die Wahl hatte, kochte sie lieber, als zu putzen. Denn essen musste der Mensch, und eine Kasserolle mit Hasenpfeffer, der den Magen füllte, machte zufriedener als ein gewischter Boden, der ohnehin am nächsten Tag wieder schmutzig wurde.

Sie schälte, putzte und schnippelte. Es befreite ihren Geist. Ihre Gäste waren gestern zufrieden gewesen und hatten sich alle auch für den heutigen Abend angemeldet. Federica würzte die Kaninchenteile, wendete sie in Mehl und gab sie ins brutzelnde Schmalz. Die Ankunft der Giulietta ahnte sie mehr, als dass sie den Wagen hörte, und ein weiches Lächeln erfasste sie, als sie sich umdrehte.

Lorenzo hatte Hut, Jackett und Krawatte draußen gelassen. Mit einem mehligen Finger deutete sie auf ihre Wange, und er gab ihr einen Kuss. Sie spürte ein winziges Kratzen seiner Bartstoppeln, als sie sich ihm entgegendrückte.

»Signor Pavone ist nicht gekommen.«

»Seltsam, eigentlich ist er sehr zuverlässig.« Federica wendete das Fleisch, das bereits Farbe ansetzte. »Vielleicht habt ihr euch verpasst? Es war einiges los heute, und du hast nicht den ganzen Tag auf Baresis Stuhl herumgesessen. Wirst du später noch zu ihm nach Santo Stefano fahren?«

»Nein. Die Befragung kann bis Montag warten. Jetzt, wo wir die Äther-Quelle kennen, erscheint sie mir beinah schon irrelevant, allein weil der Mann keinen Hehl daraus macht. Es ist wie …«

»Verhext?«, half Federica aus und zwinkerte. »Ja, das stimmt wohl. Kein geheimer Kompagnon, nur ein hilfsbereiter Postbeamter, das hat mich auch ein bisschen enttäuscht. Ciro war äußerst erschrocken bei der Vorstellung, Aniello könnte sich mit dem Äther vergiftet haben, den er ihm besorgt hat. Mir tat er richtig leid. Machst du schon mal den Wein für die Soße auf? Selbstverständlich habe ich ihm nicht verraten, dass Aniello erstickt wurde. Das habe ich dir bestimmt heute Morgen schon erzählt. Jedenfalls hatte er immer noch das Bild der Sichel im Kopf. Insofern scheint sich die echte Todesursache noch nicht herumgesprochen zu haben. Was im Grunde gut ist und ein kleines Wunder. Na ja, die Capizzis sind eher wenig gesprächig. Abgesehen von Mauro.« Sie schubste ihn mit der Hüfte. »Lorenzo, der Wein. Wo bist du mit deinen Gedanken?«

»Bei dem Messer, das Spadafero dir vorhin gezeigt hat.« Lorenzo schüttelte den Kopf, drehte sich ihrer Bewegung folgend zum Tisch, auf dem der Wein stand, und holte den Korkenzieher aus der Schublade. »Wieso hebe ich die belastende Waffe auf? Es wäre ein Leichtes gewesen, sie ins Meer zu werfen oder irgendwo anders zu entsorgen. Dazu war mehr als genug Zeit. Und das Versteck selbst auf einem Balken zwischen den Kräutern ist … merkwürdig.«

Federica klopfte den langen Holzlöffel ab. Das Häuschen der Befana stand ihr klar vor Augen. »Nicht nur das, es ist absolut unlogisch. Wenn Spadafero sich strecken musste, um ranzukommen, liegt es deutlich über Kopfhöhe und Reichweite jedes durchschnittlichen Menschen. Clever ist das nur auf den ersten Blick. Hast du die Hakenstange gesehen? Die benutzt die Befana, um die Bündel auf- und abzuhängen. Um oben an den Balken zu kommen, hätte sie auf einen Stuhl steigen müssen. Wie wahrscheinlich ist das, bei einer Frau, die einen Gehstock braucht?«

»Kommt drauf an, wen du fragst.« Lorenzo grinste und zog den Korken mit einem satten Plopp aus dem Flaschenhals. »Du denkst nicht, sie könnte geflogen sein oder das Messer hinaufgezaubert haben? Dann fragst du dich wohl auch, wieso jemand Fingerabdrücke abwischt, aber das Blut an der Klinge lässt.« Er hatte es eigenhändig untersucht und direkt vor der Tür unter Beobachtung des Ziegenbocks den Griff mit Puder bestäubt.

»Weil eins davon gefunden werden soll und das andere nicht.«

»Sehr richtig, Ispettora Pellegrini.«

»Wir sind uns also einig, dass jemand der Befana das Messer untergeschoben hat?«

»Absolut. Mir fallen dazu spontan wieder dieselben Kandidaten ein, mit denen wir bisher zu tun hatten: Ruggero Marinelli, Mauro Capizzi und Davide Tardelli. Allesamt ohne beziehungsweise mit zweifelhaftem Alibi für die vergangene Nacht.«

Federica hob skeptisch eine Augenbraue. Den einen hielt sie für zu klug, um gravierende Fehler zu begehen, den anderen für nicht klug genug, die komplette Inszenierung auszutüfteln, und Davide ... Ihn glaubte sie besser zu kennen und nahm ihn für sich als Verdächtigen aus, trotz seines erwiesenen Hangs zu kleinen Gaunereien.

»Ich weiß, was du sagen willst: In Cattolica wird man sich an den betrunkenen Mauro erinnern, und die Touristinnen können Davides Taxidienst bezeugen. Beides sehr praktisch. Doch eine Nacht ist lang, und wir haben es mit zwei Einbrüchen zu tun, bei denen wir die Tatzeit nicht kennen.«

»Ein hohes Risiko, so ein Einbruch, nur um ein unnötiges Indiz zu platzieren.«

»So würde ich das nicht sagen. Aniello wurde zwar erstickt, nichtsdestotrotz war ein Messer im Spiel. Das wissen wir – und der Mörder. Wenn er den Verdacht zurück auf die Befana lenken wollte, ist der Ansatz nachvollziehbar. Wer weiß, wie sein Plan aussah, bevor er gestört wurde. Er musste improvisieren und stand unter großem Stress.«

»Das tut mir nicht leid!« Es schien Federica mehr als verdient, und wenn er sich mit seiner Schlampigkeit selbst belastete, war ihr das nur recht. Sie sah Davides schwangere Frau vor der Werkstatt, Elizas Salon voller Kundinnen, Mauros nagelneues Lokal. Viel zu verlieren. Sie stieß die Gabel ins gebräunte Fleisch, hob es aus dem Fett und stellte es auf einem Teller beiseite.

»Knoblauch und Zwiebeln?«, fragte Lorenzo, während sie die Hände am Spülstein unters Wasser hielt.

»Ja, bitte. Und einen Schuss Olivenöl. Der Wein kommt später dazu, aber ich hätte gern jetzt schon einen.«

Lorenzo tat wie geheißen und füllte zwei Gläser. Er reichte ihr eines und suchte ihren Blick. Offen und klar, wie der hellgelbe Pinot Grigio. Dabei samtbraun und weich, ein Versprechen, eng verbunden, ohne Zwang. *Wir sind frei, Lorenzo. Lass geschehen, was geschieht*. Er trank einen großen Schluck und räusperte sich.

»Signor Capizzi, Aniellos Vater, schließe ich inzwischen weitgehend aus. Wobei er seinen Anteil an dem Drama haben könnte. Zwei Söhne, fast gleich alt, da entsteht zwangsläufig eine Art Konkurrenz um seine Gunst. Mauro ist der ältere, der vernünftige, höher geachtet, aber mit weniger Spielraum.«

»Aniello der Kindskopf, den alle lieben.«

»Mauro kennt Aniellos Pläne. Er weiß um dessen Nähe zur Befana – die seinem Vater zuwider ist. Also geht er mit der Sichel auf Nummer sicher, dass sie in Verdacht gerät. Das Gerücht vom Fluch kommt ihm entgegen, wer auch immer es ausgebrütet hat. An der Verbreitung waren viele beteiligt.«

Federica rührte die Gemüsewürfel ein, schleuderte dabei einige gleich wieder über den Rand und schüttelte den Kopf.

»Ich weiß, dass du Mauro magst«, fuhr Lorenzo fort. »Offen gestanden geht es mir ebenso. Er leidet, sein Schmerz ist echt. Aber das schließt ihn nicht aus. Definitiv wird er es nach dem Tod seines Bruders nicht leichter haben. Du hast es selbst gesagt: Aniello war der, den alle liebten. Und dann war da dieses Mädchen. Ich weiß, die Geschichte ist alt. Schon ein Jahr her, und Aniello kam nicht mit ihr zusammen. Trotzdem kennen wir nur eine Version der Geschichte, die besagt, es gab keinen Streit.«

»Beweise es, Garibaldi!«

»Das werde ich, wenn es so war.«

Federica schüttelte wieder den Kopf, klatschte Tomatenmark in den Topf, schwieg, rührte, schwang den Löffel, als dirigierte sie ein Musikstück, das nur sie allein hörte. »Von der zerbrochenen Flasche lag das Stück mit dem Etikett so, dass ich es lesen konnte. Wir sollten mit der Nase darauf gestoßen werden. Schaut her, deswegen liegt die Alte tot am Boden. Weil sie Aniello auf dem Gewissen hat. Es schreit förmlich: Dieser Einbruch war ein Racheakt! Das ist zu viel. Viel zu viel.« Genau wie das Messer auf dem Balken.

Lorenzo senkte ihren Löffel zurück in den Bräter und machte sich bereit, Wein anzugießen. Mit der Flasche in der Hand trat er hinter Federica, küsste sacht die Linie ihres Nackens unter dem aufgesteckten Haar.

»Wir finden die Wahrheit, Ispettora«, flüsterte er, schob eine Locke beiseite, küsste sich die Schulter und den Hals entlang, um ihre Anspannung zu lösen. »Bald.«

»Es ist Zeit für den Wein.«

Widerwillig unterbrach er das Küssen.

Die ersten Tropfen Pinot Grigio verwandelten sich in eine zischende Wolke, dann setzte das Blubbern ein. Federica würzte, fügte Tomaten zu. Ihr Nacken wirkte ebenso verkrampft wie zuvor.

»Wenn du bleibst«, sagte sie, ohne ihn anzusehen, »hätten wir die ganze Nacht Zeit, alles durchzudiskutieren. Eine Nacht mit Kaninchen, Polenta, Wein – und mit mir. Einfach so. Und morgen könnten wir gemeinsam zur Kirche gehen. Mit etwas Glück werden all deine Verdächtigen dort sein.«

Lorenzo seufzte leise, lehnte die Stirn an ihren Hinterkopf. »Federica, du weißt –«

»Was, Garibaldi? Dass du dich fürchtest? Ja, das weiß ich. Wovor eigentlich mehr: vor Gottes Zorn oder albernem Gerede, das deiner Karriere schaden könnte?«

*

In seiner zweiten Nacht im Vento del mare träumte das Ehepaar Jones von englischem Regen, während andere noch für Stunden keinen Schlaf fanden. Weit nach Mitternacht jagte Federica in mondloser Dunkelheit gesichtlosen Schatten nach, sobald sie die Augen schloss. Spadafero wälzte sich von rechts nach links, Don Pietro betete, und die Befana horchte vergeblich nach dem beruhigenden Geräusch eines Tieres.

Lorenzo legte die Unterarme aufs Balkongeländer, atmete den Duft der träumenden Stadt Pesaro ein. Nur vereinzelt brannten Lichter in den Häusern seines Viertels. Die Nachtschwärmer trieben sich anderswo herum. Er verzichtete auf Wein und Zigaretten, mit denen er sich sonst durchwachte Nächte vertrieb. Selbst jetzt noch fühlte sich die Luft schwer an, lastete auf den Dächern wie eine Wolldecke. Auf der Terrasse des Vento del mare dagegen ... Wie gern wäre er nach dem Essen tatsächlich geblieben.

»*Carissima*«, flüsterte er und schloss die Augen. Es gab niemanden, mit dem er so gern stritt. Selbst gegen sie zu verlieren hatte einen großen Reiz. Ein leiser Wind strich vorbei, ein warmes Streicheln auf der Haut, vielleicht nur eine Einbildung, aus seiner Sehnsucht gespeist.

Lorenzo grub seine Fingernägel in die Handflächen, dort, wo sein Schicksal geschrieben stand, wenn man der Befana Glauben schenkte. Er konnte hier nicht weg, und Federica würde unter keinen Umständen nach Pesaro ziehen. Und sie würde ihn auch garantiert niemals heiraten.

»*Was?*« Lorenzo ächzte überrascht. Er erinnerte sich nicht, jemals einen Antrag in Erwägung gezogen zu haben. Es wäre ihm völlig überhastet vorgekommen, nach ihren wenigen echten Rendezvous, obwohl sein Herz spontan eindeutig dafür plädierte. Bei ihrer Antwort war er leider ebenso sicher. Wenn er sie halten wollte, musste er loslassen. *Ragazza pazza.* Auf ihre spezielle Art war sie ebenso verrückt wie Aniello Capizzi.

*

Den Kopf an die Wand gelehnt saß Mauro allein in dem Lokal, das viel mehr der Herzenswunsch seiner Eltern war als der seine. Er hatte nie gewagt, eigene Pläne zu haben. Anders als sein Bruder. Bitter starrte er ins Leere, bis er wusste, was zu tun war.

Kapitel 19

Sein Vorhaben war ungewöhnlich für einen Sonntagmorgen, obendrein unautorisiert und konnte von anderen als Zumutung empfunden werden. Giovanni Spadafero zog ein frisches Hemd über, bürstete die Uniformjacke und kontrollierte wieder und wieder sein Notizbuch. Ein leichter Schweißfilm legte sich auf seine Stirn. In einem seiner kurzen, halbwachen Träume war ihm ein Engel erschienen, der einen Laborkittel und eine Brille trug. Zum Glück war es nicht Vigliani, sondern Signora Alfano gewesen, die ihm Erleuchtung brachte und ihn am Schlafen hinderte. Vielleicht war es nur ein Hirngespinst, und hinterher stand er da wie ein dummer Junge. Er hätte abwarten und den Kommissar am Montag darauf hinweisen können. Doch Giovanni hatte sich dagegen entschieden. Wenn er richtiglag, waren seine Erkenntnisse von großer Bedeutung und duldeten keinen Aufschub.

Die Scherben der braunen Medizinflasche im Haus der Befana ließen ihm keine Ruhe. Denn wie bei dieser Art Flaschen üblich, war sie besonders dickwandig und wäre beim Runterfallen nicht kaputtgegangen. Sie musste also absichtlich zerschlagen worden sein. Zudem fasste sie, anders als jene aus dem Anbau hinter der Trattoria, nur ein eher kleines Volumen.

Als er die Knöpfe der Uniform schloss, zögerte er einen letzten Augenblick, seine Position zu nutzen, obwohl er gar nicht im Dienst war. Sein Atem ging schnell. Beginnen wollte er in den Apotheken in Pesaro. Alles Weitere würde sich danach ergeben.

*

Wie gewohnt startete Lorenzo Garibaldi an einem kleinen Tischchen vor einer Bäckerei mit einem Frühstück in den Sonntag. Ein süßes *cornetto* und die Zeitung gehörten für ihn einfach dazu. Ein Ritual wie der Besuch in der immer gleichen Trattoria, in der er während der Woche seine Mittagspausen verbrachte.

Die großen Bögen des *Corriere della Sera* raschelten beim Falten. Am Nebentisch diskutierte man über den geplanten Tunnel durch den Mont Blanc in Frankreich. Ein kostspieliger Irrsinn, aber nach dem Spatenstich bei Chamonix wohl nicht mehr aufzuhalten.

»Erst der San Bernardino, jetzt das. Am Ende werden sie die ganze Welt durchlöchern, dann können bald Schiffe unter unserem San Bartolo durchfahren!«

Lorenzo faltete die Zeitung zusammen, ohne eine Zeile gelesen zu haben, was nicht an seinen Tischnachbarn lag. Er fühlte sich kleinlich und versnobt, weil er seit dem abendlichen Gespräch mit Federica bei seinen Überlegungen nicht an Davide Tardelli vorbeikam. Ein sympathischer Kerl, genau wie Mauro. Mit einer gewissen Lässigkeit ausgestattet, die Lorenzo bei seiner Arbeit oft unter Kleinkriminellen begegnete. Als seien sie anderen Gesetzen unterworfen – oder gar keinen. Manchmal beneidete er sie fast für ihr selbstbewusstes Auftreten. Dabei galten unter Gaunern ähnlich strenge Regeln wie in den Häusern anständiger Bürger. Der sonntägliche Kirchgang, wie man sich kleidete, mit wem man gesellschaftlich verkehrte oder Geschäfte machte. Man musste wohl Rock-'n'-Roll-Musiker sein oder ein Filmstar in Hollywood, um sich dem wirklich entziehen zu können.

Lorenzo schaute in seine leere Tasse, erwog, einen weiteren *caffè* zu bestellen. Tauben gurrten auf den Dächern, staksten mit ruckenden Köpfen über den Platz.

Davide jedenfalls war ein einfallsreicher Mann, und bisher hatte Lorenzo mehrere Augen zugedrückt, die originelle Auftragsbeschaffung, steuerliche Flexibilität und den windigen Taxibetrieb unter Kavaliersdelikt verbucht. Jetzt allerdings kamen ihm Zweifel, ob der Mann sie nicht gezielt an der Nase herumführte. Denn wie eine Leuchtreklame tauchte sein Name plötzlich andauernd auf: Aniello Capizzi hatte als Fahrer in Davides Dienst gestanden. Davide hatte Mauro in der Nacht bei Federica abgeliefert und damit nicht nur diesem, sondern auch sich selbst zu einem Alibi verholfen. Außerdem war es Davide Tardelli gewesen, der das geheimnisvolle Mädchen, für das sich angeblich beide Brüder interessierten, ins Spiel gebracht hatte. Und mit ihr ein Motiv, das Mauro belastete. Er musste die junge Frau dringend finden und mit ihr sprechen – wenn es sie wirklich gab. Und daran zweifelte Lorenzo. Denn niemand außer Davide schien diese Beziehung bemerkt zu haben, obwohl in diesem Dorf kein Sack Stroh umkippen konnte, ohne dass jeder jedem davon erzählte.

Darüber hinaus erregte Davide nirgendwo Argwohn, wenn er mit seinem Roller aufkreuzte, egal, wann und wo. Ein gewohntes Bild, ein gewohntes Geräusch. Er war einer von ihnen. Im Grunde vertraute ihm jeder.

Lorenzo fluchte unterdrückt. Ja, er war kleinlich! Denn das traf nun wirklich auf so einige zu. Den Pfarrer beispielsweise oder Bürgermeistergattin Maria Baresi mit ihrer eierschalenfarbenen Vespa. Vielleicht konnte Davide besser schweigen als manch anderer und hatte deshalb von dem Mädchen erfahren – oder wirklich nur, weil Mauro betrunken herumgefaselt hatte. Und sie war keine Erfindung und kein Ablenkungsmanöver. Seit wann war es überhaupt ein Verbrechen, als Vertrauensperson betrachtet zu werden? Federica traute Davide, und inzwischen trauten viele Leute Federica. Wobei man offiziell lieber auf Distanz zu ihr blieb.

Lorenzo presste die Lippen aufeinander. Genau wie er. Ihre unbeirrbare Haltung machte Federica zum Hollywoodstar und ihn zum Spießer, was ganz allein ihm anzulasten war. Dabei liebte er sie. Sie war klug, charmant, eigensinnig, und viele im Dorf nutzten heimlich jede Gelegenheit, mit ihr zu reden. Sogar der Pfarrer schätzte ihre Weltgewandtheit, wenn auch nicht immer ihre Ansichten. Federica zog nie den Kopf ein, bot immer einen gewissen Widerstand und Reibungspunkte. *Die Leute tratschen gern, Garibaldi.*

»*Maledetto!*« Wie ein plötzlicher Schlag vor die Stirn traf ihn die Ahnung, einen leichtfertigen Fehler begangen zu haben. Es war nicht Davide, der sie mit seiner Harmlosigkeit täuschte. »Sind wir womöglich dem andern alle auf den Leim gegangen?«

Nebenan verstummte das Gespräch. Lorenzo warf den kaum angelesenen *Corriere* auf den Tisch, zahlte im Stehen und rannte mit dem angebissenen Hörnchen in der Hand davon.

*

Der fehlende Schlaf hing Federica nach und drückte auf ihre Schläfen. In den unruhig verbrachten Stunden hatte etwas ihr Bewusstsein gestreift und sich doch immer wieder davongestohlen.

In der Kirche predigte Don Pietro von Sünde und Vergebung, seine Schäfchen schwitzten mit gesenkten Köpfen, nur Federica hielt den Blick erhoben, ließ ihn über die gebeugten Nacken gleiten. Wirkte einer von ihnen reuiger als sonst? Zumindest waren die Bänke besser gefüllt. Von Aniellos Familie war niemand gekommen. In der ersten Reihe saß mutterselenallein die Befana mit einem frischen Kopfverband, den Don Pietro persönlich angelegt haben musste. Für Gesprächsstoff war damit gesorgt. Auf der anderen Seite des Ganges sah sie Angelo und Cristina sitzen, die Jungs zwischen sich, die einander mit den Füßen behakelten und knufften. Als ein Gesangbuch zu Boden ging, fing Giuseppe sich einen Klaps und einen bösen Blick ein, dann hielt Cristina die hohle Handfläche vor ihn, auffordernd und nachdrücklich. Aus seinem Mund plumpste etwas hinein.

Um ein Haar wäre Federica aufgesprungen. Natürlich! Das war Spadaferos seltsamer Fund aus dem Haus der Befana: ein unansehnlich zerkauter, hart eingetrockneter Klumpen, haselnussgroß und von Zahneinkerbungen übersäht. Ein Kaugummi! Darum hatte sie in der Nacht an Davide Tardelli gedacht. Weil er, seiner Frau zuliebe, nach jeder Zigarette einen Streifen kaute.

Ihr Herz klopfte ohrenbetäubend laut. War Davide bei der Befana gewesen? Davide, der Mauro in der Nacht des Einbruchs zu ihr gebracht hatte. Was bedeutete, was bedeutete …

Die Gemeinde erhob sich und stimmte inbrünstig in Don Pietros Gesang ein. Wie sollte sie sich da konzentrieren? Entschuldigend schaute Federica zum Kreuz, bewegte die Lippen, ohne die passenden Worte zu finden. Unter dem Dunst gelüfteter Sonntagskleider, frischer Pomade und Rasierwasser nahm sie kalten Weihrauch wahr, der nur zu besonderen Festtagen verbrannt wurde. Sie atmete tief ein. Ein vertrauter Duft. Von einem fremden Duft hatte die Befana erzählt, eine undefinierbare Note, die ihr nach dem Einbruch aufgefallen war. Dann konnte es nicht –

»Signora, setzen Sie sich«, zischte es hinter ihr, und jemand zupfte sie an der Bluse. Der Gesang war verstummt.

»*Perdono*«, murmelte sie und sank in die Bank. Es konnte nicht Davide gewesen sein. Seine Kaugummis rochen durchdringend und unverkennbar nach Minze, das hätte die Befana ganz sicher erkannt. Außerdem war der Geruch beim ersten Einbruch da gewesen, nicht beim zweiten. Das wiederum passte auch zur Konsistenz von Spadaferos Fundstück. Ein gekauter Kaugummi blieb bestimmt einen ganzen Tag elastisch und klebrig, was er hätte sein müssen, wenn er in der Nacht des Einbruchs verloren gegangen wäre. Doch er war hart wie ein Steinchen und darum wohl älter. Eine ganze Woche vielleicht?

Don Pietro predigte in aller Ausführlichkeit, mahnte, drohte und reihte Gleichnis an Gleichnis, als wollte er Federicas geistige Abwesenheit ganz unmittelbar bestrafen. Denn während sich weiter eins zum anderen fügte, ruhte all ihre Aufmerksamkeit auf den schmalen Schultern der Iannazzo-Brüder. Sie musste mit den Jungs reden, und zwar an Cristina vorbei, was ihr schier aussichtslos vorkam.

Als endlich die spröde Glocke über den Köpfen der Gläubigen das Ende der Messe verkündete, war Federica bei den Ersten, die hinaus ins Freie traten. Sie war mit dem Cabrio zum Gottesdienst gekommen, statt zu laufen, denn ihr stand der Sinn nach einer Spritztour. Nach der kurzen Nacht wollte sie ein wenig abschalten und garantiert nicht herumsitzen und warten, ob Lorenzo sich blicken ließ. Vielleicht fuhr sie runter nach Cattolica an den Strand, um in ihrem neuen Bikini in der Sonne zu liegen. Ein kleines Stückchen Stoff, das gut darin war, Ärger zu provozieren.

Unschlüssig stand sie herum, nickte und grüßte artig. Lucio Monza ging dicht an ihr vorbei, maunzte wie eine Katze und zog dann demonstrativ den Hut. »Einen schönen Tag wünsche ich, *Siciliana.*«

Sie verkniff sich eine bissige Antwort und lächelte. Nein, heute hatte sie keine Lust auf eine Konfrontation.

Die Kinder fegten über den Platz, Giuseppe winkte. Kurz darauf war der Pulk der Kirchgänger verschwunden. Ein jeder eilte nach Hause zum Mittagstisch oder in die Küche, um letzte Hand anzulegen. Von den Tischen der Trattoria klangen Stimmen und Geschirrklappern herüber.

Federica setzte sich auf den Brunnenrad, schlug die Beine übereinander und tauchte die Finger ins kühle Wasser. Ihre Idee aus der Kirche war so verrückt, dass es nicht schaden konnte, noch einen Moment länger zu überlegen. Der Geruch von Kaugummikugeln war mit nichts zu vergleichen, und entweder liebte oder hasste man das künstliche Aroma. Sie erinnerte sich gut, wie sie als Kind allem Neuen mit Begeisterung begegnet war, jede Herausforderung gesucht und sich vor fast nichts gefürchtet hatte. Keine Geschichte war gruselig genug gewesen, was sich noch heute in ihrer Vorliebe für Kriminalliteratur spiegelte. Und ein verächtliches »Das traust du dich nie« hatte so manche halsbrecherische Aktion nach sich gezogen.

Ein leises Klingeln ließ sie den Kopf heben. Aus der Ladentür flitzte Giuseppe auf sie zu, einen raschen Blick zu den Fenstern im Obergeschoss werfend. Mit einem Satz platzierte er sich neben ihr, die Wangen unter den Sommersprossen so rosarot wie das Eis am Stiel in seiner Hand.

»*Ciao*, Signora Pellegrini.« Er grinste.

»*Ciao*, Giuseppino.« Mit dem gemopsten Eis aus dem eigentlich geschlossenen Laden sollte er sich besser nicht erwischen lassen. Doch darin besaß er sicherlich Übung.

»Wollen Sie auch? Ist noch nicht angelutscht«, versicherte er und streckte ihr das Eis entgegen.

»Sag mal«, begann sie und knackte mit den Zähnen eine Ecke ab. »Was hat Aniello euch eigentlich über die Befana erzählt?«

»Dass sie uns in Viehzeug verwandelt, wenn wir zu ihr gehen.« Ungerührt schleckte er mit lautem Schlürfen. »An so was glauben aber nur Babys. Das kann niemand, auch wenn sie 'ne Hexe ist.«

»Bist du mal dort gewesen?«

»Nö. Aber wenn ich wollte, würde ich's einfach tun. Ich hab keine Angst. Der Pfarrer hat auch gesagt, dass sie's nicht kann. Nicht mal jemanden verfluchen, obwohl …« Er hob die Schultern, biss ins Eis. »Das glaube ich doch.«

»Und Luigi?«

»Hat sich nicht getraut.« Giuseppe zuckte ertappt zusammen, und sie legte verschwörerisch einen Finger an ihre Lippen.

»Keine Sorge: Niemand wird mit euch schimpfen, Giuseppino. Aber was ich dich frage, ist wichtig. Der Kommissar aus Pesaro muss das wissen. Wieso wollte Luigi hin und wann?«

»Weil er immer bei uns Großen mitspielen will. Und – na ja – wir wollen ihn nicht. Es sollte 'ne Mutprobe sein. Aber vielleicht«, er wischte sich die Nase, »vielleicht war das doof. Und wo doch Aniello tot-verflucht worden ist, da bin ich schon froh, dass Luigi nicht hingegangen ist.«

Federica nickte, aber genau daran zweifelte sie. Nachdenklich strubbelte sie über Giuseppes Haare. »Gibt dir Luigi eigentlich freiwillig was von seinen Kaugummis ab?« Sie deutete das Ausspucken an, das sie in der Kirche beobachtet hatte.

»Manchmal. Aber außer mir kriegt keiner was. Die andern kaut er alle selber.« Süßer Saft lief an seiner schmutzigen Hand entlang. Das Eis tropfte. Erdbeerrote Flecken sickerten zwischen ihnen in den Stein auf dem Brunnenrand. »Signora Pellegrini?«

»Ja?«

»Wenn er ... wenn er doch ... Muss Luigi dann auch sterben?«

»Nein! Nein, Giuseppino.« Sie schloss den Knirps in ihre Arme, drückte sein klebriges Gesicht an ihre Brust. Der kleine große Bruder, der schon den Pfarrer zur himmlischen Strafe für Einbrecher gelöchert hatte. »Luigi wird nichts geschehen, hörst du? Die Befana würde niemals einem Kind wehtun, das macht höchstens ihr Ziegenbock. Vor dem müsst ihr euch hüten.« Sie lächelte, gab ihm einen schmatzenden Kuss auf die Stirn und fühlte ein seltsam ängstliches Ziehen in den Eingeweiden. »Kannst du mir helfen, dass Luigi mit mir redet? Jetzt gleich.«

Giuseppe schmiegte sich noch einmal an sie, dann nickte er und schob das restliche Eis auf einmal in seinen Mund.

Wenige Minuten später fand Federica sich in einem muffigen Verschlag unter der Treppe im Haus der Iannazzos wieder. Zusammengefaltet und mit angezogenen Beinen, ihr gegenüber Luigi. Giuseppe stand in Rufweite Schmiere. In der abgestandenen Luft fiel das Atmen schwer, und schon nach Sekunden war sie schweißgebadet. Dennoch übte sie sich in Geduld, fing das Gespräch mit dem Thema Fußball an, dankte Ciro im Stillen, als der Funke in Luigis Augen zündete, und schwenkte von den Sammelbildern zu den Kaugummis.

»Hat Giuseppe dir verraten, was ich wissen will?«

Luigi verzog die Lippen, als wollte er sie bis zum Hinterkopf ziehen.

»Die Sache mit der Mutprobe. Du hast vor den anderen Kindern so getan, als hättest du gekniffen. Dabei hast du es gemacht, nicht wahr? Freitag vor einer Woche.« Eine perfekte Gelegenheit, weil ja jeder wusste, dass die Befana da nicht daheim war. Es war der Abend gewesen, an dem Cristina ihn ausgeschimpft hatte, weil er zu spät nach Hause gekommen war.

Luigi nickte.

»Dich hat etwas erschreckt. Da hast du dich versteckt und deinen Kaugummi verloren.«

Seine Augen wurden groß. »Sind Sie auch eine Hexe?«

»Nein, Luigi. Ich bin Giuseppes Freundin. Und ich mag es nicht, wenn jemand anderen Angst macht. Oder gemein ist. Heimlich in ein fremdes Haus zu gehen ist nicht besonders klug, aber ich habe auch schon eine Menge dumme Sachen angestellt. Und du hast bei der Befana nichts kaputt gemacht oder weggenommen, stimmt's? Darum ist sie dir auch bestimmt nicht böse. Was genau ist denn dort passiert?«

Luigi ballte seine kleinen Hände zu Fäusten. »Es war dunkel und alles durcheinander. Und das Huhn, das hat sich nicht bewegt, obwohl ich es angestupst habe. Hallo Huhn, habe ich gesagt, schläfst du? Und dann, dann ist sie gekommen, und ich konnte nicht zur Tür, da hab ich mich hingeworfen und bin irgendwohin gekrochen und hab mir die Augen zugehalten. Aber sie hat geschrien, und da musste ich mir die Ohren zuhalten. Da hab ich gesehen, dass sie das Huhn auf den Tisch gelegt hat, und … und … und ich hab geweint, und dann war der Kaugummi weg.«

»Schsch. Alles ist gut, Luigi.« Federica beugte sich vor, legte ihre Hände über seine. Ihr enger Rock spannte, die Nähte knackten. »Alles ist gut. Die Befana war traurig wegen ihrer Henne, weißt du. Und auch wütend wegen des Durcheinanders. Deshalb hat sie bestimmt so laut geschimpft.«

»Nein«, sagte er. »Geschimpft hat sie dann leise, nach dem Schreien, da konnte ich gar nichts verstehen, und sie hat so Zeug angezündet und ganz viel Rauch gemacht. Als alles eingenebelt war, bin ich fortgerannt.«

»Seltsam«, sagte Federica mehr zu sich selbst. Wenn sonst keiner dabei gewesen war, woher kam dann das Gerücht über einen todbringenden Fluch und das Hühneropfer? »Du hast niemandem davon erzählt?«

»Doch, dir. Und …« Luigi biss sich auf die Lippen, und Federica hielt den Atem an. Wie hatte sie sich nur so dumm blenden lassen können? Dass er seinen Eltern, Don Pietro und Giuseppe gegenüber verstummt war, schloss nicht automatisch aus, dass er es jemand anderem verraten hatte.

»Es war euer Geheimnis.« Federica flüsterte instinktiv. »Du solltest es ganz für dich behalten.« Sie brauchte den Namen desjenigen, der die Lawine gegen die Befana ins Rollen gebracht und den Vorfall wissentlich aufgebauscht hatte!

Dieser Mensch war im günstigsten Fall einfach nur ein mieser Charakter, der auf Kosten der alten Befana alle mit Unwahrheiten zum Besten hielt. Dafür kamen einige in Frage. Aber nur wenigen hätte Luigi sein Erlebnis freiwillig erzählt. Sie schluckte. Vielleicht war auch das ein voreiliger und unzulässiger Schluss. »Hast du jemanden bei der Befana getroffen? Hat er dir Angst gemacht?«

Von oben hörte sie Cristina zum Essen rufen, dann hämmerte Giuseppe gegen den Verschlag. Luigi warf sich auf die Knie und schlängelte sich an ihr vorbei. Fort war er, ganz ohne Nebel. Federica hieb die flache Hand auf den Boden.

*

Nervös lief Giovanni Spadafero vor dem Tresen in der Farmacia Alfano auf und ab, bis der ersehnte Rückruf aus der Questura in Pesaro endlich einging. Die *Dottoressa* war nicht nur in seinem Traum ein wahrer Engel, auch in der Realität hatte sie ihn bereitwillig eingelassen, um seine Fragen zu beantworten, und ihm anschließend gestattet, den schweren, etwas altmodischen Telefonapparat der Apotheke zu benutzen.

Die Auskunft seines Kollegen vom Empfang fiel indes ernüchternd aus: »Schlechte Neuigkeiten, Spadafero. Der Bote ist gerade zurück, er hat Garibaldi nicht zu Hause angetroffen und deine Nachricht unter der Wohnungstür durchgeschoben. Gemäß der Nachbarin aus dem Erdgeschoss ist der Commissario zum Frühstücken ausgegangen und hat weder hinterlassen, wohin, noch, wie lange er bleiben wird.«

»Danke«, brummte Giovanni missmutig. Hinter dem Rücken ballte er eine Faust, die er gern irgendwo dagegengedonnert hätte. Doch er beherrschte sich, denn Dottoressa Alfano schaute ihn aufmerksam an. Aus dem Hörer quäkte etwas blechern die gelangweilte Stimme des Kollegen.

»Keine Ursache, Spadafero. Sobald Garibaldi kommt, geb ich ihm Bescheid. Würde wetten, dass es nicht lange dauert. Der ist ja fast jeden Tag hier, ob er Dienst hat oder nicht.«

Da war natürlich was dran. Giovanni zögerte. Sollte er lieber umkehren und in der Questura warten oder seinen eigenmächtigen Einsatz fortsetzen? Vierzig Minuten einfache Fahrtzeit in die eine standen etwa zehn Minuten in die andere Richtung gegenüber. Und was, wenn Garibaldi heute ausnahmsweise wirklich frei machte?

Dottoressa Alfano wischte lächelnd ein Stäubchen von seiner Dienstmütze, die er zum Telefonieren abgelegt hatte. Entschlossen lächelte Giovanni zurück. Es hatte sich gelohnt, ihre Sonntagsruhe zu stören. Und genau das würde er gleich noch einmal tun: jemanden stören. Es erhöhte die Wahrscheinlichkeit, seine Zielperson anzutreffen, wenn er ins sonntägliche Mittagessen platzte. Unhöflich, aber effektiv.

»Richte Garibaldi aus, ich bin vorausgefahren«, sagte er in den Hörer, »nach Santo Stefano.«

*

Träge und heiß lag die Sonntagsruhe über Pesaro del Monte piccolo Cattolica, trügerisch wie die glatte Meeresoberfläche, unter der sich jederzeit Untiefen und Strudel auftun konnten. Der Mensch sah, was er sehen wollte, hörte aus Informationen heraus, was die eigene Meinung bestätigte. Genauso war es gestern beim Kochen mit Lorenzo gewesen und ihre Theorien eine Aneinanderreihung von Wunschgedanken.

Federica fuhr langsam durch die verwinkelte Gasse zu Mauro Capizzis immer noch nicht geöffnetem Lokal, fest entschlossen, sich nicht abwimmeln zu lassen, bis er den Namen des Mädchens ausspuckte, das die Brüder womöglich entzweit hatte. Nachdem Aniello abgeblitzt war, schien er sich umso mehr in die Idee mit dem Tonikum hineingesteigert zu haben und hatte gegen alle Widrigkeiten nicht wieder davon abgelassen. Hatte er das Mädchen genauso wenig aufgegeben? Ein sturer Dickschädel und konsequent, wenn er etwas wollte. Sie erinnerte sich, dass Davide vermutet hatte, hinter Aniellos Bestreben, möglichst schnell reich zu werden, könnte eine heimliche Liebe stecken. Das ergab erst recht Sinn, wenn er glaubte, sie beeindrucken zu müssen, um ihr Herz zu gewinnen.

Auf der Stufe am Eingang kauerte Luisa. An der Tür hing das Geschlossen-Schild.

»Ciao, Luisa. Ist Mauro da?«

»Nein.«

»Weißt du, wann er kommt oder wo er ist?«

Die Arme um die eckigen Knie geschlungen schaukelte sie hin und her, bewegte den Kopf dabei mit. »Was wollen Sie von ihm?«

»Ach, nicht so wichtig.« Resigniert winkte Federica ab, besann sich dann aber eines Besseren. Als Kind hatte sie es gehasst, von Erwachsenen mit einer solchen Geste abgespeist zu werden. »Es geht um eine Freundin deines Bruders«, fügte sie daher hinzu. »Ich hab den Namen vergessen. Kennst du sie vielleicht?«

»Mauro hat keine.« Luisa runzelt sie die Stirn. »Oder meinen Sie Aniello? Der hat viele. Die schreiben ihm dauernd, von überall.« Sie kicherte ein bisschen und hielt sich die Hand vor den Mund. »Auf rosa Papier und mit Blumenduft parfümiert.«

»Oh?« Ein wenig verkrampft lachte Federica mit. Sie musste den Augenblick nutzen, bevor Luisa vom Bewusstsein des erlittenen Verlusts eingeholt wurde. »Lauter Brieffreundinnen, aber keine von hier?«

»Die ist fortgegangen und antwortet ihm nie.« Luisa klemmte den Steg ihrer Schlupfsandale zwischen die Zehen. Es arbeitete in ihr, dann platzte es aus ihr heraus: »Würde ich auch nicht, weil, das wäre ja gar nicht gegangen, obwohl er behauptet hat, er wird Daniella heiraten. Dabei ist sie fast so alt wie Mauro, aber damit es richtig ist, wie es sich gehört, muss doch der Mann älter sein als die Frau!«

»Hm, weißt du, Luisa, ich denke, viel wichtiger als das Alter ist, dass man einander wirklich lieb hat. Aber, sag mal, ich kenn hier gar keine Daniella.«

»Die ist ja auch aus Santo Stefano.«

Maledetto! Wie Federica es hasste, wenn ihr Instinkt sie im Stich ließ, und manchmal noch mehr, wenn er einen Treffer landete. Besonders übel nahm sie die Zeitverzögerung, mit der sie endlich begriff, dass alles zueinanderpasste. Ihr Gespräch gestern Morgen auf der Terrasse, der Äther, die vermeintliche Todesursache – und Mauro, der jetzt nicht da war. Wenn man die Informationen richtig sortierte, ergaben sich neue Schlussfolgerungen, für sie und auch für ihn.

»Wie lange wartest du schon auf ihn, Luisa?«

»Nicht lange. Er hat das Moped repariert. Vielleicht ist er gleich wieder da.« Im Gesicht des Mädchens blitzte Hoffnung auf.

Bedauernd schüttelte Federica den Kopf. »Ich würde gern noch bleiben, aber ich kann leider nicht. Es war sehr nett, mit dir zu plaudern, Luisa. *Ciao*, bis bald«, sagte sie leichthin, um ihr keine Angst einzujagen. Es genügte, wenn sie selbst innerlich in Panik geriet. Sie musste sich sputen.

Im Fahrtwind flatterte der um ihren Kopf geschlungene dünne Seidenschal aus dem offenen Cabrio.

*

Pfeilschnell flog die Giulietta die Straße entlang. Lorenzo verzichtete darauf, das Radio einzuschalten. Sein Blick klebte stur auf der Fahrbahn. Rechts und links zogen schemenhaft Farbflecken vorbei, Schattierungen von Grün, Braun und Gelb, denen sein Unterbewusstsein Geländestrukturen zuordnete. Bäume und erntereife Felder, hoch stehende Ähren, gepflügte Brache, vereinzelte Häuser. Über allem betörendes Blau. Blau – wie der Himmel, das Meer und der Stoff einer Uniform. Wieso hatte er die Befragung von Signor Pavone aufgeschoben, obwohl der den Äther für Aniello beschafft hatte? Weil es nicht eilte, einen Unverdächtigen zu befragen? Weil er ein anständiger Familienvater war? Nein. Es lag allein an der Uniform! Die Montur der Poste Italiane ähnelte vage der seiner eigenen Zunft und band den Träger an einen Ehrenkodex aus Verlässlichkeit und Geheimhaltung.

Es brauchte Fingerspitzengefühl, zu entscheiden, welche Post an wen ausgehändigt werden konnte, wer welches Schreiben tunlichst nicht zu Gesicht bekommen durfte und so fort. Darum war es geradezu die Pflicht eines Postboten, über alles im Dorf auf dem Laufenden zu sein. Ein offenes Ohr zu haben für jeden Klatsch. Und genau hier begannen Lorenzos Zweifel. Signor Pavone wollte erst nach Aniellos Tod Näheres über dessen Tonikum erfahren haben, obwohl er ihm den Äther dafür beschafft hatte. Natürlich konnte das eine verzeihliche Schutzbehauptung sein, ausgesprochen im ersten Schreck, was ein zutiefst menschliches Verhalten gewesen wäre. Dennoch erschütterte es seine Glaubwürdigkeit. Wie bei einem Sprung, der sich in dünnem Glas unaufhaltsam ausbreitet, entstand durch dieses erste leichte Beben ein breiter werdender Riss. Wohin hatte Pavone den Äther geliefert? Zum Haus der Eltern Capizzi wohl kaum. Stellvertretend ins Lokal des Bruders? In Davide Tardellis Werkstatt? In die Trattoria zu Farina? Oder direkt zum Tor in der Sackgasse hinter dem Grundstück?

Jede mögliche Antwort warf neue Fragen auf. Und die musste Lorenzo stellen, und zwar jetzt sofort. Denn jede einzelne barg zugleich eine potenzielle Gefahr. Das Dumme daran war, dass er noch immer nicht ganz sicher sein konnte, für wen. Komplizen und Mitwisser, auch zufällige, lebten riskant, wenn ein Täter sich in die Enge getrieben fühlte.

An der schmalen Straße reihten sich die ersten Häuser aneinander. Manche in Ocker oder Rostrot gestrichen, andere unverputzt, von Witterung und Alter angegriffen. Klappläden sperrten die Sonne aus. Das ganze Dorf zählte kaum vierzig Einwohner, und neben der namensgebenden Kirche gab es in Santo Stefano nichts, was erwähnenswert gewesen wäre.

Lorenzo trat hart auf die Bremse. Vor dem Grundstück der Familie Pavone erwartete ihn ein regelrechter Fuhrpark: ein Streifenwagen aus Pesaro, ein Moped, das nach seiner letzten Information eigentlich defekt im Hof hinter Mauro Capizzis Lokal stehen sollte – und ein wohlbekanntes Cabriolet.

Zornig schlug Lorenzo aufs Lenkrad. Welches der Fahrzeuge – beziehungsweise welcher Besitzer – seinen Blutdruck am schnellsten steigen ließ, vermochte er nicht auseinanderzuhalten. Definitiv brauchte jeder von ihnen einen verdammt guten Grund, hier zu sein. Der dreirädrige Roller des Postboten fehlte allerdings. Ein älteres Ape-Modell von Piaggio, ohne Fahrerkabine und mit offener Ladefläche, das er sich gern genauer angesehen hätte.

Lorenzo schloss gerade die Wagentür, als Spadafero ihm vom Haus her entgegenkam.

»Signor Garibaldi, *buon giorno!* Wie gut, dass Sie meine Nachricht erhalten haben. Entschuldigen Sie, dass ich einfach vorausgefahren bin, aber –«

»Stopp. Ich weiß nicht, wovon Sie reden. Was ist hier los?«

»Der Äther – die Apotheke. Er hat alle reingelegt!«, sprudelte es weiter aus dem Ispettore. »Pavone hat in mehreren Apotheken Äther eingekauft. Aniello wusste ja nichts von der richtigen Dosierung, und die Befana sagt, dass nur Tropfen gebraucht werden. Aber die große Flasche aus Aniellos Labor – genau wie der Ferkelunfall – spricht dafür, dass er wesentlich mehr vorrätig hatte. Das ist mir heute Nacht klar geworden. Das Tier ist durch eine heftige Überdosierung gestorben. Und ich habe mich gewundert, wie das sein kann. Denn aus Sicherheitsgründen werden immer nur unbedenklich kleine Mengen abgegeben. Also war ich noch mal in verschiedenen Apotheken. Und es stimmt. Pavone hat nirgendwo viel gekauft, und alle haben beteuert, dass er ausdrücklich auf sämtliche Gefahren hingewiesen wurde.«

Lorenzo unterbrach den Wortschwall. Der allseits beliebte Postbote von nebenan hatte Aniello gegenüber zumindest das Vergiftungsrisiko verschwiegen. »Wo ist er jetzt?«

»Vermutlich an einem kleinen Weiher, dort hinten am Feldrand entlang. Es gibt keinen richtigen Weg. Seine Frau hat gesehen, dass er in die Richtung ging. Ist noch keine zwanzig Minuten her. Zu Fuß, zusammen mit dem jungen Mann, dem das Motorrad gehört.«

»Mauro Capizzi.« Lorenzo fluchte ungeniert. Entweder steckten die beiden Männer unter einer Decke, oder einer hielt den anderen für den Mörder – oder für einen unliebsamen Zeugen. Nichts davon gefiel ihm sonderlich.

»Signora Pellegrini haben wir gerade so verpasst.«

Die Frage, wo Federica jetzt war, erübrigte sich. Und auch, warum die Ape fehlte. Eine gute Viertelstunde schien wenig verlorene Zeit, doch einem schnellen Messer reichte ein unbedachter Augenblick. Lorenzo fluchte erneut und warf einen raschen Blick zum Motorrad. Der Schlüssel steckte.

»Wir nehmen die Lambretta.«

*

Wild schaukelnd krachte die Post-Ape voran, legte links und rechts rücksichtslos Pflanzen nieder. Federica duckte sich unter den niedrigen Ästen der Büsche und Bäume am Feldrain flach über den Lenker. Daniella war die Lösung! Der Schreck nach Luisas Worten war ihr in alle Glieder gefahren, hatte aber auch eine Ahnung geweckt, gespeist aus Satzbruchstücken und Gesten. *Fünf Kinder, wie Orgelpfeifen, die ersten wurden langsam flügge, alles Mädchen.* Sie hatte nicht anders gekonnt, als ihrem Instinkt zu folgen, der sich nun im Haus des Postboten bestätigt hatte. Daniella aus Santo Stefano war die Tochter von Ciro Pavone! Konnte es Zufall sein, dass ausgerechnet jenes Mädchen zwischen den Brüdern stand, dessen Vater den tödlichen Äther beschafft hatte?

Und sie selbst hatte in der Sache nachgebohrt, Fragen gestellt und Gedanken aufgewühlt. Erst gestern Morgen wieder, nach Mauros Besäufnis, kurz bevor Ciro Pavone draußen auf ihrer Terrasse die Ätherbeschaffung zugegeben hatte. Mauro musste es gehört haben, wie auch die Bemerkung zu den Eltern und Gottes Beistand, auf die er sich danach direkt bezog. Und nun waren die beiden Männer gemeinsam unterwegs. Doch welche Schlüsse hatte Mauro gezogen, und was um Himmels willen hatte er jetzt vor?

KAPITEL 20

Am Ufer des kleinen Tümpels zwischen den Feldern gab es kaum ein Durchkommen. Ein einsamer Frosch quakte und zeigte an, wo das im Sommer nur spärlich vorhandene Wasser zu finden sein musste. Vielleicht hätte es einen bequemeren Weg dorthin gegeben, aber Mauro hinterfragte Ciro Pavones Schritte nicht. Ein ruhiger Ort, darauf kam es an. Daniella hatte ihm von dem Teich erzählt, damals, als sie in Cattolica im Kino gewesen waren. Eine verwunschene Oase, wie von der Welt vergessen und ideal, um sich dorthin zurückzuziehen. Darum hatte er dem Spaziergang sofort zugestimmt. Er verstand sehr gut, warum Signor Pavone ihn lieber nicht ins Haus bat, wo Daniellas Geschwister spielten, die Mutter mit der Schürze über dem Sonntagskleid herumlief und es nach Essen roch. Sicher wäre sie auf die Idee gekommen, ihn zum Bleiben aufzufordern, und hätte ihn an den Familientisch gebeten. Es war besser, dass sie nur einen flüchtigen Blick auf ihn geworfen hatte, im Gegenlicht vor der Tür und halb von Signor Pavone verdeckt.

»Wir müssen über den Äther reden«, hatte Mauro gesagt, und Signor Pavone hatte dazu genickt.

»Gehen wir ein Stück. Es gibt da einen Teich, ganz in der Nähe.«

Seither war kaum ein weiteres Wort gefallen.

Die Bezeichnung Teich war maßlos übertrieben. In der muffig riechenden Pfütze sammelte sich der Staub der Felder zu einer brackigen Brühe, die auf den nächsten Regen wartete.

An einer Stelle verbreiterte sich der Uferstreifen, bildete eine lichte, grasbewachsene Bucht mit einer Holzbank in der Mitte, über die ein alter Baum sein Geäst ausbreitete.

Ciro Pavone blieb stehen, und Mauro musterte ihn von der Seite. Ein großer Mann mit Lachfältchen um die Augen, kräftigem Haarwuchs und buschigen Brauen. Es gelang Mauro nicht, verständnisvoll zu sein, wie Signora Pellegrini es war. In ihm gärte Zorn, den er angestrengt unterdrückte. Aniello war ein solcher Kindskopf gewesen! Jeder hatte das gewusst. Wie hatte Pavone, der ihn von klein auf kannte – zwar nicht gut, aber gut genug –, so verantwortungslos sein können, ihn mit einem gefährlichen chemischen Stoff zu versorgen? Hätte dieses Zeug nicht offen auf dem Tisch im Anbau der Trattoria herumgestanden, wäre vielleicht nie etwas passiert. Aber so war es ganz leicht gewesen, Aniello zu töten.

»Er wurde mit dem Äther erstickt, den Sie eingekauft haben, sagt die Polizei. Haben Sie das gewusst?«

»Meine Daniella kommt zum Lesen und zum Lernen hierher, Signor Capizzi. Darf ich Mauro sagen? Sie lernt oft, sie ist fleißig, und das muss sie auch sein, um Anwältin zu werden. Die Tochter eines Postboten – erst besucht sie das Gymnasium, dann die Universität! Das gibt es nicht alle Tage, habe ich recht?«

»Ja. Nein. Was soll das? Haben Sie mir überhaupt zugehört? Aniello ist an Ihrem Äther erstickt!«

»Nein, nein. Unsinn. Es war ein Stich, eine Sichel, die Befana mit ihrem Fluch.« Ciro lächelte nachsichtig und legte Mauro eine Hand auf den Arm. »Ich verstehe, dass Sie durcheinander sind. Es muss schwer sein, den Bruder zu verlieren. Überhaupt ist es schwierig, verlassen zu werden. Aniello wollte weg. Reich werden und dann – ffft – in die Welt hinaus. Das kann Ihnen nicht gefallen haben. Schon gar nicht, dass er Daniella mitnehmen wollte.« Ciro seufzte. »Wie es jetzt ist, ist es besser für Sie. Oder?«

Mauro stieß Pavones Hand beiseite. »Seien Sie still!«

»Tut mir leid, aber das ist die Wahrheit. Ich mag Sie ja, Mauro. Und Aniello war auf seine Art … Es ist ein Jammer, was passiert ist. Glauben Sie mir, ich verstehe Sie besser, als Sie denken. Nur Daniella, na ja, die können Sie trotzdem nicht kriegen. Wollen wir uns setzen?«

»Ganz gewiss nicht.« Was bildete der sich ein? Energisch schüttelte Mauro den Kopf. Weder glaubte er Pavone, noch beabsichtigte er, gemütlich mit ihm auf Daniellas Bank zu sitzen. »Die Polizei hat die Todesursache eindeutig nachgewiesen. Sie werden nicht einfach so davonkommen.« Seine Fäuste fuhren wie von selbst nach oben, kampfbereit vor der Brust. Ein falsches Wort, dann konnte er für nichts mehr garantieren.

»Die Hitze der Jugend.« Ciro lachte auf. »Wenn es drauf ankommt, Mauro, schadet sie mehr, als sie nützt.« Er hielt die Linke flach ausgestreckt vor sein Gesicht. »Kein Zittern. Sehen Sie? Obwohl ich bedroht werde. Kaltes Blut ist besser als heißes. Nun nehmen Sie schon die Fäuste runter!«

Mauro atmete heftig, als Ciro sich auf ihn zubewegte, wich einen Schritt rückwärts aus, verkrampfte. Hinter ihm nur noch Wasser, schlammig und trüb.

»Muss ich Sie daran erinnern, Mauro, dass *Sie* bei *mir* aufgetaucht sind, um zu reden? Das war nicht meine Idee, und es gefällt mir genauso wenig wie bei Ihrem Bruder. Sie beide bitten mich um etwas, und nun wollen Sie mich für das verantwortlich machen, was daraus folgt? Aniello hatte es selbst in der Hand. Er hat sich freiwillig mit etwas Düsterem eingelassen, den Mächten der Befana – und dafür die Quittung bekommen! Lassen Sie den Dingen ihren Lauf, Mauro. Die Polizei wird die Alte überführen, und die Hexe kriegt, was sie verdient. Vielleicht hat sie das schon. Dann kehrt überall wieder Ruhe ein.«

»Nein«, murmelte Mauro, wischte zornig die aufsteigenden Tränen weg. »Nein.«

Wieder trat Ciro einen Schritt vor, kam nah, viel zu nah, sprach irritierend sanft und leise.

»Sie trauern, Mauro. Sie bereuen, es drückt Sie eine schwere Schuld. Ich weiß, wie sich das anfühlt.« Er tippte sich auf die Brust. »Hier drin in meinem Herzen, und es schmerzt. Manchmal sind wir gezwungen, Dinge zu tun, die wir gar nicht tun wollen. Damit zu leben ist hart, das hält nicht jeder aus. Mein volles Mitgefühl gehört Ihren Eltern. Fest entschlossen, wie Sie sind, kann ich Sie nicht retten.«

»Was?« Mauro spürte Feuchtigkeit unter den Sohlen, in seinem Kopf ein Sirren, wie von einem dicken Insekt.

»Sie sind ein junger Mann, und ich bin über fünfzig. Wir ringen, doch plötzlich sind Sie weg, und bis ich Sie im Wasser in all dem Schlamm endlich finde –«

Das Sirren hinter ihnen schwoll an, es knirschte und knackte, dann brach ein Fahrzeug durchs Gebüsch.

»Auseinander!«

Ciro Pavone schnellte herum, riss Mund und Augen auf. Seine eigene Ape hielt direkt auf ihn zu.

»Weg da!«

Mauro hechtete zur Seite, rollte durchs trockene Gras. Eine Handbreit vor der Wasserung kam die Ape zum Stehen.

»Es ist vorbei!«, rief Federica forsch, strich sich abgerissene Blätter von Gesicht und Dekolleté. Ihr Puls jagte das Blut mit mindestens Tempo hundertachtzig durch ihre Adern. Der Coup war geglückt und die Männer durch das Fahrzeug getrennt.

Leider endete ihr Plan an dieser Stelle. Sie musste improvisieren. Durch die Position der Ape konnte sie unmöglich beide gleichzeitig im Auge behalten. Nervös schaute sie nach links, dann nach rechts. Mauro kam gerade wieder auf die Füße. Ciro war etwa zwei Armlängen von ihr entfernt. Dem Gesichtsausdruck nach standen sie mächtig unter Strom, und Federica klemmte als Puffer dazwischen. Abzusteigen bedeutete, sich für eine Seite zu entscheiden, also blieb sie sitzen.

»Es ist vorbei!«, wiederholte sie, zog den Zündschlüssel ab und ließ ihn unter der Spitze ihres Büstenhalters verschwinden. Niemand sollte die Gelegenheit zur motorisierten Flucht haben.

Ciro hob die Hände, sein Mund lächelte, doch in seinen Augen lag etwas Lauerndes. »Signora, was reden Sie? Wir haben uns gut unterhalten. Und wie kommen Sie dazu, ein Postfahrzeug zu … zu kapern!«

»Ich wusste, wo der Schlüssel liegt«, antwortete sie lapidar und klopfte gegen das Blech der Ladefläche hinter sich. »Unter der Decke, mit der die Päckchen gesichert werden.« Er hatte sie hinter ihren Rücken geklemmt, um ihr die Fahrt bequemer zu machen. Sie schluckte. Dort, wo sie gesessen und mit Ciro gescherzt hatte, würde Vigliani bald nach Flusen suchen. »So eine Decke ist nützlich, auch wenn man etwas Größeres verstecken muss, und die Arbeitsbiene ist ein wirklich praktisches Tierchen. Ihr Brummen fällt niemandem auf, nicht mal nachts oder frühmorgens. Es gibt viele davon, auch in Pe-Mo-Ca, für die Feldarbeit und zum Transport. Dabei ist sie erstaunlich leicht, wenn man sie schiebt. Ich habe es gerade ausprobiert. Aniellos Körper fiel sicher kaum ins Gewicht.«

Mauro stieß einen gurgelnden Schrei aus und krümmte sich.

»Wieso, Ciro?«, fragte Federica.

Pavone schüttelte den Zeigefinger in ihre Richtung, deutete dann auf Mauro. »Sie sind ja verrückt! Und er da auch. Die Befana war es. Jeder weiß es, jeder! Wieso wollen Sie das nicht einsehen? Verflucht hat sie ihn, dann abgestochen.« Klatschend wischte er die Handflächen gegeneinander. »Die Hexe hat's getan. *Basta – e finito!*«

»Das ist Blödsinn«, herrschte Federica ihn an und wiederholte seine Worte vom Vortag: »Ein Kind zu verlieren, eins Ihrer Mädchen, den Gedanken können Sie nicht ertragen. Das gilt auch, wenn es nur um einen Mann geht. Nicht wahr? Aniello wollte Ihre älteste Tochter heiraten.«

»Blabla.« Ciro strich sich abfällig von der Kehle zum Kinn. »Meine Daniella studiert in Macerata. Einen Capizzi hätte sie nie genommen. Weder den einen noch den anderen.«

Aus dem Augenwinkel sah Federica Mauro näher kommen. An der Ladefläche blieb er stehen.

»War er schon tot, als er hier drauflag?«, fragte er leise, und Federica nickte.

»Wissen Sie, Signor Pavone«, sagte Mauro lauter und mit bitterer Genugtuung in der Stimme, »Sie haben recht, was Daniella betrifft, absolut recht: Sie hätte keinen Capizzi genommen. Was Sie getan haben, war völlig umsonst. Denn sie wollte nicht. Damit werden Sie von nun an leben müssen.«

Ciro schwankte, schlagartig blass bis zum Haaransatz.

Federica schaute von ihm zu Mauro und zurück. »Du liebe Zeit, jetzt versteh ich.« Der Fehler lag im System, im Machismo, der männlichen Eitelkeit. »Aniello hat Ihnen gesagt, dass er Daniella heiraten will, und Sie, Ciro, wollten das verhindern – um jeden Preis. Dabei war Ihnen beiden in Ihrem Egoismus letztlich egal, wie Daniella darüber dachte. Wobei Aniello sich nur zum Ziel gesetzt hatte, die Frau seiner Träume durch Hartnäckigkeit und Leistung für sich zu gewinnen. Sie aber haben lieber gleich an Stelle Ihrer Tochter entschieden. Oder haben Sie Daniella jemals gefragt?«

Federica starrte dem Mann ins Gesicht, für den sie fast schon freundschaftliche Gefühle gehegt hatte. Seine Lippen bewegten sich tonlos, verloren alle Farbe. Eine Hand auf dem Herz sackte er zusammen, fiel wie ein Baum im Sturm.

»Das darf doch nicht wahr sein!« Federica sprang vom Sitz, fiel auf die Knie, spürte einen Stein und den Riss, der ihren Strumpf ruinierte. »Signor Pavone – Ciro?« Sie drehte ihn auf den Rücken, schlug ihm links und rechts auf die Wangen, zerrte an seinem Hemd, um ihm Luft zu verschaffen. Vielleicht würde er davon profitieren, dass Aniellos Tod sie an einen Bericht über Maßnahmen zur Wiederbelebung erinnert hatte. »Schnell, Mauro, helfen Sie mir! Ich glaube, er stirbt.«

Mauro machte einen Satz über die Ape, ging ihr gegenüber in die Hocke. »Was soll ich tun?«

»Drücken Sie mit beiden Händen auf die Rippen, kurz und rhythmisch, ungefähr da, und hören Sie nicht auf.« Sie zeigte auf eine Stelle neben dem Brustbein und hoffte, dass es die richtige war. Auch was die Reihenfolge anging, fühlte sie Unsicherheit, doch dass es schnell gehen musste, war gewiss. Graue Lippen, blutleer. Aniellos Bild schob sich zwischen sie und Pavone, was ihr die Aufgabe erleichterte. Sie beugte sich vor, hielt ihm die Nase zu und pustete ihren Atem in seine Lunge.

Und so war das Erste, was Lorenzo Garibaldi sah, als die Lambretta die kleine Lichtung erreichte, ihr hochgerecktes Hinterteil. Als Zweites bemerkte er den ausgestreckt daliegenden Mann, den sie scheinbar heftig küsste, während Mauro Capizzi versuchte, ihm alle Knochen zu brechen. Lorenzo blinzelte, das Bild gewann an Kontur, und die seltsame Gruppe stob auseinander.

Es waren nur drei Luftstöße nötig, bis Ciro Pavone sich heftig zur Wehr setzte und unter Federica und Mauro herauswand. Ganz tot war er offenbar nicht gewesen.

»Hier geblieben!« Blitzschnell packte Federica sein Bein und setzte sich drauf, dann entdeckte sie die Lambretta, den grauen Anzug und einen braunen Lederschuh. »Garibaldi«, seufzte sie. »Und Spadafero. Sie kommen genau im richtigen Moment. Wunderbar.« Das nannte sie eine schicksalhafte Fügung. Lorenzos fassungslose Miene veranlasste sie zu einer knappen Erklärung. »Signor Pavone hatte einen Herzanfall oder so etwas Ähnliches. Wir haben ihn gerettet, und nun wird er ein Geständnis ablegen. Nicht wahr, Ciro?«

Aschfahl rieb der sich übers Gesicht und brauchte geraume Zeit, bis er fähig war zu sprechen.

»Es war ein Fehler«, murmelte er. »Ich hatte nicht bedacht … Ich wollte doch nur mein kleines Mädchen vor einer Dummheit bewahren. Er war ein verantwortungsloser Weiberheld mit schönem Gesicht, auf den sie alle reingefallen sind!« Pavone hob den Kopf und fixierte Federica. »Sie haben keine Kinder. Sie werden das nie verstehen.«

»Kinder sind nicht das Eigentum ihrer Eltern, das verstehe ich sehr gut! Sie werden erwachsen, ob es Ihnen passt oder nicht. Es hätte genügt, Ihrer Tochter zu vertrauen.«

Lorenzo räusperte sich. »Signor Ciro Pavone, ich nehme Sie fest wegen des dringenden Verdachts, Aniello Capizzi ermordet zu haben. Sie dürfen jetzt loslassen, Signora Pellegrini. Ich schlage vor, wir setzen das Gespräch in der Questura fort, wo Sie alle eine Aussage machen können.«

»Aber das geht nicht!«

»Nicht, Signora?«

»Nein.« Federica stand auf, zupfte trockenes Gras von ihrem Knie und begutachtete die Laufmasche. »Nun sehen Sie sich das an!« Sie schob den Rock hoch und rollte den Strumpf herunter. »Hat die Polizei ein Budget, um mir den zu ersetzen? Das wäre anständig. Ich finde, Mauro hat ein Anrecht darauf, sofort die ganze Wahrheit über den Tod seines Bruders zu erfahren. Jetzt und hier!«

Lorenzo neigte sich ihr zu. »Netter Versuch. Aber diesmal funktioniert das nicht. Auch wenn du vor Neugier platzt«, sagte er leise.

»Das klingt nachtragend«, flüsterte sie zurück. »Ärgert es dich etwa, dass wir schneller waren? Falls es dich tröstet: Es war wirklich nur ein klitzekleines bisschen.« Es juckte Federica in den Fingern, ihm über die Falte auf der Stirn zu streichen. »Ich finde es mehr als erstaunlich und bemerkenswert, dass wir nahezu zeitgleich zum selben Ergebnis gekommen sind. Wir sind ein wirklich gutes Team. Und die Sache mit der Dienstmarke –«

»Hätte ich besser nie erwähnt. Über deinen riskanten Alleingang sprechen wir noch.« Lorenzo strich sein Jackett glatt. »Können wir, Signor Pavone?«

Der Angesprochene erhob sich steifbeinig, und Spadafero legte ihm Handschellen an.

»Darf ich um etwas bitten? Nicht meinetwegen, für meine Familie. Lassen Sie mich woanders in den Streifenwagen steigen, nicht vor unserem Haus. Es wäre schrecklich, wenn meine Frau und die Kinder das mitansehen müssten. Sie sind unschuldig.« Er atmete durch, als Lorenzo nickte, dann wandte er sich Mauro zu. »Aniello war Ihr Bruder, jeder mochte ihn – ich auch, für eine ganze Weile. Es ist mir schwergefallen …«

Mauros Arm schnellte hoch, doch Lorenzos Reflex kam ihm zuvor. Er umschloss die Faust mit seiner Hand, führte sie ruhig nach unten. Leidenschaftlicher Zorn brannte in Mauros braunen Augen, dem er sich sehr verbunden fühlte. »Lassen Sie es gut sein, Signor Capizzi. Wir haben ihn. Und er wird einen hohen Preis bezahlen.«

*

Eine seltsame Karawane aus drei Wagen und einem Motorrad hielt am frühen Sonntagnachmittag in Pesaro Einzug. Lorenzo hatte Signor Pavone gestattet, den Schutz der Kirchenmauer in Santo Stefano für seinen unrühmlichen Abgang zu nutzen; Federica und Mauro wollten gleich ihre Aussagen zu den Vorfällen am Tümpel zu Protokoll geben. Die Ape war vorläufig stehen geblieben, wo sie war, bis sie zur kriminaltechnischen Untersuchung sichergestellt werden konnte.

Aufgekratzt von den Ereignissen schmorte Federica, getrennt von Mauro, in Lorenzos Büro. Dabei hätte sie sich liebend gern mit ihm unterhalten, zum Beispiel darüber, ob ihm vor seinem Eintreffen in Santo Stefano klar gewesen war, dass Ciro seinen Bruder getötet hatte. Doch das durfte leider nicht sein.

Ein netter Beamter vom Empfang organisierte ihr einen *caffè*, der jedoch schnell getrunken war. Gelangweilt saß sie mal rauchend am Fenster, mal drehte sie sich mit Lorenzos modernem Rollenstuhl hinter dem Schreibtisch im Kreis. Durch die angelehnte Tür spähte sie ins Nachbarzimmer, wo üblicherweise Spadafero dem Kommissar zuarbeitete. Beide befanden sich gemeinsam im Vernehmungsraum, was noch wer weiß, wie lange dauern konnte.

Federica huschte hinüber, setzte sich an Spadaferos Schreibmaschine, stöberte kurz in den bereitliegenden Formularen und Vordrucken und spannte schließlich einen Bogen zur Zeugenbefragung ein. Sie klemmte eine Nazionali in den Mundwinkel und hieb in die Tasten. Wozu warten? Sie wusste ohnehin, was der Commissario fragen und was sie antworten würde.

»Effektivität, liebster Garibaldi«, nuschelte sie. »Wir haben ja nicht ewig Zeit.« Das Pflichtprogramm zu beschleunigen vergrößerte den Spielraum für die schönen Dinge des Lebens. Auch Spadafero war sicher dankbar für jede freie Stunde an diesem ereignisreichen Sonntag.

Die Typen klatschten aufs Farbband, der Hebel drehte die Walze ratschend Zeile um Zeile voran, dann zog sie das fertige Protokoll mit einem Ruck heraus. *»Eccolo!«*

Zufrieden setzte sie ihre Unterschrift aufs Papier und spielte einen Moment mit dem Gedanken, diesen ebenfalls auf der Zeile des Ermittlers einzutragen. Doch dann musste Spadafero garantiert noch mal von vorn anfangen.

Sie schlenderte zurück in Lorenzos Büro, wartete und lauschte.

Als sie seine Schritte auf dem Flur erkannte, setzte sie sich zurecht: Beine überschlagen, Brust raus, dabei lässig, aber nicht zu offensiv.

»Jetzt freue ich mich schon zum zweiten Mal an einem Tag, Sie zu sehen«, begrüßte sie ihn beim Eintreten. »Bin ich jetzt dran, Garibaldi?«

»Noch etwas Geduld. Ich hatte Ihnen angeboten, dass wir das auch morgen noch –«

»Jaha.« Sie wedelte mit dem Befragungsbogen. Es war Lorenzo anzusehen, dass er eine kleine Aufmunterung gebrauchen konnte, nachdem er tief in die Gedankenwelt eines Mörders hatte eintauchen müssen. Die Befriedigung, Pavone geschnappt zu haben, würde sich erst später einstellen.

»Ihre ausgesprochen sympathische und kompetente Kollegin, Ispettora Pellegrini, hat sich meiner Aussage bereits angenommen. Was halten Sie von einer Beförderung in den Rang einer Kommissarin?« Federica stand auf und reckte sich vor ihm auf die Zehenspitzen. »Ich kann Spadafero nirgends sehen, und auch sonst ist keiner da«, flüsterte sie und drückte einen Kuss auf seine Lippen, von dem ein roter Schimmer blieb, den ihr Zeigefinger ganz langsam verwischte.

Lorenzo ließ sie gewähren, atmete den Duft ihres Parfums, spürte die vertraute Wärme. Viel zu kurz und der falsche Moment, um dem Gefühl nachzugeben.

»Beförderung? Übertreiben Sie nicht, Ispettora. Soweit ich mich erinnere, haben Sie es schon mal mit einer Karriere als Büroangestellte versucht.« Lorenzo nahm ihr den Bogen ab und warf einen kritischen Blick darauf. »Mit mäßigem Erfolg.«

»Garibaldi!«

»Wie lange hat es gedauert, bis die Chefsekretärin dich rausgeworfen hat?«, fragte er leise und grinste. »Ehrlich, ich verstehe, warum: Spadafero macht beim Tippen weniger Fehler.«

»Du!« Ihre Augen blitzten. Sie knuffte ihn und legte einen zweiten, längeren Kuss nach. »Kann er das auch besser?«

Ein höfliches Klopfen entband Lorenzo von der Antwort, und Federica neigte sich zur Seite, um an ihm vorbeizusehen.

»Oh, Ispettore, wir haben gerade von Ihnen gesprochen«, sagte sie vergnügt, und Lorenzo wischte vorsichtshalber mit dem Handrücken über seine Lippen, ehe er sich umdrehte.

»Richtig. Ich sagte Signora Pellegrini, dass wir erst mit Mauro Capizzi reden und ich Sie danach für heute nicht mehr brauche. Es ist schließlich Sonntag. Um die Protokolle können Sie sich morgen noch kümmern, Giovanni. Lassen Sie mir die Mitschrift von eben gleich hier. Ich will mir später noch Notizen dazu machen und schließe die Akte dann weg.«

Lorenzo warf Federica einen vielsagenden Blick zu, und sie nickte unauffällig.

»Natürlich.« Spadafero händigte ihm die dicht beschriebenen Blätter aus und ließ sich in gewohnt diskreter Art nicht anmerken, was er dachte.

»Mit der Signora werde ich bei ihrer Aussage allein fertig«, fügte Lorenzo hinzu. »Sofern man das kann.«

»Das ist nicht besonders charmant, Garibaldi!«

»Wirklich?« Er wandte sich zur Tür. »Ich dachte, Sie freuen sich darüber, als unbezwingbar zu gelten.« Und dann waren die beiden Männer wieder fort.

Die Gesprächsaufzeichnungen lagen umgedreht auf der Schreibtischplatte. Federica ließ stehend zwei Minuten verstreichen. Lorenzos kleines Theater in Ehren, doch sie war fest überzeugt, dass Spadafero in jeder Hinsicht genau Bescheid wusste. Sie setzte sich und drehte nach einer weiteren Minute die Papiere um.

Ciro Pavones Aussage. Ihre Hände schwitzten vor Aufregung. In gestochen scharfer Schrift war jedes einzelne Wort festgehalten, jede Zwischenfrage, jede sichtbare Reaktion. Sie übersprang die Formalien und las. Nach wenigen Sätzen war es ihr, als säße sie unmittelbar an Lorenzos Seite oder direkt in seinem Kopf. Sie sah durch seine Augen, fühlte, was ihn bewegte.

»Am Anfang, vor ein paar Monaten, hat Aniello von einem Getränk mit Heilwirkung erzählt, an dem er tüftelt. Das kam mir unterstützenswert vor. Obwohl er ein Hallodri war, der ständig die Autorität seiner Eltern missachtete. Sie können sich denken, was ich davon halte. Jedenfalls brauchte er dafür Äther, kam aber nicht ran. Meine Daniella ist im vergangenen Jahr einmal mit Mauro Capizzi ausgegangen, noch bevor seine Mutter krank wurde. Ich kenne die Familie schon, solange ich die Post ausfahre. Na, Sie wissen schon, wie man sich eben kennt, vom Sehen und ein paar Worte Wechseln, zudem hört man so dies und das, was andere reden. Nichts in den Taschen außer Löchern, aber ein Lokal eröffnen. – Darf ich eine Zigarette rauchen?«

Spadaferos Notizen zufolge durfte er, und Federica hörte das Anreißen eines Zündhölzchens, roch die kräuselnd aufsteigende Rauchfahne beim Abbrennen, dann den Tabak, wie zuletzt auf ihrer Terrasse.

»Immerhin hat der Junge Mumm in den Knochen, fand ich, hat eine eigene Idee und versucht, was Besseres aus sich zu machen. Aber irgendwann haben die Männer im Dorf angefangen, über den kleinen Capizzi zu reden. Da ist mir erst klar geworden, dass es um nichts weiter als einen Aperitivo ging! Ein Modezeug für die Jugend, die Rock 'n' Roll vergöttert und lieber amerikanisch als italienisch sein will. Aniello hat gelacht: Geld stinkt nicht, Signor Pavone! Er wollte damit Touristen ausnehmen, aber trotzdem sollte es angeblich gesund sein, durch ein Rezept der alten Hexe.«

Hier hatte Signor Pavone, Spadafero zufolge, den Kopf geschüttelt.

»Er ist immer übermütiger geworden. Als er das erste Mal über Daniella gesprochen hat, habe ich gedacht, er will mich auf den Arm nehmen. Er schwärmte, wie schön und klug sie ist – viel zu gut für den langweiligen Mauro. Sogar einen Brief wollte er mir für sie mitgegeben. Schluss damit, habe ich gesagt, ich weiß, dass du mit allen flirtest, also Finger weg von meiner Tochter. Ich meine, in manchen Wochen habe ich dreimal Post von irgendwelchen Frauen und Mädchen für ihn gebracht. Hätten Sie ihm geglaubt, dass keine davon ihm was bedeutet? Einer wie er hätte mein Kind nur unglücklich gemacht! Und dann, Freitag vor einer Woche, hat mir Iannazzo von dem Vorfall in der Trattoria erzählt, Lucio Monza und ein paar andere haben es bestätigt: wie er sich betrunken hat und mit dem gelüfteten Rezept der Befana gebrüstet. Ein vollgesoffener Prahlhans, der jeden Anstand vergisst und Schande über die Familie bringt. Wie ich solche Menschen verachte.«

»Darum beschlossen Sie, dass er sterben muss?«

»Nein. So war das nicht! Ein Teil von mir wollte ja an ihn glauben. Verstehen Sie das? Trotz seiner großkotzigen Art. Aber irgendwie kam eins zum andern … Da war dieser Einbruch bei der Befana, von dem mir jemand am Samstag im Vertrauen erzählt hat. Also habe ich Aniello geraten, besonders gut auf sein Rezept achtzugeben, weil ein Dieb umgeht. Und ich habe ihm Hilfe angeboten. Es war wohl ein bisschen die Hoffnung dabei, ihn wieder auf einen anständigen Weg zu bringen. Aniello hat es nie verraten, aber bestimmt hat er das Rezept selbst auch geklaut. Wie soll er sonst dran gekommen sein?«

Demnach wusste Ciro nicht, dass die Alte ihre Heilmittel aus dem Gedächtnis zubereitete. Und vermutlich hatte Aniello sich einen Spaß daraus gemacht, ihn im Unklaren zu lassen – erst recht bezüglich seiner Freundschaft mit der Befana.

»Jedenfalls haben wir uns für den frühen Dienstagmorgen verabredet, eigentlich war es noch Nacht, und in seiner Hexenküche bei Farina getroffen.«

An der Stelle hatte Garibaldi nachgehakt und Spadafero das exakte Datum und die Uhrzeit protokolliert.

»Die zwei Tage habe ich gebraucht, um nachzudenken. An dem Morgen, das schwöre ich, war der Ausgang der ganzen Angelegenheit aber noch völlig offen. Er hatte seine Chance, mehr als eine. Zur Feier unseres Pakts habe ich vorgeschlagen, wir sollten einen Schluck von dem Tonikum trinken. Auf nüchternen Magen, früh um diese Zeit! Warum hat er nicht Nein gesagt, frag ich Sie, wenigstens zum zweiten? War nicht so, dass ich ihn hätte überreden müssen. Er sagte kein Wort dazu. Anscheinend fand er das normal. Widerlich. Mein Vater war genauso. Ein Säufer vor dem Herrn!«

An Spadaferos Schrift konnte Federica erkennen, wann Ciro beim Sprechen eine Pause eingelegt hatte. Vielleicht um wieder zu rauchen oder etwas zu trinken. Einmal angestoßen, brauchte Lorenzo nur erstaunlich wenige Zwischenfragen zu stellen.

»Ein Säufer, ein Angeber, ein Lügner. Ja, das war er. Er hat die Leute belogen, als er in der Trattoria behauptet hat, dass er das komplette Rezept kennt. Er wollte sie neidisch machen und hat sich eingebildet, dass vielleicht doch einer Geld lockermacht, um einzusteigen. Hat er mir selbst gestanden. Und keine Spur von schlechtem Gewissen. Weil er angeblich schon ganz nah an der Lösung dran war. Und sein Rezept ist natürlich am sichersten Ort der Welt. Schon wieder so eine Angeberei. Er hat alles im Griff – ich mache mir umsonst Sorgen –, und sobald sein Gewinn reicht, wird er mit Daniella weggehen, sagt er mir ins Gesicht. Rom, Mailand oder irgendwohin in der Welt, wo es schöner ist und besser als bei uns. Weit weg.«

Die wundervolle Zukunft, die Aniello seiner Traumfrau bieten wollte, bedeutete die Hölle für Ciro, der im Leben nichts weiter brauchte als die Colli Pesaresi und seine Töchter.

»Ich habe ihm vorgemacht, ich hätte einen Brief von Daniella für ihn. Er hat gestrahlt und den Umschlag geküsst. Heute ist mein Glückstag, Signor Pavone.«

Federica senkte das Blatt. Welch scheußliche Ironie!

»Er war abgelenkt, so konnte ich ihn überwältigen, und der Rest … Im Grunde verabscheue ich Gewalt. Als er bewusstlos war, habe ich ihn hingelegt. Ich saß bei ihm, hab ab und zu Äther auf das Tuch nachgeträufelt – und gewartet. Den Übergang vom Leben zum Tod wird er kaum bemerkt haben.«

Ein schmerzloser Tod. Federicas Augen füllten sich mit Tränen. Ob Aniello wusste, dass er sterben würde? Ob er Zeit hatte, sich zu fürchten, bevor das Betäubungsmittel wirkte? Den Notizen des Ispettore zu Folge hatte Ciro sich an dieser Stelle seines Berichts in sein Taschentuch geschnäuzt.

»Danach habe ich alles aufgeräumt, ihn in die Decke gepackt und den Boden gewischt. Zum Schluss habe ich ihm einen Schluck von seinem Tonikum in den Mund gegossen und wollte die Flasche neben ihn stellen, damit man das Teufelszeug für seinen Tod verantwortlich macht. Teufelszeug, ja! Weil es nichts anderes ist, und jeder hat's gewusst. Ganz ehrlich, ich sage Ihnen was, Don Pietro hätte längst durchgreifen müssen. Sauferei und Hexentrank direkt vor seinen Augen! Deshalb habe ich den Jungen vor seine Kirche gelegt. Und gerade, als ich ihn bei Farina rausbringen will, sehe ich plötzlich die Sichel auf dem Tisch. Ein Geschenk der Alten.«

In Klammern war vermerkt, dass Pavone ein Kreuz geschlagen und dann gen Himmel gedeutet hatte.

»Das war ein Zeichen! Denn, sagen Sie selbst: Ist nicht überhaupt die Befana an allem schuld? Ich habe die Sichel auch noch eingepackt, um beiden mit einem Schlag eins auszuwischen. Bloß habe ich dann in der Aufregung die falsche Flasche erwischt.«

»Wieso steckte die Sichel in seiner Brust?« Federica hörte

Lorenzos Stimme in ihrem Kopf, die spezielle leicht gepresste Färbung, wenn er seine Gefühle unterdrückte.

»Das habe ich nicht gewollt. Ich schwöre! Aber der Junge war verhext. Ich habe ihn auf der Stufe abgesetzt, da hat er geseufzt. Ganz laut und deutlich. Dabei hätte er tot sein müssen! Bevor ich richtig nachdenken konnte, da hatte ich mein Messer gezogen und …«

Der Satz brach ab. Pavone hatte die Bewegung nachgeahmt und gezittert. Federica stellte sich sein Gehabe theatralisch vor, doch zu derlei Bewertungen ließ Spadafero sich im Protokoll natürlich nicht hinreißen.

»Kein Tropfen Blut und kein Ton mehr. Aber nun war da dieses Loch. Ich hab gedacht, wenn ich die Sichel nehme, ist das Problem gelöst, und die alte Hexe wird erst recht sofort verdächtigt. Mein Messer hab ich in ein Tuch gewickelt, im Briefkasten vor der Bürgermeisterei eingeworfen und am nächsten Tag mit der Post wieder abgeholt.«

Diesen Moment hatte Federica vom Roller aus beobachtet! Es erschreckte sie, mit welcher Kaltschnäuzigkeit Ciro den Verdacht auf die Befana, ja sogar auf Don Pietro hatte lenken wollen. Wie leicht es ihm alle gemacht hatten! Sie selbst mit eingeschlossen. Jeder hatte mit fiebrigem Eifer auf Neuigkeiten gelauert, und Ciro war als Postbote geradezu prädestiniert, etwas aufzuschnappen – und unter dem Siegel der Verschwiegenheit zu verbreiten. Kein Wunder, dass der Urheber des Fluchgerüchts nicht auszumachen gewesen war. Schamlos hatte er Luigis geheime Mutprobe für seine Zwecke ausgenutzt und aufgebauscht, was das Kind ihm ängstlich und arglos zugeflüstert hatte. Ein totes Huhn wurde zum Hühneropfer, wehklagendes Murmeln zum Fluch, ein Einbrecher zum Todgeweihten.

Federica mochte nicht mehr weiterlesen und versenkte das Protokoll in der Schublade. Sie spürte mit einem Mal den unwiderstehlichen Drang, etwas anderes zu tun, als sich mit Gewalt und Tod zu befassen. Der Fall war gelöst. Draußen schien die Sonne, es war Sommer, und das Leben rief nach ihr.

Gut sichtbar legte sie ihr selbst verfasstes Protokoll mittig auf die Schreibtischplatte und ergänzte eine private Nachricht für Lorenzo. Er würde in den kommenden Tagen viel zu tun und wenig Zeit für sie haben, weswegen ihn kein schlechtes Gewissen plagen sollte. Sie zog ihren Lippenstift nach, versiegelte den Umschlag mit einem leuchtenden Abdruck und drehte die unauffällige Seite nach oben, um ihn nicht zu kompromittieren. Im Gehen strich sie sanft mit der Fingerspitze über seinen Hut am Garderobenhaken, dann schloss sie die Tür hinter sich und verließ die Questura.

Irgendwann würde er sich zwischen ihr und dem Versteckspiel entscheiden müssen.

*

Abgeschottet von der Außenwelt saß Don Pietro mit seiner so überraschend bei ihm einquartierten Besucherin im Pfarrgarten zusammen. Auf dem Tisch im Schatten lagen eine Zeitung, ein aufgeschlagenes Buch und eine Lesebrille.

»Es nützt nichts, Benedetta. Da helfen keine Kräuter und auch keine Gebete. Doch das ist kein Grund, gleich ans Sterben zu denken. Ihre Augen brauchen ein Skalpell. Die Linse ist trüb, das lässt sich operieren.«

Die Alte murmelte etwas Unverständliches.

»Ich werde niemandem verraten, dass es etwas gibt, wovor Sie sich fürchten.« Der Pfarrer lächelte. »Sind wir uns dann einig? Ich kümmere mich um einen Termin.«

»So soll es ein«, brummte sie, schüttelte den Kopf und gluckste leise. »Alt und dumm bin ich. Wollte die Wahrheit nicht sehen, doch die Angst macht alle Augen blind. Im Kopf und im Herzen. Gehen wir, meine Hühner warten. Es ist vorbei, sie haben ihn geschnappt.«

Don Pietro öffnete den Mund, dann schloss er ihn, ohne ihr Wissen in Frage zu stellen. Der Herr verteilte seine wundersamen Gaben, wie es ihm beliebte.

»Ich bringe Sie nach Hause.« Er reichte ihr seinen Arm.

Die Befana nickte zufrieden. »Für einen Pfaffen bist du ein anständiger Kerl.«

»Und Sie sind eine ehrbare Frau – für eine Hexe.«

Kapitel 21

Die junge Frau, die am Donnerstagmorgen den Hügel nach Pesaro del Monte piccolo Cattolica hinauffuhr und vor dem Haus der Familie Capizzi von ihrem Roller abstieg, war nervös. Sie erwartete nicht, willkommen geheißen zu werden. Niemand würde sie sehen wollen. Vielmehr rechnete sie damit, dass man sie draußen stehen ließ, ohne sie anzuhören. Dabei hatte sie etwas Wichtiges zu sagen. Sie, die Tochter des Mörders.

Daniella Pavone drückte den Brief ans Herz. Erst nach der Verhaftung ihres Vaters hatte sie von Aniellos Tod erfahren und dann endlich den Umschlag geöffnet, der dicker war als seine üblichen Liebesschwüre. Schon wieder, hatte sie gedacht, als er eingetroffen war, und ihn beinah weggeworfen. Nun würde keiner mehr kommen. Nie wieder.

Es war Mauro, der die Tür aufmachte. Bei seinem Anblick versagten ihr Stimme und Knie, sie schwankte, sammelte sich.

»Ich würde alles geben, ihn zurückholen zu können«, flüsterte sie und streckte ihm das Kuvert entgegen.

»Ich auch.« Mauros Nase zuckte. »Was ist das?«

»Sein Rezept«, sagte sie immer noch heiser und um Fassung bemüht. Er war jedes Mal zum Postamt nach Cattolica gefahren, damit ihr Vater seine Botschaften nicht abfangen konnte. »Aniello hat es mir geschickt, kurz bevor … Damit es in Sicherheit ist, hat er geschrieben, und dass er es mir schenkt. Dieser verrückte Träumer hatte es geschafft!« Ihre Hand wischte durch die Luft und legte sich dann über ihre Augen, die die Tränen nicht mehr unterdrücken konnten. »Du weißt, dass ich dieses Geschenk sowieso niemals angenommen hätte. Es wäre falsch gewesen, hätte ihm Hoffnung gemacht, wo keine war. Und jetzt – wie könnte ich? Nimm du es. Es gehört deiner Familie.«

»Ehrlich gesagt tut es das nicht.« Mauro betrachtete den Umschlag, die lässige Schrift seines Bruders, die ihn hinderte, alles in Fetzen zu reißen und das Thema somit ein für alle Mal zu beenden. Ganz wie es seinen Eltern gefallen hätte. »Es hat auch Aniello nie gehört.« Vielleicht war dies genau der richtige Moment, um mit der Befana zu reden und seinen Frieden mit ihr zu machen. Die alte Frau traf keine Schuld, und sie allein hatte das Recht zu entscheiden.

Er zog die Tür ins Schloss und deutete zum Roller. »Machen wir einen kleinen Ausflug. Ich habe eine Idee.«

»Eine Aniello-Idee?«, fragte Daniella skeptisch und trocknete ihr Gesicht.

Mauro sah seinen Bruder vor sich, wie er Pläne schmiedete, dabei gestikulierte, sich vor Begeisterung fast überschlug. Er lächelte unwillkürlich. »Ja. Das könnte sein.«

Kapitel 22

Heiß und sonnendurchtränkt war der Tag verflogen, gleißend hell der Himmel, an dem vereinzelte Wolken eine Hoffnung auf Regen nährten, den das trockene Land ersehnte. Am Nachmittag färbte das Blau sich dunkler, Wellen kräuselten das Meer in sattem Grün und schillerndem Türkis, auf dem weißer Schaum tanzte.

Knapp eine Woche war vergangen, seit Ciro Pavone sein Geständnis abgelegt hatte. Die Sonne sank schneller als zuvor, schien es jeden Tag eiliger zu haben, um dann in tiefer Position zwei Fingerbreit über dem Horizont zu verharren, als sei sie im letzten Moment unschlüssig. Sollte sie ihren glühenden Körper ins Mittelmeer tauchen oder lieber noch ein wenig bleiben, um mit ihren blendend goldenen Strahlen die schroffe Klippe und die sanften Colli Pesaresi zu streicheln?

Federica hängte ihre prall gefüllte Tasche über den Arm. Die Küche war aufgeräumt, die Gäste mit Wein und Knabbereien versorgt. Spätestens um Mitternacht würden alle auf dem Dorfplatz sein, um das Feuerwerk zu sehen. Ferragosto markierte die heißeste Zeit und zugleich den Wendepunkt des Sommers. Ein Grund zum Feiern, auch in diesem Jahr. Sie packte ein buntes Schultertuch ein, zupfte zum hundertsten Mal an einer Locke herum und brach auf.

»*Buona sera!*«, rief sie auf der geschmückten Terrasse und winkte, dann eilte sie über den Weg unterhalb der Böschung davon. Vor ihr stieg die Hochebene bis zu einer kleinen Kuppe leicht an, zog sich dann flacher weiter bis zur Klosterklippe. Hinter Federica wurde das Vento del mare kleiner, und die Mauer des

Dorfes leuchtete im schmeichelnden Licht. Pesaro del Monte piccolo Cattolica, dieses alberne kleine Kaff. Sie lächelte kopfschüttelnd. Gestern war eine außerordentliche Bürgerversammlung einberufen und wegen des regen Zuspruchs vom Gemeindesaal in die Kirche verlegt worden. Bürgermeister Baresi hatte gesprochen, Don Pietro, Mauro Capizzi und zum guten Schluss Maria, deren feurige Rede Federica auch jetzt noch eine wohlige Gänsehaut bescherte.

An der Kuppe verließ sie das Plateau. Ein schmaler Pfad schlängelte sich in Serpentinen über den nach unten steiler werdenden Hang. An einem Aprikosenhain vorbei, zwischen uralten Pinien, Olivenbäumen, Lorbeer und wilden Orchideen ging es rasch voran. Von Zeit zu Zeit gab die Vegetation die Aussicht aufs Meer oder auf die Felsen am Fuß der Klippe frei. Ein vorfreudiges Prickeln erfasste Federica. Mit jedem Schritt wurde sie schneller. Dort unten warteten der Strand, das Meer – und Lorenzo.

Er saß auf einer Decke, in Hemdsärmeln, ohne Jackett und Schlips, wie sie ihn lieber mochte, obwohl er im Anzug gut aussah. Neben ihm stand ein eckiger Weidenkorb mit Deckel. Ein schlichtes, unkompliziertes Picknick. Sie hatte belegte Panini und Kuchen dabei, er hatte den Wein mitbringen sollen. Doch nur für Wein war der Korb viel zu groß.

Lorenzo erhob sich.

Am anderen Ende des geschützten Strandabschnitts flackerte ein kleines Lagerfeuer, umgedrehte Boote warteten darauf, zu Wasser gelassen zu werden. Federica ließ ihre Tasche in den Sand fallen. »Was ist in dem Korb?«

»Kleine Überraschung.« Ein schelmisches Lächeln spielte um seine Lippen, und er küsste sie sanft. »Vorausgesetzt, du verrätst mir endlich, warum und wohin du nach Pavones Verhaftung aus der Questura verschwunden bist.«

»*Va bene.* Ich mag Überraschungen.« Federica schlüpfte aus den Schuhen. »Mir war am Sonntag plötzlich alles zu viel. Ich konnte das Protokoll nicht zu Ende lesen, weil ich ... ich habe den Ablauf vor mir gesehen. Aniello und Ciro, von dem ich dachte, ich kenne ihn. Doch seine Freundlichkeit, die netten Gespräche, alles erscheint jetzt in ganz anderem Licht. Er trank meinen *caffè*, um mich zum Ermittlungsstand auszuhorchen! Das hat mich aufgewühlt und enttäuscht. Zum Ausgleich brauchte ich etwas Unverstelltes, was Hoffnung für die Zukunft gibt. Es lässt sich schwer beschreiben.« Sie lachte leise. »Kannst du das glauben: Ich saß freiwillig mit einer Horde Kinder am Dorfbrunnen und habe mit ihnen Eis gegessen! Iannazzo hat ein gutes Geschäft gemacht.« Sie hatte Luisa und Mariella Capizzi eingeladen, Luigi und Giuseppe dazugeholt, was weitere Kinder anlockte. Wie hätte sie die zuschauen lassen können? Für eine kleine Weile war die Welt in Ordnung gewesen, und das hatte ihnen allen gutgetan.

»Das kann ich glauben.« Lorenzo zog sie an sich. »Und es hört sich toll an.«

»War es auch«, seufzte sie und machte sich gleich wieder los. »Ist dir auch schon von dem anderen Wunder zu Ohren gekommen, das sich gestern Abend in Pe-Mo-Ca zugetragen hat?«

»Nein. Wenn das Wunder meine Überraschung aussticht, steh ich dumm da. Aber bitte, du zuerst. Erzähl.« Umständlich begann er im Stehen, Schuhe und Socken auszuziehen.

Federica, viel zu aufgewühlt, um sich hinzusetzen, sah ihm zu und holte tief Luft. »Mauro Capizzi und Daniella Pavone haben der Befana angeboten, Aniellos Rezept, das ja eigentlich ihres ist, auszuhändigen oder vor ihren Augen zu vernichten. Sie hatten aber auch noch eine andere Idee: einen Amaro herzustellen, dessen Gewinne der Gemeinschaft zugutekommen, zum Wohl des Dorfes. Die Befana hat sofort zugestimmt. In der Gemeindeversammlung gestern wollten manche sie deshalb auf einmal vom Rang einer Hexe in den einer Heiligen befördern. Nicht alle, versteht sich. Doch das Projekt wurde mehrheitlich für gut befunden, die Modalitäten sind in Grundzügen verhandelt. Als angehende Juristin wird Daniella den Vertrag aufsetzen, aber ansonsten nichts weiter mit dem Aperitivo zu tun haben.«

Lorenzo kreuzte die Finger. »Möge die Idee zu einem guten Ergebnis führen. Du siehst mich mehr als beeindruckt.«

»Schon erstaunlich, oder? Ein geradezu kommunistischer Ansatz, als Gegenentwurf zu der Profitgier, die dabei ist, das Dorf zu spalten – und in vielen schrecklichen Neid auf Aniello geweckt hat. Genau wie Don Pietro es wieder und wieder predigt. Für ihn war der Vorschlag ein Fest! Über den Namen des Amaro wird natürlich noch gestritten, und das wird sicher länger dauern, weil sie immer über irgendwas streiten müssen. Mein Favorit ist *Pemocaniello*.«

Wellen brachen an den Felsen, rollten wie Donner, zogen sich murmelnd zurück. Die Sonne legte sich auf den Horizont, bereit, den Tag zu beenden.

»*Pemocaniello*«, wiederholte Lorenzo nachdenklich. »Das gefällt mir. Es wäre angemessen, Aniellos Andenken auf diese Weise lebendig zu halten. Aber wie steht es mit der Geheimzutat und der angeblichen Heilwirkung?«

»Die Zutat bleibt auch weiter geheim. Das war die Bedingung der Befana. Was Aniello zusammenexperimentiert hat, scheint auch ohne sie ein leckeres Getränk zu sein. Nicht mehr, nicht weniger, und dabei soll es bleiben. Alkohol, den man zum Spaß trinkt, ist nun mal keine Medizin.« Federica deutete zu seinem Korb. »Trotzdem würde ich jetzt zu einem Schluck Wein nicht Nein sagen. Das versöhnliche Ende ändert nämlich nichts am sinnlosen Tod eines jungen Menschen. Er war verliebt, Lorenzo. Vielleicht zum ersten Mal wirklich. Daran zu denken macht mich traurig und wütend. Und ich kann nicht aufhören, mich zu fragen, ob –«

»Schsch, Federica.« Lorenzo fasste ihre Hände, hob sie an seine Lippen. »Der Fall ist abgeschlossen. Eine sehr kluge Person hat mir mal gesagt –«

»Eine Frau?«

»Hm, in der Tat, eine Frau. Sie sagte, dass es außer dem Dienst noch andere Dinge gibt, die relevant sind.«

Federica schloss kurz die Augen und nickte. Wie sehr hatte sie diesen Abend herbeigesehnt und gehofft, dass er ihrer Bitte, sie hier zu treffen, folgen würde! Der Strand, das Meer und sie beide allein. Doch jetzt fiel es ihr schwer, das Thema loszulassen. »Nur eine Sache noch, Lorenzo: Was hat Ciro gemacht, nachdem er Aniello vor der Kirche platziert hatte? Ich bilde mir ein, ihn am Morgen auf dem Dorfplatz gesehen zu haben. Kann das sein?«

»Ja, er war dort. Eigentlich wollte er in Gradara seinen Dienst antreten, bevor die Polizei eintrifft. Das hat aber nicht geklappt. Die Durchführung seines Plans hat in der Realität länger gedauert, und er musste befürchten, gesehen zu werden, wie er in die falsche Richtung fährt – bergab, statt bergauf. Also hat er sich auf halber Strecke hinter einem Gebüsch an einem Feldweg versteckt. Dort konnte er sich umziehen, war durch die Uniform geradezu getarnt und sofort mögliche Spuren am Körper los. Da er offenbar haargenau im Bilde ist, wer sich wann wohin bewegt, konnte er in Ruhe abwarten, bis die üblichen Pendler fort waren und die Luft wieder rein. Dann ist er seelenruhig ins Dorf gefahren, als sei alles wie immer. Er hatte sogar einige Briefe vom Vortag zurückgehalten, die er ausliefern konnte. In der Aufregung ist niemandem aufgefallen, dass er deutlich früher unterwegs war als sonst, aber seine Strecke variiert ja anscheinend sowieso.«

»Wegen der Gerechtigkeit«, sagte Federica. Das Wort schmeckte bitter. »Wurde er in der Poststation nicht vermisst?«

»Nein. Er lässt sich auch dort zu unregelmäßigen Zeiten sehen. Der Postsack wird in einem Fach hinterlegt, das von außerhalb zugänglich ist, dazu muss er den Schalterraum nicht betreten. Kein Mensch bekommt mit, wann er den entnimmt.« Lorenzo schob den Unterkiefer vor, wie so oft, wenn er grübelte. »Dieser Mann ist besessen davon, alles im Griff zu haben. Dass seine Tochter erwachsen wird und ihm entgleitet, hat er nicht verkraftet.«

»Mir kommen die Tränen. Ehrlich, Garibaldi. Aber nicht aus Mitleid für Ciro Pavone! Es wird endlich Zeit für ein Umdenken. Ein Mensch gehört nur sich selbst, und kein anderer hat ein Anrecht, über ein fremdes Leben zu bestimmen. Ich kann mein Herz verschenken, aber es bleibt *mein* Herz.«

»So ist es. Das Herz ist frei.« Lorenzo zog sie näher zu der ausgebreiteten Decke, kniete sich in den Sand, klappte den Korb auf und sah zu ihr hoch. »Und jetzt vergiss den Fall. Das ist unser Abend. Deine Überraschung wartet.«

Federica runzelte die Stirn, befeuchtete ihre Lippen. Hoffentlich machte er nicht alles kaputt. Bloß keinen Antrag, keinen Ring oder dergleichen. »Was wird das?«

»Einen Moment.« Er steckte den Kopf halb in den Korb, es knisterte leise, dann ertönte Musik.

»Ein Plattenspieler?« Federica lachte hell auf und drehte sich im Kreis. »Das ist fantastisch!«

Lorenzo stand auf und reichte ihr die Hand. »Wir tanzen immer, wenn eine Akte geschlossen ist. Oder wollen wir heute lieber im Mondlicht baden? Ihre Entscheidung, Ispettora Pellegrini.«

Seine Giulietta parkte für jedermann sichtbar am Zugang zum Hauptstrandweg, und wenn es nach ihm ging, würde sie dort auch morgen früh noch stehen. Er war bereit, sich auf das Abenteuer ihrer Beziehung einzulassen.

»Mach die Musik lauter«, sagte Federica, öffnete den Reißverschluss ihres Kleides und ließ es über die Schultern in den Sand gleiten. Rückwärtsgehend warf sie ihm eine Kusshand zu und rannte voraus in die Gischt, der anlandenden Wellen, wo Küste und Adria eins wurden. »Ich will beides, mein lieber Garibaldi – und noch mehr!«

Epilog

Kurz vor Tagesanbruch überquerte ein Reisebus aus Viersen die italienische Grenze. Außer dem Busfahrer war nur Reiseleiter Friedhelm Meyer wach. Mit jedem Kilometer stiegen seine Vorfreude und das italienische Fieber, mit dem er sich in Pesaro del Monte piccolo Cattolica infiziert hatte. Auf dem Plateau über der Klippe aus dem Bus zu steigen fühlte sich für ihn inzwischen an, wie nach Hause zu kommen – nur schöner. Das Mittelmeer, die Wärme, das Essen … Friedhelm seufzte wohlig. Hinter ihm schlummerten seine Touristen und zwei junge *Marchigiani*. Der eine träumte davon, seiner Verlobten endlich von dem kleinen Lokal erzählen zu können, das er für sie gefunden hatte, um dort die italienische Sonne aufgehen zu lassen. Der andere wollte für immer im Dorf bleiben. Deutschland war nichts für ihn, da fegte er lieber den Kirchplatz für Don Pietro und fuhr mit seinem Kumpel Davide ein Rollertaxi zum Strand.

Genau dort raffte die alte Befana in diesem Moment ihren Rock und watete unter dem vollen, silberglänzenden Mond in die Brandung. Draußen an den schroffen Felsen klammerten sich Algen fest. Gewachsen zwischen Land und Meer, geschnitten zwischen Nacht und Tag. Das seltsam störrische Gewächs entfaltete seine wohltuend heilende Wirkung, wenn man es trocknete und fein zerrieb. Eines Tages würde sie jemandem von diesem Geheimnis erzählen. Wenn ihre Zeit gekommen war, wie jetzt die der Algenernte. Sie hakte die schwarze Sichel mit den Runen aus der Gürtelschlaufe.

Am Ufer wachte der Ziegenbock und meckerte.

Nachwort und Dank

Nun durfte ich Sie zum dritten Mal mit auf eine Zeitreise nach Italien und nach Pesaro del Monte piccolo Cattolica nehmen. Das gesamte Dorf auf der Klippe über dem Meer am Monte San Bartolo sowie sämtliche Personen und Ereignisse rund um das geschilderte Verbrechen sind frei erfunden. Ich hoffe dennoch, Sie haben sich dort – trotz oder wegen der mörderischen Ereignisse – wohl gefühlt!

Mir hat es wieder viel Spaß gemacht, das Flair der späten 1950er Jahre einzufangen und dabei der scheinbaren Leichtigkeit des Südens, dem vordergründigen Idyll ein Gegengewicht zu geben. Im Spannungsfeld zwischen Neubeginn und Tradition ist so mancher Graben auch innerhalb der Familien aufgerissen. Zugegeben, daran hat sich bis heute wenig geändert. Doch sind die Grundvoraussetzungen völlig andere. Die moderne Technik öffnet uns neue Welten. Kommunikation im Sekundentakt ist für uns eine Selbstverständlichkeit, jeder ist jederzeit und überall erreichbar – beinah zumindest. Auf etwas zu warten haben wir schon fast verlernt. Im Jahr 1959 dagegen war die erste Mondlandung Zukunftsmusik, DNA-Analysen Science Fiction und ein Telefon (mit Wählscheibe, versteht sich) ein Luxus – wie das Badezimmer oder die Toilette im Haus, die sich erst allmählich etablierten. Die Liste ließe sich beliebig fortführen. Beim Schreiben wurde mir bewusst, wie sehr wir uns an diese Errungenschaften gewöhnt haben und sie für selbstverständlich ansehen. In gewisser Weise erdet der Blick zurück – mich jedenfalls –, sagt man mir doch gelegentlich nach, ich sei nicht eben die Geduldigste.

Der Aperitivo gehört zum italienischen Lebensgefühl und spiegelt zugleich die oben genannten Gegensätze, vereint geschmacklich die pure Lebensfreude mit dem sprichwörtlich bitteren Wermutstropfen. Ein naheliegender Gedanke also, ein solches Getränk in meine Geschichte einfließen zu lassen. Und ein schöner Ansatz für eine Recherche. Einige der weltbekannten italienischen Kräuterbitter sind deutlich älter, als ich dachte, und werden schon seit der ersten Hälfte des 19. Jahrhunderts hergestellt, oder angeblich sogar noch früher.

Auch diesmal habe ich mich dafür entschieden, allen Angehörigen einer Familie denselben Nachnamen zu geben, um die Vielzahl der Personen etwas übersichtlicher zu gestalten. Sehen Sie es mir also bitte nach, wenn an dieser Stelle die Realität des italienischen Namensrechts übergangen wird.

Herzlichen Dank für italienisches Insiderwissen jeglicher Art sende ich meinen Unterstützerinnen und Unterstützern. Darunter waren wie üblich eine ganze Anzahl meiner wunderbaren »mörderischen Schwestern«, von denen ich exemplarisch Fenna Williams, Gianna Milani, Laura Gambrinus und Dott. Alessandra Barabaschi nennen möchte: *grazie mille!*

Ein großes Dankeschön geht an meinen Verlag, speziell an Martina Wielenberg und ihr Vertrauen; an meine Lektorin Gisela Klemt, für den heilenden Finger in der Wunde; und an meinen Agenten Michael Wenzel.

Zum Schluss danke ich meinem Mann, der mein Rückhalt ist und mein Rückenwind, meine Inspiration, mein Zuhause – und der mich glücklich macht!

Mit herzlichen Grüßen
Margherita Giovanni